国家社科基金项目"西部五省区当代汉语诗研究"阶段性成果
西北师范大学文学院汉语言文学"双一流"学科建设成果资助项目

当代宁夏诗歌散论

李生滨 ◎ 著

中国社会科学出版社

图书在版编目(CIP)数据

当代宁夏诗歌散论/李生滨著. —北京:中国社会科学出版社,2021.9
ISBN 978-7-5203-8917-4

Ⅰ.①当… Ⅱ.①李… Ⅲ.①诗歌评论—中国—当代 Ⅳ.①I207.22

中国版本图书馆 CIP 数据核字(2021)第 177508 号

出 版 人	赵剑英
责任编辑	郭晓鸿
特约编辑	杜若佳
责任校对	师敏革
责任印制	戴 宽

出　　版	中国社会科学出版社
社　　址	北京鼓楼西大街甲 158 号
邮　　编	100720
网　　址	http://www.csspw.cn
发 行 部	010-84083685
门 市 部	010-84029450
经　　销	新华书店及其他书店
印　　刷	北京明恒达印务有限公司
装　　订	廊坊市广阳区广增装订厂
版　　次	2021 年 9 月第 1 版
印　　次	2021 年 9 月第 1 次印刷
开　　本	710×1000　1/16
印　　张	25.25
插　　页	2
字　　数	376 千字
定　　价	138.00 元

凡购买中国社会科学出版社图书,如有质量问题请与本社营销中心联系调换
电话:010-84083683
版权所有　侵权必究

文学是人类在认识自我的追寻中最有价值的宝藏。文字让人温柔、深情、细致、安静,甚至让诗人放弃整个世界而沉浸于语言的象征森林。

——题记

目　录

凡例 …………………………………………………………（1）

诗与史的辩证 ………………………………………耿占春（1）

绪论 …………………………………………………………（1）
　一　上色的草图 …………………………………………（2）
　二　《清平乐·六盘山》及其他 …………………………（8）
　三　宁夏诗歌70年回眸与鸟瞰 ………………………（20）

第一章　岁月沧桑与时代颂赞 ……………………………（38）
　一　来自革命文艺的时代颂赞 …………………………（39）
　二　沟通传统的时代抒情 ………………………………（48）
　三　张贤亮：人生不老情不老 …………………………（57）
　四　秦中吟："新边塞诗"的倡导与践行 ………………（67）
　五　抒情诗人吴淮生、马乐群和刘国尧 ………………（75）
　六　肖川的意义 …………………………………………（86）

第二章　塞上风物与人生情志 ……………………………（100）
　一　承继传统的情志书写 ………………………………（101）
　二　项宗西：塞上望江南 ………………………………（114）

三　诗词学会聚风雅 …………………………………… （119）
　四　罗飞、高深、贾长厚及其他 ……………………… （126）
　五　导夫：生命自我的探索者 ………………………… （137）
　六　张嵩：文学园地的守望者 ………………………… （147）

第三章　家国情怀与文化书写 …………………………… （155）
　一　诗歌中国的文字浮雕 ……………………………… （156）
　二　历史地理的"非虚构书写" ………………………… （166）
　三　爱情，黄河，还有北方 …………………………… （169）
　四　杨梓：西夏历史的审美想象 ……………………… （176）
　五　单永珍的诗性西部 ………………………………… （185）
　六　诗人的冥想和爱 …………………………………… （191）

第四章　后乡土时代的悲辛观照 ………………………… （198）
　一　民歌与古典之间的探寻 …………………………… （199）
　二　乡村大地的悲辛观照 ……………………………… （211）
　三　王怀凌和他诗意的西海固 ………………………… （225）
　四　乡土风物的唯美咏叹 ……………………………… （233）
　五　游离乡土的感伤诗人 ……………………………… （247）
　六　马占祥的"半个城"及周边 ………………………… （252）

第五章　玫瑰花冠与心灵的倒影 ………………………… （262）
　一　古典的柔美与深秀 ………………………………… （264）
　二　沉浸生命的玫瑰绽放 ……………………………… （272）
　三　唐晴的审美情态 …………………………………… （278）
　四　"不止于孤独"的林一木 …………………………… （286）
　五　心灵的诗意守护 …………………………………… （292）
　六　一树一树的花开 …………………………………… （298）

第六章　先锋姿态或日常化纪事 …………………………（305）
　一　日常化纪事及其他 ………………………………………（306）
　二　杨森君：凝神于细微事物 ………………………………（314）
　三　梦也的大地和四季 ………………………………………（322）
　四　谢瑞：发现生活意味的人 ………………………………（328）
　五　阿尔：先锋姿态的日常观照 ……………………………（333）
　六　生存变迁的故乡情结 ……………………………………（340）

附录　诗歌作品(集)目录长编 ………………………………（356）

参考文献 ………………………………………………………（379）

后记 ……………………………………………………………（385）

凡 例

一、研讨对象：首先是一直在宁夏生活工作的诗人，其次是在宁夏工作生活期间在诗歌创作方面有建树的诗人，最后是宁夏籍和从宁夏调离的但与宁夏诗坛保持经常性联系的诗人。

二、学术原则：第一，中西诗学与当代中国诗歌的在场批评视域里参照西北河陇地区政治、经济、文化等人文因素；第二，总体评述不脱离中国文学流变发展的现代性考察和哲学批判；第三，以意逆志，重视文本细读和个案研究，不能让诗歌批评远离了作品和读者。

三、研究内容：新中国文学发展历史进程中讨论当代宁夏诗歌，今人写的革命情志和现实意义并重的旧体诗词一并纳入研讨和评述。上古以来的古体诗质朴、清新、生动，唐以来的近体诗整饬、典雅、蕴藉，五四以来的新体诗自由、奔放、细致，都是中国人诗意审美的历史积累，彰显了汉语诗的形式之美。旧体诗词包括古体诗、近体诗，还有词和曲，新体诗指白话新诗。

四、行文要求：以时间为逻辑，在时代语境和诗人风格交互表现中分章节散论。从文本出发，知人论世，不求理论的宏大阐释。客观条理，尽可能打破自我框范，不求章节内容和形式上的完全统一。

五、学术基础：此著是笔者及学术团体研究当代宁夏文学第三个阶段的成果，也是国家社科基金项目"西部五省区当代汉语诗研究"的中期成果，注重文献建设。请参考专著《审美批评与个案研究：当代宁夏文学论稿》《宁夏文学六十年（1958—2018）》及发表的相关论文。

六、文献参考：批评研讨中重点参考、引用和借鉴了高嵩、余光慧、吴淮生、张嵩、张铎、杨梓、王武军、牛学智、瓦楞草、倪万军等人的研究成果。特此说明并致谢。

七、引文注释：第一，部分选录自刊物的作品标注出处；第二，行文中叙述交代的引文不再一一注释；第三，评述中出现的诗人作品及言论若出自诗人个人作品集，力求简明，不再详注。

八、为了查考方便，诗人作品集及相关参考文献目录附后。之所以重视个人诗集考证搜集，是因为当代诗人作品从发表到收入个人集，多有修订。诗人作品集首先是课题组文献建设收藏（藏），其次是宁夏区图书馆地方文献库藏书（区图），最后还借用了高耀山（高）、郑正（郑）等老作家部分私人藏书。

2020 年 10 月 16 日

诗与史的辩证

耿占春

如果说整个诗歌史构成了一系列见证,那么宁夏的诗歌史构成了对宁夏的人文、历史和精神层面的见证。然而,诗与史的相遇总是瞬间的,一段历史会在时间和记忆中淡忘,唯有诗留在世界上,参与到当代人的精神生活之中,成为现实性最永恒的一部分,与之同时,也成为我们内心生活"不可表达性"的核心。是的,现实陷入虚无,诗歌再次真实。诗歌与历史构成了我们内心生活的两极,诗歌文本中既有历史的经验性刻度,又能够超越其文本的既有语境而散发着某种永恒气息,诗歌(文学)最令人流连的特性,在于保持既有社会历史语境的同时,它可以向其他文化语境与社会语境的读者敞开其文本的意义,而这是诗歌话语的永久魅力所在。就这样,诗歌、现实与历史,成为一种充满悖论的辩证结构。

李生滨作为处在宁夏诗歌现场的观察主体,他处理着关于宁夏诗歌、现实与历史的复杂关系。如果说他作为一个观察主体处在诗与史的核心位置,这既是一种幻觉又是真实的。李生滨的《当代宁夏诗歌散论》,对于他本人而言,是一次沉浸于语言的象征森林的诗意之旅。而对其他诗学研究者而言,也是一个极具学术价值的参考文献。在李生滨对当代宁夏诗歌的阅读和研究中,他深刻感受着当代宁夏诗人对诗歌怀有宗教般的虔诚,并在一种阅读共情中变得温柔、深情、细致、安静,这是诗的净化力量。他秉持不能"让诗歌评论远离了作品和读者"的文学批评观，以一种在场和俯瞰的批评视域，深入当代宁夏诗歌的现场，他研讨和评述的内容涵盖当代宁夏诗歌、今人写的革命情志和现实意义并重的旧体诗词。在当代中国文学发展的历史进程中讨论当代宁夏诗歌，对宁夏的诗歌历史脉络和当下现状作出一种现代性省察和诗学批判，并对宁夏诗歌的未来发展趋向作出某种预想。他的总体观照与个案研究相结合的学术研究思路，展现了研究者的文献梳理能力和深入修辞层面的文本细读能力。

地域的意义——对于批评家或同样对于诗人——都不是决定论的，因为，经验的形成总是在一个经验环境中，我们的感受与情感也产生于事物的秩序中。诗歌的地理学一方面是关于情感（经验）的认知，经验自身所包含的人文地理因素为情感表达提供了修辞；另一方面，诗歌的地理学涉及空间、场所与事物的意义，它是关于人文地理对人的经验的构成作用，以及地理空间对主体意识建构作用的认识。因此，谈论宁夏当代诗歌，就离不开对宁夏这块土地在多大程度上为修辞和经验建构起到的作用，也离不开对宁夏当代诗歌本身的质地，以及它异质性的归纳。

诗歌的知识如同血液中的一种元素，印证一种曾经经历过的生活世界的回忆，体验一种失去的经验。一首诗恰好就是世界过程的瞬间停顿，具有瞬间的感知结构。诗是一种反能量耗散的话语结构，它一直保持着一种历经千年而不衰竭的意义结构。诗歌投射或记录着历史性的经验，而又在瞬间体验中超越了时间性。李生滨对当代宁夏诗歌的研究，犹如生化学家在辨认和透析"血液中的诗歌的元素"，也像是一个诗学的结构主义理论家，面对纷繁众多的诗歌文本，进行分类、比较和阐释，透视当代宁夏诗歌话语中携带着的政治、社会和伦理的能量，观察宁夏诗人跟自己出生、成长的地域之间的伦理和道德关系，把诗人的内心元素还原为历史的存在，从而生发出一种带有宁夏特色并能影响未来写作的一种诗学。

此书名为《当代宁夏诗歌散论》，却比较完整地梳理了 20 世纪中期以来宁夏的诗歌发展脉络，清点出不同时期宁夏诗坛操持着不同诗体的"各路神仙",名家名作纷纷出现而条理井然,实际上已然构成了一部"当代宁夏诗歌史"。一般来说,"散论"的写法和"史"的写法略有区别。散论可以散点透视,不求系统,仅就交游所及或目力所及而加以论列,哪些诗人能进入视野,哪些诗人可能被遗漏,常来自各种各样的机缘。这种写法更突出论者的个人趣味,从中更易于看出论者个人诗学观念与审美旨趣。而"史"的写法则更加诸种现存文献,力求客观、系统、具有整体性,尽最大可能搜集各种类型的材料,克服撰史者的个人偏好,务必涵纳不同的诗歌风格与诗学派别,甚至对于一些诗学价值略显薄弱而诗史价值十分突出的诗人诗作也要给予应有的关注,如对张贤亮《大风歌》给出了适当的篇幅,甚至要加以重点剖析。作为史论性的散论,本书分为六章,既有提纲挈领的总述,又有兼顾时代线索、题材类型和艺术思潮的分述,正如《凡例》所言,本书是"总体观照与个案研究相结合",因而"以时间逻辑,在时代语境与诗人风格交互表现中分章节散论",实际上已经不是单纯的诗歌"散论",撰写一部"当代宁夏诗歌史"的雄心已经表露无遗。之所以著者还要将其命名为"散论",或是因为意欲"求实考论,避免理论的宏大阐释,打破教条框范,亦不求章节内容过分统一",这样才能让认知主体保持一定的写作自由吧。

本书作为地域文学论著,以一支彩笔描绘了活跃在大西北城市和乡间的行吟者群像,而其意义则远不止于地域,诗歌、诗人的面貌与地貌之间的隐喻性关联才是最处在诗歌核心的要素。其中令人最为动情的总是西海固,是西海固的王怀凌、单永珍等诗人,是他们的诗歌所显示的情感体验与人文地理之间的微妙关联。著者这样评价说:"无论怎样,王怀凌的诗歌里少有廉价的歌颂,多的是贴近生活和土地的悲悯。其诗歌语言和意象虽然显得朴素、隐忍,但内在的生命意识却十分尖锐,处处流露出人世的沧桑,感到一种缓慢、滞重的笔力渐渐刻入读者灵魂。"而以王怀凌等为代表的西海固诗歌的意义更在于:"与时下众多以乡村为抒情母体而深陷入泛抒情、伪抒情的写作者相比,王怀凌的诗就像一股从大自然吹来的清风,给混沌热闹的诗坛带来几许清凉之气。"（见第四章《后乡土时代的悲辛关照》）比起一般的诗歌史式的概要论述来，在论述诗歌个案的时候，更能见出论者的诗学与批评的洞察力。

本书另一大特点是在"新中国文学发展的历史进程中讨论当代宁夏诗歌，他将今人写的革命情志和现实意义并重的旧体诗词一并纳入研讨和评述"。虽然学术界近年开始关注二十世纪以来的旧体文学，将其与新文学一起写入统一的现代文学史的呼声颇高，但落实起来并不容易。对于互为异质的旧体诗词和现代汉诗来说，这种统合就难上加难。或许，这也是著者一定要将此书命名为"散论"的缘由之一；而其统一之处，则正如著者在书末所说：这"不仅是诗歌和文化认同，更是诗人情志深层的家国认同，沟通了华夏几千年文化书写的历史传统，丰富了当代诗歌地域风情的审美呈现。"史论倚重文献，也倚重地方经验与家国概念，而诗则是一种"元叙述"，一种倚重个人感受力与想象力的话语形式，李生滨的这部著述力图在散论的自由中兼顾地方诗歌史的脉络，或在史的梳理中兼顾散论的诗学旨趣，这或许也是关乎诗与史的一种辩证结构的呈现方式。

2021 年初夏于开封

绪　　论

　　个体与世界，革命与政治，传统与现代，诗歌创作需要哲学的批判，更看重美感经验的独特显现。审美批判的诗学探讨，既要有历史唯物主义的思想指导，更需要文本细读的感性品鉴，不能"让诗歌评论远离了作品和读者"①。从历史回顾考察与朔方宁夏这片土地有关的诗歌，最早出现在北朝乐府民歌里。从河陇地区的历史文化来说，这里是秦汉故地，更早则是木铎金声采"诗三百"的地方。然而从近代维新启蒙和五四文学革命迤来的白话新诗之风气，却没有及时涉及西北边远地区。文学西部的现代性滥觞是在新中国人民本位的文化建设中奠基的，体现了鲜明的政治颂赞的时代特色。宁夏的建制与区划，包括政治和文化层面的历史渊源，与长城文化，与黄河文明，与陇原人文地理，与"三边"革命老区的关系都非常紧密。因此，今天的宁夏地处河陇文化中心地带，既蕴藏着文化人类学的古老密码，又激荡着新民主主义革命的鲜活基因。陕甘宁边区革命文艺的兴起和传扬，带给当代宁夏文学光荣的首先是诗歌。毛泽东、董必武等革命家的诗词作品，也是宁夏地域文化与现代民主革命、社会主义建设事业交相辉映的文学遗产。新文化建设与新文学三十年发展的历史叙述中，解放区文学重要收获之一的《王贵与李香香》，就是李季在"三边"盐池县下乡调研与体验生活的成果。从革命情志的抒写来说，诗人李震杰、罗飞、高深、秦中吟、

---

① 熊辉：《中国当代新诗批评的维度》，北京大学出版社2017年版，第329页。

肖川、项宗西等人的作品，都是值得肯定的。张贤亮文学热情的显扬，也开始于诗歌，以《大风歌》搅扰"十七年"文坛。1978年改革开放以来，流寓宁夏的文人作家和本土诗人群体崛起，尤其是20世纪90年代以来，宁夏地区经济和文化的平稳发展进一步促进了当代宁夏文学创作与批评的活跃。此外，雷抒雁、乔良、陈幼京、骆英等人也在宁夏生活工作过，他们因河陇文化、北国风物的滋养而诗情张扬。当代宁夏诗人对诗歌往往怀有宗教般的虔诚，以真、善、美、爱为信念，将自己的生命融入诗歌，创作了大量思想性、艺术性和可读性俱佳的优秀作品。

一 上色的草图

流动的光阴，上色的草图，四季如风变换着长城内外大河上下的赤橙青黄，而人文雕琢的文学让宁夏大地有了斑驳富丽的诗意色彩。塞上秋风劲，山河却无恙；王孙归不归，草色年年青。

> 君不闻胡笳声最悲，紫髯绿眼胡人吹。
> 吹之一曲犹未了，愁杀楼兰征戍儿。
> 凉秋八月萧关道，北风吹断天山草。
> 昆仑山南月欲斜，胡人向月吹胡笳。
> 胡笳怨兮将送君，秦山遥望陇山云。
> 边城夜夜多愁梦，向月胡笳谁喜闻。
> （唐）岑参《胡笳歌送颜真卿使赴河陇》

在盛唐时代，岑参写的边塞诗数量最多。农历八月，六盘山下萧关古道已是秋凉气寒，而漫天呼啸的北风，竟会吹断千里之外的天山草木。昆仑山的夜晚，一弯新月斜挂在昊天穹宇上，忽又听得胡人面向冷月，吹奏着凄清的胡笳。"全诗围绕'胡笳'作诗，起笔与结尾均以胡笳入诗，展现了诗人对边地生活的谙熟及对六盘山（河陇）一带物候、时令变化的了解，笔力雄健，情思奇妙，表现出一种悲壮奇峭、豪迈爽朗的独特艺术风格。"①

人文怀远，中国是一个多民族、多地缘关系交汇和交融的文明古国。中华民族的历史记忆和地理版图，灿烂而辉煌。在丰饶的历史文化背景下，现代民族国家的想象和认同离不开文学艺术，诗词歌赋蕴含着华夏儿女的审美情志和思想。1949年中华人民共和国成立，政治协商和民族团结促进了人民文艺的时代繁荣。最近二三十年，中国文学研究新的学术积累和新的领域拓展，地域文学研究自然成为重要方面，呈现出极为活跃的局面。诗人以个体经验烛照人类的精神困境，诗歌是民族精神最为深邃的呈现。华夏文明五千年传承中六艺诗教始终是根源性的核心内容，不同于西方哲学的理性思辨和先验批判，中国诗教传统从一开始就注重美感教育。兴观群怨，抒情言志，奠定了中国三千年诗学批评的深厚基础。晚清和五四递进的维新启蒙，也是现代民族国家文化想象的历史进程中，文学在个体认同和地域认同的多重构建上，形成的近代民主革命的共同记忆。文学是个体的人的精神情感生活的深层观照，无法脱离历史和地域交错的人文环境。文学也是一种地理文化坐标，当代地域文学的研究必须面对总体包容的地域性文化呈现。因此，地域文学研究离不开该地区政治、经济和文化的历史考察。商周至春秋时期，今天的宁夏地区多为戎狄部落居住之地，一般称为北狄、西戎。游牧和农耕交错，这里同样具有古老而悠久的人文蕴藉和文明积淀。灵武水洞沟发现三万年前人类生息的痕迹，而贺兰山岩画生动地记录了人类早期狩猎活动。朔方宁夏，北峙贺兰，南凭六盘，灌溉便利，物产丰饶，历史上曾是东西部交通贸易的重要通道，亦是丝绸之路北线开拓的重要路段。

可以说，今天的宁夏，早已是北方大漠与内地连通的枢纽之一。秦汉之际，就因戍边驻军和移民开发纳入华夏文明版图。

汉唐烽烟，王朝更迭，从萧关到贺兰，从灵州到河西，"风吹山下草，系马河边树。"（李益《将赴朔方早发汉武泉》）战争在不断确认山

---

① 邵永杰：《陇头歌——历代六盘山诗词选萃》，宁夏人民出版社2013年版，第103页。

川土地的归属，文人墨客却在描写边关的雄奇葱茏。"秦川形势通西夏，河朔襟喉控上流。"（王越《过韦州》）诗人林庚在考证边塞诗人与当时边关防御的战略关系之后，也是在深刻理解各民族之间生存战争的酷烈之后，客观地指出："古代边塞诗因此乃是悲壮的、豪迈的，又是心情复杂的。'昔日长城战，咸言意气高；黄尘足今古，白骨乱蓬蒿！'"[①] 汉唐的乐府诗和边塞诗，自然少不了北方多民族生存和战争场面的特别显现。"回乐峰前沙似雪，受降城下月如霜。不知何处吹芦管，一夜征人尽望乡。"（李益《夜上受降城闻笛》）有学者肯定地说，各民族生存斗争的矛盾是边塞诗产生的根本原因，因而长城见证的边塞诗在概念上是有地域性和时代性的。

黄河远上，北接大漠。公元 1038 年，党项族首领李元昊以河套和河西走廊为根据地，建立了西夏王朝。西夏兴盛时，从黄土高原一直延伸到北部广袤的蒙古大漠，据河西走廊，连通西域和欧洲，南接秦陇，东与山西、陕西紧邻。明代文学家李梦阳"出塞"而"秋望"："黄河水绕汉城墙，河上秋风雁几行。"[②] 这片土地上黄河与长城并行，诗人笔下更有不同的景色描写，王维看到："大漠孤烟直，长河落日圆。"韦蟾欣喜见闻："贺兰山下果园成，塞北江南旧有名。"张舜民笔下书写："灵州城下千株柳，总被官军斫作薪。"

历代诗人歌咏宁夏，明清以来有新旧八景的写景诗。宁夏文史专家吴忠礼非常细致地考证梳理过明清诗人歌咏宁夏八景的代表性作品。其中，朱适然咏八景之一《河带晴光》，视野开阔，气象生动：

> 青铜西望郁嵯峨，一道奔流走大河。
> 回带晴光沙岸阔，斜穿紫塞白云多。
> 春渠竟泛桃花水，汉史空闻瓠子歌。
> 正是升平休气塞，银川风物美如何？

[①] 林庚：《唐诗综论》，人民文学出版社 1987 年版，第 234 页。
[②] 秦中吟主编：《中华诗词文库·宁夏诗词卷》（中华诗词学会图书编著中心总编），中国文联出版社 2009 年版，第 13 页。

宁夏地区在秦汉时是重要的战略区域，已有农耕文化的开垦奠基。汉唐乐府和边塞诗带给中国文学朴实自信的内在品质，也是人文审美的重要积累。戍边军人和各种移民自然构成了包括宁夏地方在内的边疆人民的主体。谈到宁夏地域文化的再建构，如果说经唐朝的庇护而与北宋对峙的西夏是一个突兀而倔强的历史存在，那么元朝可能是一个比较重要的历史节点。元朝带给中华民族的元素很多，包括信仰伊斯兰教的回族的形成，直接影响了宁夏地区的文化内涵和发展。萧关道上兵书急，灵州自古属中原。北宋西夏而蒙元，南明北上京大都。西夏故国地，花开花落，明月依旧。明代庆王朱栴悲秋低吟："茫茫衰草，隐隐青山。"（《青杏儿·秋》）清嘉靖年间陈德武流寓宁夏，怀远高歌："贺兰设险金城固，护此汤池壮塞滨。"（《黄沙古渡》）

　　因此，宁夏地方文化的历史层积，如果说戍边是一个重要的主题，那么伴随屯垦戍边和民族生存斗争的另一个重要影响力则是各种移民。譬如，贞观二十年（公元646年），唐太宗至灵州抚慰归附的铁勒九姓及回鹘诸部，决定设羁縻州府予以安置，故先后在灵州界内设近二十个羁縻州。又，咸亨三年（672年），于鸣沙县西境置安乐州，安置原居青海省的吐谷浑部。当然，从中央与地方文化建设的政治关系来说，朱栴是寓居宁夏影响最大的历史人物。① 其修撰《宁夏志》，与魏焕编著《皇明九边考》，还有张雨编著《全陕边政考》，等等，开创了明清西北

---

① 朱栴是朱元璋的第十六个儿子，从小藩封宁夏，从15岁到60岁，他在宁夏生活了45年。在他的诗词中，这种正大的爱国诗词也唾手可得："年少从军不为苦，长戟短刀气如虎。丈夫志在立功名，青海西头擒赞普。君不见，牧羝持节汉中郎，啮毡和雪为朝粮。节毛落尽志不改，男子当途须自强。"这里，既有"年少从军不为苦"的豪情，又有对牧羊19年不改爱国之志的"汉中郎"苏武的钦敬。清人王士禛的"烽火传宠马，将军发贺兰。天心诛叛亟，国法受降宽……"；宋琬的"君到坐传青海箭，不防草檄倚雕戈"；王以晋的"不知多少英雄血，散向长林化晚霞"……这些诗句中回荡的，仍然是浩荡的爱国情怀和英雄主义气概。正是这种永不衰竭的爱国热忱，成就了《历代诗人咏宁夏》的正大气象。爱国与忧民是同根树上的两个分支。爱国的人必然爱民，而爱民就不会无视人民群众的痛苦。正如范仲淹所说："不以物喜，不以己悲。居庙堂之高，则忧其民；处江湖之远，则忧其君。是进亦忧，退亦忧。"这是宁夏文史专家杨森翔《汉唐情结　边塞风光　正大气象——〈中华诗词文库·宁夏诗词卷〉之〈历代诗人咏宁夏作品〉读后》长文中的评说和感慨。见宁夏诗词学会编《宁夏诗词学会三十年〈夏风〉评论选》，宁夏人民教育出版社2019年版，第250—251页。

和宁夏志书修订的兴盛期,也是明清经营边疆和西北的文化见证。要而言之,明清驻守和流寓宁夏地区的文人官员众多,对地方的文教有开拓之功,且各有著述。

这里需要说明的是,宁夏地方文献出现"银川"一词,约在明末清初。一些官吏、文人在咏唱宁夏平原沟渠交织、湖泊珠连的秀美景色时,用"银川"形容塞上水光映照的平原景象。"银川"一词,逐渐有了指代地域的地名含义。如《惠农渠碑记》上有"黄河发源于昆仑,历积石,经银川,由石嘴山而北……"的记载。可见"银川",已泛指塞上前套平原渠引黄河水灌溉区。杨浣雨之诗赞曰:"遂有磊落掀天才,转从屈注声如雷。汉曰汉延唐唐来,大清惠农今代开。"另有清王都赋八景之《长渠流润》。以上诗篇均见《乾隆宁夏府志》。吴忠礼先生特别指出,地方志是褒扬家乡的地情书,以彰一邑、一方之盛。

辛亥革命成功,现代国家政体建制既有继承也有发展,中华民族共和版图上朔方宁夏的色彩也被时时刷新。1928年10月17日,中华民国中央政府第159次会议决议,设宁夏省。1949年9月23日,宁夏解放。同年12月23日成立宁夏省,沿用了宁夏原称。1954年9月,宁夏省建制撤销,并入甘肃省。1957年7月15日,第一届全国人民代表大会第四次会议通过成立宁夏回族自治区的决议,以原宁夏省行政区域为基础成立宁夏回族自治区。1958年10月25日,宁夏回族自治区正式成立,自治区以银川市为首府,辖2市(银川市、吴忠市),1专区(固原专区),17县(惠农县、平罗县、陶乐县、贺兰县、中卫县、中宁县、宁朔县、金积县、同心县、灵武县、盐池县、金积县、固原县、西吉县、海原县、隆德县、泾源县),总面积约6.64万平方千米。2017年,笔者为撰述《宁夏文学六十年(1958—2018)》做文学全域田野调查时,宁夏建制包括地级市5个(银川市、石嘴山市、吴忠市、固原市、中卫市),县级市2个(灵武市、青铜峡市),市辖区9个(惠农区、大武口区、金凤区、兴庆区、西夏区、利通区、原州区、红寺堡区、沙坡头区),11县(平罗县、贺兰县、永宁县、盐池县、同心县、中宁县、海原县、西吉县、隆德县、泾源县、彭阳县)。

在中华民族的历史长河中回顾、梳理宁夏行政建制与属地的前世今生，所要揭示的是宁夏地域文化流变融合的多元特色。从诗歌地理的精神渊源而言，我们应该追溯汉魏风骨和盛唐气象。从文化的资源性建构来说，我们还得审视宋辽西夏更为繁复的历史变迁和现代移民文化的各种因素。人文与地理交融，"时间空间自然不可分割，于是边塞风物的描绘，将帅士卒的刻画，爱国主义精神的歌颂，对穷兵黩武、长征久戍的厌倦非难，将帅士卒间的阶级对立，征人思妇的离别愁绪……"[①] 战争的残酷与个体的激情交织，深刻的生命体验，雄浑的山川描绘，诗意渲染的西北给人以洪荒苍凉的感觉。其实，从汉唐经略边疆和广义的河陇文化来说，宁夏这片土地上自然留下了许多文人的足迹和诗人的吟诵。从现代中国启蒙新文学的发展来看，西部诗歌的发端虽有些迟缓，但地域文化和地理环境的多重交融也形成了现代诗歌取之不尽的资源。

一个民族的历史汇聚于当下的文化呈现，诗人的情感与民族的精神血脉千古贯通。正如在河套平原和内蒙古大漠行走寻觅诗意的杨森君，矜持地致读者说："我不勉强自己在没有感觉的事物上分心。当我重新审视、整理这些诗篇时，过往的人与事不止一次让我记起、怀念，甚至导致了我再度短暂的欢愉或心碎。因为，诗篇中的许多词语直到今天依然继续忠实地保持着它们当初的温度和表达时的确切。这种神奇得益于我曾经在选择它们时的坚定的自尊。所以，看我的诗歌基本上是在看我这个人昔日的轮廓——不是我物质的实体，而是我精神的草图。"[②] 当代宁夏诗人确实以各自不同的审美性情，在给朔方宁夏增添诗意的多重色彩。

当代地域文学的研究必须面对更加具体的地理文化坐标。朱光潜说："美感经验是一种极端的聚精会神的心理状态。"[③] 诗人个体经验是外在景观和内在反省的审美融和。聚精会神，地域文化与人文环境构成

---

① 谭优学：《边塞诗泛论》，见西北师范学院学报编辑部编、西北师范学院中文系《唐代边塞诗研究论文选萃》，甘肃教育出版社1988年版，第1—18页。
② 杨森君：《致当然的读者》，见《上色的草图》，重庆出版社2005年版。
③ 朱光潜：《文艺心理学》，安徽教育出版社1996年版，第16页。

了每一个作家情感的底色，进一步形成了诗的根本力量。戴望舒诗的内在机理与艾青诗的抒情意象，有着人生境遇与人文地理的双重区别。一代名臣曾国藩的文人气质和革命领袖毛泽东的诗人气质，都是潇湘大地地域文化的个性化表现。也就是说，每一个诗人拥有自己的人文地理坐标，流寓西海固的袁伯诚喜欢古典的诗词形式和抒情方式，而下放贺兰山麓劳动的张贤亮留下了颂赞自我和时代的自由体诗《大风歌》。同样追求古雅的诗意，来自银北地区平罗县的秦中吟和出生于南部山区隆德县的虎西山，抒情的情调和风貌完全不一样。经历共和国风雨的吴淮生、刘国尧等人带着时代的激情，讴歌不悔的人生，21世纪成长起来的林一木、马泽平等人在无法疏离的乡土情感之上确认个体的精神困顿。同样是外来的诗人，老诗人肖川和"60后"唐晴眼里的西部景观迥然不同，审美的情态自然迥异。单永珍出生于西吉乡下，生活于固原县城，经常游走在大西北，却忠实于那份名为《六盘山》的文学刊物。马占祥固守同心半个城的诗歌写作试图拒绝流行的技巧和辞藻。一个是乡土的固守，一个是生命的放逐，马占祥以真诚充实生命留守一隅的孤独，单永珍以狂野标榜生命日常的空疏。诗人用文字再造脚下的土地、走过的风景和流逝的岁月。今天生活于斯的人们在急剧嬗变的社会压力下承受生活，在现实遭遇的心灵体验中寻求自我。

文学是个体的人的精神、情感和思想的深层触摸，无法脱离历史和地理交错的人文环境。因此，今天宁夏所属地区是源远流长的秦汉文化浸润的华夏故土，亦是黄河文明历史积淀和当代精神蕴藉的现实版图之一。文人与政治，诗人与功名，生民与战乱，人类的活动在不断丰富着陇山四野与黄河横贯的地域文化和地域风情。根植大地和心灵的诗歌，不是物质的实体，而是精神的草图，色泽斑驳而深沉。山河情志，时代颂赞，宁夏诗人用各自的创作绘写了宁夏地区社会主义建设的历史画卷、心灵图景和精神世界。

二 《清平乐·六盘山》及其他

古典诗词和现代新诗皆是中华文明发展的历史产物，没必要厚此薄彼，诗以言志，生命的自我肯定构成了诗歌的核心价值。虚妄与现实并存，孔子注重诗的人文修养，唐宋文人看重诗的酬唱功能，五四新诗指向启蒙的情感自由，共同建构了中国诗学张扬情志审美的意义世界。从新文化建设和新民主主义革命以来，真正影响了当代宁夏文艺和诗歌创作的，是延安解放区文艺。毛泽东描写北国风光和革命征程的诗词，李季的民歌体叙事长诗，还有张贤亮的《大风歌》，等等，奠定了宁夏诗歌不同的题材形式、抒情基调和美学路向。因此，民族、时代和地域，自然是解读当代宁夏诗歌的关键词，亦是研究方法和路径。

家国天下，毛泽东革命情怀深厚，诗词吟诵大多主题宏大，具有史诗气概。朱文华立足20世纪中国文学批评的现代性视野，在《风骚余韵论——中国现代文学背景下的旧体诗》一书中认为："毛泽东与老一辈无产阶级革命家诗家群的形成，特别是贯穿他们一生的创作，使得'五四'以来中国现代文学背景下的旧体诗的整体风貌，在复杂中显露出某种特殊的色彩。这对中国现当代的旧体诗坛更会产生各种影响。"[①]的确，毛泽东诗词对当代中国精神生活的影响是深远的，政治家的人生境界与独领风骚的诗人情志，"自信人生二百年，会当击水三千里。"广为流传的毛泽东诗词不过几十首，不仅高度浓缩了毛泽东的人生追求和革命情志，而且也艺术地呈现了传统文化的源远流长。毛泽东一生手不释卷，尤其爱读历史书籍，具有深沉的历史情怀。毛泽东是作诗填词的高手，在他的诗词中，有不少关于天地气象的句子，但写得最多的还是冰、雪、风、霜等酷烈意象。"万类霜天竞自由""山舞银蛇，原驰蜡象""已是悬崖百丈冰"……但与历代文人墨客不同，其精神之乐观和境界之高远，往往赋予这些意象独特的内涵，呈现出主体精神的豪迈和伟大。尤其是《七律·长征》《清平乐·六盘山》《沁园春·雪》等描绘革命征程和北国风光的作品，脍炙人口，家喻户晓。这些诗词不仅具有深邃的政治内涵，而且各具独特的艺术魅力。

红军第五次反围剿被迫北上抗日，是人类历史上罕见的壮举。"1934

[①] 朱文华：《风骚余韵论——中国现代文学背景下的旧体诗》，复旦大学出版社1998年版，第105页。

年10月16日，红一方面军从赣南瑞金、雩都和闽西长汀、宁化出发。中央红军突破敌人四道封锁线，渡过章水、潇水和湘江，进入贵州。接着红军强渡乌江、占领遵义，四渡赤水、巧渡金沙江，摆脱了40万敌军的围追堵截。此后红军强渡大渡河，翻过夹金山，于1935年6月14日到达四川懋功，与红四方面军会合。1935年9月18日红军突破天险腊子口进入甘南，占领岷州。10月2日，占领通渭，之后在副排长以上干部会议上，毛泽东高兴地朗诵了《七律·长征》一诗。"① 回忆"长征"所经历的千难万险，毛泽东挥笔写下《七律·长征》。虽然毛泽东后来谦虚地说，这是他不多的尝试七律②的作品，但因意境宏阔，情志高昂，读来令人荡气回肠。全诗以首联点明主旨铺开，颔联描山突出主客观对比，颈联绘水写景纪实，尾联以心理灌注自然意象的拟人比兴，凸显三军战胜一切困厄的喜悦之情。

> 红军不怕远征难，万水千山只等闲。
> 五岭逶迤腾细浪，乌蒙磅礴走泥丸。
> 金沙水拍云崖暖，大渡桥横铁索寒。
> 更喜岷山千里雪，三军过后尽开颜。

这首诗发表在《诗刊》1957年1月号。"'不怕难'给全诗定下了高昂基调，显示红军长征的英雄气概。"③ "远征难"难在"万水千山"：山典型如"五岭逶迤""乌蒙磅礴"，水则是"金沙水拍云崖""大渡桥横铁索"。客观描述，凸显山水险峻与战斗环境，自然综合了赋比兴的艺术手法，笔走龙蛇，近似国画皴擦大斧劈，形成一幅壮丽奇崛的山水长卷纪行图。革命者气贯长虹，历经千难万险，却以"不怕"和"只等闲"统摄主体情感，奠定了全诗的格调和气度。将"五岭逶迤"比作"细浪"，将"乌蒙磅礴"看成"泥丸"，以小喻大，真正体

---

① 朱向前主编：《毛泽东诗词的另一种解读》，人民出版社2008年版，第197页。
② 毛泽东：《毛泽东书信选集》，人民出版社1983年版，第607页。
③ 秦中吟：《诗的理论与批评》，中国华侨出版社1996年版，第60页。

现了"踏遍青山人未老"的豪情壮志。① 同样,一个"腾细浪"的"腾",一个"走泥丸"的"走",两个动词贴切生动地高扬了红军征服一切困难的精神气概。"金沙水拍云崖暖,大渡桥横铁索寒。"以气候物理的"暖"与"寒"互文对照,实写与暗示同在,"暖"是巧渡金沙江的喜悦,"寒"是飞夺泸定桥的紧张。实写的"铁索寒"映衬奇袭争夺泸定桥战斗之激烈,令敌我双双胆寒。"更喜岷山千里雪",读来让人回味沉思——在怎样的心情下踏上千里积雪的岷山竟是令人喜悦的呢?是"腾"五岭、"走"乌蒙、渡金沙、抢大渡、过草地、爬雪山,从敌军重重包围中冲杀出来血路的胜利曙光令人振奋!正是翻过岷山后,1935 年 6 月 14 日中央红军(红一方面军)到达四川懋功,与红四方面军胜利会合。因此,"更喜岷山千里雪,三军过后尽开颜。"不怕远征,不怕千山万水,弹指一挥,俯仰天地。读罢此诗,心潮澎湃,深深被诗人革命的乐观主义豪情所感染,对红军战士和革命先辈的敬仰之情油然而生。

与《七律·长征》可呼应的,是境界更为阔达的《沁园春·雪》:

北国风光,千里冰封,万里雪飘。
望长城内外,惟余莽莽;
大河上下,顿失滔滔。

---

① 周振甫:《毛泽东诗词欣赏》,中华书局 2013 年版,第 59 页。从地理内涵和修辞格分析"五岭逶迤腾细浪,乌蒙磅礴走泥丸。"大庾(yǔ)、骑田、萌渚(zhǔ)、都庞、越城五岭,绵延起伏于江西、湖南、广东、广西之间。"逶迤"(wēiyí),绵延起伏。1934 年 10 月中央红军从福建、江西出发,沿这四省边境的五岭山脉,越过敌人封锁线,向西进军。乌蒙山绵延起伏在贵州、云南两省之间,气势磅礴,"磅礴"指雄伟。这两句话,运用了七种修辞手法:①互文格,即"五岭逶迤"而"磅礴","乌蒙磅礴"而"逶迤"。②比喻格,五岭、乌蒙的逶迤磅礴,像"腾细浪""走泥丸"。③引用格,"走泥丸"本于《汉书·蒯通传》的"坂上走丸",泥丸从山坡上滚下来,成一条起伏跳动的线,可比山势的起伏。④映衬格,雄伟的五岭、乌蒙与渺小的细浪、泥丸构成映衬,衬出红军高大的形象来。在红军眼里,高大的五岭乌蒙不过像渺小的细浪泥丸。⑤婉曲格,在映衬中,含有红军突破几十万敌军的围追堵截,显出红军英勇无敌,这个意思含在内,故为婉曲格。⑥摹状格,描写山势的逶迤磅礴,即为摹状。⑦对偶格,这两句对偶工。在这七种修辞法中,最重要的是映衬格和婉曲格,衬出红军的高大形象,英勇无敌,把数十万敌军的围追堵截看得毫不可怕,一一加以击破,突出红军的英勇无敌。

山舞银蛇，原驰蜡象，欲与天公试比高。
须晴日，看红装素裹，分外妖娆。

江山如此多娇，引无数英雄竞折腰。
惜秦皇汉武，略输文采；
唐宗宋祖，稍逊风骚。
一代天骄，成吉思汗，只识弯弓射大雕。
俱往矣，数风流人物，还看今朝。

  这首词创作于1936年2月，"沁园春"为词牌名，以"雪"为题。毛泽东和彭德怀等率领红一方面军的部队，长征顺利到达西北黄土高原。1936年1月，中共中央决定东渡黄河，重新组建了红一方面军，定名为"中国人民红军抗日先锋军"，准备在陕西省清涧县高杰村与山西省石楼县留村黄河对望的地方渡河，从山西出发对日军直接作战。1月26日（农历正月初三），毛泽东、彭德怀率领"东征部队"从瓦窑堡出发，经延川、延长，于2月5日到陕北清涧县袁家沟。这是一个几十户人家的山庄，距离黄河仅20余里。部队在这里休整16天，其间黄河两岸下过一场大雪。由于积雪覆盖，本来就苍凉辽阔的黄土高原更显得雄浑壮丽。可以想见，北国大地，诗人静立于寂寥的苍穹下，近睹黄河横卧晋陕大峡谷，冰雪封冻，远望长城内外，白雪覆盖着起伏的宏大山体——诗人毛泽东的民族自豪感和革命家的使命感，悠然升腾。[①] 毛泽东感慨万千，欣然提笔，"几乎是一气呵成了这首独步古今的咏雪抒怀之作"[②]。上阕写景，描绘北国风光之壮丽，字里行间豪气干云，下阕议论抒情，回顾历代的帝王豪强，歌颂真正的风流人物。全词怀古思今，融情于景，感情奔放，气象恢宏，意境壮美。

  其实，在《七律·长征》和《沁园春·雪》之间，毛泽东还有个

[①] 朱向前主编：《诗史合一：毛泽东诗词的另一种解读》，人民出版社2008年版，第214页。
[②] 周啸天：《沁园春·雪》，载上海辞书出版社文学鉴赏辞典编纂中心编《毛泽东诗词鉴赏辞典》，上海辞书出版社2011年版，第88页。

人情感与革命精神结合而更为别致的词作,那就是《清平乐·六盘山》。上述"更喜岷山千里雪,三军过后尽开颜"两句,真实记录了红军主力长征摆脱国民党中央军和地方各种武装围追堵截而胜利在望的欣喜。为了北上抗日的既定方针,中央红军继续北上进入甘肃。六盘陇原成为中国工农红军克服困难、走出困境的光荣之地。六盘山,是中国最年轻的山脉之一,位于今天的宁夏回族自治区西南部、甘肃省东部,南段又称陇山。长约240千米,南延至陕西省西端宝鸡以北,横贯陕甘宁三省区,既是关中平原的天然屏障,又是北方重要的分水岭。主峰3100多米,也叫六盘山(当地习称大关山),傲视西北黄土高原,危峰高耸陡峭,山势挺拔雄伟。这座南北走向的高山,是红军到达陕北革命根据地的必经之路,也是红军长征翻越的最后一座大山。1935年10月7日,红军在宁夏六盘山东麓青石嘴,击败前来堵截的国民党骑兵。当天下午,红军北上抗日先遣队一鼓作气,翻越了六盘山,10月19日直抵吴起镇,与陕北红军会师,胜利结束两万五千里长征。毛泽东率领红军砥砺前行,克服重重阻碍,对革命胜利充满信心。转战南北,又一次打败敌人、战胜天险,在六盘山巅极目远眺,心情颇为激动的毛泽东高声吟诵:

天高云淡,望断南归雁,不到长城非好汉!
同志们,屈指行程已二万!同志们,屈指行程已二万!
六盘山呀山高峰,赤旗漫卷西风。
今日得着长缨,同志们,何时缚住苍龙?
同志们,何时缚住苍龙?

这也是毛泽东革命征途中吟诵的杰作之一。这首诗个人感慨颇深,又直抒胸臆,文字明白如话,主旨又极为鲜明,大笔挥写真情实景,急促而紧凑的歌谣鼓点,加上直接的感叹与设问,能够极大地鼓舞所有红军战士。这首长征路上革命家诗人的豪迈之作,1942年8月1日在《淮海报》副刊《文艺习作》上曾以《长征谣》为题全文刊登。在此基础上毛泽东先后八次修改，成为其得意佳作之一《清平乐·六盘山》。1946年8月1日，上海《解放日报》公开发表此诗，内容便是今天人们所读到的：

  天高云淡，望断南飞雁。
  不到长城非好汉，屈指行程二万。

  六盘山上高峰，赤旗（旄头）漫卷西风。
  今日长缨在手，何时缚住苍龙？

  这是《七律·长征》的一个精彩"注解"，更是万里长征画卷的一个特写。同样，这首词与《七律·长征》《沁园春·雪》等一起发表在《诗刊》1957年1月号，大体形成了我们今天看到的版本。"更喜岷山千里雪，三军过后尽开颜"之后，红军经历更大的内部危机和外在军事压迫，正是翻越了最后一座高山六盘山，红军三大主力胜利会师。① 革命的风波和战争的胜利，再次激发毛泽东"书生意气、挥斥方遒"革命理想和情志的写照。全词磅礴大气，雄浑豪放。上阕登六盘山远望"天高云淡"，起笔辽阔。当然，正因"天高云淡"，才能"望断南飞雁"，境界高远而情意深挚。那由北向南飞去南方过冬的大雁，引起了对南方革命根据地的无限思念，包括亲人和家园。② 大雁南飞与北归自是边塞诗中最常见的情景。望断南飞雁，景中寓情。但这种真情怀想的某些感伤，很快被更强烈的革命信念、政治理想和坚贞情感所超越，"不到长城非好汉"！正是这种"不到长城非好汉"的豪情万丈，将所有艰难险阻踩在脚下，一个"屈指行程二万"形象的动作特写，将革命乐观主义者的情志尽显无遗。"不到长城非好汉"，转借双关，"不

---

  ① 红四、红二方面军，1936年10月9日和22日分别到达甘肃省会宁和静宁以北的将台堡（今属宁夏西吉），与红一方面军会师，胜利结束了长征。
  ② "风雷驱大地，是处有亲朋。"陈毅《西行》，毛泽东改定。参见《毛泽东书信选集》，人民出版社1983年版，第607页。

到"长征的目的地决不罢休,表达了红军北上抗日的决心和意志。

  下阕依旧前两句写景,后两句抒情。"六盘山上",点明题意,立足高峰之上,革命的"赤旗①(旄头)漫卷西风",红军挥舞赤旗,汉唐边塞雄风今犹在,借古喻今书写先驱部队风卷残云,击退敌人。豪情壮志,毛泽东借宋代刘克庄《贺新郎·国脉微如缕》:"问长缨,何时入手,缚将戎主?"化出"今日长缨在手,何时缚住苍龙?"直接道出长征胜利了,革命的主动权已掌握在中国共产党领导的红军手中,"缚住苍龙"只是个时间早晚的问题。政治家的豪气和自信皆在其中。而这"苍龙"出自唐李贤注引《前书音义》:"苍龙,太岁也。"古代术数家以太岁所在为凶方,故亦指凶恶的人,取此意,亦可解。因太岁系凶神恶煞,这里象征指代千方百计要消灭我工农红军的国民党政权代表人物蒋介石。"何时"以问句出之,但表意为肯定句,即总有一天,红军战士将消灭国民党反动派,夺得最后的胜利。整首词展现了红军战士们勇往直前的钢铁意志和革命必胜的坚定信念,具有强烈的感染力量。同时,抒情主体的个性精神也丰盈饱满。"全词造语朴实自然,意境高远,感情充沛而又生动形象。毛泽东用高妙的手法轻松写出了自己悠闲中又有些沉重、自信中又有些悲凉的复杂情绪。"② 这首词不仅是毛泽东革命情志抒写的优秀之作,更给宁夏山川增添了诗意的亮丽和豪迈的色彩。

  1959年9月,北京人民大会堂落成,为了更好地布置宁夏厅,刚从北京调到宁夏工作的黑伯理,请董必武副主席转达了宁夏回族自治区人民的心声,希望得到毛主席亲笔手书《清平乐·六盘山》。"1961年,董必武应宁夏回族自治区的要求,请毛泽东重写《清平乐·六盘山》。"③ 董老给毛主席写了一封信。全文如下:"主席:我受了宁夏自治区人委一位同志之托,他要我转恳你把你在六盘山作的清平乐词写一纸给宁

---

  ① "旄头"出自唐朝王涯《从军词》三首之一:"旄头夜落捷书飞,来奏金门着赐衣。白马将军频破敌,黄龙戍卒几时归。"
  ② 朱向前主编:《诗史合一:毛泽东诗词另一种解读》,人民出版社2008年版,第210页。
  ③ 戴剑华:《董必武与毛泽东》,见董德文主编《董必武研究文集》,湖北人民出版社2013年版,第74页。

夏，那里的同志将把它刻石立碑于六盘山上以留纪念。受托很久了，总觉得这样的琐事麻烦你太不应该。日前，宁夏来信催问，无奈，只得请你原谅，费神随笔一挥为盼！我从人民文学出版社出版你的诗词十九首中录出清平乐一词如另纸供阅，以省记忆！此致敬礼！董必武（一九六一年）八月二十五日。"① 董老在另一纸上工笔录写了《清平乐·六盘山》一词。董老信中提到的"宁夏自治区人委一位同志"，就是时任自治区人民委员会秘书长的黑伯理。

1961年在江西庐山召开中央工作会议期间，毛泽东主席在开会之余，于9月8日书写了《清平乐·六盘山》一词。《清平乐·六盘山》词中有一句，按人民文学出版社的版本为"旄头漫卷西风"，毛主席书写时改为"红旗漫卷西风"。并复董老一封信："必武同志：遵嘱写了六盘山一词，如以为可用，请转付宁夏同志。如不可用，可以再写。顺祝健康！毛泽东一九六一年九月八日。"② 董必武回京，让秘书申德纯打电话告诉黑伯理，毛泽东已经书写好《清平乐·六盘山》，让他们速来京取。

毛泽东《清平乐·六盘山》6张16开宣纸手书墨宝装裱成条幅，照像制版，于1961年9月30日首先在《宁夏日报》头版套红刊发，配发了编者按语，并发表了题为《不到长城非好汉》的社论。自治区人民委员会办公厅请了银川市制砚刻字合作社阎子江、阎子洋、关富强等工艺人员雕刻毛主席词《清平乐·六盘山》的石屏。他们到贺兰山采石，并把石料运往北京，在德胜门外找了个地方开始雕刻创作。历时数月，将毛主席词的手迹《清平乐·六盘山》精心镌刻于褐色贺兰石板上，凹进去的字呈紫红色，用楠木作框，一幅长3米、宽1米的贺兰石屏挂在了北京人民大会堂宁夏厅。③

今天，这首词和传世的毛体书法精品，一直是宁夏人的骄傲和自

---

① 参见曾珺《毛泽东〈清平乐·六盘山〉手迹的由来》，《党史博览》2015年第11期。
② 毛泽东：《毛泽东书信选集》，人民出版社1983年版，第587页。
③ 人民网记者周志忠、宁夏回族自治区人大喻通：《毛泽东应宁夏同志嘱书〈清平乐·六盘山〉》，http：//news.sohu.com/2003/12/26/38/news217483868.shtml，2003年12月26日20：07人民网。

豪。这是毛泽东书法作品中流传最广的作品之一，也是见证中国革命史和新宁夏建设的重要文物。"毛泽东《清平乐·六盘山》手书墨宝和写给董必武的信原件开始存放在宁夏博物馆，1982年由中央档案馆征集收藏。"①

中国共产党老一辈革命家多喜旧体诗词创作。西部风情与革命言志，在毛泽东《七律·长征》、《清平乐·六盘山》和《沁园春·雪》等作品之外，讨论"红旗漫卷西风"的时代抒情，令宁夏人民不可忘怀的还有国家领导人林伯渠和董必武的作品。他们先后视察宁夏，这是中国革命史和中华人民共和国历史上值得大书特书的精彩瞬间。

1958年宁夏回族自治区要成立，大批青年和干部来宁工作，多达七八万人。献身革命和国家，文艺与政治统一，创造世界与创作诗歌统一。"划区自治兴宁夏"，1958年9月，林伯渠带领中央代表团从北京西行来宁夏。1958年10月26日自治区成立。庆典结束，林伯渠一行参观银川红花渠边的民乐大队，写下了《银川即景》：

沟渠纵横万千条，弥望黄河胆气豪。
翻地人群多似海，运货车辆远连霄。

真实描写塞上的自然景象，还有横流的黄河，加上人民翻身得解放的劳动场景，诗风清新，即景形象地描绘了人民当家做主的社会主义建设的真实画面。

时光飞快，1963年10月，又是从北京西行的中央代表团到宁夏考察祝贺。一路上董必武副主席以诗记录沿途见闻。1964年宁夏回族自治区文学艺术工作者联合会编印《董必武副主席朔方行诗稿》，书写手稿宣纸影印，极为难得，弥足珍贵。滋养性情，抒发革命情志，赞颂祖国山河，这些诗作是其革命精神和政治情怀的真诚写照。

董必武是一生不忘写诗的人。人民文学出版社1985年7月第二版

---

① 曾珺：《毛泽东〈清平乐·六盘山〉手迹的由来》，《党史博览》2015年第11期。

《董必武诗选》选157题。文献有证，1965年7月21日，毛泽东在致陈毅的信中说"剑英善七律，董老善五律"①。这佐证了董必武写诗的造诣。

1886年，董必武同志出生于湖北省黄安县（今红安县）一个清贫的教书先生家庭。原名董贤琮，又名董用威，号壁伍。他自幼受到良好的启蒙教育，17岁时考中秀才。是中国共产党的创始人之一，中华人民共和国的缔造者之一，杰出的无产阶级革命家、马克思主义政治家和法学家，是中共第一代领导集体的成员和国家的重要领导人。曾加入同盟会，参加辛亥革命、参加长征。抗战时期担任中共与国民党谈判的代表。中华人民共和国成立后，历任政务院政法委员会主任、最高人民法院院长、全国政协副主席、中共中央监委书记、中华人民共和国副主席和代理主席、全国人大常委会副委员长。中共七届、八届、九届中央政治局委员，中共十届中央政治局常委。1975年4月2日，董必武在北京病逝。其作品"多为感时纪事、酬唱抒怀之作"，"风格朴茂"②。如朱德1940年5月写《出太行》，董必武有唱和之作《次韵和朱德司令出太行》：

元戎策马太行头，代北燕南次第收。
箪食壶浆迎道左，欢呼甘与子同仇。

空前国难已临头，破碎河山正待收。
贯日长虹没石羽，只知倭寇是吾仇。

为救危亡强出头，将军能发亦能收。
何时驱寇鸦龙外，信有男儿复国仇。

几许城头复阵头，将军出马寇氛收。

---

① 毛泽东：《毛泽东书信选集》，人民出版社1983年版，第607页。
② 吴海发：《二十世纪中国诗词史稿》（上、下册），中国文史出版社2004年版，第644页。

蜚声异国称神勇,奸佞无端认作仇。①

四首和诗,时空激荡,表现了驱逐倭寇的坚贞信念,凸显了朱德司令的雄才大略,还有同仇敌忾的爱国精神。从辛亥革命到党的一大,从十四年抗战到中华人民共和国建设,董必武是革命元老,其诗"语言纯朴而不雕琢,看似平淡而富含深意"②。1963年,在宁夏回族自治区成立五周年之际,董必武副主席代表中央人民政府来宁夏,留下了他记写行程和赞美宁夏的优美诗作。

譬如:

> 银川信是米粮川,秋实如云喜报连;
> 不闻舟子"破翻下",来庆农民大有年。
> 《初到银川》(1963年10月6日)

> 银川郊北赫连塔,高势孤危欲出云;
> 直以方形风格异,由于本色火砖分;
> 登临百级莫嫌陡,俯视三区极可欣;
> 四野农民皆组社,庆丰收亦乐清芬。
> 《登银川市北塔》(1963年10月7日)

> 青铜峡扼黄河喉,约束水从峡里流;
> 导引分渠资灌溉,下游千里保丰收;
> 兴修大坝自需工,发电无妨灌溉功;
> 跃进开头难不倒,任他泥铁笑东风。
> 《游青铜峡》(1963年10月18日)

---

① 董必武:《董必武诗选》(新编本),中央文献出版社2011年版,第11页。
② 董德文:《坦直忠诚报国家——读董必武诗歌感想》,载董德文主编《董必武研究文集》,湖北人民出版社2013年版,第166—167页。

这几首诗很少用典，亲切自然。西北方言"破翻下"，也可写作"泼烦哈"；赫连塔，俗称赫宝塔，亦即海宝塔。寓意美好，庆丰收的《初到银川》和《登银川市北塔》，至为清新。但流传甚广的却是《游青铜峡》，网上有整首诗的视频影像配图，可以图文参照。壮美的意境展现——可以想见中华人民共和国成立初期祖国西北大开发的宏图伟业，不得不敬佩董必武先生的人民情怀和诗家大手笔。

孙宏严、吴淮生专文考证说："董必武在不同的历史时期，在诗中表现了他对人民的殷殷之情，他吟唱：'来庆农民大有年'，'庆丰收亦乐清芬'；他憧憬：'他年期再来，物产更饶裕'。表达了作者对宁夏各族人民的关爱，诗名也印上了20世纪五六十年代的时代色彩。林伯渠在《银川即景》中写道：'翻地人群多似海，运货车辆远连霄'，写出了宁夏人民生产竞赛时热火朝天的景象。这也是着眼于国家的强盛，人民生活水平的提高。"[①] 山河草木人民情，毛泽东、董必武、林伯渠、朱德、陈毅等政治家的情志抒写，恰恰继承了中华民族几千年"诗以言志"的文化血脉和精神风骨，更是近代以来中华民族反抗一切经济压迫和外来侵略的慷慨悲歌，烛照日月。"从文学史发展的角度来说，毛泽东等数十位延安革命家几十年来创作的大量诗词及其革新实践，具有重要的文学史及诗史意义。延安革命家的诗词创作不仅以独特的审美格调突破了'鲁郭茅巴老曹'开拓的伟大传统，成为现代文学的重要组成部分，同时也丰富了现代文学艺术形式建构的独特内涵。"[②] 这些经典作品代表了革命文艺与大西北文化建设最密切的关系，也是宁夏政治和文化生活中现代精神的审美资源，已成为宁夏诗歌当代发展的历史高标，将具有永恒价值。

三 宁夏诗歌70年回眸与鸟瞰

1949年9月23日宁夏解放，1949年10月1日中华人民共和国成

---

① 孙宏严、吴淮生：《壮歌照青史 诗笔绘江山——读老一辈无产阶级革命家和原中央领导同志咏宁夏的诗词》，《共产党人》2005年第8期。
② 程国君、李继凯：《延安革命家的诗词创作实践及史诗价值》，《中国社会科学》2020年第3期。

立，1958年10月25日宁夏回族自治区成立。宁夏诗歌在新中国政治明朗的颂赞抒情中有了难能可贵的积累，在新时期以来经济文化的复兴发展中有了多元展现。"中国当代文学从某种意义也可以说，它是不断催发、推动、促进道德理想普泛化的文学。"① 从事新诗创作的宁夏第一代诗人，从政治抒情、民间文艺之中获得了最初的资源和力量，奠定了当代宁夏诗歌最初的那一抹新绿。

1958年宁夏回族自治区正式成立，这是中国继内蒙古自治区、新疆维吾尔自治区和广西壮族自治区之后的第四个省级少数民族自治地方。从全国各地陆续来支宁的知识分子中有不少诗人和作家。其中包括在20世纪30年代就从事新诗运动的李震杰，在上海新文艺出版社当过编辑的罗飞，辽宁诗人高深和北京诗人吴淮生，还有来自革命老区的朱红兵、姚以壮，以及下放宁夏的中国作家协会副秘书长王亚凡②，自然形成了宁夏最早的现代新诗创作群体。恰也是自治区成立前后，从北京下放银川（专区）的张贤亮，1957年在《延河》第7期发表诗歌《大风歌》，此时正值开展"反右运动"。诗歌甫一发表，9月1日《人民日报》随即发表批判《大风歌》的文章，随之全国各地特别是西北地区报刊上对张贤亮展开铺天盖地的批判。因为这首诗，张贤亮被打成了"右派分子"，1958年5月被押送到银川以北某农场"劳动教养"。"文革"结束，张贤亮没能找到诗歌创作的才情，却以小说写作带给新时期文学最大荣耀。有人说，《大风歌》成就了一位"从黑暗中爬过来的"、以"出卖痛苦"为生的卓越作家。长达115行的《大风歌》，这也许就是历史磨难带给宁夏诗歌的一次华丽转身。这次华丽转身的激情来自五四新诗巨擘郭沫若的大我形象，来自现实主义诗人艾青的艺术感染，自然也是诗人张贤亮感应时代的青春的一次激情张扬。

时代激越，"十七年"新中国文学的发展也带动了宁夏文学最初的显扬。20世纪60年代，宁夏形成一股乡土气息与政治抒情相结合的创

---

① 孟繁华：《中国当代文学通论》，辽宁人民出版社2009年版，第25页。
② 王亚凡（1914—1961），原名正雅，河南内乡人。中国作家协会副秘书长，1960年底下放宁夏农业第一线，1961年1月8日在灵武去世，葬于灵武县烈士陵园。

作思潮，一直延续到新时期宁夏文学的复苏时期。不过，最初的批评界仍将这一群体归纳为边塞诗人。以游牧、农耕、戍边为主要文化背景的朔方宁夏的土地上，王世兴、高琨、秦中吟、丁文庆、屈文焜、李云峰、杨少青、罗存仁、蔡锦启等，他们从西部生活的真实感受出发，挖掘地域文化所蕴含的人文精神，在地方民歌的基础上描摹宁夏乡土的风情，讴歌时代新生活。在这群立足西北本土生活的诗人中，高琨最早进入诗坛，1955年他的诗歌《沙滩变良田》在《甘肃日报》发表；改革开放初的1978年，又是高琨创作的花儿《咱回族新窗涌歌泉》在《诗刊》发表。性情率真的高老头①，钟爱花儿，一辈子念叨创作花儿。他2013年去世，给我们留下了《红牡丹》《绿牡丹》《黑牡丹》等生活气息浓郁的新花儿作品。另一位"花儿"诗人屈文焜，也是一生致力于"花儿"和"花儿研究"，完成《花儿美论》并再版。

中华人民共和国建设的曲折历程中，极"左"路线和残酷的政治运动，不仅对国民经济和国家政治造成极大的伤害，而且造成因文化和艺术萧条而乖张的可怕景象。但生活却在继续，诗人在艰难的个体生存和"左"倾意识形态之间寻找希望，规约于政治颂赞，也是抗衡某种沉沦和虚妄。从作品的发表来说，"文革"前后宁夏比较突出的诗人有朱红兵、李震杰、王世兴、路展、罗飞、吴淮生、高深、高琨、秦中吟、丁文（庆）、贾长厚、马乐群、杨少青、刘国尧、肖川等。从1968年编选《飘香的沙枣花》到1978年出版的作品集《光辉永照宁夏川》，"把每个细胞化作音符献给人民和党"②，明朗的抒情基调见证时代过往的沧桑，也见证了诗人主体情感的浮泛和审美精神的单薄。反之亦然，诗歌是时代精神和情感抒发的先锋文体，宁夏地区文学获得新的民族精神和情感力量，自然也离不开诗人的热情讴歌。

《光辉永照宁夏川》，可以说是1958年至1978年宁夏地区诗歌的"总集"。这是1978年宁夏回族自治区成立二十周年之际编选出版的，总计选收了新传唱的民歌和诗人作品共180余首，情感基调是颂赞，以

---

① 火会亮：《快乐的花儿诗人》，《朔方》2013年第2期。
② 高深：《致诗人》，《宁夏文艺》1980年第1期。

"花儿"等民歌为主要载体。

从编排体例和内容，大致可以分为三个部分。

第一部分是编选了林伯渠、董必武和李景林三位的9首诗，第一首是林伯渠代表中央政府来参加宁夏回族自治区成立庆典的诗作《庆祝宁夏回族自治区成立》，《银川即景》也是此行之作。"诗四首"是董必武1963年10月到宁夏，参加自治区成立五周年庆祝活动的作品，赞美了宁夏山川风情，描写了宁夏社会主义建设，并寄语鼓励。李景林《和董老诗三首》，在表达了同样的山川赞美之情的同时，殷切期望"人民更富裕"。

第二部分是宁夏民歌，收录了宁夏民歌新作14首，以及通俗的民歌体的颂赞诗12首。这些新传唱民歌颂扬社会主义新气象和革命领袖，情感淳朴而热烈。特别是第一首《光辉永照宁夏川》旋律悠扬，语言清新流畅，将宁夏的地方风情和新时代的政治情感抒写得充沛而优美。与郑德正、翟承恩等人的仿民歌体，还有郑正的仿劳动号子的抒情诗，都是非常通俗、质朴而优美的作品。体现了宁夏早期诗歌浓厚的民间色彩和时代特色，处处闪现着社会主义发展的自豪感。

第三部分选录了宁夏诗人的旧体诗和白话新诗作品99首（组）。这些作品，具有比较鲜明的时代精神，浓郁的地方特色和民间艺术借鉴的痕迹。但重要的这是宁夏诗人的一次"检阅"，显现了自治区成立以来宁夏以工农兵和知青为主的诗歌创作的总体力量。有作品入选的诗人是：姚以壮、吴视、郑德正、翟辰恩、吴淮生、郑正、朱红兵、江星、万里鹏、丁文、李子、梅羽、何克俭、季真全、毛泸亭、周金庭、赵文远、叶菲、井笑泉、肖川、黄喜敬、柳依、张定源、刘风雪、曹俊岐、孔令文、殷琪、徐淑珍、红图、沈文博、刘平、乐岩、陈葆梁、蔡锦荣、征明万、胡大雷、李云峰、高娃、犁原、雷抒雁、乔良、邓海南、廖代谦、邢培民、纳日苏、秦克温、闻钟、尹旭、慕岳、贾长厚、刘国尧、马治中、杨少青、李增林、王庆、牧犁、张留增、何光汉、张文瑞、王彦魁、梅冬平、侯愚夫、宋萍、赵福辰、子牛、张树彬、董柄新、王景琳、冯冰、潘英南、韩长征等。这些诗人在自治区成立二十年以来陆续在诗歌上不断取得成就，为宁夏诗歌奠定了发展的基础，他们是宁夏诗歌的拓荒者。整本诗集情感饱满，选材广泛，具有强烈的时代精神，"花儿"的芬芳，展现了宁夏儿女上下一心，努力建设社会主义事业，赞颂宁夏回族自治区成立二十年山川换新颜的新气象。

"总的来说，1950—1976年中国的新诗理论研究，尽管在诸如现代格律诗建设，以及抒情诗、叙事诗理论等方面的研究有相当的成果，但受那个时代政治环境与主流意识形态影响，更多的时候是呈现出单一化、政治化的美学特征。"① 创作亦是如此。

20世纪70年代末80年代初，伤痕反思文学形成了当代中国文学最大的热潮。"归来者的歌"，宁夏最重要的诗人是罗飞②。朦胧诗"崛起"的时候③，宁夏诗歌仍然沉浸于地域风情的描写和政治歌谣的仿照。即便是抒情最好的，1982年前后发表在《朔方》的诗作，如丁文《沙中小憩》《台钟》《灯光》，贾长厚《海风》《我爱大海》《帆的风格》，井笑泉《塞上的形象》《车过六盘山》等，内容与情感非常"纯洁和真诚"，仍然没有摆脱颂赞文学的内在规范和道德审美的意识禁锢。"为着太阳的期望"，"我们在高高峰顶一起跳舞唱歌"。④ 不少诗人很长一段时间仍无法摆脱集体情感的抒写及政治颂赞的浪漫热情。

因此，高深等诗人自觉的伤痕反思，就显得难能可贵。其《致诗人》里这样倾诉：

　　当你凝视母亲的创痛时也不必哀伤，

---

① 谢冕主编：《中国新诗总论》（1950—1976）第3卷，宁夏人民教育出版社2019年版，分卷主编吴思敬《导言：在政治纠缠中行进的诗学》，第21页。
② 罗飞，1925年出生，江苏东台人。1943年因战争辍学，开始发表作品。著有诗集《银杏树》《红石竹花》等，中国作家协会会员。"罗飞是一个向往春天，追求太阳的诗人。"见杨梓主编《宁夏诗歌史》，第106页。情理之间，折翼的鸟执著地追问生活，歌咏生命，燃烧激情，为精神与理想辩护。
③ 如不严格确认诗人的地域身份，那么与宁夏诗歌结缘颇深的雷抒雁，伤痕反思的诗歌创作影响不小，其20世纪80年代初期的《父母之河》，颇为接近舒婷的《祖国啊，我亲爱的祖国》。杨梓将这首诗选入《宁夏诗歌作品选》，阳光出版社2015年版，第200—204页。
④ 秦中吟：《登贺兰山主峰》，《朔方》1987年第3期。

>从苦难中站立起来的巨人会格外坚强，
>历史的脚印已经刻在九亿人民心上，
>寒尽霜穷春伊始，有道是多难兴邦。

历经劫难，春寒料峭，这是宁夏地区作家沉痛的历史反思，也是诗人高深"从苦难中站立起来"的家国悲歌。

其实，不可否认，来自革命文艺与民间歌谣的双重力量，高扬时代的激情，给新中国诗歌新的色彩，也让宁夏这片南北狭长的土地上有了诗人的歌唱。几代诗人共同努力，不断突破艺术和生活的藩篱，呼应时代的节拍，留下了不少歌唱社会主义新生活的时代篇章。当然，"宁夏文学在中国当代文学史上占有一席之地，始于社会主义新时期。20世纪80年代，张贤亮以其重归文坛之后的慷慨悲情征服了大江南北。直到今天，我们依然可以闻到'绿化树'马缨花的浓郁芬芳，听到'就是钢刀把我头砍断，血身子还陪着你呢'的如火歌谣"①。"花儿"的芬芳，可见张贤亮小说浓郁的西北风情构成的重要因素其实也是诗歌，包括西北花儿和民歌。明朗的情绪也好，极"左"的禁锢也罢，时光在流逝，生活并没有停止。家国不幸诗人幸，拨乱反正，新时期对于西部是政治的反思，更是文学现代性的全面启蒙。

与此同时，宁夏的诗人们以极大的热情和自觉介入当代文学的大潮——特别是西部文学和西部诗歌的大潮。1982年8月26日至31日，宁夏作协举办"塞上诗会"。当年的《诗刊》副主编邵燕祥、《光明日报》副刊编辑韩嗣仪、《民族文学》编辑查干、江苏诗人邓海南、辽宁诗人佟明光、四川《贡嘎山》副主编张央、陕西诗人毛锜、《延河》诗歌组长晓雷、《飞天》诗歌组长师日新、青海作协副主席赵亦吾、《青海湖》诗歌编辑昌耀、兰州军区战斗话剧团创作员李柏涛等12人应邀参加，区内诗人、评论家、诗歌编辑和诗歌爱好者60多人与会。朱红兵致开幕词。邵燕祥发表了《关于当前新诗创作情况和若干问题——

---

① 郎伟：《偏远的宁夏与渐成气候的"宁军"》，《写作是为时代作证》，宁夏人民出版社2007年版，第58页。

在〈塞上诗会〉上的讲话》，内容充实，全面分析当时中国新诗创作的状况并提出了具体的建设性的意见。高嵩一一点评了马乐群、赵福辰、罗飞、李震杰、肖川、贾长厚、吴淮生、高深、马静、王庆、秦克温、刘国尧、丁文、屈文焜、万里鹏等宁夏主要诗人的作品。参加诗会的宁夏诗人还有马钰、马志恒、马春宝、井笑泉、王世兴、王湛、白闻钟、田伟民、储春兰、刘进忠、李凝祥、汪宗元、何光汉、何克俭、何新南、杨殿勋、杨少青、余风祥、陈葆梁、陈葆泉、陈幼京、郑正、张士春、张涧、尚和平、赵宁刚、高奋、高琨、贾朴堂、倪良华、彭锡瑞、韩长征、蒋全海、薛秀兰、蔺兴才等。

"诗，是时代的号角，是历史的晨钟，希望我们的诗人，满腔热情地唱出时代的最强音。"① 这是宁夏文联主席石天1982年8月17日"塞上诗会"开幕式上讲话中富有号召力的呼吁。为了庆祝诗会圆满成功，他还即兴赋诗二首：

（一）

昔日朔方客戍边，春风不渡玉门关。
且喜红旗飘塞上，鱼肥粮丰赛江南。

（二）

"十二大"前聚银川，振兴中华意昂然。
塞上诗会展佳作，"诗人兴会更无前"。

"诗人兴会更无前。"此时除了仍然健在的宁夏诗坛三老李震杰、朱红兵和姚以壮，重新复出或重新开始诗歌创作的诗人有：高深、王世兴、吴淮生、张涧、高奋、丁文、白闻钟、秦克温、赵玉如、万里鹏、郑正、翟辰恩、王湛、井笑泉、杨殿勋、张士春、高琨等。更多的是拨乱反正后登上诗坛的诗人：肖川、刘国尧、王庆、贾长厚、屈文焜、赵福辰、马忠骥、何克俭、蔡锦荣、马乐群、马治中、杨少青、蒋全海、

---

① 石天：《在"塞上诗会"开幕式上的讲话》，《文艺通讯》（增刊·"塞上诗会"专辑），宁夏文联《文艺通讯》编辑室、中国作家协会宁夏分会编，1982年8月印制。

韩长征、胡大雷、陈葆梁、李云峰、王宝三、苏海东、张迎胜、殷俊玺、杨启伟、王甘林、薛秀兰等。此外，著名诗人雷抒雁、江苏青年诗人邓海南，以及北京冯垃、甘肃乔良、李柏涛等都是在宁夏开始新诗创作的。

总体而言，20世纪80年代"我区的诗人和青年作者，偏处西北一隅，囿于见闻，有些同志眼界不够开阔，感受时代的脉搏也不够敏锐。这些不足之处，反映在创作上，最突出的问题就是：思想深刻、艺术性高、强烈地回荡时代的号音，震撼人心的力作不多。在表现民族特点上，也是描写回族外在的、表象的东西居多，而表现回族人民精神风貌、心灵世界的东西较少"①。但石天开幕式讲话中鼓励说："一切严肃的创新的努力，不论成败，不论成果大小，都应当受到鼓励。"简而言之，此次诗会，也是宁夏最早组织的、大型的当代诗歌研讨会。特别是邵燕祥五个小时的报告和高嵩高屋建瓴的新作点评，开诗歌批评的新风气，文学开始回归审美的抒情本质。

从文学的现代发生来说，文学刊物，包括文学研讨活动，深刻影响一个地区的文学生态和作家培养。中国当代文学，特别是地域文学的发展，离不开文学刊物和文学编辑。1973年前后，文艺的政治禁锢开始松动，文艺刊物逐步焕发活力，如《平罗文艺》、《银川文艺》、《宁夏文艺》和《宁夏日报》（副刊）等。新时期宁夏诗歌的活跃自然离不开《宁夏日报》编辑李震杰，也离不开《宁夏文艺》（1980年4期改名《朔方》）和《宁夏青年报》②等。在宁夏当代诗歌的发展中，承前启后的诗人是肖川。肖川担任《朔方》诗歌编辑，培育了不少诗歌创作的人才，得到杨梓等为代表的宁夏"60后"诗人的特别推崇。③ 此外，

---

① 参见《文艺通讯》（增刊·"塞上诗会"专辑），宁夏文联《文艺通讯》编辑室、中国作家协会宁夏分会编，1982年8月印制。
② 20世纪"80年代后期，导夫、薛刚、权锦虎、杨云才、刘中等以《宁夏青年报》为阵地……为宁夏诗坛带来了不小的震撼。"参见杨梓主编《宁夏诗歌史》，阳光出版社2015年版，第5页。
③ "无论在宁夏、在西部、还是在全国，《黑火炬》都是里程碑式的作品，是西部诗歌的重要硕果，其放射出的诗性的光芒，必然照耀一代年轻的诗人茁壮成长。"《醉里丛为客，诗成觉有神》，杨梓跋《肖川诗选》，阳光出版社2014年版。

还有银川市文联高耀山、马乐群和西海固诗人屈文焜等，也以编辑工作促进了地域文学创作发展。

1989年5月和11月，肖川在《朔方》编发两期《诗歌专号》，这在20世纪80年代末的中国诗坛产生了一定的反响，应该是中华人民共和国成立后宁夏第二拨诗人的集体展现。

此时宁夏崭露头角的诗人不在少数，如马钰、沙新、虎西山、导夫、薛刚、张铎、张强、何伟、权锦虎、邱新荣、左侧统、杨云才、刘中、丁学明、戴凌云、白军胜、周彦虎、唐珺、梦西、王慧等。这些诗人，一部分是以虎西山、张铎、周彦虎等为代表的西海固诗人，而另一部分马钰、导夫、杨永才等则来自河套平原。这些来自贺兰山下、黄河两岸和陇山深处的诗人们，在支边文人和作家的影响下，逐步于20世纪80年代末90年代初，合成新的力量，用乡土情怀与黄河意象，共同丰沛了宁夏诗歌创作力量。

青铜峡至石嘴子的黄河两岸，与南部八县区地域文学板块区分，色泽变幻，各领风骚。宁夏文学七十年，最初是银北的工业颂赞，其后是银南的新生活歌唱，与首府银川共同开拓创造了时代抒情的靓丽色彩。而20世纪90年代之后，特别是进入21世纪以来，更多是西海固文人与作家沟通南北，形成又一波乡土诗意为主的文学热潮。这种南北地域却也关联同一位作家的情感，譬如陈继明[①]，大学毕业到南部山区任教，后来调到银川工作，念念不忘泾源山水，记忆的疼痛产生了《对一个地方的怀念》：

石头在千年前开始爬行
山坡上有羊群嗅千年前的事情
我走在街上想起外面

---

① 陈继明（1963—），甘肃甘谷人。1984年毕业于宁夏大学汉语言文学系，曾任教于宁夏泾源县第一中学、宁夏广播电视大学和西北第二民族学院（现为北方民族大学），曾任《朔方》杂志编辑和宁夏文联专业作家，现为北京师范大学珠海分校艺术与传播学院教授。中国作家协会会员，珠海作家协会副主席。

也像是千年前
宁静中升起力量
竟也从千年前

不久有了一个朋友
在县城拐角常饮酒
看窗外麦苗生长
将一种情绪点燃
有种血液　来源于亘古
欲决堤而去

……

带回了慢性关节炎
那骨节里躲藏着五年的记忆
那是一种鸟、风、雨的声音
以及潮湿的阳光的气息
凝聚而成的疼痛
我正设法
治愈这怀念

此诗发表于1990年《朔方》第12期。陈氏的长篇《一个人的天堂》故事地理背景就是六盘山南麓的泾源，人性反思的叙事深层是时空转换的直觉情感，恰可以注释诗人的"怀念"。哈若惠敏锐地批评说："这是一首读来不甚轻松的小诗，然而，这是首颇具意味的小诗。看不到鼓涨的激情，谈不上雅致与雍容，可正是这别样的字句、别样的意境，构筑了一个属于诗者自己的别样的诗的空间。"[①] 地域记忆是诗

[①] 哈若惠：《喧嚣的寂寞——陈继明诗〈对一个地方的怀念〉赏评》，《一片冰心》，中央编译出版社2010年版，第181页。

人情感承受的重要一翼，宁夏南部山区与银川平原地带之间形成鲜明的对照，自然影响到诗人的无意识选择，还有抒情风格。不仅是诗歌，还有小说的叙事也是浸染地域风气的，这在石舒清西海固乡村叙事和张学东现代生活小说观照中亦有鲜明的山川风物影响的地域性差异呈现。

文史一脉，2017年版《宁夏通志》编撰者非常分明地将宁夏诗人以地域区分为西海固诗群和川区诗群两个板块，认为"西海固板块指出生并生活在南部山区六县本土的诗人。他们大多在本土化、民族化和传统化的基础上吸收现代的创作手法，以敏锐的视角观察现实生活，以借景抒情的手法展示诗人内心的所感所思，从而呈现出与艰苦环境抗争、与西海固人民同呼吸的特质。诗作继承了语言简约、意境开阔、寓意含蓄等古典诗词的优秀传统，并独具现代特色。代表诗人有杨梓、虎西山、冯雄、梦也、王怀凌、周彦虎、单永珍、杨建虎、泾河等"。而"川区板块的诗人具有探索性、现代性和口语化倾向，大部分青年诗人敢于打破既成的创作模式和风格，对西方现代主义和后现代主义创作手法有所借鉴，似乎一直在寻找一条最适合自己的创作之道。代表人物有贾羽、杨云才、刘中、杨森君、米雍衷、洪立、张涛、张彬等"[1]。从历史的分期来考察，这种乡土抒情与黄河两岸风情描写的鲜明对照，一南一北，从"50后"领军诗人屈文焜和马钰身上尽显端倪。特别是从20世纪90年代流脉呈现的这种和而不同的分野一直存在，而且形成各自的新的领军人物，如至今活跃的灵武诗人杨森君和固原诗人王怀凌。王怀凌自然在乡土的惬意里耕耘自己的情怀，诗集是《大地清唱》《风吹西海固》《草木春秋》《人到中年》，要说杨森君同样离不开乡土和风物抒情，但其诗集是《梦是唯一的行李》《上色的草图》《午后的镜子》《名不虚传》。这种诗的抒情风格和意象选择的深层建构，或者说审美更高追求之间，更有虎西山和导夫，人文学者导夫喜欢音乐而诗的情调跳脱，诗的想象和语言是发散式的，美术教授虎西山诗的意象简明，诗的情感和语言是节制内敛的。

---

[1]《宁夏通志》编纂委员会编：《宁夏通志》第十九卷，宁夏人民出版社2013年版，第125—126页。

  宁夏文学，前三十年以域外来宁的诗人作家为主，20世纪80年代是交替和流变的时期，相对优秀的本土作家诗人们群体崛起。因此，20世纪90年代以来三十年则是流寓文人和本土作家共同活跃的兴盛时期，个人和总体的成就也更大。杨梓认为，这批诗人阵容整齐，人数较多，他们的作品大多表现了对生存环境的忧思和对精神家园的追求，具有豪迈、劲健、旷达、悲慨、壮美、质感等特点。这批青年诗人继承了前辈诗人的优良传统，在地处偏远而少受消费主义侵扰的诗歌环境中，诗人自觉创作的意识不断提高，各自的风格日益鲜明。

  无论是杨梓、杨森君、安奇，还是虎西山、冯雄、王怀凌，还有唐晴、瓦楞草、胡琴，以及阿尔、谢瑞、林一木，都还无法完全代表宁夏诗歌的总体风貌。没有几代回族诗人和作家的创作实践，宁夏文学缺少民族的向度和情感的深度。诗歌方面，王世兴、杨少青之后，马钰、杨云才和贾羽①等是其中的佼佼者。他们从地域"北方"的抒情锤炼和形而上审美考量中走得更远。21世纪更年轻的单永珍、马占祥、泾河等接续了立足自我的诗歌探求，在虔敬和诗意的内美修炼中，在宁夏乃至全国也产生了影响。因此，第五届全国少数民族文学创作会之后，宁夏文联与《诗刊》社联合举办"宁夏回族诗人单永珍、马占祥、泾河作品研讨会"。与会者认为，单永珍的诗歌具有"地理志"和"植物传奇"的特质，并且隐含着浓郁的"个人游历"情结（诗歌评论家耿占春语）；马占祥的诗歌中那种轻松、率真的表现方式，加上利用自己的生活经历来书写身边大事件的独特抒情方式，用轻松掩盖痛苦，回味时才感到诗歌中的疼痛和庄严（《诗刊》杂志常务副主编商震语）；泾河的诗歌中，则存在一个庞大的心灵气象，存在一种强大的心灵支撑，存

---

① 新时期朦胧诗之后，西部新边塞诗歌的风潮强健，使贾羽早期在"北方"时序风物的审美抒情中去考量人生和世界，后来从外在的强悍抒情转向象征或隐喻的内敛沉潜。跨世纪开放的西潮中贾羽又受西方现代派诗学影响，哲学性的审美倾向越来越明显，更加注重诗人自我的精神性探索。正如他决绝的宣言："人应该敢于不断地否定自己"。因此，后期创作"在追求现代性的文化语境下，贾羽的诗歌不再属于宁夏，回族，北方，中国，而属于整个世界"。《中国回族文学通史》中这样的评价是非常高的。请参阅《中国回族文学通史·当代卷》，阳光出版社2014年版，第1028页。

在一面飘展的信仰之旗。中国现代诗歌研究院副院长舒洁（特尼贡）认为："回族诗人和他们的作品，在当今中国新诗发展历程中的位置和影响，不可低估。而泾河，是这个令人尊重的群体中的一个，他的诗歌承袭了回族这个民族高贵的基因。"直言之，西海固乡土情怀与民族信仰交融的诗歌，其内里包含了民族、历史和文化等多重认同，也指向了现实与政治的家国认同。

当代宁夏诗歌版图构成还有一个重要方面，那就是古典诗词的吟诵和创作。"传统的投影及其当代化"①，这个传统来自几千年中华民族的审美积淀，平罗、中卫、中宁、盐池、隆德等历史文化较为深厚的县区，仍然有不少保持传统审美情怀的读书人，坚持了旧体诗词的言志习惯。更密切、更富有戏剧性的是，上述的毛泽东诗词，对当代中国人精神生活的影响是深远的。与宁夏紧密相关的是《清平乐·六盘山》，1961年毛泽东又专门手书这首词，经董必武赠送宁夏回族自治区人民政府。此外，1963年董必武视察宁夏，也留下了吟诵宁夏山川风物的诗词作品，成为宁夏人民宝贵的文化财富。宁夏人民特别珍惜诗词言志的革命传统和审美追求，尤其是改革开放四十年来，宁夏诗词学会与中华诗词学会相呼应，书写时代豪情和生活真情，形成了言志抒情、推陈出新的良好局面。上古以来的古体诗质朴、清新、生动，唐以来的近体诗整饬、典雅、蕴藉，五四以来的新体诗自由、奔放、细致，是中国文化诗意审美的历史积累，彰显了汉语诗的形式之美。换言之，古体诗、近体诗（格律诗）和新体诗虽然是中华文明几千年历史的产物，但可以共时性地承载今天和未来所有华夏儿女情志审美的精神活动。

当代宁夏的古体诗词创作从小到大、从萧条到繁荣也经历了一个曲折的发展过程。1949年至"文革"期间，由于受当时特定社会和历史条件的限制，宁夏创作古体诗词的诗人很少，只有罗雪樵、贾朴堂、赵庚、吴淮生、秦中吟、彭锡瑞、吴宗渊等数人。他们中大多数是从文化发达省份来支宁的知识分子，有着良好的古典文学素养。也有宁夏本地

---

① 西渡：《传统的投影及其当代化》，《文艺报》2020年12月30日第8版。此文重现阐释了新诗与旧体诗的辩证关系。

成长起来的受过高等教育的文学爱好者，但他们的创作是自发的，是一种个人爱好。特定的年代，诗词创作如万物萧瑟，难发枝芽。改革开放为宁夏古体诗词的复兴带来了前所未有的机遇，诗词创作者日渐增多。1985 年，《宁夏日报》副刊编辑秦中吟联络时任宁夏文联理论研究室主任吴淮生，并通过他联系宁夏文联名誉主席石天、朱红兵等人，由石天牵头成立诗词组织"塞风诗社"。石天任社长，朱红兵、吴红兵、贾朴堂、肖维章、吴淮生、秦中吟为副社长。这是 1949 年以后宁夏第一个诗词组织。随着诗词队伍的壮大，诗词创作也日渐繁荣。

1988 年宁夏诗词学会成立，挂靠宁夏政协教文体委员会。张源任会长，石天、朱红兵、秦中吟（兼任秘书长）、吴淮生（兼任副秘书长）任副会长。学会成立之后，积极开展采风、创作、吟诵、学术研究、对外交流、编辑出版等活动。如秦克温、杨克兴主编的《塞上龙吟》，是宁夏有史以来第一部古体诗集。因为是龙年所编，诗的音调高亢，故名之曰《塞上龙吟》。从董必武（3 首）至刘岳华（4 首），共收 70 家旧体诗词，献给宁夏回族自治区成立三十周年。附有庆祝宁夏诗词学会成立作品 21 首。

宁夏诗词学会是宁夏成立比较早的文学社团，组织严谨，影响广泛，极大地推进了宁夏旧体诗词的创作和研讨活动。而由宁夏诗词学会主办的诗刊《夏风》已有近三十年的历史，前身是 1992 年 5 月 1 日在《宁夏日报》开辟《夏风》诗词专版，两月一期。2004 年《夏风》改为 16 开本季刊，立足宁夏、面向西部、放眼全国，以发表旧体诗词为主。

1995 年 9 月，结合学会组织和诗词创作，宁夏诗词学会与银川市政府联合承办了全国第八届中华诗词研讨会，国内外 100 多名专家、诗人参加了会议，以边塞诗与爱国主义问题为主题进行了研讨。会后由秦中吟编辑出版了《重振边塞雄风》和《中华当代边塞诗词精选》。这次会议标志着新边塞诗派的崛起，其共同点是诗风粗犷、阳刚豪气、质朴平易、沉郁慷慨。宁夏地处边塞，历史悠久、山水独秀，前有古人留下的不朽诗篇，后有新时期古体诗人的不懈努力，尤其是本土一些诗人的作品，在继承前人的基础上又有所创新发展，在国内产生影响，为宁夏赢得了荣誉。如周毓峰《古剑行》，秦中吟《鹧鸪天·咏荷》，张源《塞上喜雨》，李增林《红豆吟》，吴淮生《旧调新声》，刘世俊《贺兰山》，彭锡瑞、胡清荷《湖海诗情录》，王其桢《紫塞驼铃》，唐麓君《沙海诗林》，刘沧《宁夏川》，崔永庆《绿野春秋》，邓万《扬黄扶贫灌溉工程感赋》，王文华《岚溪吟草》，何敬才《蓝梦集》，崔正陵《平仄人生》，杜桂林《秋风》，张程九《宁夏解放五十周年》，杨森翔《江南塞北》，刘剑虹《西夏鎏金铜牛》，黄正元《六盘山长征纪念亭》，沙俊清《青山集》，韩长征《雪晴塞上》，王文景《农村新貌》，任登全《山村人家》，王正华《艾依河巡礼》，沈华维《六盘山写意》，等等，皆有饱满的内涵和古雅情韵。其中颇为引人注目的是女诗人方阵，代表性诗人有苑仲淑、陶玲、杨石英、熊品莲、宋玉仙、熊秀英、闫云霞、赵达真、刘秀兰等，她们为这一时期宁夏诗词的壮大发展做出了积极的努力。

21世纪之初，宁夏诗词学会组织出版大型诗词集《西部大开发诗词大典》（中国文联出版社2003年版），为西部大开发吹响进军的文学号角，走在了全国诗词创作的前列，显示了诗词的力量。其中秦中吟、崔永庆、吴淮生、邢思颛、崔正陵、黄正元、沙俊清、刘剑虹、李玉民、熊秀英、张嵩等11人的作品入选《诗刊》（2004年11月号上半月刊），这是宁夏古体诗人作品第一次集中亮相权威刊物。由此开始的十余年间，宁夏古体诗人发表和出版的作品内容丰富多样，在走向成熟的同时显露出激扬飞动、顿挫劲健的气势，既有对传统诗词的传承，又有与时俱进的时代特色，形式虽"旧"，内容全新，完全符合社会发展进步的要求并与时代息息相关。其特点虽以感事抒怀、咏物寄意为主，但脱离了完全个人化浅唱低吟的不足，题材广泛、意境开阔，既歌唱塞上的新生事物，又赞美神州大地的可喜变化，彰显时代风采。这一时期继续坚持创作并成绩显著的诗人有秦中吟、项宗西、崔永庆、邓万、魏康宁、马志凤、杨石英、熊品莲、杨森翔、崔正陵、刘剑虹、何志鉴、沙俊清、任登全、海军、张嵩、闫云霞、熊秀英、白林中、李宁善、李宪亮、许凯、丁玉芳、李克昌、李贵明、杨玉杰、李秀明、陆占洪、潘万虎、孟健、杨作枢、刘德祥、陈立平等，同时还涌现出一批有创作潜力的中青年诗人，如闫立岭、许东君、强永清、天唐、马翚、佐红星、贾志中、侯玉红、杜枚、余秀玲、许金平、祁国平、马建国等。

当然，1988年宁夏诗词学会成立以来的重要诗人还有：王其桢（1920—2001）、苑仲淑（1927—2004）、张程九（1928—2016）、王文景（1932—2012）、李贵明（1946—2014）、陶玲、李增林、杜桂林、刘剑虹、邓万、崔永庆、黄正元、薛建民、丁玉芳、李玉民、邓成龙、潘万虎、段庆林等，每个人在诗词创作方面已有建树和成果。另外，在宁夏诗坛先后涌现出一大批有影响的诗人，他们丰硕的创作成果成就了今天宁夏诗词的繁荣。由于各种原因，他们或调离宁夏，或淡出诗坛。但他们的名字将永留新时期宁夏诗坛：丁毅民、于秀贞、马启智、王邦秀、王祖旦、王祥庆、王福昌、王慧君、王文华、王正华、古志昂、孙峪岩、吕振华、任启兴、刘沧、刘秀兰、刘德祥、许凯、邢思颥、杜晓明、李萌、李宁善、李克昌、李秀明、李宪亮、沈华维、何敬才、吴国伟、张苏黎、杨玉杰、杨作枢、林锋、陆占洪、姚持、俞安民、姜润境、高锐、焦达人、董家林、韩长征、薛九林等。

牛学智评论认为，宁夏已经形成了一支堪称壮观的古体诗词创作队伍，他们的作品也就构成了古体诗词意义的宁夏文学史。其题材一类是描摹细微的日常生活感受和情感波动，可称之为古诗词的日常生活化写作。更多的是访古寻幽，"实际上等于在知识上贯通宁夏文化的古今脉络，在审美上打通了宁夏审美的古今韵味，在体验上沟通宁夏人文的古今感应。宁夏传统文化实际上得到了以古体诗词形式传承的契机，并构成了新的传统，延长了宁夏文学史的长度，押宽了宁夏文学史的宽度，使宁夏文学史有了接续古代的必要桥梁"①。

一个地区文学的内在品质，不仅仅是获奖的多少，不单纯是小说创作的繁盛，而在于内涵繁复的散文之深厚，也在于诗人的存在和诗歌的审美积累。

经过新时期以来二十多年的培育，21世纪宁夏诗歌创作进入多元

---

① 牛学智：《在当代宁夏文学史的角度看宁夏古体诗词创作》，宁夏诗词学会编《宁夏诗词学会三十年〈夏风〉评论选》，宁夏人民教育出版社2019年版，第27页。

化、多层面相互促进的活跃期。2000年以来，据不完全统计，宁夏已出版诗集三百多部。区文联、区作协、宁夏诗词学会、宁夏诗歌学会、各县市文联，共同见证了"60后""70后""80后"三个代际诗人们追求乡土、史诗、日常、先锋等不同路向的求索热情。各种诗歌活动和诗歌研讨会频频举行，沟通了区内外诗人的多方面交流，年龄阶梯明显拉开，有一直在诗歌园地里探求的贾朴堂、王拾遗（王十仪）、张程九、吴淮生、秦中吟、李增林、马乐群、项宗西等老骥伏枥的诗人，也有宁夏诗坛跨世纪的核心人物虎西山、邱新荣、导夫、杨梓、张铎、张嵩、杨森君、王怀陵、叶子、闫立岭等"60后"代表，还有21世纪进入读者视野的唐荣尧、郭静、雪舟、泾河、安奇、阿尔、红旗、谢瑞、林一木、伊农、马占祥、念小丫等众多"70后"诗人，细致的阅读者张富宝认为："宁夏'70后'诗人就像是一种'星丛式'的存在，他们每一个人都好像是一个星体，各自独立、彼此不同，但又相互映照和相互联系，共同造就了一片星光灿烂的天空。其中有些清晰可辨，而更多的，则需要借助于特殊的勘察手段才能发现。"① 更为沉静的观察者倪万军认为，新时期或21世纪以来的宁夏诗歌，有自身先验的丰富性和复杂性，由于特殊的民族宗教信仰和特殊的地理环境的滋养，使得宁夏诗歌在靠近当代诗歌前沿的时候又保持了某种必要的警惕，从而形成了自己独特的风格。② 当代诗学评论家耿占春认为，也"较为充分地注意到了诗歌写作的地方文化特性，西部，塞上，西夏，回族，这些地方性的因素得到了应有的关注"③。

总而言之，新中国成立以来宁夏日渐壮大、开放、自信的诗人群体，他们也许无法完全进入文坛主流，却也呼应着当代中国文艺的各种思潮，消除时代的喧嚣与浮躁，反抗物欲，抵制平庸，先锋与乡土并存，家国与言志，民族与历史，增强了宁夏文学（诗歌）的审美品质。

诗歌创作的活跃也带动了诗歌评论和其他艺术形态的研究。宁夏新

---

① 张富宝：《居于幽暗而自己努力——宁夏70后诗人创作述评》，《朔方》2020年第11期。
② 倪万军：《新世纪以来宁夏诗歌创作简论》，《名作欣赏》2015年第10期。
③ 耿占春：《序：地方书写的意义》，见杨梓主编《宁夏诗歌史》，阳光出版社2015年版。

诗滥觞的初期，诗人们看重花儿等民间文艺的研究，从中发掘诗歌创作的艺术资源，彰显当代文学人民性要求。虞期湘、杨少青、王世兴、屈文焜、丁文庆、李云峰、罗存仁等人在诗歌创作与文艺批评之间，多是借助民间文艺的研究而肯定地域风情和时代颂赞。从新月诗人、现代派、七月派到九叶诗人，诗人研究诗人，形成了新的传统。宁夏诗坛，在吴淮生、贾长厚、杨云才等优秀诗人批评家之外，跨世纪的审美批评者以哈若蕙、张铎、白军胜和武淑莲等为代表，立足各自的身份而对以西海固为主的宁夏诗人们进行了较为广泛的批评观照。就近年宁夏区内评论而言，南有《六盘山》的编辑单永珍，北有区文联的杨梓，还有王武军、牛学智、张富宝、田燕、王佐红、王晓静、田鑫和瓦楞草等新锐力量的崛起。进入21世纪的20年，因大部分宁夏"60后"重要诗人在创作方面的积累日益丰富，部分"70后"诗人显露才华，也吸引了区外诗歌评论者介入宁夏诗歌研讨。譬如吴思敬、燎原、林莽、耿占春、商震、舒洁、高兴、张立群等诗评家，对杨梓、杨森君、郭文斌、王怀凌、骆英、单永珍、泾河、杨建虎等人的诗歌创作给予了较高评价。纵观宁夏文学七十年，特别是改革开放四十年来，从李镜如到荆竹，从高嵩到张铎，从秦中吟到张嵩，从郎伟到许峰，从钟正平到倪万军，从李生滨到王丹，以理论引导，深耕细作，夯实了宁夏文学在场批评的学理基础。这一切给了我们进一步讨论当代宁夏诗歌创作及特色的特别参照。

第一章 岁月沧桑与时代颂赞

中华民族历经沧桑，却依然传承着家国天下的人文精神。近代以来深重的民族忧患激励着每一位华夏儿女自强不息的革命精神，诗人们融入时代潮流，岁月沧桑而情志坚贞，以诗歌呵护自己的爱国情怀和政治理想。从新民主主义革命进入社会主义新中国建设时期，宁夏地区除早期诗人王亚凡、朱红兵、李震杰、姚以壮、刘和芳、吴淮生、王世兴、张贤亮、高琨等，还有秦中吟、张涧、陈琢如、马乐群、井笑泉、刘国尧、肖川、沙新等后来者，他们坚持正面歌颂生活的严肃立场形成了宁夏诗歌情志昂扬的新面貌。"诗人个体风格并无纯粹形态。它总要以时代风格、民族风格、流派风格作为自己的背景。作为背景的这些风格，属于类群风格，它们与诗人个人风格的关系，是两个变量之间的函数关系——相对而言，前者是自变量，后者则是应变量。"① 风雅颂，诗歌浸染时代的风潮，特别是新中国诗歌，不无政治色彩，深层地影响了每一个诗人的精神、情感和思想。"从古体诗歌作品所表达的主题与审美感受观之，作者的人格均呈现为一种政治型与人文型相融合的人格特征。"② 知人论世，客观地回顾历史，体会诗人们在大时代风潮里书写生活的纯真和虚妄，需要反思，更需要包容。

---

① 高嵩：《艺术分类论》，《高嵩文艺评论选》，宁夏人民出版社2016年版，第23页。
② 荆竹：《宁夏诗人人格类型摭论——〈宁夏诗歌选〉序》，《荆竹文艺论评选》，宁夏人民出版社2017年版，第163页。

一 来自革命文艺的时代颂赞

1942年5月,毛泽东在延安文艺座谈会上的两次讲话,既高扬五四新文学传统,又进一步明确了文学艺术为时代、为政治服务的要求。"在抒情文学占主流的中国文学思想史上,主张以情为主的诗论在数量上占了多数,以意为主者次之。至于主张以理为主者,大多是针对包括叙事、论理的广义的文而不是针对抒情的诗人而发的。"① 然而直面民主革命与民族危亡的文艺宣传,政治要求高于一切。当然,"我们的要求则是政治和艺术的统一,内容和形式的统一,革命的政治内容和尽可能完美的艺术形式的统一。缺乏艺术性的艺术品,无论政治上怎样进步,也是没有力量的"②。解放区文学与宁夏地域文化发生关联,最重要的是李季民歌体叙事诗《王贵与李香香》,充分体现了"革命的政治内容和尽可能完美的艺术形式的统一"。李季的足迹几乎遍布三边各个区乡,其长篇叙事诗《太阳会从西边出来吗?》,副标题是《三边民间革命历史故事》,1945年定稿,1946年夏天在《三边报》上发表,同年9月在延安《解放日报》也发表了,发表时标题改为《王贵与李香香》。1949年10月中华人民共和国成立,朱红兵与李季、姚以壮合作创作长诗《银川曲》,自然成为当代宁夏诗歌的奠基之作。

李震杰(1921—1995),笔名李羽、穆芷,湖南长沙人,中国共产党党员。1979年加入中国作家协会。1938年到广西桂平参加抗日救亡工作,加入学生军,不久任报纸编辑。同时开始在桂平《诗》刊、《浔州日报》上发表讴歌抗日战争的新诗。不久到桂林,和诗人韩北屏、胡明树等交往。后任银行职员。解放战争时期,加入中国民主同盟、中华全国文艺协会北平分会,和中共地下党员、诗人张光年等交往。在北平《人民文艺》上发表诗作。其《春天》一诗表达了作者对旧社会国

---

① 王文生:《中国文学思想体系》(上),上海古籍出版社2017年版,第492页。
② 毛泽东:《在延安文艺座谈会上的讲话》,《毛泽东选集》第3卷,人民出版社1991年版,第869—870页。

民党反动统治的憎恨和对革命胜利前景的向往。20世纪50年代初毕业于中国人民大学俄语系，后做俄文经济翻译。1958年支援宁夏回族自治区的建设，调到银川，在《宁夏日报》担任文艺编辑，工作二十一年之久。20世纪80年代，他先后担任宁夏作家协会秘书长、副主席、名誉主席。在这些工作岗位上他竭尽全力培养文学新人，被誉为"宁夏文坛伯乐"。1985年离休，1995年在银川病逝。宁夏文联2006年编辑出版了《李震杰诗文选》，诗风明朗，语言清新，情感真挚。

在1982年"塞上诗会"，高嵩曾点评李震杰伤痕文学滥觞时期的诗歌作品。谈到1980年《朔方》第12期《古庙三题》。分析其中《壁画》，认为在浑一的结体中，包含了点题、展开、回题的完满布局。

残垣断壁的庭院，
依旧恐怖，森严。
布满蛛网的壁画，
仍然清晰可辨

这一段绾合全体。下来作两步展开。第一步展开是：

拷打、油炸
　割舌头，上刀山……
多少鬼魂
　正惨受熬煎。

由此，生发第二步展开：

这儿是否也有
　冤案、错案、假案……
有谁来给他们
　调查、改正、平反？

这里的"潜台词"是：只有我们的党，才能对冤、假、错案做到调查、改正、平反。至此，情思已经完足，无须再循旧路回题。于是诗人别开蹊径，积极推向收束。接着写：

> 看着这
> 　　血淋淋的壁画，
> 就想起
> 　　可怕的昨天……

一句话穿透千年血史。这等收束，在意中又在意外，又轻松又峻烈，那么淡又那么浓。从容裕如地进行构思并且体现构思，在法度之中见自由，在自由之中见法度，是构成李震杰诗艺特色的重要因素。① 简言之，庾信文章老更成，让我们感受到诗人正直的品质，还有以柔克刚的艺术功力。

其实，李震杰这一代诗人以赤诚的情感包容着革命的理想和政治的追求。民族的苦难和忧患铸造自己诗歌的内涵。如政治抒情诗《春》，在诅咒和揭露之后，诗的最后部分，诗人以充沛的感情，欣喜的音调，展示着明天的希望：

> 旷野里
> 将到处是新生的苞蕾
> 我要站在河边的岩石上
> 听百灵鸟自由地呼唤
> 而我的欢乐歌声
> 将随解冻的河水
> 流向向往已久的远方

---

① 参见宁夏文联《文艺通讯》编辑室、中国作家协会宁夏分会编《文艺通讯》（增刊·"塞上诗会"专辑）1982年8月印制。

在严寒的政治环境中,人们读到一首渴望民主、自由、光明的诗歌,字里行间浮现出创作者积极明朗的主体形象。余光慧评论说:"没有对光明的追求,便没有李震杰的诗章。"

>……
>连星星也冻得发抖的夜晚,
>它梦见把自己投进篝火里,
>去点燃晨曦。

从上述的诗句,可以看出诗人永远向着光明,甚至不惜牺牲自己的大无畏的献身精神。尤其是"李震杰青年时代所抒写的诗歌,大多运用了象征的艺术手法。这也许与那黑夜如磐的社会有关。因为在那时,是不允许作者来直接抒发自己对光明与真理的拥爱与追求的。然而恰恰是象征性手法的广泛运用,给他的诗作在意象之中增强了精神蕴含的弹性美,使诗的容量远远超出所记录的生活本身。这也许就是为什么在近半个世纪后的今天,我们读李震杰的作品时仍能得到很大审美愉悦的原因所在吧!""半个世纪,他把自己给了缪斯之神。穿行于他 50 年来跃动的诗行中,我们可以觅到他寻找光明的欢乐与艰辛,追求真理的热忱与坚贞,以及那对祖国、对人民的挚爱和企盼。那充满激情,不造作、不虚伪的动人诗魂,袒露了他生命的活力、信仰的真诚。"[①]

朱红兵(1922—2002),原名朱衡彬,山东陵县人。1937 年 10 月,家乡被日本侵略者占领,随学校流亡湖北、四川等地。1940 年 1 月到延安参加革命。1949 年,宁夏解放,先后在省宣传和文教单位工作。1958 年宁夏回族自治区成立,从甘肃调回任自治区文联副主席。曾被送进"牛棚"和下放农村劳动。1973 年他到《宁夏文艺》编辑部任诗歌编辑。1980 年 5 月自治区文联恢复活动后,任自治区文联副主席和中国作家协会宁夏分会主席。1979 年 10 月在中国作家协会第三次代表

---

① 余光慧:《光明与真理的追寻者之歌——试论李震杰的诗歌创作》,见吴淮生、王枝忠主编《宁夏当代作家论》,宁夏人民出版社 1988 年版,第 257—270 页。

大会上，当选为中国作家协会理事。

朱红兵是20世纪50年代西北活跃的诗人，歌颂中华人民共和国，歌颂劳动人民，欢乐轻快地抒写达到了一个高潮。1960年又以盐池解放战争中盐池人民对敌斗争生活为题材，创作了长篇叙事诗《沙原牧歌》，具有浓郁的民歌风味，在《宁夏群众文艺》连载。他的长诗博采民歌、戏曲、说唱等形式，创造出一种刚健、清新、生动、活泼、富于生活气息的诗歌语言。此诗主要从劳动场景和斗争精神叙述王夫和秀兰的爱情故事，写情状物，十分生动，人物对话口吻毕肖，读起来朗朗上口。例如秀兰回答马匪的审问："沙蒿长上黄沙梁，／八路军藏在我心上；／树枝树叶连着根，／老百姓都是八路军。"余光慧进一步赏析说："人物语言将民歌的比喻融入口语，又缀以有规律的韵脚，使之节奏明快、流畅，将人物果敢、刚毅的神韵表露无遗。"[①] 虽然长诗主人公涂染了理想色彩，但不可否认，这是宁夏新文艺发展初期第一部长篇叙事诗。20世纪80年代初，《沙原牧歌》修改后由宁夏人民出版社出版。

朱红兵出生于齐鲁大地一个普通农民的家庭。"在抗日战争的烽烟里，他投身于民族解放的洪流之中。与他一起投身的，还有那此后陪伴了他几十年风雨路程的诗歌之神。几十年中，这位'身体内流动着农民的血液'的真诚战士，转战、建设于祖国的大西北，将生命的大半，留在了这雄浑、广漠的黄土高原之上。他将自己生命及思想的根须深深地扎入了这片神奇的土地。那民族、民主革命的火热斗争生活，社会主义建设的壮阔场面，给了作者以丰富的思想营养，而那沙原上、山崖间传来的淳朴、悠扬的民歌小曲，又充实了他的艺术贮藏。大西北将淳厚与质朴溶进了诗人的血液，并赋他以诗的灵感"[②]。因诗人文化水平所限，其颂赞劳动、革命和西部的叙事诗，在情节、结构，包括语言方面，存在一些表面化的症候。

[①] 余光慧：《真诚、质朴的歌者——朱红兵诗歌创作简论》，见吴淮生、王枝忠主编《宁夏当代作家论》，第283页。

[②] 余光慧：《真诚、质朴的歌者——朱红兵诗歌创作简论》，见吴淮生、王枝忠主编《宁夏当代作家论》，第271页。

姚以壮（1926—1973），陕西靖边人，中国共产党党员。著有秦腔现代剧剧本《人间天上》，电影文学剧本《六盘山》等。与李震杰、朱红兵等初步奠定了宁夏地区革命文艺和新诗创作的良好基础。与李季、朱红兵合著长诗《银川曲》。《银川曲》采用说唱等形式，将民间歌谣的格律性与灵活性辩证统一，语言质朴而清新，洋溢着明朗的颂赞情绪。

此外，受延安革命文艺思想影响，走向民间文艺、走向工农大众生活，以诗歌颂赞时代的诗人，还包括王世兴、高琨、张涧、陈琢如、井笑泉等。

王世兴（1930—），回族，银川郊区人。一生从事民间文学的搜集、整理、研究，并进行戏剧、曲艺和诗歌创作，作为编辑还热忱培养基层作家，"对宁夏民间文学的研究和回族文学的繁荣，做出了一定的贡献"①。1987年曾出任《朔方》文学月刊主编。长诗《莲花滩》荣获宁夏第三次文艺评奖荣誉奖、全国第一届少数民族文学创作"骏马奖"。《莲花滩》既有塞上平原的自然景观描写，也继承了延安文艺汲取民间养分的写作作风，韵律灵活自由，尤其是阶级分明的政治情调成就了它描绘"马尔三故事"的主要特色。

高琨（1936—2013），宁夏固原人。1951年入伍，1955年转业至西海固歌舞团。多年来倾心于民歌花儿的研究与创作，花儿作品发表于《诗刊》《共产党人》等。1955年他的"花儿"诗歌《沙滩变良田》在《甘肃日报》发表，1978年《咱回族新窗涌歌泉》在《诗刊》发表。高琨力争使自己的花儿将叙事、描写、抒情有机地结合起来，即重视诗歌抒情的形象性。譬如《幸福的路打从心上过了》写小两口回娘家，"推车的阿哥一呼哨，/姑苏姐，/捎架上稳稳地坐了。/车闸（哈）一松撒欢了"。这里有叙事，有描写，叙事、描写中又有抒情，如水的韵律契合方言的生活抒情味儿十足。姑苏姐自行车后座上"稳稳地坐了"，暗含着更深的意味。正如在《牵住个尕心儿难回》中所唱的那样，"身段显了个韵味"，给人一种遐思。《满川道开艳了瓜花》一诗也是

---

① 王正伟：《论回族作家王世兴》，见吴淮生、王枝忠主编《宁夏当代作家论》，第38—39页。

这样,"满川道开艳了瓜花",乡里乡亲见了面"照胛子一拳儿砸下","咧嘴笑赛(个)瓜花"。瓜花艳,丰收有望,乡亲似"心喜煞",彼此见面砸胛子,这传神的笔墨真叫人拍案叫好。情景交融,以人的动作写情,确实令人耳目一新。[①] 一个沉迷西北乡土的诗人之情感也随时代起伏。悲辛交集,性情率真的高琨,钟爱"花儿"一辈子,2013年去世前给我们留下了《红牡丹》《绿牡丹》《黑牡丹》等花儿诗歌集。

张涧(1937—),笔名姚剑,山东金乡人。1960年毕业于中国人民大学新闻系。1954年开始发表作品,著有诗集《人生谁不老》,散文集《多情的秋天》等。1985年加入中国作家协会。

其诗抒情意味浓厚。如《我记不起你的名字》:

那眉眼,那唇鼻,那一颦一笑,
都似录像在眼前晃动,
但我记不起你的姓名。

那是不知不觉中开始的一幕,
是你聪颖的眸子与清纯的笑声,
化解了我胸中久积的寒冰,
但我记不起你的姓名。

有人用昙花比喻短暂,
我们在一起迎接过无数黎明。
昨天骤然相遇在街头,
窈窕的腰身竟会如此龙钟!
只有秋水般的双目还存着当年的生动,
你看了看我,我照出了自己!
我,我不愿记起你的姓名,

---

① 张铎:《新时代的花儿歌手——读高琨的花儿抒情诗》,《塞上潮音》,宁夏人民出版社2007年版,第46页。

愿你如我一样,把我忘得干净。

窈窕淑女,君子好逑。美好的记忆,如电影回放。最珍贵而刻骨铭心的是困厄之时的心灵慰藉,"你聪颖的眸子与清纯的笑声","化解了我胸中久积的寒冰"。然而"人生谁不老",岁月与时光让一切"变形"。"多情的秋天",唯有伤感,所以"我,我不愿记起你的姓名"。人生失落的感喟在戏剧化的描述中充溢。其实,散文作家张涧敏感于时光流逝,文和诗多轻柔真挚的生活感触,"具有实感与空灵相结合的特色"①。

陈琢如(1938—),笔名万里鹏,浙江余杭人。1957年于山东工学院就读,1959年来宁夏。曾当过中专教师,后又被"下放"当矿工达十五年之久。1984年调入宁夏人民出版社任文学编辑。历任宁夏人民出版社编辑、编审,宁夏文史馆馆员。

1991年出版《喷泉》,收录了44首(组)诗,分为两辑。第一辑是"塞上风景线",这部分的诗歌对大西北的风光,尤其是荒漠和沙暴的环境有生动真实的描写,如《沙坡头》《沙漠说》《沙暴》《沙暴袭击后的白杨》《黄河少年》等。但是,这些诗歌并没有展示沙暴的肆虐和灾难,反而运用拟人化的手法,使之具有了孤独的感觉。也有像《贺兰山》《古长城》这些写出了西北的壮阔和悠远的作品,还有《故乡(老树)(墙)》《僻壤(老人)(老屋)(老狗)》等,对西北平凡生活中常见乡村景象的抒写。第二辑是"生活的启迪",自然是作者在生活中的感慨和思考。"长期以来,万里鹏一直在追求着一个繁衍的梦,追求着他燃烧的期待,追求着在艺术天国里献出他源源的光热和厚爱。"②

诗人的主体感是非常强烈的。"我匍匐在悬崖上,在奋力攀登","没有保险绳/没有吸盘/只有四肢/和一副大脑/鹰在盘旋/风在呼啸",

---

① 黄建新:《面对历史的思索——简论张涧的创作》,见吴淮生、王枝忠主编《宁夏当代作家论》,宁夏人民出版社1988年版,第483页。

② 刘贻清、马东震:《艰难的展翅——论万里鹏的诗》,见吴淮生、王枝忠主编《宁夏当代作家论》,第201页。

路途之艰难,之险峻,宛然在目。面对"我"的攀登,"期待的目光/在托举/恶毒的诅咒/在拽拉","坠落会粉身碎骨/顶峰又很遥远",在进退两难的时刻,"我"清醒地意识到:

> 退比进更难
> 因为眼睛长在前面
>
> 那就攀登吧
> 在这人生之旅,
> 结局且不去设想

诗中充分体现的"是一个奋进者的'心迹',一种在漫漫征途中跋涉者的自我意识,一个带有普遍意义的攀登者形象。这首诗寓情于景,因景生情,是首熔情、景、意于一炉的力作"①。可以说,从工人题材的诗歌颂赞,再到社会和自我的具象抒写,诗人陈琢如的时代情绪是比较浓烈的,同时他又是一位具有理性思考特色的诗人。

张记(1962—),即张纪,原名张春季,曾用笔名春季、阳河、禾子、言己等,河南方城人。神华宁煤集团员工,神华宁煤集团作家协会理事,石嘴山文联委员。曾被授予"自学成才积极分子"和"矿山诗人"称号。2008年出版的诗集《大地深处的回响》,主要是反映煤矿工人工作、生活的诗。某种意义上他也是继承了万里鹏抒情衣钵的诗人。他写矿工,写矿井,写矿工们的拼搏和追求,表现他们的内心世界和奉献精神。他在现场的工作面上体验,在地底世界中寻找题材,在矿工劳动的情景中捕捉灵感。纵观张记的诗,内容尽管沉重,但是没有消沉和无奈的情调,而是充满昂扬向上的力量。时代颂赞,"60后"张记也是非常有特色的新时期以工业题材见长的宁夏诗人。

此外,刘和芳、路展、丁文庆、王景韩、王庆、李劲松等,皆浸染

---

① 刘贻清、马东震:《艰难的展翅——论万里鹏的诗》,见吴淮生、王枝忠主编《宁夏当代作家论》,第201页。

了时代情感而以诗颂赞生活的酸甜和岁月的沧桑。

早年有诗名的丁文（庆），1939年生，回族，以学术研究为主，后来出版诗文集《两山集》，倾向古典修辞，意蕴颇深。井笑泉，1941年生，回族，宁夏银川人。与万里鹏一样，工人出身的井笑泉曾在银川火柴厂工作。1958年开始创作，诗作发表于多家报刊，荣获宁夏第一次文艺评奖三等奖。王景韩，1943年生，山东日照人。20世纪50年代末由上海支边。曾任银川市作家协会副主席兼秘书长。诗歌多次获奖。1993年出版《寂旅》，收录了作者75首诗，有丰富的情感和深刻的思考。王庆，1949年生，满族，曾任《宁夏日报》副刊编辑。他的诗上过《星星》头条，在内容形式方面，都有新的探索，"最重要的不在于分行、押韵、整齐与富于节奏感，而是在于它具备着自己的独特的内在结构，特别是这种结构形态所拥有的含蓄性、暗示性、启迪性与顿悟性"①。1991年出版《红月亮》，也是宁夏诗歌创作中比较重要的收获。这本诗集是《塞上诗丛》之一，共收52首（篇）作品，诗人怀着欣喜的心情去观察并歌颂生活，具有浓郁的抒情特色。李劲松，1949年生，毕业于银川师范。2003年出版《岁月河》，将自己多年来在报纸杂志上发表过的诗歌选编成集，内容比较丰富，诗风较为清新、淳朴。

二 沟通传统的时代抒情

世界资本主义殖民扩张和世界市场开拓，沉重打击了清王朝，造成了中国文化三千年未有之巨变。中华民族因此遭遇前所未有的危机和挑战，无数仁人志士为民族独立和复兴抛头颅、洒热血。文学成为近代以来历史的见证。诗以言志，记录了民族/民主革命和社会主义建设的光荣、牺牲和梦想。正如梁启超所倡导的，创造了中华诗词的"新意境"。"意境不仅使人的内省力和外观力在心理过程中融为一体，而且又使情思与景物在艺术表现中融为一体。意境是植根于现实生活而以意

---

① 哈若蕙：《多彩的奉献——王庆诗歌创作简论》，见吴淮生、王枝忠主编《宁夏当代作家论》，第376页。

象语言构筑的艺术天地。"① 从鲁迅、郭沫若、郁达夫等五四作家的旧体诗创作，再到毛泽东、董必武、朱德等革命家的抒情言志，直接影响了许多新中国宁夏建设者的诗意情趣，不少人以古典格律诗——古体/旧体诗词创作彰显人生风华，谱写时代精神。

石天（1916—1993），山东郓城人。曾任宁夏京剧院院长、宁夏文联主席、名誉主席，宁夏诗词学会常务副会长。著有《石天剧作选》。诗词作品不多，但语言清新、流畅，深受唐宋简约诗风影响。如《塞上中秋》："金秋塞上绕诗魂，浅唱低吟胜古音。若使江州司马在，琵琶改唱一江春。"诗味浓深却又明白晓畅，这是石天诗作的主要特色。

张源（1917—1993），河南孟县人。1938年入陕北公学学习。毕业后任三边公学教员、校务处长。1945年加入中国共产党。后任《三边报》副社长兼总编辑。中华人民共和国成立后，历任《甘肃日报》副总编辑，《宁夏日报》总编辑，中共宁夏回族自治区党委宣传部副部长、部长，宁夏回族自治区第四届政协副主席，全国新闻工作者协会第二届理事，宁夏诗词学会首任会长。著有《张源诗词集》。

他的诗作具有强烈的爱国主义色彩，同时又敢于针砭时弊，注重作品的现实批判价值。从《讽媚外》就可以看出他犀利的诗风："身为华夏子，心羡欧美邦。嫁女英佳婿，教儿德学堂。月乃外国亮，屁亦异域香。枉作炎黄裔，有臀无脊梁。"嬉笑怒骂皆成诗，十分诙谐幽默。当然，其题材比较广泛，多热情颂扬之作：

> 天涯来访慕芳名，裹雾缠云难睹容。
> 遍岭杜鹃苞满树，红心待客更多情。
> 　　　　　　　　《庐山情》

> 久旱南山心似烹，欢听甘雨沥淋声。
> 盐同春麦笑含穗，固海秋苗怒放英。

---

① 白林中：《表现意境的十种常用方法——浅谈我的创作体会》，见宁夏诗词学会编《宁夏诗词学会三十年〈夏风〉评论选》，宁夏人民教育出版社2019年版，第66页。

窖满庄庄蓄福水，情豪处处话中兴。
落珠哪胜及时雨，天助人勤夺岁丰。
《塞上喜雨》

全民抗战乃心脏，宝塔霞拥放异光。
延水清清南涌急，青年切切北来忙。
陕公抗大亲情暖，土炕泥窑小米香。
焉可退回数十载，重新求讲延河旁。
《怀延安》

皎如玉镜临初日，蓝借晴晨半壁天。
白鸟纷翔湖畔岛，湟鱼群戏海心山。
依依帐幕炊烟起，点点牛羊牧场宽。
汉藏情亲似兄弟，高歌圆舞笑婵娟。
《青海赋》

从上述四首作品可以看出，其山水游记，塞上遇雨，时时挂念的总是革命的历史和传统，饱含着民族团结和新生活颂赞的真挚情感。

彭锡瑞（1926—1997），湖南桃江人。曾任中华诗词学会会员、宁夏诗词学会理事。20世纪40年代开始诗词创作，作品充满爱国主义情调。与遗孀胡清荷合著出版有诗词集《湖海诗情录》。录其《嘉峪关》：

长城尽处是雄关，虎踞龙盘接黑山。
驿路咽喉凭锁钥，沙州旧貌展新颜。
返童油市连高产，不夜钢城簇锦团。
阅尽兴亡七百载，崇楼几见换人寰。

古老的长城与新中国玉门油田的火热景象，交融在诗人的韵语里，不仅兴千年之历史感慨，更赞社会主义工业建设的欣欣向荣。

王慧君（1929—），河北鹿泉人。退休前在西北、华北、东北（简称"三北"）防护林建设局工作。曾任宁夏诗词学会名誉理事。著有《养心斋诗书画印集》。对朔方宁夏这片土地充满情感，如《沁园春·宁夏吟》：

> 叠嶂南凭，骏马西驰，河水北流。仰贺兰岩画，先民古韵；迹遗水洞，华夏根由。秦汉雄边，夏王霸业，故垒边关英气浮。回眸处，有须弥窟壮，泾水潭幽。
> 沧桑万代悠悠。创新貌，今朝势正遒。记如潮改革，方兴未艾；西陲开发，大展宏猷。虎跃龙翔，风云际会，紫气烟霞秀晓楼。春澜起，卷怒涛似雪，浪激灵州。

（选自《夏风诗报》2001年第2期）

又如《望海潮·咏吴忠》：

> 先秦开县，隋唐重镇，吴忠古属灵州。铜峡锁幽，罗山拱翠，妖娆回乐平畴。曲岸绕芳洲。锦绣铺原野，稻麦波柔。斜日迟迟，云霞红紫醉河舟。
> 传奇往事回眸。会盟留雅韵，佳话千秋。中兴肃宗，麾军郭李，烽烟十万貔貅。星月换春秋。看新城崛起，人物风流。鼓动雄风，睿智破浪展鸿猷。

（选自《夏风》2005年第1期）

中国西部大开发，特别是改革开放的大发展，让西部获得了基础建设的大改善和"青山绿水"的人居环境。诗人将一切看在眼里的情景融入历史的怀想，诗意地描绘了时空交错的五彩画卷。

马志凤（1937—），回族，河北大厂人。中华诗词学会会员、宁夏诗词学会顾问。部分诗词作品被辑入《中华诗词文库·宁夏诗词卷》《中华诗词年鉴》《吟苑英华》《中国西部开发诗词大典》等作品集。

不妨欣赏其《瞻将台堡红军会师纪念碑》：

> 仰望高碑矗将台,联翩浮想涌心怀。
> 长征胜利三军会,旷野苏融百塞开。
> 厄运千年归往事,春风万里扫尘埃。
> 今人重塑山川美,情满胸襟笑满腮。

(选自《夏风》2008年第3期)

缅怀革命历史,敬仰先烈,情满襟怀。张嵩评论说,诗人视宁夏为他的故乡,并深情眷恋,其诗作就是明证。《新天府畅游》写道:"夏日晴川一色新,无边原野绿如茵。悉听座下驰高速,不禁心中叹美辰。塞北神游扬子畔,江南景赏大河滨。纵横八面观奇幻,尽享古今风物淳。"发自内心对塞上新变化的赞颂,意高韵远,语言明快,有情有景,情景交融,而且遵从格律,手法严谨。诗人的另一个特点就是擅写回族生活,描述回乡风情。诗人的作品在这一方面自然有独到之处,如《瞻仰同心清真大寺》《凤城民族团结碑落成》《移民开发区》《感吾妻》等,从语言、风格、特点、情感、特定环境都能很好把握。往往是大处落笔,意在笔先,艺术效果明显,读之令人欣喜。

刘剑虹(1941—),曾用名刘金宝,祖籍陕西合阳,生于宁夏中宁。中华诗词学会、全球汉诗总会、世界汉诗协会会员。宁夏诗词学会顾问,宁夏作家协会会员,宁夏文史馆研究员。高级经济师。其经济论文、诗词作品曾发表于《红旗》《诗刊》《中华诗词》《宁夏日报》《夏风》等报刊。作品多次在区内外获奖,著有诗词集《剑如虹》《塞苑流韵》等,与杨森翔合编出版诗词集《半山云木半山虹》。诗词创作的时间长,谋篇布局,文字斟酌,都显现出娴熟的艺术功力。"诗词曲赋扬清韵,书香更比腊梅香。"用严光星先生的评说来讲,刘剑虹是枸杞之乡德高望重的文坛前辈,颇有风骨。"侠骨琴心剑如虹",不仅诗意浪漫,且多爱心、忠心、虚心、热心、细心、开心与恒心。[①] 诗人历经沧

---

① 严光星:《杞乡文人的诗学范本——刘剑虹诗集读后感》,见杨森翔、刘剑虹《半山云木半山虹》,宁夏人民出版社2016年版,第215页。

桑，情感更真醇，"高风堪作范，杨柳自成春。"①

"美感经验就是凝神的境界。"② 刘剑虹对诗歌艺术琢磨非常细致，正如他分析意象审美功能的建构："事象与物象都融入了诗人主观的情意，如果某种形象与特定的情意构成了固定的关系，比如说到'明月'，就与思乡、思人相联系，说到'清秋'，就与悲伤、悲愁相联系，那么这里的'明月''清秋'就成了一种具有特定意味的形象，这种含有特定意味的艺术形象，就是诗歌中的意象。"③ 其颂赞生活之作，多为时尚新语，但每临景色佳处，却也非常注重意象的审美琢磨。如《鹧鸪天·塞上沙湖好秋色》：

> 塞上沙湖赏秀荷，荷塘万顷荡金波。红花稍谢清香溢，碧叶虽稀细雨濯。
>
> 舟荡漾，苇婆娑，鸭游碧水唱新歌。驼铃敲醒中国梦，快艇飞驰乐事多。

还有《满庭芳·游缙云县仙都风景名胜区》：

> 十里长廊，景观如画，九曲溪唤人游。水云飘逸，贪赏醉双眸。多少奇峰异洞，仙都内，竞显风流。千娇态，心驰神往，是处可消愁。
>
> 悠悠，丹鼎毁，湖峰映绝，倪洞真牛。望削壁芙峡，欲越还休。黄帝神祠誓愿：中国梦，牢记心头。河山丽，峰崖奇险，灵秀壮千秋。④

---

① 许凯：《读刘剑虹先生〈塞苑流韵〉（续篇）》，见杨森翔、刘剑虹《半山云木半山虹》，宁夏人民出版社2016年版，第272页。
② 朱光潜：《文艺心理学》，安徽教育出版社1996年版，第17页。
③ 刘剑虹：《略谈意境的创造和意象的运用》，宁夏诗词学会编《宁夏诗词学会三十年〈夏风〉评论选》，宁夏人民教育出版社2019年版，第87页。
④ 杨森翔、刘剑虹：《半山云木半山虹》，宁夏人民出版社2016年版，第270、248页。

诗风简洁晓畅,想象奇特新颖;文字工整,情事合一,情理互见,熔思想和艺术于一炉,富有感染力,具有鲜明的个性。诗作或达观,或悲壮,或形象,或深沉,实现了景致与情怀、现实与历史的和谐统一,凸显了诗人对生活的深入观察和艺术把握。

邓万（1942—）,宁夏永宁人。曾任宁夏党委宣传部副部长、宁夏日报社总编辑、宁夏诗词学会会长等。著有诗集《履痕韵语》。中华诗词学会会员,宁夏诗词学会名誉会长。沟通了传统的时代颂赞,"诗歌是语言艺术,从《履痕韵语》的文本可见,诗人能得心应手地吸收、运用我国古典文学中,至今仍活在当代人写作和生活中的文学语言。这是我们创作传统诗词的一个重要内涵。然而,如果仅只如此则将有嫌误入仿古、复古之边沿。诗人尤其精心选择和提炼当代人民生活中生动活泼的词语入诗,更为难得的是吸收熔铸当代生活中产生的新概念、新术语、新行业词、新熟语,甚至外来词等,因此使诗词富于新颖感、时代感,具有现代品质"[①]。

如《奥运火炬到银川》其三:

百年见证中华梦,一旦接迎奥运环。
但看寰球多热眼,健儿莫负举国欢。

诗人生活在宁夏,成长在宁夏,他对家乡风土景色的变化有亲身体验,将垂髫居所、同伴鬓衰、车流、鲜花、风沙、碱滩、湖泊、泉水的变化都化作诗句,形象贴切,充满生活气息。诗人的一些作品通过抚今追昔,时空对比,表现了他对大时代变革的深切感受,淳朴的诗句洋溢着历经风雨的欣喜之情。

任启兴（1942—）,安徽濉溪人。大学学历,高级经济师。著有《天高云淡——我的回忆与思索（两卷）》《尺素旷怀——任启兴孙茂英诗歌书法作品集》等。其《念奴娇·阅海》应该是比较有代表性的。

[①] 李增林:《抚时感事 博而能一——读邓万〈履痕韵语〉有感之二》,宁夏诗词学会编《宁夏诗词学会三十年〈夏风〉评选选》,宁夏人民教育出版社2019年版,第224页。

前面有小序：

> 2005年4月16日，宁夏西湖阅海通水工程典礼举行，此工程乃是提升城市品味，求人水之和谐，现塞上江南之风情的一重大举措。

然后，诗人以主人公的自信，以饱满的激情展开美好图景的描绘：

> 西湖阅海，水相连，更有几多开阔。浩淼烟波三万亩，着我飞舟一叶。煦日金辉，鸟鱼共影，但看云天澈。朔方神韵，妙处难与言说。
>
> 纵目寥廓天穹，黄河奔涌，云卷千堆雪。侪辈报国犹志壮，旖旎贺兰山阙。莫负韶光，劈波斩浪，驰骋频加策。素怀心意，一樽遥对江月。

（选自《夏风》2016年第1期）

有我之境的抒写——"侪辈报国犹志壮"，我们既是祖国和宁夏的建设者，也是欣赏者和赞美者："朔方神韵，妙处难与言说。"豪情却使诗人眼界开阔："纵目寥廓天穹，黄河奔涌，云卷千堆雪。"吟罢低眉："素怀心意，一樽遥对江月。"从阅海而天下，中国诗歌思接千载的抒情传统让现实个体的"我"在诗歌的审美想象中有了阔大的胸襟和精神。

刘德祥（1946—2018），祖籍河北交河，宁夏平罗人。中华诗词学会会员。2008年出版诗文集《宁夏风物吟》。如《水》：

> 涓气积云雾，甘霖坠九天。
> 集流归阔海，漫涌冒喷泉。
> 抹去枯竭景，带来生命源。
> 艇舟浮可覆，善待幸福添。

（选自《夏风》2015年第3期）

此诗以小见大,咏物言志,颇有情趣,意味显豁。

魏康宁(1948—),陕西咸阳人。曾在西海固工作。中华诗词学会会员、宁夏诗词学会会长、宁夏毛泽东诗词研究会会长。部分作品编入《中华诗词家名典》《中华诗词文库·宁夏诗词卷》等。《隆德马社火》《六盘梯田》《六盘山花》《龙潭传奇》等诗作,反映了六盘山山区的生活,生动细腻,情感朴实。同时,关注重大题材,贴近生活、倾情民生。组诗《建国六十周年感怀》《〈人民的名义〉观感》以及《中国航天六十年》《明月天宫同辉映》《首台量子电脑在科大诞生》等作品,格调高昂,语言铿锵,歌颂祖国发展变化取得的喜人成就,具有鲜明的时代风格。

如《毛主席夜宿单家集》:

> 威严侠义堂,迎客众人忙。
> 茶热驱寒气,饭香暖肚肠。
> 乡亲情义重,领袖记心房。
> 门板当床板,英名世代扬。
>
> (选自《夏风》2012 年第 2 期)

参观红军会师的西吉革命纪念地,触景生情,以清明如水的诗句表达了对革命、对革命先辈的敬仰之情。诗风清新直白。

海军(1956—),回族,宁夏固原人。毕业于宁夏大学政治系。他创作的古体诗充分体现出对社会事件及现实生活的关注,对时代脉搏的触摸,对家乡变迁的礼赞。其作品对私我情感的咏叹较少,而对民之维艰咏唱得大气而朴实。国泰民安,一些作品尤其透着别致的用心和祝福,表现出作者的坦直胸怀,不溺于技法,不偏于旁门,颇有歌词之韵,体现出汉语的语义之美。

段庆林(1963—),与年长他七八岁的海军的抒情风格完全不一样,他在诗词的爱好里悠游,显得多情而幽默。读其《念珠集》,犹如从雄浑冷峻的西部来到江南小镇,情采迥异,多了《春情》,弥散了

《朦胧》，惦记着《红毛衣》，做着《白丁香的梦》，想象着《无边的月色》。这是围绕1990年的爱情故事。燃烧《夏日的激情》的时候，还在呢喃《Statistics》……这一切是为了一个少女"徐秀丽"①的来信。如此诗意缠绵的爱情故事的主人公肯定是典型的婉约派，所以该集序一的作者尹旭特别推崇段庆林的《酷相思·孽债》。《念珠集》中有古典的诗、词、曲，有"准古典"的自度体，还附录了一部"琴瑟相和"的《丁香集》。这是婉约新诗，呼应了正编中的第三、四、五辑，抒情写景，每每情意盎然。无情未必真丈夫，段庆林写得好的还是爱情主题的词曲。第三辑"香腮辑"，与《丁香集》中的爱情诗同源，《采桑子·酸梅》《渔家傲·雾夜送别》《长亭怨慢·折柳》，一个个爱恋的男女神态活鲜，情思丰盈。第四辑"朔方辑"主要写朔方风物，真挚、形象而生动，如《一络索·泾源秋千架山》《一剪梅·答约》《荷叶杯·朔方吟草》等。第五辑"麦客辑"，自然是乡土情怀的抒发，最具乡村情调的是《醉花阴·农闲酒趣》，还有《卜算子·春寒》《采桑子·山居》《渔歌子·秋趣》等，也是乡村生活的诗意渲染，多了乡土的古典意味，彰显了诗人营造意境的文字才情。

雅俗之间，段庆林喜欢尝试多种诗词形式，包括自度体，执着爱情，烛照人性，刻画世相，讽刺丑恶，自然形成了其诗词作品的艺术特色和现实意义。

三 张贤亮：人生不老情不老

在文艺创作探索中，张贤亮、吴淮生、秦中吟、项宗西、张嵩等人的创作既充分张扬个人情志，又紧紧与时代精神拥抱，中西之间，古今贯通，遵从诗以言志的严正之道。

2014年9月27日中午，著名作家张贤亮因病医治无效去世，享年78岁。张贤亮1936年出生，祖籍江苏盱眙。作品《灵与肉》《绿化树》

---

① 徐秀丽：《紫丁香的梦》，见《念珠集》，宁夏人民出版社2017年版，第190—233页。

《男人的一半是女人》等在中国文坛占据重要地位。他创办的银川镇北堡西部影城曾是《牧马人》《红高粱》《大话西游》《新龙门客栈》《红河谷》等100余部影视作品的拍摄基地。邢小利认为，张贤亮是西部作家中的一个代表性人物，他是新时期创作活跃、有思想深度、有艺术创新的作家之一，有着自己鲜明的艺术风格。2010年5月23日，张贤亮在个人微博"张贤亮的镇北堡西部影城"发文《关于〈大风歌〉》，回忆说："中国和我个人都起翻天覆地的变化，使我觉得恍如隔世，过去的一切宛如梦幻。今天我特地找出当年的诗及批判文章以证实那不是梦，确实是一段我们曾经经历的历史事实。"① 其实，回到那个年代的颂赞主题："一个新的时代已来临"，这首诗是符合时代精神的人生自我，或者说大我的张扬。诗中暗示的玉门油田代表了新中国工业建设的巨大希望，新疆和东北的拓荒开垦代表了社会主义建设的巨大力量。这风就是新的政治力量引导下广大人民扫荡一切、创造一切的艺术象征。"新的时代来临了！/需要新的生活方式！/需要新的战斗姿态！"因此，扫荡一切朽腐和带来新的创造的建设者的大"我"形象跃然纸上。

这是一首至今依然令人荡气回肠的诗：

大风歌

一、献给在创造物质和文化的人

我来了！
我来了！
我来了！
我是从被开垦的原野的尽头来的
我是从那些高耸着的巨大的鼓风炉里来的
我是从无数个深藏在地下的矿穴中来的

---

① 请参见百度文库《1957〈大风歌〉发表于〈人民日报〉》，网址：https://wk.baidu.com/view/2025ea2cfc4ffe473368ab84？/pcf=2。

我是从西北高原的油田那边来的
啊！我来了！
我是被六万万人向前飞奔所带起来的呀！
我来了！

那无边的林海被我激起一片狂涛
那平静的山川被我掀得地动山摇
看呀！那些枯枝烂叶在我面前仓皇逃退
　　那些陈旧的楼阁被我吹得摇摇欲坠
我把贫穷像老树似的拔起
我把阴暗像流云似的吹起
我正以我所夹带的沙石黄土
把一切腐朽的东西埋进坟墓
我把昏睡的动物吹醒
我把呆滞的东西吹动
啊！这衰老的大地本是一片枯黄
却被我吹得到处碧绿、生机洋洋
看！那大洋汹涌的波涛也在我鼓动下
　　狂舞而去
　　　拍打着所有的海岸
　　　告知全人类我来到的消息

啊！把一切能打开的都打开吧！
　　把一切能敞开的都敞开！
出来呀！出来呀！出来！
把你们的面迎着我
把你们的两臂向我张开
即使我是这样猛烈也无妨
我就是要在你们的生活中激起巨浪

我创造的洪流将席卷一切而去
啊！我要破坏一切而又使一切新生呀！
我向一切呼唤，我向神明挑战
我永无止境，我永不消停
我是无敌的，我是所向披靡的，我是一切！
我是六万万人民呀！
啊！我是新时代的大风
听！我呼呼的声音里有金属的锵锵
听！我宣布
一个新的时代已经来临！

二、我在大风中

啊！大风呀！
你来了！你终于来了！
你像千军万马冲下山冈
你像一亿道闪电同时放光
那个人的烦恼、那个人的忧愁、那个人的利害与自私
在你激烈的气流吹击下
都如烟、如云、如雾似的消失
你把我全身脱得精光
我这样才被你吹得舒畅
啊！大风呀！
我的七窍都向你大大地张开
你不把你的威力一直灌注到我的脏腑
我的心决不会有一点满足
你带的那雷、那雨、那电
都要在我的胸中飞进
击毁了我而促起我的新生

这样，我这瘦小的身体将能有大河的容量
你带来的那热、那力、那光，将充满了我的胸膛
严烈的大风呀！
吹吧！
我要满心充着爱，我要热情的旋律叩击着我的胸怀
我知道
　　谁不满怀着热情、谁不满怀着爱
谁就不配进入
　　你带来的这个时代
啊！怒吼着的大风呀！
吹吧！
我把我的两臂向你张着
我把我的胸膛向你敞开
你那雄浑的力的波涛
将吹举我到世界的上空飘摇
我要从墨翟那里看到列宁
要一直从《诗经》看到《战争与和平》
你将吹动我如云似的随你去遨游
使我更清楚地去看生活、看地球
啊！大风呀！
你那威严的声音已唤起我的智慧
我知道
　　谁没有知识、谁不会生活
　　谁没有广阔的眼界
谁就不配进入
　　你带来的这个时代

大风啊！吹吧！
只凭思想中的一点火星决不能生活

我要让你把我吹得满身烈火

我的肺已吸满了你强烈而甘芳的气息

我的血液已感染了你的威力

我要为你能吹到遍地

任那戈壁滩上的烈日将我折磨

忍受深山莽林里的饥渴

不怕皮破骨损，不怕满身伤痕

啊！大风呀！

即使我为你牺牲又怎样?!

你已化成了我，我已化成了你

如果我不去创造、不去受苦

如果我不勇敢、不坚毅

如果我不在那庸俗的、世故的、官僚的圈子里做个叛徒

啊！我又能有哪点像你

大风呀！

我要在你浩荡的气流里做最前的一股

在一切可怕的地方我最先接触

怒吼吧！

吹吧！

吹到遍地吧！

大风呀！

让你那滚滚滔滔的雷似的声响

让你那澎湃着的浪与浪冲击的音调

让你那强有力的和声去宣布

新的时代来临了！

需要新的生活方式！

需要新的战斗姿态！

这首诗显现了诗人巨大的感应时代的生命张力。这"雄浑的力的

波涛"带着时代的光辉和新中国百废待兴的激昂情绪,"破坏一切而又使一切新生"。1957年《延河》第7期发表《大风歌》,带给宁夏诗歌的另一次华丽转身。这次华丽转身呈现的诗歌激情来自五四新诗巨擘郭沫若的大我形象,来自现实主义大诗人艾青的艺术感染,加上大时代的激荡,也是青年张贤亮一次想象淋漓的激情张扬。张铎认为:"《大风歌》充分发挥了诗歌的抒情特点,抒豪情,寄壮志,寓理于情,融情入理,使读者在诗情画意的潜移默化中,不断地思考、理解,并接受了诗作富有哲理性的昂扬奋进的主题。既动人以情,又服人以理,给人以感情激励和思想的启示。如果诗人没有深邃的思想,没有对生活的真知灼见,没有热烈真挚的感情,绝不可能写出这样激动人心的诗篇。尽管全诗有散文化的倾向,但自然流畅,充满青春活力,是现实主义与浪漫主义相结合的优秀之作。全诗基调雄浑高昂,形象高大灵动,气势壮阔汹涌,使我们感受到了一个青年诗人的战斗热情和蓬勃朝气。"① 宁夏回族自治区社会科学院的白草研究分析张贤亮的文学人生说,"没有诗人张贤亮,就没有后来的小说家张贤亮:诗歌创作,是他的一次出色、出众的文学预演"②。这是山雨欲来风满楼的时代涤荡,也是个体无法超越历史而须经受心志磨砺的某种预言。

张贤亮另有《张贤亮诗词集》留世。其诗词一是抒怀,二是感事,三是即景。古往今来,大部分诗人的作品都是以抒怀为主,阅读张贤亮先生的抒怀之作,始终能够让人感受到一股浓烈的、热爱生活的气息,读者从诗中看到的是一个蔑视虚伪、在实现人生价值的道路上永不服输的硬汉形象,这就是所谓的"诗如其人"。忧愤抒情怀,是一个人真实感情的流露,张贤亮先生也不例外,且更显性情。"霜雪晶莹草木枯,朔风直向耳边呼。何当独伫昆仑顶,咫尺青天一丈夫。"(《朔风杂感》)霜雪草枯,北风呼啸。但男儿何惧寒风霜雪,独立昆仑之巅,才是伟岸丈夫。感事哀时,诗为心声,道出的就是他

---

① 张铎:《新的时代新的赞歌——读张贤亮〈大风歌〉》,《塞上涛声》,宁夏人民出版社2016年版,第159—160页。
② 白草:《张贤亮的文学世界》,作家出版社2018年版,第1页。

的心声。如《贺宁夏回族自治区成立五十周年》两首其一："贺兰山雪亮如新，犹映当年战火频。千古风云何处觅，只今回汉一家亲。华灯闹市春常在，落日孤城迹已泯。天地悠悠河水逝，金波泛起自粼粼。"其二："落日孤城何足夸，新城古堡立天涯。百川水聚终成海，万里人来即是家。霜雪昔年摧草木，风光此际漫云霞。半生眼界常开拓，览尽山河看物华。"通过五十年的建设、五十年的发展，宁夏取得了翻天覆地的变化，而他二十多年来，在人生的体验中获得的最宝贵的东西，正是劳动者的情感。即景，是张贤亮诗作的第三个特点。"因时生感，即景言情"，确是如此。"看星看月看如梭，赏尽红桃与碧荷。恰此深秋多媚态，风前枯木也婆娑。"（《古木赞》）时光如梭，沧桑变迁；三月春风桃花，六月夏雨碧荷；深秋繁锦，古木婆娑。岁月更替，有如季节，红桃碧荷虽好，终究要成枯枝，这是自然规律，唯有以积极处世的态度对待生活，才能欣赏到美景，才能享受到快乐，而深秋古木婆娑的景象更有着一种成熟之美，更具人生象征意义。他在《七十生日感怀，寄调〈满江红〉步岳飞原韵》一词中更是慷慨激昂，唱出了他心底的"豪放"："烟雨已消兄弟恨，沧桑不改炎黄血。问何时，携手看神舟，冲霄阙。"尽管这一首词是抒怀之作，放在即景之中，却能够让我们窥到张贤亮心中的"景"与"情"，以便更完整地理解他优美的诗词之作！①

张贤亮的古体诗词多为晚年所作，富有沉郁之气，颇具人生哲理。当然，诗人的精神气质贯穿其中，多了光华内敛的历史内涵。"他的诗从整体形式上来说是谨守格律的，也不因词害义，内容自由奔放，彰显大家风范。用词肯綮，造境合理，诗词艺术达到了一定的高度，也为塞上诗苑增添了绚丽的光彩。"② 多数作品境界开阔，自由奔放的精神自信洋溢在字里行间。古典文学教授左红阁研读张贤亮诗词集，将 70 多

---

① 张嵩：《他首先是一位诗人——读张贤亮诗词有感》，见张贤亮著《张贤亮诗词选》，宁夏人民出版社 2015 年版，第 96 页。
② 张嵩：《他首先是一位诗人——读张贤亮诗词有感》，见张贤亮著《张贤亮诗词选》，第 99 页。

首古体诗词主要分为五类:首先数量最多的是直抒胸臆的诗词,其次是比较凝练优美的借景抒情诗,再次是颇有寓意的咏物诗,还有赠答唱和和闲情逸致的部分诗词。虽自谦"莫道繁华无尽处,终成寂寞几行诗。"精神气质和人生阅历两方面造就了张贤亮韵语吟诵的审美品质和审美境界。时代风霜磨砺了诗人的情感,大半生客居塞上,终老他乡,"青松不老梅花艳,何必江南竞早春",但江南始终在梦里:

滚滚黄河一梦酣,贺兰山外夜空蓝。
塞上飞霜如柳絮,惜春何必到江南。
《塞上秋》

这是《宁夏颂》"外一首"。虽也乐见:"塞上江南如锦绣,八方风雨聚英豪。"关山飞渡,情落于梦里江南——"惜春何必到江南",欲说还休。待到《七十生日感怀》,夫子自道:"一自西南辞碧水,半生西北追明月。但梦中,杨柳绕秦淮,犹亲切。"人生艰险成大道,一切在世人眼里成了烟云,唯有历史文化和艺术之心的交会才能激发诗人的真情流泻:

千古岩画在青山,遂使书生会贺兰。
世外可亲唯鸟兽,京中无趣是衣冠。

笔挥日月心难老,斧劈云霞眼更宽。
莫道五洲谁不识,名垂万载复何难?
《赠韩美林》

岁月风霜难掩诗人和艺术家的审美才华。这两首七言,看似在写韩美林借鉴贺兰岩画成就艺术的创作,却也挥写了书生命运的沧桑和知音难得的畅快,不是空有闲情念屈原,此心安处即吾乡,借题发挥,带出了自由不羁、傲视世俗的自家面目,坦言与艺术家一起"名垂万载"

的人生追求。临水照月，诗歌显扬心灵，人生不仅是磨难，还有多方面成就，此时诗人的情志跳脱旷达。"张贤亮先生的古体诗词气韵放达，有着浓郁的诗情，表现出一种人生的豪情以及对人生的沉思：有波澜、自负、孤独，有沉醉低吟、舒缓从容、雄怀壮志，有侠骨柔肠、凭吊感慨、壮心不老，有冷眼看世、即景赋诗、感慨人生，进而悟出禅意，道出淡泊。重情重义，动情感怀，以诗自喻，巨笔书写回顾与展望。这些作品或疏放旷达，或深沉凝思，总是能够对人生和现实作出意义判断，或是对未来寄予期盼。从诗歌文本的角度来讲，他的写作技巧并不复杂，绝大多数都采用直抒胸臆的手法。"①

对张贤亮诗词包含的人生情志真正了解的人，还是冯剑华先生，其巾帼不让须眉的气质，还有深厚的文学修养，相忘江湖是知己。其跋《张贤亮诗词选》，言简意赅地道出了张贤亮的个性精神：曾也"神采飞扬"，晚来"沉郁从容"，"张贤亮本质上其实一直是一个诗人"。②此种相知相敬的激赏交融于追思的诗章：

> 张郎意气唱大风，青春鼓荡气如虹。
> 土牢经年苦心志，筋骨炼就作铜声。
>
> 万人竞阅绿化树，一片爆响牧马人。
> 影城崛起荒凉上，百花争艳芳菲扬。
>
> 千年陨石天外来，张君岂是蓬蒿人。
> 遥望长空君归去，江南塞北留诗魂。

"土牢经年苦心志，筋骨炼就作铜声。"犹如《大风歌》所预言："啊！我是新时代的大风/听！我呼呼的声音里有金属的锵锵"。这被追思的主人公，放逐的身心经过几番煎熬，在戈壁荒寒的塞北构筑了命运

---

① 安奇：《江湖一饮百年空——张贤亮古体诗词赏析》，见《张贤亮诗词选》，第100页。
② 冯剑华：《跋：江南塞北留诗魂》，见《张贤亮诗词选》，第115页。

的殿堂,超越了岁月的风霜。回顾时代的明暗,贴近孤傲的灵魂,"纵观他的古体诗词,我们不难发现,张贤亮大多数诗都在写情,一种参悟人生的情感,一种勇于面对、决不放弃的果敢与坚韧"①。

当然,悲辛交集,张贤亮的旧体诗也有一些生活记录,如《抱孙感怀》《跟卡拉学唱歌》《盛世之叹》《贺奥运开幕》《端午有感(调寄蝶恋花)》《黄昏飙车有感》等。1979年以来,他身心自由,融入社会和国家革故鼎新的大潮,创办西部影城,儿孙绕膝,可以看出其开朗的生活情志和矍铄的精神情貌。

四 秦中吟:"新边塞诗"的倡导与践行

秦克温,笔名秦中吟,字宗白,1936年农历九月十三日生于宁夏平罗县。2014年3月23日在银川去世。宁夏诗坛的重要诗人,兼善旧体诗和诗学评论。1952年参加工作。1956年考入陕西师范学院中文系,毕业后任银川中学教师、市文化馆及文化局创作员,1979年调任《宁夏日报》高级记者。曾任全球汉诗学会副会长,中华诗词学会常务理事、顾问,中国毛泽东诗词研究会理事,宁夏诗词学会、宁夏毛泽东诗词研究会会长,《夏风》诗刊主编,宁夏作协理事。1952年开始发表作品。1995年加入中国作家协会。著有诗集《飘香的黄土》《爬格者的情思》《秦中吟抒情诗选》《黄河浪花》,旧体诗集《朔方吟草》《塞上新咏》《攀登兰山》,还有《秦克温文学评论集》《诗的理论与批评》《诗论新篇》,散文集《诗余纪事》,等等。诗作曾获艾青杯奖、全国诗歌节奖、毛泽东诞辰一百周年全国诗歌征文奖等。秦中吟的诗歌具有阔大的气象和深挚的情怀。后期重点转向旧体诗的创作,也许与1995年9月4日至9日中华诗词学会在宁夏召开全国第八届中华诗词研讨会有关。这次研讨会规模较大,热忱倡导"新边塞诗",对宁夏和西部诗歌创造,特别是新时期旧体诗词的创作影响很大。

---

① 左宏阁:《一位江南才俊、塞上英豪的慷慨悲歌——张贤亮古体诗词研究》,见《张贤亮诗词选》,第94页。

诗人早期主要探索新诗创作。时代的热情燃烧着诗人的生命，高嵩直陈："将他的人与诗联结起来的，是他的耿直与激切。他诞生在黄河前套，他是喜欢在前套平原上匍匐的前套平原的儿子。他有一种不怎么讲情面的透明性格。他的诗不像羼了奶的水，那么迷离，那么氤氲，他的诗像黄河之水，带着西北高原的土腥气。他的诗也如银川白酒，能把一种热辣辣的感觉送进你的胃口里去；只要你慢慢饮吸，有时也会感到一阵朦胧的微醺。近些年，当一些诗人把大千世界变成他们奇僻灵妙的精神世界的译码时，他仍然不改初衷，仍然用阳光一样澄澈的调子歌唱现实与人生。"此外，"秦克温二十多年来一直让他的诗情带着乡音涌流。他的带着土味的相当规范的诗句，有元白乐府和现代民歌的影响，也有贺敬之、李季、阮章竞这些前辈作家的影响。"①

秦克温是性情率真的诗人。诗集《飘香的黄土》，1989 年由宁夏人民出版社出版。这是一本展现秦中吟西部精神和黄土情怀的诗歌集，共有 39 首（组）诗。这本诗集主要是歌咏大西北壮阔的自然景观，以及展现他对宁夏这片黄土地的深爱。对生活中一切真、善、美的崇尚，是诗人产生激情的酵母。换句话说，他的诗有一种强烈的主观抒情色彩，而这种个性色彩是以一个中国当代知识分子对生活的真情实感为基础的。

> 我不叹十年风暴造成的精神沙漠
> 欣喜沙漠把人生之书向我打开
> 轻薄的嘲笑徒然使我自豪
> 我所选择的课题关系着祖国和世界
> 　　　　《我是治沙队员》

出于一种庄严的使命感，"诗人无暇顾及许多，便在塞上引吭高歌，在诗人的浩歌中，淋漓地透出时代精神的异彩，反映了诗人对生活

---

① 高嵩：《高嵩文艺评论选》，《匍匐在慈母般的前套平原上——秦克温诗断议》，宁夏人民出版社 2016 年版，第 52、54 页。

的理解。这种特质决定了他的诗作很有气势,且又深沉。"① 这种风格的形成说明了诗人是具有爱国爱民的忧患意识,而不是一个"抚摸着自己的伤疤/在人生的十字路口徘徊"的人。而称秦克温是宁夏的诗人,不仅是因为他生长在宁夏平原,更多是源于他的诗饱含塞上江南的乡土气息,有深度,有广度地把握生活、拓展诗情,展现了浓郁的宁夏风味。

如《秦中吟抒情诗选》,收录了诗人记录乡土人情的叙事诗,歌颂时代政治的抒情诗,及批判极"左"路线的讽刺诗。诗人从现实生活的观察入手,直率,质朴,却又有些拘谨地创作自己的作品。"读了他的'抒情诗选',感到诗人的心是纯真的,向上的,是有真情实感的,为他所经历的各个时代,都用诗留下了一定的足迹和回响。"②

张铎对诗人秦中吟敬重之余,多了专业的审美批评,对他具体的作品和风格的把握极为充分:"作为一个与时代振数相同,和人民共命运的诗人,当然不会停止自己的追求。秦克温的诗粗犷、豪放、雄浑者有之,清新、柔婉、优美者亦不少。他的诗既有关西大汉的阳刚之美,又有江南少女的阴柔之美。近年来,秦克温迎着改革的洪流,进一步走向生活的深处。他并不追求单一的表现方法,而是企求多种多样的表现方法,艺术上进行多方面的探索,视野越来越开阔。诗是主情的,且诗里的思想一般均应是充满激情的思想。"③ 用别林斯基的批评来说:"也就是这样一种主观性,它不允许艺术家对所描写的外在世界抱着冷漠的态度,而要他在自己活跃的心灵上感受外在世界的现象,从而那些现象也呼吸着他的心灵的气息。"④ 秦克温的创作达到了纯粹激情直接传达和间接表现相结合的境界。

秦克温这种热情追求却是建立在自觉的理论探索之上的。这种理论

---

① 张铎:《人格与诗格交相辉映——读秦克温的诗集〈飘香的黄土〉》,《塞上潮音》,宁夏人民出版社 2007 年版,第 161—162 页。
② 白航:《序〈秦中吟抒情诗选〉》,见《秦中吟抒情诗选》,中国华侨出版社 1996 年版。
③ 张铎:《试论秦中吟的诗歌创作》,《塞上潮音》,宁夏人民出版社 2007 年版,第 142 页。
④ 转引自北京师范大学文艺理论教研室编《文学理论学习参考资料》(下),春风文艺出版社 1982 年版,第 819 页。

探讨的见解集中地表现在《要化而不失本调》(《朔方》1987年第11期)一文中。他认为诗歌的直接传达和间接表现两种抒情方式总是你中有我,我中有你,结合在一起,在任何一首诗或任何一个诗人的作品中,都不存在单一的抒情方式。但是,要化而不失本调,本调应当是以直率豪迈为特征的社会主义主旋律。他自己的诗正是其诗歌理论的实验品。以《奔腾的黄河》为例,诗人在诗中直抒胸臆,以黄钟大吕的高昂曲调,唱出了黄河冲决一切阻拦奔腾前进的气势:

> 呵!黄河,你从远古走来,
> 从二十四史、从《永乐大典》走过,
> ……
> 哦!黄河,你哗哗啦啦,一泻千里,
> 一路激浪,一路战歌,一路旋涡。
> ……
> 哦!奔腾吧,长龙!奔腾吧,黄河!
> 腾飞吧,我们伟大光明的祖国!

诗是直接抒情的,和黄河的气势相适应,读着它,使人想起莎士比亚悲剧《李尔王》的某些片段和郭沫若历史剧《屈原》中的《雷电颂》。而诗人的黄河,又是象征改革者及其革新精神的。因此,本诗同时也采用了一种间接表现的抒情方式。诗中还有"哦,黄河,你是不回头的箭矢,/你是永不停歇的战车"这样的句子,赋予脱口而出的抒情以形象化的暗喻,也可以说是直接和间接相结合的微观而具体的表现吧。①

秦克温的现代新诗,大多收入《秦中吟抒情诗选》,总体是浪漫的、抒情的,但又是写实的、理智的。这两种风格与情感并不相互抵制,就好像诗人双脚踩在黄土地上,头却仰向天空面朝太阳的方向唱着

---

① 吴淮生:《黄土之恋与拥抱时代的同向轨迹——论秦克温的诗》,见王枝忠、吴淮生主编《宁夏当代作家论》,宁夏人民出版社1988年版,第317页。

民歌，踏实、质朴。一切仿佛触手可及，但这民歌的调子经过诗人情感的润色和技巧的调整后婉转、悠扬、伤感又昂扬。其诗歌主题看似具体、写实，实则意境高远，看似宏大、抒情，其实是有的放矢。这种抒情的阔达情怀和浓郁情感转化为旧体诗的内蕴，就更加含蓄、豪放，形成了"新边塞诗"主调高远、爱国情深的根本特色。

20世纪80年代与朦胧诗形成鲜明的对峙，西部诗人借拨乱反正的东风兴起了"西部诗"和"新边塞诗"的倡导热潮。所谓边塞诗，就是反映边塞地区生活的诗歌。所不同的是古代边塞诗以反映保卫边疆为主，当代边塞诗以反映建设边疆为主，古今其他一切边塞诗的题材都是由这两个内容派生出来的。宁夏诗人对于西部诗潮的呼应，与现实结合，与地域人文结合，主要体现在1982年"塞上诗会"的举办。这也是秦中吟熏染旧体诗的开始。如后来的《谢诗歌泰斗艾青题书〈夏风〉》所写的："泰斗挥诗笔，西陲劲夏风。沙尘从此落，正气逐时升。每沐心清爽，频催草木青。燎原星火旺，花气日蒸蒸。"（《夏风》2014年第2期）

由于受生活环境的影响，当代边塞诗人也形成了大体相同的风格。"在众多新边塞诗人当中，秦中吟是较有代表性的一位。他的《朔方吟草》便是代表作。"[①] 其后的创作大多发表于《夏风》，情志不变，历史感怀与家长里短的抒情，更加温润。

    十首秦中定正声，声声俱是爱民情。
    余名巧借无奢望，当作吟鞭策力行。
      《读白居易〈秦中吟〉》（选自《夏风》2014年第2期）

    一从出土便流芳，实证边陲古不荒。
    碧海曾为甘雨汇，青山总被绿林装。
    何因沙抹江南景，应记史留劫后伤。

---

① 张铎：《直人真诗——论秦中吟的边塞诗》，《塞上潮音》，宁夏人民出版社2007年版，第127页。

开发龙腾新世纪，复归生态更辉煌。

《古灵武出土恐龙化石》（选自《夏风》2007年第1期）

北望京华路，送儿行，不堪走出，怕开门户。一室温馨衣带去，日后冷清孤独，神远送，云烟深处。暗嘱平安千万遍，到时间，但莫家书误。待燕子，堂前舞。

书山有阻勤可突。乘年轻，攻关奇险，莫辞辛苦。宝剑锋自磨砺出，玉琢方成器物。光彩奕，爹娘不妒。余已老，新诗学做，收获丰盈心意惬。勿情牵，只把前程渡。信已寄，尔知否？

《贺新郎·送儿》（选自《夏风》2014年第2期）

秦中吟一生痴情抒情言志的文字琢磨。早先的作品充满了时代颂赞的热情，后来的吟诵不能说绚烂归于平淡，却也逐步醒悟人生。如《七秩感怀》，把年龄的衰和老与心态的青春永驻强烈对比，然后统一在诗意之中，使作品的内容别有识见。"春化鬓霜身不老，诗盈囊袋力难疲。""人生史册从头读，悟道无知日已昏。"

有人评价说，诗人用苍劲瘦硬的语言琢磨作为这些律诗的艺术手段，使这些诗篇自然妥帖。其中没有规模古人的诗意和诗句，也没有生硬地搬弄典故和古语。这种脱胎换骨的诗法和主张，使这些律诗格高韵也佳。①

又如《咏牛》：

耕耘四季总埋头，拉尽风霜老未休。
重负自身堪忍辱，荣归农家不计酬。
反刍百味知甘苦，懒向众生诉闷愁。
俯首为乘心自愿，只将犄角对雠仇。

---

① 金持衡：《〈七秩感怀〉的艺术魅力——略谈秦中吟的十一首七律》，宁夏诗词学会编《宁夏诗词学会三十年〈夏风〉评论选》，宁夏人民教育出版社2019年版，第296页。

心中怀藏着鲁迅，却又直面自己的退休生活，百味涌上心头。"诗人选择牛作为歌咏的对象，不仅是为了所写的诗富有特殊的风味，而且更为重要的是为了借题发挥，表达诗人对塞上和人民的无限忠诚。"①以及老骥伏枥、壮心不已的情志。

秦中吟"视文学为他的生命，诗词更是他的灵魂，他为伟大的时代讴歌，为火热的生活歌唱，同时他又针砭时弊、鞭笞丑恶，关注现实、倾情民生，他始终担负着一种社会责任感，视野辽远、胸襟开阔、不随流俗、昂扬向上，他倔强耿直的性格，疾恶如仇的品质使他的诗时而桀骜不驯，时而意气纵横，浪漫中有激情，豪放中有大爱"②。这是张嵩怀念秦中吟散文中的文字，可以概括其人其诗其情志。岁月历久情不老，他一生用心诗歌而成为宁夏地域文学的代表人物。肖川《满江红·赠秦兄克温》亦可印证：

赠汝有词，便想到，汝历似我。最难忘，动乱年时，都曾烟锁。汝落寒郊执苦教，我随机械砺钢火。更舞台皆占工农兵，知识躲。

改革起，成规破；开放后，生新色。喜《夏风》劲吹，诗花灼灼。事业皆因执著成，老来倍识真功课。把夕晖润灌百花园，将毋左。③

"事业皆因执著成，"在严正的抒情针砭中，诗人的个人情志却以人民为中心，始终显现了心怀平民的质朴情感。如《塞上秋》：

无边旷野涌高粱，阵阵金风酿酒香。
雁醉高空难展翅，云迷朔漠竟沉塘。
黄花火烈开犹丽，赤叶情浓落不伤。

---

① 张铎：《直人真诗——论秦中吟的边塞诗》，《塞上潮音》，宁夏人民出版社2007年版，第130页。
② 张嵩：《忆秦中吟老师》，见散文集《温暖的石头》，宁夏人民出版社2015年版，第111页。
③ 《肖川诗选》，阳光出版社2014年版，第238页。

霜重徒教秋色好,农家收尽室中藏。

古人咏秋大都是一派肃杀之气。秦中吟的这首诗中,采用了不少这样的句子,但他反其意而用之,并未出现王国维所谓的"隔",倒是生动形象,通俗易懂,且他笔下的秋色是那样的迷人。无边无际的原野上到处都是成熟的"高粱"。一个"涌"字,可见有风。金风送爽,浓郁的高粱香在诗人的眼里,已是酒香了。这是诗人的灵视。有酒,雁醉了,在天空难展翅;有酒,云也迷醉了,竟沉在大漠的池塘中。古人形容美女有"沉鱼落雁""闭月羞花"之句,秦中吟在这儿如此写,可见他对这片美景的情怀了。总之,诗人在这里展开了想象的翅膀,带着激情在诗国里漫游。王国维云:"词以境界为最上,有境界则自成高格。"①这首诗有境界,也有高格。在古人眼里,一到秋天,花残叶落,令人伤感。而秦中吟"赤叶情浓落不伤,霜重徒教秋色好",这是什么原因在起作用,此乃"农家收尽室中藏"。"由于诗人的心中装着人民这个高格,因此当他看到这种丰收在望的美好景致,禁不住格外激动。所以一切景观在他看来都是美好的。"②

总之,秦中吟的边塞诗达到了思想真和语言真,情与景、意与境的融合,是诗人"直"的自然天性的流露,与诗人追求自由、奋发向上的人生观是一致的,达到了人品与诗品的统一。难能可贵的是,诗人对自己的人生观直言不讳——《直辩》:

尽管我踏着直人的脚印穿行人生
被现实和峭岩碰得鼻青脸肿
但我不后悔
也不埋怨命运

---

① 王国维:《人间词话》,中华书局2014年版,第1页。
② 张铎:《直人真诗——论秦中吟的边塞诗》,《塞上潮音》,宁夏人民出版社2007年版,第127—134页。

"被现实和峭岩碰得鼻青脸肿","不后悔,也不埋怨命运"!多么倔强的诗人。

秦中吟对诗词艺术的执着追求,还根植于诗歌理论的批判探索。他强调:"大边塞诗的大境界不光容纳主旋律、大题材,也能容纳休闲、娱乐、时尚、花前月下的谈情说爱,以及鸟兽虫鱼观赏等多样化抒情内容,只要能反映边塞地区人民丰富生活、时代精神和诗人丰富的心灵世界的内容都可以写。但'化而不失本调'(明胡应麟),多样化不失时代精神主旋律,不离时代大背景,才是大边塞的大美大境界。没有这个大境界,再新美的创作也是小家碧玉非黄钟大吕。当然对这类题材的表现不是唱高调,而必须是真实具体艺术地有血有肉地描写。"① 诗人兼批评家的秦中吟更多基于创作实践的诗学理论探讨,此处不再展开论述。

他逝世后,中华诗词学会在唁电中指出:秦中吟先生是当代著名作家和诗人,是宁夏文学和诗词事业的重要组织者,为新时期中华诗词事业的振兴发展做出了很大贡献。这也是对他最中肯的评价。

五 抒情诗人吴淮生、马乐群和刘国尧

与诗人秦中吟的耿直和赤诚不一样,吴淮生的性情诚挚而温和,马乐群的个性热忱亦豁达,而刘国尧更多了诗人的热情甚至自恋。

吴淮生,1929年生,2021年5月23日在广东珠海去世。笔名磊子、焦雨闻、云帆等,安徽泾县人。一生创作丰富,"诗歌是吴淮生文学创作的主要内容,他兼擅新诗和旧体诗词,产量丰富,成绩斐然"②。1979年出版的《塞上山水》,是献给中华人民共和国成立三十周年的个人诗集。这部诗集收录了作者1964年至1979年间创作的40首诗,其中4首组诗。这些作品绝大部分是1976年以后创作的,其中有少量

---

① 秦中吟:《大边塞诗要有大境界》,宁夏诗词学会编《宁夏诗词学会三十年·〈夏风〉评论选》,宁夏人民教育出版社2019年版,第340页。

② 唐骥:《吟唱着时代的赞歌——吴淮生和他的创作》,见王枝忠、吴淮生主编《宁夏当代作家论》,宁夏人民出版社1988年版,第460页。

是在"文革"期间创作,在"文革"结束后修改发表。1991年出版诗集《漂泊的云》,用《风笛》作为序诗,"我是一支风笛,吹着梦幻,吹着心曲","于是,我唱给山原,唱给天地"前后呼应,很好地表达了这本诗集的风格。1994年出版《新声旧调集》,分为上、下两辑:新声《我的四季歌》和旧调《思濂庐吟稿》。上辑收1945年至1994年间的现代新诗,诗歌按时间顺序排列。这些诗歌题材广泛,从咏物、歌人、回忆到读书感悟和旅游感想等。下辑是古体诗,多为七律,将近200首诗,是诗人在生活中对人事的感悟,还有纪行。2021年5月23日在广东珠海去世。

高嵩说:"在宁夏的诗人当中,吴淮生同志是比较有性格的一位。他执着地歌颂历史与人生的美,歌颂祖国山川的迷人风采。在他的性情与理念之中,有一个由二十多年教师生涯积淀而成的夹层,这个夹层决定着他所有诗歌的共同特色:仪态端严,思路清畅,而往往有激切的真情。""好诗如芳醇,芳醇赖良曲。诗的良曲就是渐悟或顿悟的契机。"因此,他也诚恳地指出:"我在这里只盼望他今后写诗时让那些表现意态的词语潜沉得再深一些,为了防止'满、实、露'的现象出现,把构思搞得尽量成熟一些。"① 时代的浸润,生活的磨砺,诗人吴淮生始终充满人间的热情,钟情缪斯女神。张嵩带着敬仰的心情议论说,吴淮生是真正的宁夏文坛常青树。

吴淮生退休后,移居广东珠海,但心魂依然在"梦里青山"。这青山是江南的情,却是塞上的景。先看1998年秋写的现代白话诗《致宁夏》:

> 少年时
> 我在地图上寻你
> 没想到后来
> 你站在我的面前
> 如雕像一样具体

---

① 高嵩:《高嵩文艺评论选》,《美与善的颂歌——谈吴淮生新诗近作》,宁夏人民出版社2016年版,第47、51页。

你是我生活的载体

我的生命已融于你

……

而今我又翻开地图册

才发现你是明丽的旗

上面印着

我们的青春

我们的汗滴

我们的里程

我们的诗句——

  你明夜的星空更灿烂

  你明晨的朝霞更美丽

四十载岁月风霜,时光刻写生命的记忆如烙印,诗人的情感与宁夏无法剥离。

又如2003年4月23日于珠海作的《风入松·客居偶成》:

  逢春几度在天涯,无意去看花。昨宵梦里临村肆,偕诗侣、煮酒烹茶。还是当时情景,小桥流水人家。

  何当万里骤飞车,漠北卷尘沙。边城岁月匆匆过,听黄水、波浪喧哗。塞上天风遒劲,吹浓两鬓霜华。

梦里深深怀念的依然是边城岁月,漠北尘沙。诗人大半生耕耘并呵护宁夏文坛,也成为宁夏人民难忘的诗人、作家和批评家。其热忱贯穿他所有的抒情文字。在《清平乐·纪念红军长征六十周年试和毛泽东同志韵》中深情吟诵:"豪情岂谈,常系当年雁。赤帜铁流凌霄汉,堪笑追兵百万。擎天一柱雄峰,花开甲子春风。改革高潮迭起,神州跃马腾龙。"登上巍巍六盘山,忆昔抚今,改革春风吹遍祖国大地,旧貌换了新颜,他情不自禁地怀念历史、称颂家国兴旺发达。

不论古体、近体,还是白话新诗,贵在人生情志的淘洗和审美显现。《吴淮生诗词选》,收新诗146首(组),六十多年来的近体诗、小令、长调、散曲近500首,洋洋大观,内容丰富,可谓新旧诗之集大成。从中可以看到诗人呕心沥血、孜孜以求热爱缪斯女神的笃诚心迹。吴淮生的诗作有其独特的创作风格,既有浪漫主义的吟诵,也有现实主义的高唱;既有对祖国壮美山河的歌颂,又有对异域风光的描绘;既有对工作、生活了五十多年的塞上饱含真情的赞美与倾诉,更有对故乡皖南青山绿水深深的眷恋与思念。

思乡在古今诗词中也是一个永恒的主题。《故乡行(九首)》《回乡偶书》《秋思》《思乡》《乡情》等有关故乡人和事的诗词,占其作品不少的篇幅。吴淮生身在塞上,情系故土,思念着那里的一草一木。这种牵挂和思念是一种爱的具体体现,而不是乡愁、乡怨。"天际归来拭目新,万千气象更何因?弋江期有经纶手,待绣家乡处处春。"《故乡行之赠家乡县委领导同志》,诗中更多的是希望,希望把自己的家乡建设得更加美好。《菩萨蛮·为茂林小学成立八十周年作》中也同样表达了作者的寄托之情:"……流光何处迹?林木依云立。兰菊竞芳菲,朝晖与夕晖。"深情寄语故乡学校,殷殷爱心可见一斑。吴老不同时期的怀乡诗也有一些变化,年轻时志在四方,乡情较淡,表现在诗中语句轻快,进入古稀之年以后,乡情愈浓愈深,但他始终保持着积极乐观的态度,寄寓自己的爱和情。

边塞抒情和故乡怀恋之外,其第三类游历诗,以赞美祖国山河为主体,抒发自己的情怀,与新体诗的内容多有相通,这里就不展开谈了。第四类馈赠诗,大多诗人之间相互唱酬,惺惺相惜。也有一些以诗答谢、感怀的诗作,从一个侧面反映了诗人骨子里面作为文人的情趣与襟怀。吴淮生的旧体诗词讲求声律、注重用词,合辙押韵、章法严密,在继承中又有创新,因而有较高的艺术水准。不论是诗还是词,都追求开阔的意境,很有韵味,达到了"意在笔先,神余言外"的高度。他将"古调"变成了优美的"情调",让人仔细品来,回味无穷。

"吴淮生先生现移居珠海,年近九秩,仍然坚持创作,屡有佳作问世,青春焕发,激情不减,始终充满着对美好生活的挚爱。"① 吴淮生多种文体皆有不俗的成就,七十年如一日沉浸文学艺术创作,不改其志,经历了宁夏当代文学发展七十年全部的风风雨雨,确实是最具代表性的宁夏文艺名家之一。

马乐群(1939—),回族,笔名尤苏、泰芒等,山东济宁人。1959年10月毕业于新疆中苏有色金属公司矿山技术学校。在校时有诗文习作发表,因而被划为"中右"②。分配来宁夏后,曾从事多种职业。诗歌作品连续在宁夏第二、三、四、五次宁夏文艺评奖中获奖。因文学创作曾被银川市党委、政府荣记一、二等功各一次,曾获银川市文学艺术突出贡献奖。退休后,在参加社会文艺活动的同时,仍坚持创作。已出版诗集《新月·朝霞》《沙丘·马队》,报告文学集《激流真情》等。中国作家协会会员,中国民间文艺家协会会员。

诗歌涵养的是诗人的审美性情,在宁夏当代七十多年的诗坛上,马乐群始终是情感饱满的优美抒情者。1992年出版《新月·朝霞》,描写"我和朝霞一齐走进车间"。刚到宁夏参加工作的马乐群,内心的不安让他写下了这首诗,一经发表,因表现出开朗乐观的人生态度、明朗热切的文字风格,在工人中引起了共鸣。组诗《银川奏鸣曲》采用现实主义艺术方法,以平易朴实的语言,表达对新的生活和银川风物的赞美之情,有了鲜明的地域文化特色。"啊,银川——希望,终于在共和国青春的胸脯上,舒展开了七彩的翅膀。你好啊,大西北的凤凰!你好啊,灿烂的飞翔!"诗人的内心生活,在包容一切的热情中找寻生命的意义。诗人把汹涌的激情投入工厂的建设、投入到集体化的劳动生活中去时,他的激情便被赋予了某种感染力。2011年他又将自己近二十年的诗歌创作收入《沙丘·马队》出版,由著名评论家高嵩作序。此集

---

① 张嵩:《大爱无疆——读〈吴淮生诗词选〉有感》,《诗化留痕》,宁夏人民出版社2016年版,第62—69页。

② 可人:《生活的恋歌——浅谈马乐群的诗歌创作》,见王枝忠、吴淮生主编《宁夏当代作家论》,宁夏人民出版社1988年版,第67页。

内容丰富，不仅语言优美，富有音乐性，而且情感的开朗和西北风情的展示，读来亲切自然。从整体看，马乐群旷达疏放、热情浪漫的性格，使他的诗歌热烈而淳朴。他深情歌咏美好生活的诗情中，蕴藏了一个知识分子从疮痍岁月中过来后对社会的真挚关切，显现了诗人对生命的肯定，个性化的抒情风格，传达出他积极向上的精神风貌。

宁夏诗歌学会微刊《诗原》所选两首诗，能够体现其逐渐深刻的抒情风格。

尤其是《贺兰山岩画》：

贺兰山上的岩画
在峭壁上沉思
痛苦和欢乐
都闪电一样真实

刀锋斧刃都被羊群或狼群吞噬
盘羊和雄鹿的犄角
以不同的轨迹飞翔
如雄鹰展翅

狩猎者和牧人的英姿
折射出阳光的绚彩
那七窍硕大的脸孔
飘扬成世界上最辉煌的旗帜

皮毛掉光了
骨肉仍然站立
骨肉变成灰了
还有灵魂在石头后面坚持

战栗中的宁静

展示着生命的韧性和仁慈

沉默无语的呼喊

是爱情撒播在岩石上的种子

为历史献出了所有的颜色

剩下的线条　光洁尖利如针刺

而且一根根里都藏着

风雨冲刷不掉的故事

其次，描写宁夏南部山区生活景观的《水窖》：

旱塬上的院子里

瞪着一只枯焦的眼睛

那干渴　那苦涩

真能让人昏厥

雨水在这里集结

四壁中间积蓄着欣慰

想不到点燃黄土地血性的

竟是这融化了的冰雪

肯定不会忘记干裂的疼痛

连沉沉的睡梦里

都有水滴

在轰鸣在呜咽

麻绳提出来一只铁筒

清凉的笑靥

晃动的波纹
滋润着发黏的热血

谁也不会嫌弃
漂浮着的柴棍和草屑
一捧泛黄的水
足以冲去所有的迟疑和怯懦

清凉的窖水　浑浊的窖水
如同日月
温暖着我们的心房
照耀着我们的日日夜夜

　　南部山区的"水窖"和贺兰山的"岩画",两首诗的核心意象,皆是情趣饱和的意象。比兴之间的深刻描述,首先艺术化显现了宁夏南北明显差异的地域色彩,且极具代表性。其次是深厚的情感蕴涵,《水窖》体现了西海固人,或者说整个西北干旱山区人们生活的苦涩,这种苦涩里包含了血性和疼痛。清凉而浑浊的窖水,"温暖着我们的心房/照耀着我们的日日夜夜"。《贺兰山岩画》却是另一种想象的把握,闪电般真实的岩画在峭壁上沉思……这种凝神的沉思内蕴痛苦和欢乐,以及由此展开的贴近岩画符号与图案的想象描述,是诗直达本质的揭示,真实而奇崛,让人们对岩画的理解和认识生动起来。由此我们发现,马乐群对意象的独特把握和创造,使他成为那一代诗人中最有激情和艺术把捉力的优秀抒情诗人。他更是诗歌朗诵的艺术家,至今依然活跃在宁夏文艺和诗歌朗诵的第一线。这是一位能促使人向上的诗人和艺术家,不仅在其诗作里,就是日常的生活中,都散发出一种坦荡的激情和力量。

　　刘国尧,曾用笔名阿尧、晓留、国光等,祖籍江苏省南京市,1947年12月4日生于上海。1963年开始发表文艺评论和散文作品。1967年参加工作,任西北轴承厂技术员。1978年2月考入宁夏大学中文系,毕业后留校任教。曾任宁夏作家协会秘书长、海南出版社副总编辑。现居海口。1972年开始发表诗歌作品，1983年加入中国作家协会。著有诗集《山丹又红了》《爱的旋律》《国尧诗选》等。

1978年出版的《山丹又红了》，是当代宁夏文学七十年出现最早的个人诗集。刘国尧的诗歌带有深沉的情感，用朴实的艺术手法表达出来，显得工整又气势斐然。1992年出版《国尧诗选》，这是刘国尧的代表作。主要由两部分组成，第一部分是刘国尧的诗歌，第二部分是选录了六篇关于刘国尧诗歌的评论文章。他的诗歌不仅情真，而且心诚，张贤亮在《发泄真诚》这篇序言中写道："诗的园地就是他发泄真诚的地方。"第一部分所选作品分为四辑，分别是"都市繁华""世事无奈""渴望灿烂""未竟之旅"，以组诗居多。"都市繁华"一辑中写诱惑，也写温情。"世事无奈"中写历史感慨，也写生活的无奈。"渴望灿烂"一辑中，诗的风格比较轻松。第二部分选了高嵩、刘绍智、崔宝国、杨云才、李玉海、白军胜、戴凌云、荆竹等诗评家的文章，读者可以从多方面了解诗人的抒情风格和艺术特点。刘国尧的诗带有浓郁的生活色彩，带有强烈的叙事性，从事物本身的特征出发，用烂漫和诚挚的态度进行歌颂或发问，也常用排比和对照的艺术手法增强情感。不少诗从整体效果上很适宜朗诵，多在结尾处运用反复的手法将情感推向高潮，造成具有回声效果的艺术感染力。

早在1982年，高嵩就欣喜地肯定了其抒情才能。他特别喜爱刘国尧诗中"自我"那种工人师傅的本色。这个"自我"，这个师傅，在抚着徒弟的臂膀，亲切而又直爽地说着贴心话："今天的你，多像当年的我，那时，我也是个十七、八岁的小伙。惊叹虎钳旁奇妙的情景，目光被魔术师般的双手牵着……"如果认为师道应该尊严，那么"天道"（客观规律）应当更加尊严。这位工人师傅跟徒弟谈话，一上来就给自己"拆台"：

别听人说，我是我师傅的好徒弟，
尽管十几年了，从不吝啬汗水的洒落
可我只会重复师傅娴熟的动作呵，

> 就像拙笨的画图人，只会虔诚地描摹。

在诗里，"十年如一日"这句褒语，竟理所当然地成了贬词！时代在日新月异；二〇〇〇年的召唤，也要求我们的劳动生活在创造中日新月异。如果我们的产业大军，我们的生产技能，总是进行纯粹重复性的更替，我们哪一辈子才能赶上世界先进水平？

> 我确实不是好徒弟呵，别学我！
> 这古老的动作莫非还要带进20世纪末？
> 那么当二〇〇〇年的黎明时刻，
> 你会难过！发现自己扮演了一个悲剧角色。

这是20世纪80年代初诗人的遥想和抒情，诗人敏感的先锋意义就在于此。"把刘国尧当作宁夏诗坛上的一个现象来看，他已经成为理论的对象。这是因为，他终于远远地抛开了由数十家当代杂志堆积起来的浮薄的参照体系走向了他自己，他终于辞绝了某些先验的时髦框式，像勤苦的采珠人那样向生活潜沉，又带着他自己采得的珠向心灵的底部潜沉，直至那生活的珠辉耀出心的灵光，再把它们化为歌唱。""刘国尧诗中艺术同生活的距离耐人寻味。"当然，也存在时代和道德认同的束缚，"令人叹惋的是，他的某些诗篇或者某些诗段，或者某些诗句，会把一些十分宝贵的激情扔在荒瘠的盐碱地上。我以为，他不妨对自己已经形成的风格体式实行'对外开放，对内搞活'的方针，目的是在自己的风格体式之内，大幅度地增多富有活力的审美范畴和修辞方式；在自己风格体式的主干之上，勇敢地培育多种风格境界的分枝，使自己诗的放歌，成为西北旷原上根深叶茂丰盈俊健的大树之放歌"[①]。须胸襟的宽阔和境界的提升。

高嵩是即兴而有审美感受的批评家，刘绍智是有诗学造诣的批评

[①] 高嵩：《高嵩文艺评论选》，《在旋动的空心球体里——论刘国尧诗歌创作》，宁夏人民出版社2016年版，第55、57、61页。

家，这在当代宁夏都非常难得。刘绍智比较看重刘国尧的诗歌创作，细致地评述说：读刘国尧的诗，很容易使人联想到王国维所说的"主观之诗人，不必多阅世。阅世愈浅，则性情愈真"（《人间词话》）。当然，刘国尧并不能概括为主观之诗人，如果定要给他概括一个的话，倒不如说他是理想之诗人。"甜美"的理想，渗透到他的全部诗作之中，包括那些对陈抱帖式改革家的歌咏，对"堂堂男子汉"水兵的赞颂，对具有一颗"滚烫的心"的夜大学员的顶礼，甚至包括那些被人赞不绝口的《网兜里的面包》《我也是魔方迷》《不！我不是旅游者》《黄河，在我心中流过》等内涵更为鲜活的诗作。[①] 大西北广袤而又寂寥；大西北人富有而又贫穷。"粗制的海碗/盛满西部汉子的倜傥风流/和广袤里圆圆的落日碰响"（《西部汉子和酒》）。自然的冷漠无情，不但没有浇灭西部人的信念，反而锤炼了他们倔强的个性。尽管立在戈壁，孤独地望着浑圆的落日，用辛辣的烈酒慰藉自己，然而他们，并没有绝望，"酒后的赤诚/挺立西部汉子坦坦荡荡的雕像"。大西北的人就是这样一群刚烈的、顶天立地的男子汉。

然而，诗人"并不是生活在童话世界里"（《雪里红梅，淡淡的幽香》），世道的艰辛，不可能不在诗人的心中留下阴影，也许对这阴影的沉重感并不亚于有些业已形诸笔墨的诗人和小说家。于是，诗人写出了《月光》，记录了这样的心境：

是谁？说你冰凉、冰凉，
他一定是幸运儿，天天拥太阳。
漫漫长夜的跋涉者，
珍惜这黑暗中的光亮。

你是这么温柔，如此善良，
为我的振奋，竭尽全部力量：

[①] 刘绍智：《生活的苦恋者——刘国尧诗歌创作论》，见王枝忠、吴淮生主编《宁夏当代作家论》，宁夏人民出版社1988年版，第146—147页。

怕我迷惘，照明前行的路途；

怕我孤单，让影子陪伴在我身旁。

这是总题为"写给苦难的岁月"中的一首。但是，不论是这首还是其他几首，诗人都没有去渲染苦难，都没有去细细品尝苦难，只是把那难以忍受的苦难淡淡地化为一缕哀思，凝聚成含蓄的力量，在诗中留下了更多的意蕴空白。这不正是古人所说的"含不尽之意，见于言外"（《六一诗话》）那种境界吗？也许正是由于诗人创造出这种境界，才容纳进"希冀着甜美"的情绪——"黑暗中的光亮"照出了"甜美"，"让影子陪伴"的"孤单"寄托着希望。①

高嵩、刘绍智等人专业的批评给刘国尧极大鼓励。刘国尧作为一个倾心书写生活的现实主义诗人，他从来就没有停止过对人生的思考。几十年如琢如磨的文字锤炼，其诗歌手法日益丰富，情感比先前更深沉，诗境也较以前深邃了。但荆竹后来批评说："即是诗人对现实与未来的乐观精神，无论在他的政治抒情诗还是哲理诗中都包含了这样一种情状。当我们放下他的诗集的时候，也许我们已经记不起几行他的诗句，但这时我们却已获得了一种心情，这种心情竟使我们不由自主地想做一件事情，想伸展一下我们自己，我们好像听见了隐隐的雷声，期待一场大雨和雨后的宁静……这是刘国尧诗的感受性。"② 诗歌与所有其他艺术形式一样，"各表现一种新鲜的个别的心灵状况"③，感性的著物和时代的热情交融而形成了刘国尧自己的"心灵状况"，即抒情风格。

六　肖川的意义

讨论当代诗人的创作，只有从时代背景出发，才可能客观地贴近每

---

① 刘绍智：《生活的苦恋者——刘国尧诗歌创作论》，见王枝忠、吴淮生主编《宁夏当代作家论》，第146—147页。
② 荆竹：《从接受美学角度看刘国尧的诗歌创作》，《荆竹文艺论评选》，宁夏人民出版社2017年版，第172页。
③ 朱光潜：《谈美　文艺心理学》，中华书局2012年版，第263页。

一个诗人的精神追求和心灵状态。当代西部出现了不少性情酷烈的诗人，因而才有贯通古今的"新边塞诗"倡导。读到肖川的《黑火炬》，周政保认为，就西部诗而言，肖川当属于"中间地带"[①]的诗人。"中间地带"是大河陇文化核心区，九曲黄河万重山，以百折不挠的磅礴气势塑造了中华民族自强不息的民族品格，还有黄土高原四季风，苍茫、恢宏而又深藏着沉郁之气。具体到宁夏地区，首先是20世纪60年代以来罗飞、高深、肖川等人介入宁夏诗坛，其次是20世纪80年代开始更多宁夏本土诗人的崛起，先后大概五代诗人一起开拓了当代宁夏诗歌直面现实和呈现地域特色的抒情园地。

肖川前期创作豪放热情，中期刚健清新，到了后期其感情表现得更为深沉而凝重。诗人大多作品直接描写黄河、贺兰山和塞上风物，被誉为"塞上诗人"。由此，2016年11月21日，在宁夏新边塞诗研讨会上王武军认为："肖川诗歌真实地展现了特定时期宁夏乃至整个西部广阔的社会现实和地域特征，形象地将一代人的生活付诸笔端，表现出个体生命在社会现实和自然环境中的抗争、奋发和追求，具有雄浑、旷达、豪放、劲健的'西部'特质。"瓦楞草在阅读肖川诗歌中追问，诗歌中的浪漫主义是什么？它标示着诗人从想象和情感的角度去看待事物的一种心理变化。诗歌因其远离模仿并接近情感的自然表露而至语言艺术的顶峰。可以说，能够在诗中自然流露情感的诗人才是真正的诗人。肖川的诗质地是坚硬的，尚苏轼求知音，敬陆游为同道。"凤鸣"尚有时，"龙跃"说有志，"望月"道有情，"山族"问苍茫……"古神州无法安稳，夜声躁动/一天星光哔剥如烟火。"（《古刃》）诗的内核不仅仅是情感，更多包含了诗人的精神气质，"一代又一代歌者以螺旋般大循环升华这诗的主题"[②]。肖川的诗歌在山川的颂赞中抒发自己的情志，多了新的意识形态制约下的社会责任感，"将他的一片痴情献给'并非生我，而是哺育我'（《我的歌》）的塞上的土地的时候，'新的美学原

[①] 参见杨梓主编《宁夏诗歌史》，阳光出版社2015年版，第91页。
[②] 参见李生滨、瓦楞草《感伤而孤独的自我坚守——西部诗人肖川论》，《六盘山》2017年第5期。

则'正在新时期的诗坛上'崛起'"①。

对于肖川的诗歌创作，评价最高的是诗人杨梓。"《黑火炬》是肖老的代表作，也是他诗歌创作的巅峰之作。诗集虽薄，但内蕴厚重，结构宏大，气势磅礴，意象奇崛，语言独特，风格迥异。在西部广阔的大背景下，并透过语言的表象而深入到西部的内里，真正地把握住了西部开拓进取、勇于创造的精神实质，并在诗艺上达到了'通透'的境界。"②杨梓再次肯定，肖川是新时期以来始终坚持"新边塞诗"探索创作的代表诗人之一。

1990年出版的《黑火炬》，共收录诗人39首（组）诗作，绝大部分作品创作于1984年至1986年。分为六部分：第一部分10首，第二部分6首和组诗《萧关之旅》，第三部分11首，第四部分2首和组诗《西出阳关》，第五部分7首，第六部分就1首《神游》。内在的情感与外在的语言吻合，浑然天成，且流畅而富有表现力，是诗人放飞想象的梦幻抒情。诗人始终有一种博大的情怀，却在时代的氛围里掩饰不住一种幽愤之情，这在最后单独列出来的《神游》一诗中表现得最为显豁。一方面是窗外光怪陆离、纷繁热闹的世俗景象；另一方面却是"歌者案头灯独对远星"。遥想天外，思接古今，诗人浩叹："九万程光年天上路短，八千里云月人间风长。"孤独地困居五十平方米的室内，以"神游"的倔强质疑抒发了生活或者说时代的失落之感。其实，诗集大部分作品蕴含了诗人壮志凌云的向往，却在最真挚地审视现实的冷峻里颇似廉颇老矣地发问："多情应笑我早生华发了吗？"

第五部分7首诗，以《黑火炬》打头，格物写物，其实还是在探寻人的精神和风骨。不论是一个被妻子埋怨的男人（《沉船与妻》），"易水行"的一条大汉，诗人总是推崇一种阳刚的雄性美和悲剧美。这种极致的人情审美化，除了《古刃》和《也有一幕与其相似的悲壮》之外，就是诗集同名的《黑火炬》。郎业成在探讨宁夏煤炭诗歌的讨论

---

① 尹旭：《肖川的世界》，见王枝忠、吴淮生主编《宁夏当代作家论》，宁夏人民出版社1988年版，第21页。
② 杨梓：《梦里从为客，诗成觉有神》，《肖川诗选·跋》，阳光出版社2014年版，第258页。

中提到了 5 首肖川写煤矿及煤炭的诗歌。比较晓畅的《石嘴山》和《石炭井之夜》直接描写矿井的景象，但具有诗人超验感受而生发抒情的却是《沉升》和《天轮飞转》。《天轮飞转》写快乐而神奇的矿井工作场景，《沉升》以哲理的思辨写下沉矿井的独特感受。这几首诗显现了工人出身的肖川对工矿行业的独特偏爱。

在唯物理性和生命激情的碰撞中，诗人审美深化的恰恰是《黑火炬》。从西方工业革命开始，中外诗人颂赞煤炭的佳作不少，但肖川仍然写出了别样的意蕴。

> 访你，无血色之黑丑。
> 我却发现如玉之洁如金之贵如花之美。
>
> 随地壳骚动而沉陷。
> 因憋闷于无名压而潜心聚力。
> 侏罗纪的青春树已是今日之黑火炬了。
>
> 被大趋势浪潮扑灭了吗？
> 被崛起的新生林湮没了吗？
> 被信息爆炸击溃了吗？
> 仍是那般执著那般殷实那般凝重。
> 燃烧。
> 夜，惰性与冰雪一起融化，真正的
> 不落的太阳
> 该是你。

这首写于 1985 年 11 月 25 日的诗，不仅是赞颂煤炭，其实还包含了时代的许多信息。当时笔者也刚刚参加工作，书生意气，从好友王国林办公室借阅过《第三次浪潮》，还有当年流行的《大趋势》。这首诗印证了青春年少时比较前卫的读书思考，同时也充分彰显了诗人在现实的思考中咏物见志的深挚情怀。"以黑火炬喻煤炭。在短短的十三行诗中'意象纷纭',从古昔的侏罗纪的青春树,演化到今日之黑火炬,显现跨越时空的古今巨大反差,由往昔的憋闷到如今凝聚着新生力量,煤炭黑丑的实质却是'如玉之洁如金之贵如花之美'。而诗末尾点出'真正的不落的太阳/该是你。'诗的格调苍凉古朴而又蕴含张力。"① 沉静诵读,这首诗整饬而清明,是诗人习惯以情感气势流铺排诗的歌咏最为圆融成熟的代表作。如众多研究者的共识,"肖川无疑是第一代西部诗人的主要骨干之一。与杨牧、周涛、昌耀、马丽华、章德益等诗人,使西部诗(新边塞诗)在80年代初期有过一个辉煌的时期"。② 肖川得心应手的就是对宁夏和西部山川的阅读、想象和歌咏。这是《黑火炬》最厚实的内容。《肖川诗选》,从卷一《垦荒者情思》、卷二《塞上行吟》至卷三《西部放歌》,包括卷六收的部分旧体诗,多"朔方物咏"和西部风情。

从他情感呈现的独特意象及对中西诗艺的融合消化中,发现其独具匠心的创造力。

正如前述所引,瓦楞草在阅读肖川诗歌中所肯定的,能够在诗中自然流露情感的诗人才是真正的诗人。诗歌从心灵中更为炽热的情感中获得生命,使我们感受到诗所反映的不仅仅是外界事物,更是诗人自身的冲动、烦扰和隐秘的情感。这种自我的揭示正是浪漫主义诗歌的一个显著特征。如《塞上的土地》:

> 这是一片有幸的血和不幸的血浸泡的土地啊
> 这是一片哀丝怨绪与壮歌豪唱交织的土地
> 她有情而又无情
> 我想起贺兰山下迷魂阵似的皇家墓冢
> 我想起承天寺和海宝塔

---

① 郎业成:《石嘴山诗论》,白山出版社2016年版,第132页。
② 白军胜:《论肖川西部诗的美学特征》,《宁夏文学作品精选》(评论卷),宁夏人民出版社1998年版,第315页。

> 想起须弥山石佛，想起唐王流离之都
> 想起北周壁画墓和出土的金钗凤冠
> ……
> 这些都是早已被风干的煌煌霸业之残骸

浪漫主义手法的体现是通过幻想或复古等手段超越现实，整首诗弥漫着多愁善感的旋律，诗人力图展示世俗的物质意象隐退，取而代之出现的是表现感慨情绪的意象，如：土地、墓冢、塔寺、石佛等都激发我们产生一种关于历史的追溯和反思。诗歌的主题表现了一种人生悲苍之感。其中，象征岁月、历史的"壮歌豪唱交织的土地""迷魂阵似的皇家墓冢"等细节烘托出怀古的氛围。从表面看，诗人似乎处在颓废、消极的感叹中，其实暗藏的则是它的反面，即对生命和生活的强烈的欲求和留恋。诗人选择自己熟悉的物象作为诗歌的填充材料，在此找到情感基础的土壤，以便于成功的表达。我们从上述诗句的情感模式和表现手法中可以看到强烈的主体意识，即诗人在意象和意念连接的冥思中表达自己的声音、情怀和心境，以及对于生命价值的认识。在诗歌中，想象在参与的过程整合了主体与客体、情感与具象、流动与固定等多种要素，完成了诗意，由此看诗人的想象与情感是相统一的。诗歌拓展的空间也是相对自由的精神领地，令感叹之余的情感冲动得到升华，使个体价值获得高扬，从而构成了浪漫主义诗歌的特征。

诗在范畴与超验领域之间存在一种巨大张力，正是这一特征赋予其诗歌特有的魅力。毋庸置疑，作为他诗歌的阅读者，我们很想知道诗人如何使理念成为真实可感的东西？这一答案其实不难找到，在《肖川诗选》中很容易就能发现，诗人借助象征或形象表现超验的幻象，主观想象的随意驰骋与个人情感的自由表现令其诗歌浪漫主义特色十分鲜明。譬如诗歌《将进酒》中：

> 那声原始啼歌及努动的双唇有无意识
> 使时空永不衰竭的大气

  与母乳同样浓郁

  垂髫之风也如这般甘饴这般醇和

  襁褓的眼睛漾出银湖虹影

  清冽澄澈且斑斓

  世界亮着向阳一面

  让烂漫贞童吮啜饱和的阳光与花露

  即便夜，也幻出许多星的遐想以及神话宝石

  而他，过早翻到另一页

  没有碧波没有蝶舞没有鸟啭的荒原啊

  无那甘甜无那郁香无那清醇的漠风啊

  从语法修辞角度上看，上引的诗句张力除了明显地在句子的关系中施展魔方式的排列外，还表现在中心词与限定词之间——对具体属性差异甚大的关系进行跳跃性粘连和焊接，以争取令人刺眼的效果。诸如"襁褓的眼睛""星的遐想""清醇的漠风"等。如果按传统搭配关系，中心词与限制调理应该是门当户对，而在此则一扫惯常逻辑秩序，不顾差异大胆结合，由此让人感觉新鲜和与众不同，有吸附力，其表现容量比惯常的描写更加丰富、有层次。

  如果我们细究肖川诗歌语意上的变化以解释一种浪漫主义的冲破是如何发生的，我们会发现，抒情无疑是其诗歌中浪漫主义最可夸耀的成果。通读《肖川诗选》可以看到，诗人不同时期诗歌作品中的抒情十分相似，其作品在抒情的现实依据上和抒情方式、话语上具有一些共同之处。诗人把想象看成一种创造，这种观念促进了诗歌的抒情。可以说，肖川从事诗歌创作的时候不再是用肉眼去观察世界，而是凭借着幻想放纵情感，因而培养了诗歌中的浪漫主义抒情。《肖川诗选》内容非常丰富，对于西北建设和宁夏风貌及生活题材的抒发占有较大的比重。可以假设，在诗人创作这一类型诗歌的年代，人们的情感共存于一种更加饱满而单纯的状态中，而诗人在诗歌中表达的情感正是那种朴实的情感，所以更容易理解。这种情况下，阅读者的情感总能和诗歌表达的情

感自然而然地结合在一起。以《情结》为例:

> 为大夏拓疆之肉躯早已是失效的底肥
> 元昊的太阳沉下去再未升起
> 泪与汗凝成琥珀
> 希望的化石不知藏了多久
> 这土地足够深重
> 你还用生命的黄金
> 铺下一层又一层沉甸甸的
> 尽管丑石混同美玉,虫卵充作玑珠
> 金箔不如风蚀的夏岩
> 你仍用蘸血的錾刀雕凿岁月

无法知觉到的想象在支撑诗人的超验神思。"美感经验只有在对象为可发动作或受动作的事物时,才必须有移情作用。"[1] 是否可以这样分析,诗人心理结构的状态取决于其历史观念的积淀,在导致这种积淀进入直觉观照过程中,语言和记忆是不可缺少的中介。语言将个体的感性经验离析为理性认识,塑造了人的文化心理,规定了人感知和解释世界的模式。在诗中,肖川把诗歌看成感情抒发的集中地,而现实世界仅仅是个人表情的反射,通过他的诗歌铺叙可以感受到一种超越时空和物体表象的感性宣泄,还有形而上的历史批判和自我拷问。

有人分析,"中国浪漫主义继承了西方浪漫主义的文学理论。二者同样推崇神秘的创造力,推崇天才,以自我为文学的中心,蔑视规则,强调情感的宣泄,提倡想象力的作用"[2]。诗人在作品中安置的情感不断通过反映、再现、复制等概念在我们脑海形成一种演化意义的秩序,表达自我感情和创造审美价值。这部分作品多以社会时代为宏观背景,

---

[1] 朱光潜:《谈美 文艺心理学》,中华书局2012年版,第156页。
[2] 邓程:《自我 大我 整体精神——中国现代浪漫主义诗歌理论三阶段》,《云南民族大学学报》(哲学社会科学版)2003年第4期。

将抒情内容与抒情语言结合，结构组合极为丰富。诗歌利用语言的特性营造不同的意境和气氛，将所要表达的情感传递给我们，并引领我们进入其内心世界。

当然，肖川诗歌大部分在精神上或表现手法上有特别重要的浪漫主义特色之外，还有不少作品语言简明，努力再现生活，强调现实性和日常性，具有鲜明的现实主义特征。可以说文风朴素，比兴巧妙，形象自然，生活的画面感很强。

瓦楞草认为，肖川的现实主义诗歌既具有外倾性的写实抒情，也有内倾性的心灵映照。

从外倾性来看，诗人根据生活体验，结合塞上西部特有的地域风貌，歌唱生存的意义和生活的本真，其思想观点积极向上，这一点难能可贵。就思想质量上说，这是一次深刻的跃进。《肖川诗选》卷一、卷二，注重现实与艺术的水乳交融，共冶一炉，不仅再现了一个时代的历史画卷，更赠予我们赏心悦目的美学享受。其诗歌集中深刻真实地反映了此时期宁夏广阔的社会现实面貌。如诗人在《雄血》中描述：

  砍土镘同样辉煌
  奋击这万古疆野该是怎样地桀骜
  生命之盐铁无羁挥洒
  二肱肌发出金属的铿锵
  胴体精魂与铧犁
  同时闪耀宝铗之锋焰
  屯垦古题被第一批戍边者
  被一群归田而未解甲的壮士
  被壮士的胆识才情与抱负
  发挥得淋漓尽致
  你却全然无意那凝血凝汗之丰碑
  是否留下代表你的符号

笔者在对肖川这种具有外倾性的诗歌作品的细读中发现，诗人在阐释社会生活的主题时，摒弃了庸俗的现实主义，对社会和现实进行了美化和提升。更重要的是，可以感受到诗人极力对现实社会背景下一代人奋斗的激情、痛苦和幸福进行表达。这种表达表现出理想主义，似乎现实和理想的乌邦托并不矛盾。因而，我们可以认为，诗人立足严酷现实而审美化的东西就是其诗歌中的现实主义。就主客观的协调而言，肖川诗歌中的现实主义具有某种个人认知和主观因素。他要表现自己直面和思考的现实。如《早逝的骊歌》：

骄阳欲熔
芨芨草因焦渴而烧燃
蜥族与遮体的戈壁石奄奄一息
沙龙挣揣殆尽无奈临头之大限
万物之灵
难道坐待这酷情的葬火吗
她走了，向流火大漠之莽腹
向连她自己也难揣测的方位与深度
烟一般悄悄地走了
她要为被困战友携回生命之醴泉
连同令人瞠目属于她的殊荣与壮举

从这首诗可以看出，尽管肖川这部分诗歌倾向于现实主义诗风，但语言形式并不缺乏灵动和活跃，艺术情调也很唯美，如山间奔涌的小溪，闪烁着智慧和灵性，融合于浓淡有致的情感，颇具匠心。同时，诗人创作时十分清楚那个时代人们想要什么，渴望什么。换言之，他的诗歌迎合宁夏建设时代人们的精神需求。认真阅读肖川诗歌作品，不仅领略到历史的真实，还领略到人的思想的真实。亦如《铸》，形象地将一代人的生活付诸笔端：

> 爷爷的锤，父亲的锤
> 还有我的这把锤——都投进炉内
> 几代人的力和希望
> 熔在一起，凝在一起
> 由我焕发出充沛
> 不要说时代钟壁越来越厚
> 80年代的创业者
> 自有特制的重锤

　　此诗非常注意形式。诗人以合适的词句形成复杂的语言结构，用以构造诗的境界，在常见事物的叙述中，自觉或不自觉加入自身的价值观，既忠实地摹写现实，又创造性地表现自己的倾向性。"爷爷的锤，父亲的锤/还有我的这把锤——都投进炉内/几代人的力和希望/熔在一起，凝在一起"，便是以自然的笔致表现社会的本质和人性之美，从而使我们看到他对社会现实生活具有深入的体察。在艺术手法上，诗人不但善于通过环境和生活的描写来烘托、突出人物的性格特征，而且注重人物的心理描写，力求深入细致地揭示出人物的内心。

　　从内倾性而言，不可否认，在某个特殊的年代，西北建设大潮影响了诗人肖川的思想和创作，使他积极探求新的观察和表现现实的方法。尤其作为西北建设的参与者，当诗人满腔热忱地投入，必然视野大开，受到鼓舞。因此，诗歌中诗人以参与者的姿态出现，并细致入微表现出一种积极的心理状态。也许，内倾性这个标签只是切中了肖川一部分诗歌的表面现象，并没有触及作品的核心，但是，这并不意味着要完全抛弃这个标签，我们要做的是找出这个标签的意义，从而切中肖川作品的深层特征。按照批评透视的框架，走向生活的真实是诗人迈向现实主义决定性的一步，摆脱假大空的情感令他更注重内心的自我诠释。也就是说，肖川将自己看作社会的讴歌者和记录员，其真实的感受强化了内倾性的写实因素。如《中年的船，没有港湾》四首之《读家乡来信》：

>我眼里的世界是微笑的
>家乡的路很长很长
>从燕赵故地伸向遥远的边疆
>我去了,带着慷慨,带着豪壮
>带着母亲深情的嘱托
>带着乡亲殷切的期望
>从绿油油的青纱帐边去了
>从辘轳声声叫的井台旁去了
>从芦花初放的湖畔去了
>我去了,向陌生而神秘的朔方

诗人大胆地抒发对理想世界的热烈追求,无论写景还是抒情,无不烘托一种向往心理。笔者认为,凡能在内心唤起崇高情感的抒情都值得关注,肖川这首诗更像是一个人的娓娓叙述,没有运用瑰丽的语言和夸张的手法,却能唤起我们关于某个时期的社会生活的无边想象。

肖川诗歌显现的主要美学风貌,是情感的显性层面。如白军胜从历史意识、生命意识和宇宙意识解读肖川,有了更多的理解或阐释。在一切山川风物的审美观照中,最根本的还是诗人现实人生的感伤情怀,审美意象建构的深层是诗人难以遏制的孤独体验。特别是诗人晚期的创作,"民族的悲剧和个人的身世之感交揉在一起,给诗歌带来了一种沉静落寞、百转回肠的情味"①。从诗人的嗜酒和好客,照见诗人的赤诚,举杯"与尔同销万古愁"……

一直比较关注肖川诗创作的张铎认为他与西北景物和光阴,总有一段距离。这大概是因为河陇大地、青藏高原、新疆西域过于广袤,山和沟也太大、太深了,使得多重层积的地理板块处于凝滞、迟缓、深重的状态之中,有点难以深入:

---

① 赵敏俐、吴思敬主编:《中国诗歌通史》(当代卷),人民文学出版社 2012 年版,第 10 页。

精美的青铜造型与西北之丰采一起出土，

拭去岁月的斑锈，

无价之宝和无穷潜力，

同时发出诱人的光。

一切都不是幻想，

金川、龙羊峡、柴达木、准噶尔，

连同昆仑石、天山雪，

都走进蓝图，

开发，终于在西部找到重心，

找到未来的希望。

《这巍巍山这沉沉瀚海这厚厚荒壤》

也许，问题的关键在于肖川歌唱西部时总是摆脱不了旁观者的格局。或者，这种堆砌也可以看作心灵感受广袤的挣扎和突围。不过，他部分作品打破规矩的自由写意，可以看到他与西北风情亦达成了一种艺术默契。如《"花儿"的旋律》：

高崖流下的清泉，

凝重而轻缓，

绕山的云彩托着它，

在峭壁间盘桓。

忽而珠帘倒卷，

把天空淋得瓦蓝。

忽而低回深谷，

把草色洒满河滩。

这低吟的诗里花儿的旋律在迂回，充分展示了有别于西部雄浑的清新优美。

在作品细读的分析批评之后，张铎高屋建瓴地评价说："肖川是位哲人型的诗人，当他洞晓生活，审视现实与捕捉艺术形象的时候，他那深邃的历史眼光，使他具备了一种开阔的视野。然而面对今天，他又清醒地认识到在浩荡漫长的历史长河中，今天并不是突然产生的，而是昨天的延伸和明天的由来，是亘古如斯的光阴之河中的一朵浪花。因此他赋予诗作一种豪迈的人生意志。十分自然，从诗里涌流出来的自信心和自豪感，不仅是给诗作涂上了一层当代性的鲜明色彩，我们以为更为重要的是从这些浑然天成的奇崛的诗句中，升发出一种豪放、壮观的崇高美。这种高古的美学价值，不仅拓宽了当代诗歌的美学领域，同时也集中体现了我们这个伟大时代的变革运动以及与其相适应的时代风尚和美学风范。"[1] 换言之，肖川对语言的锤炼及主体自觉的历史意识、生命意识和宇宙意识，带给我们诗学上的一些思考和沉思。[2] 诗人是自我情感的囚徒，诗是一种生命本质力量的显现，是超越日常和世俗生活的精神想象。

---

[1] 张铎：《时代的折光——读肖川的西部诗》，《塞上潮音》，宁夏人民出版社2007年版，第27—28页。

[2] 白军胜：《论肖川西部诗的美学特征》，《现代诗美论》，宁夏人民出版社2008年版，第3—16页。

第二章　塞上风物与人生情志

　　诗言志①，在中国几千年人文教育的深厚传统里受过一定教育的人，都会自觉或不自觉地走向人生情志的书写。气之动物，物之感人，一些人因各自的人生遭际，情不自禁地琢磨生命体验和个人感受的诗意显现。他们有的来自乡村山野，有的来自城市底层，有的是有志青年，有的是支边文人。不论从事什么行当和工作，这些人也无法完全摆脱时代的影响，笔下闪现形形色色的人生样态，生活情调，包括政治颂赞。但相对而言，他们的审美情感向内的透视多一些，或者较为冷峻地审视人生，多精神性的反思。借用文艺批评家高嵩之议论来说："一个社会不能没有诗人。因为社会各阶层，各阶级的人，作为社会上不同的精神实体，都需要人情世界里神、理、气、味、趣的喂养，都需要情志的鼓荡，各种社会主体，都要有自己情绪的器官。最早的诗人，产生于掌握权力与文化的阶级，因为只有这样的阶级掌握着剩余时间和文化。历代的大诗人，是从这种阶级的高级文化层产生的；特别是从其中的哀怨者、抗议者、批判者当中产生的。"② 时代颂赞与人生情志书写，其实是辩证统一的。可能性的批评指向在于抒情主体的精神向度，在自我反思中融入政治生活更为本质的价值思考，就有了诗可以兴观群怨的现实

---

　　① "这里（《尚书·尧典》——引者注）提出的'诗言志'，概括了诗歌抒情达意的基本特点，如朱自清在《诗言志辨》里所说，它是我国历代诗论的'开山的纲领'。"请参考霍松林主编《古代文论名篇详注》，上海古籍出版社1986年版，第3页。
　　② 高嵩：《艺术分类论》，《高嵩文艺评论选》，宁夏人民出版社2016年版，第21页。

指向。特别是朔方边塞的古今情怀，"描写边塞的诗歌自古就有，《诗经·小雅·六月》就是描写周朝军队征服北边犬戎部落的情景。唐代才有边塞诗派。边塞诗，一定是记录边塞的军旅生活、边疆的风土人情、塞外的自然景观、诗人的个人感受等。新边塞诗也一定是写塞外的生活场景、风土人情，塞外的自然景观和作者的切身感受。新边塞诗中有守边将士的报国之情，但更多的是塞外百姓建设边疆的情怀。……与唐代到清代的边塞诗既有联系又有区别，明显体现出地域特点、时代风貌、民族风情"。[①] 这是当代宁夏诗歌延续历史的时代显现，或者说嬗变。

一 承继传统的情志书写

诗人的情志书写离不开风土人情。王文生在《中国文学思想体系》中认为，文学源于情，"在文艺实践方面，这个最早产生于抒情文学的情源论，逐渐扩大其影响至其他文艺领域，发展出抒情与叙事相结合的小说、戏剧，诗情画意相结合的绘画，以诗情为乐心的音乐等。由于各种文艺分别以自己的媒介来表现情感，构造情境，生发情味。文艺的抒情性也就成了中国一切文艺共具的民族特点"[②]。几千年历史积淀，中国人表达个人情志已形成了集体无意识的诗词歌赋形式。诗以言志，以诗"表现情感，构造情境，生发情味"，在古代是士大夫文人的专利，新民主主义革命胜利，文艺大众化，每一个中国人皆有了情志书写的自由。

贾朴堂（1909—2007），山西临猗人。曾任民盟宁夏区委会主委、宁夏政协常委及宁夏诗词学会顾问等职。著有诗词集《和声集》《心声集》（一、二集）。正如王文生所论："中国文学以抒情文学为主流，这就决定了'情'、'境'、'味'三者为其基本质素：以'情'为其本源；以'境'为抒情的表现；以'味'，也就是文艺美感为其价值。它

[①] 左宏阁：《略论宁夏新边塞诗》，宁夏诗词学会编《宁夏诗词学会三十年〈夏风〉评论选》，宁夏人民教育出版社2019年版，第54页。

[②] 王文生：《中国文学思想体系》（上），上海古籍出版社2017年版，第213—214页。

们之间的互动则表现为源于情，形于境，成于味。"[1] 贾朴堂的诗词很少晦涩，有情有境。虽也用典，但语言清新，意味真挚。如《为"宁夏诗词"诞生贺辞》：

  纵横驰骋笔，紫塞四旬春。
  昆璧欣在握，骊珠寻得真。
  诗刊访良友，歌曲育才人。
  今日银川市，诗词又一新。

          （选自《夏风》2004年第1期）

  贾朴堂先生的诗风继承了中国诗歌作品抒情的传统，诗中有画，画中有诗，景象描写典雅质朴。如《九日》："载酒登高去，惊寒雁阵飞。遥怜故园菊，时待远人归。"寥寥数语，九月九日重阳之日思乡、思人之情跃然纸上，不留痕迹。

  周毓峰（1928—2016），湖南益阳人。1949年参军来宁。1998年返回原籍湖南省益阳市。他回乡以后始终坚持创作，佳品迭出，也为当地诗词创作与发展做出了贡献。著有《帷灯室诗词选集》。曾任宁夏诗词学会副会长，中华诗词学会会员。

  诗所以合意，合意须表心迹，歌咏以明情志，周毓峰风霜不老，情意坚贞。家国情怀，典型如《出塞行》：

  朔方三月春风来，吹绿平沙万里埃。
  黄尘百丈城陈迹，一带芳林秀色开。
  造林人在楼头立，长空塞雁归飞急。
  雁声乍系故园心，遥望南天泪沾臆。
  故园更在南天南，雁飞不到未曾谙。
  生小木棉花下住，椰青蕉绿海波蓝。

---

[1] 王文生：《中国文学思想体系》（上），第199页。

采珠拾贝多游侣，中有娇娃心互许。
潮生潮落弄轻帆，雾鬟风鬓共烟雨。
十五同行上学堂，羊城花月伴芸窗。
夜吟替理风前鬓，晨读频依柳下妆。
十八独离琼岛去，别情如月满江树。
君向京华负笈行，侬还归作渔家女。
渔家小艇载相思，海水天风常忆汝。
二十支边过六盘，长征路上鼓声欢。
应知烈士当年血，染出红旗一片丹。
茫茫塞外风沙酷，蓬飞石走云相逐。
始信征人昔望乡，玉关杨柳春难绿。
我来今日治风沙，碛里荒寒欲作家。
愿借海南春草色，妆成大漠碧无涯。
殊方旦暮多霜雪，种树无成种草灭。
苦育青松一尺高，枝枝叶叶皆心血。
谁道攻关苦用心，无端飞祸骤相侵。
一旦忽焉成右派，百年壮志付流凌。
琴书半箧风萧索，黄云鬼火遮荒漠。
发配从兹到极边，几番濒死填沟壑。
尚有丹忱一息存，誓从沙上建新村。
一肩寒月伴锄雪，洒下明朝遍地春。
辛苦经年春尚渺，树未抽芽人渐老。
月夕风晨忆故园，玉人何处音书杳。
忽然一夜灯花红，平明迎客沙丘东。
淡妆原是渔家女，垆头一霎生春风。
相对无言疑是梦，相寻万里情何重？
知君耿耿困风尘，生死来依终与共。
从此双双筑室居，穿花觅路鸟相呼。
陇外羊归明月夜，柴门烟上夕阳墟。

幼林渐作参天势,果园新架葡萄翠。
杜鹃啼处未知愁,世外岂闻风雨厉!
待把沙滩变绿洲,何期动乱起神州。
狂风吹暗中天日,错认民人作寇仇。
此时夫妇难相守,夫入囹圄妻押走。
心血浇成一片青,林毁人亡心亦朽。
十载妖氛一旦收,英名政策暖孺牛。
重来旧地人何在,唯见颓垣狐兔游。
梦里雄图心未折,镜中衰鬓今如雪。
为感糟糠报旧情,力挽前功追岁月。
裁红剪绿又如新,奋起牛棚归去人。
虬松百尺亭亭立,却傲风霜对夕薰。
中枢决策营"三北",芒鞋踏遍天山侧。
绿色长城似画屏,画屏开处风沙隔。
羌笛愁春昔怨嗟,今来塞外皆春色。
漫天柳飑亦花飞,绿绽红垂更足奇。
游人中外莫令见,一见流连不得归。
自从出塞终无怨,怪雨盲风俱历遍。
四十年间度劫波,此际情丝尤未断。
与卿值乱长别离,千回万转难相见。
闻道赶迁返海湄,椰风蕉雨不胜悲。
娥眉泪尽殉情死,至死依依向北陲。
我今独向南天泣,身隔人天更相忆。
梧桐半死万缘非,魂魄终将与卿接。

人生悲辛无处写,"愿借海南春草色,妆成大漠碧无涯。"时代风雨,还有"三北"防护林建设者的豪情,与思念家人的亲情交融,抒情真挚而悲郁。文学源于情,成于境,深于味,"无论是从文学的本质和特点,文学创作的动力和关键,或文学对作者和读者的影响来看,文源于情感,比文源于生活是一个更全面、更合理、更周延的文学思想。这种文学思想在中国文学最早纲领'诗言志'里得到确立。在以后三千年里,它又得到中国文艺家的拳拳服膺,成为推动文艺实践和文艺思想向前发展的巨大力量"①。其前期作品大多反映宁夏建设,也有自己从军的体验和感受,可以说是当代豪放派边塞诗的代表之一。古风体长歌《塞上行》反映了大西北流寓者的劫难和情感,以及个体见证时代的别离和幽情,具有较强的思想性和艺术性。

唐麓君(1931—),湖南零陵人。曾任宁夏林业研究所副所长、银川植物园主任。著名治沙专家,长期从事治沙工程建设。晚年爱好古典诗词,曾任宁夏诗词学会副会长,被称为"大漠诗人"。1999年出版《潇湘挚友诗词选》,2000年出版《麓君吟草》。

2005年第4期《夏风》所选《沙生植物颂》:

> 叶形分万态,节水巧争春。
> 喜向流沙长,欣从戈壁寻。
> 狂风观本色,逆境显丹心。
> 冷热全无惧,悠悠大漠魂。

这首诗既是生物学视角的形象描绘,也吻合中国人写景抒情、托物言志的审美要求。荆竹谈到当代古体诗作者的不同身份,包括现代行业区分的专业知识分子。唐麓君就是具有行业身份的旧体诗作者,从极为特别的知识视角显现了支边者建设西部的赤诚丹心和乐观精神。

袁伯诚(1934—2007),山东青岛人。1950年参加军事干部学校,转编到第88独立师。1956年考入北京师范大学中文系,受教于李长之、启功诸先生,毕业后远赴宁夏西海固。20世纪80年代末期,返回青岛大学师范学院任古典文学教授。参编《先秦大文学史》,撰著《中国学习思想通史》,出版《蛮触斋诗选》。

---

① 王文生:《中国文学思想体系》(上),第213页。

其诗词所显现的文人墨客的风骚情怀,悲郁之气比较浓重。如《蛮触氏之斋歌(其一)》:

> 自矜蜗角自逍遥,一壶醇酒一卷骚。
> 蛮国青山骨能埋,触氏黄花魂可销。
> 品味有鱼兼熊掌,放舟载醪持蟹螯。
> 直与天地争春回,砚田种得千顷桃。

诗人命运多舛,身处逆境,依然吟诵庄骚,得其意而以诗明志。

上天苦其身心,西北风物历练了诗人的审美情志。由2005年10月18日所作《由兰州去敦煌的火车上》二首,足以窥见其为人的风骨:

> 其一
> 西去千里登玉门,惟余荒古沉荒漠。
> 张掖倚剑对风尘,武威闻角思卫霍。
> 天长丝绸河西路,日落沙海楼兰国。
> 感物我心怀汉唐,逸气负灵抱塞谔。

> 其二
> 万仞山高城不孤,大河依旧奔不息。
> 万里亭堠久失列,一带边塞不备胡。
> 青海月魄出云阵,黑山日轮息兵气。
> 西来玩物欣霜节,凉州浩然留客思。

率性而作,风致嫣然。这是诗人重访西部的游览之作。山川在心,历史情怀与人生感慨浑然交融。"逸气负灵抱塞谔","凉州浩然留客思"。诗人不久病逝于青岛。后其子编辑其诗词,在《后记》中说:"先父有书斋曰'蛮触氏',典出《庄子·则阳》,本集以斋为名者,亦遂逝者心愿。先父一生几度颠沛沉沦,然终生以庄骚史迁为友,好与天地精神往来,任侠耿介，逍遥自适。观其发愤所著者，皆有藏诸名山传诸其人之志。先父所吟诗篇，多率性而为，发自天籁，题材广泛，格律工整，旁征博引，辞藻华美，不仅体现出深厚的古典文学造诣和高超的古诗创作水平，更有感时伤世、忧国忧民之情怀。"[1] 虽有溢美，但大体得当。

崔正陵（1935—），江苏盐城人。宁夏诗词学会原副会长、《夏风》杂志原副主编。著作有《百步斋诗文集》、《感事抒怀》、《平仄人生》（修订本）等。其旧体诗创作比较丰富，性情老来冲淡，却也纯真。如《战国秦长城遗迹》：

> 野田时断续，昔日气如龙。
> 势暗胡天月，威嗟马背雄。
> 何伤民互市，岂碍意相通。
> 但得人为本，山花岁岁红。
>
> （选自《夏风》2010年第4期）

张嵩的评价比较高，认为纵观崔正陵的诗词作品，内容丰富，题材多样，严于格律，精于结构，语言清新流畅，凝练简约，意蕴深沉。他尤长于七绝，往往构思精巧，言约意丰，颇富韵味。代表作有七绝《赠银川绿化大队》《题西夏王陵》《西湖三墓》《景德瓷》，七律《过明孝陵》《青铜峡》《七十回眸》等。自传体长诗《平仄人生》基本上用七绝写成，而进一步修订的琢磨中，从内容到形式更臻于完美。诗人熟练地运用七绝联章的方式，抒写其八十年的沧桑经历，力图通过个性命运的展现来反映一个时代的特征，艺术上有一定创新。主要特点：一是唯真唯实，爱所当爱，憎所当憎，无浮词泛语，更无阿谀取容之词。二是生活面广阔，思想感情浓烈，往往意新语工，得前人所未到，颇见功力。三是严守格律，熟练运用起承转合，注重炼字、炼句、炼意。诗人对宁夏诗词学会创作的贡献比较突出。

---

[1] 袁伯诚：《蛮触斋诗选》，生活·读书·新知三联书店2014年版，第209页。

王祥庆（1935—），甘肃泾川人。西北师范学院中文系毕业。诗词作品入选《中华诗词文库·宁夏诗词卷》《当代诗人咏宁夏》等作品集。此录其《三关口》：

> 弹筝峡水弹筝声，人喊马嘶刀剑鸣。
> 赖有雄关金汤固，胡马难窥渭州城。
> （选自《夏风》2016年第2期）

眼前人文自然之景，让诗人想起历史烽烟，而深蕴的却是每一个中华儿女的民族记忆和期冀安宁的永恒理想。

李增林（1935—），北京人。教授，硕士研究生导师。北京师范大学中文系毕业。中华诗词学会会员、宁夏诗词学会顾问，曾任中国少数民族比较文学学会副会长、宁夏文学学会会长。著有《易经文学性探微》《易经美学观刍议》《离骚通解》《屈骚是世界文学宝库的明珠》《关于诗经》等。偶有诗词，颇有胸次。

如2010年《夏风》第3期所选《春登须弥山》：

> 赤岳嶙峋矗险峰，八峰观阙恃梯登。
> 窟龛雕像输丰采，鬼斧神工献艺能。
> 北魏隋唐山岭秀，石门伊阙弟兄称。
> 松涛依旧声如海，山涧桃花伴我行。

又如《暮秋大雨登岳阳楼（新韵）》：

> 登楼临水洞庭横，烟雨凭轩意趣丰。
> 浪浊排空天晦暗，叶清飘落地嫣红。
> 江南雾列千楼起，塞上云高百谷登。
> 老杜范公留警句，乐忧源自念苍生。

专业文史阅读拓展了诗人的眼界,人文山水入怀,歌吟超越时空的情态恣肆汪洋,与范仲淹忧乐天下的情志一脉相承,与新中国文学人民性的要求也极为契合。

刘世俊(1936—),天津人。教授,硕士研究生导师。宁夏诗词学会原顾问,著有《萨都拉诗选》。时有旧体诗发表。2006 年第 1 期《夏风》所选两首,得以一窥:

> 深情思兔岁,笑语唤龙年。
> 塞上开新路,神州辟醴泉。
> 金龙飞踊跃,彩凤舞翩跹。
> 盛世呈祥景,须歌鼓劲篇。
>
> 《龙年》

> 君合秀阿里,清居莽贺兰。
> 景殊宜互访,酒好必同干。
> 海峡风趋顺,金瓯众盼安。
> 明年今夜月,联袂舞银盘。
>
> 《中秋漫兴》

诗人性情醇厚,历经大半生的风风雨雨,人生晚来秋,欣逢改革开放大发展,家国富强,年节喜庆的抒写质实、生动,且也洒脱。

任登全(1936—),笔名耕耘,宁夏平罗人。中学高级教师。与项宗西先生的开阔和清明不一样,写景抒情的精细和朴实是任老诗词的最大特点。活到老,学到老,八十多岁的任登全先生精神矍铄,真如俞安民贺词所写:"松高枝叶茂,鹤老羽毛新"。2018 年夏在平罗县文联老作家和骨干作家座谈会上笔者见到诗人,与会者聆听了先生坚守诗词创作和支撑县诗词学会活动的真情回顾。《塞上吟草》《塞上放歌》,还有手头的这部《诗韵春秋》,毫不夸张地说,他的诗词创作和由此带动的整个平罗县诗词学会的创作,给大众化生活和新时代增添了典雅诗意,丰富了平罗地区文化的精神内涵。这种情志在《贺宁夏诗词学会成立二十周年》几首诗中皆有蕴涵。其一：

> 平生执着喜诗吟，偶借歌坛唱好春。
> 出井青蛙开眼界，登枝黄雀吐心音。
> 启蒙学步明三昧，开卷挥毫学五勤。
> 诗苑精华多汲取，得来佳酿自香醇。

这第一首从自己学习诗词创作的经历写来，情感真挚。参与宁夏诗词学会各种活动，进一步激发了诗人的创作热情。从其作品可以想见诗人"野鹤闲云耄耋身""豪情壮志颂名山"的神情风姿。诗人的作品大多从生活的点滴入手，赞美美好的事物，描写时代的进步，还有社会的发展。"喜欢诗的人一定是热爱生活的人"，"任老师是一个让人感到温暖的人，是一个通过诗歌让人感到温暖的人"。① "读诗是为了净化灵魂，写诗是为了寻找寄托。"② 诗人的创作不仅仅是对家乡的山水人情、文物古迹、今昔变化的诗意描绘，更重要的是从诗意的审美建构和丰富人们的精神生活进一步延续了中华民族的人文血脉。我们应该尊重坚守在地域文学创作领域的作家和诗人，他们的本分和坚守，可能才是文学繁荣真正的沃土。"田州岁月风云事，古塔沧桑济世道。"读书和艺术修养应该成为文明社会每一个精神个体的自觉修养。

沙俊清（1937—），辽宁北镇人。曾任石嘴山市计划委员会副主任。中国楹联学会第三届理事，中华诗词学会会员，宁夏作家协会会员。出版作品《青山集》《青山集续》等。

他的诗风尚清新自然。2014年《夏风》第3期所选《九畹溪》：

> 九畹溪头一线天，过山竟与白云连。
> 云中栈道仰头看，行者不难看者难。

---

① 韩林森：《兰岳长河落霞晖》，见任登全《诗韵春秋》，宁夏人民出版社2016年版。
② 任登全：《后记：我与诗词》，《诗韵春秋》，宁夏人民出版社2016年版。

同期所选《春闲杂咏（选一）》：

喜鹊谈心谁解语？桃花笑我不知愁。
读书何论春来否，忘了前年就白头。

虽经风雨，却将风霜踩在脚下，清新的诗句映照徜徉祖国大地的美好情态，敢与青山春华比笑颜，可见诗人的乐观情怀，也部分体现了传统诗学之温柔敦厚。

崔永庆（1940—），宁夏中卫人。出版诗集《绿野春秋》《秋悦平畴》《流苏集》《雪泥集》《蝉鸣集》等。部分诗作入选《中华诗词家名典》《中国西部开发诗词大典》《中华当代边塞诗词精选》《当代诗人咏宁夏》《宁夏旅游诗词精选》等诗词选本。作品数次在全国和自治区诗词大赛中获奖。

张嵩比较熟悉其生平和创作，认为他长期在农业战线工作，对农村和农民关爱的感情深厚，近一半的诗作都是反映农业、农村和农民生产生活的巨大变化，热情讴歌社会主义新农村改革与发展的辉煌成就。他的诗风朴素，出自真情，通向人心，有益社会。他的诗熔铸了中国古典诗词的凝练、隽永、典雅，又融合了现代诗词的清新、活泼、明丽，成为宁夏诗坛上一道风姿独异、不可多得的亮丽风景。近年来艺术触角伸入官场世相和人生体验，关注时事、老辣独到，不乏情趣、理趣，一些作品达到了情与理的和谐统一。他一直主张和坚持应以普通话的音韵为标准的白话写作格律诗词，提倡现代口语入诗。他所创作的古体诗，无一例外地都使用了新声、新韵。张海晏认为"他的诗作不是平面化的歌咏宁夏山川和人民的生活，从他的作品中不时传出的'灵魂的雷声'，让我们看到了中国特色社会主义的希望和力量"[1]。

《蝉鸣集》是作者的第五本诗词集，精选了作者2012年以来创作的近300首诗词作品。借用季栋梁先生的序评："即使他已年过七旬，

---

[1] 张海晏：《诗中春秋　情中世界——读崔永庆诗集〈流苏集〉有感》，宁夏诗词学会编《宁夏诗词学会三十年〈夏风〉评论选》，宁夏人民教育出版社2019年版，第151页。

但依然不改初衷,传承自己那种着眼于时局政治,寄情故乡风物,讴歌人间亲情,传扬民族精神,歌颂正道人伦的风格。这无疑得益于他为官多年所培养的关注现实、关注民生、关注焦点问题的素养,表现出一种勤勉的政治修养和人文情怀。"① 真可以说是"秉笔作犁不辍耕,抒情言志寄心灵"。正因诗词怡情,胸襟开阔,"不叹秋风夕照晚,流霞作彩润诗章"。生命沉静,忧乐过心,凝神炼词造句,"心中块垒怡然尽,直觉爽身更爽心"。张嵩评价其"高洁清远"的品行和作品的"清丽响亮"②。确实大多数作品立意高远,少有窃窃私语的卑琐情态。这可以用《秋瞻俞祠》佐证:

> 云淡天高归雁翔,斜阳依旧沐祠堂。
> 恢宏虽被史尘掩,建树还留岁月长。
> 陋室三间存正气,美名千古客他乡。
> 心香一炷仰贤拜,满目摇金秋菊黄。

用诗人自己的话说:"以一以贯之的表达为我们美丽祖国和美好时代发展鼓与呼的理想,也以鸣蝉的'清脆、悦耳、优美、空灵'表达对诗词的更高境界的不懈追求。"③ 这种情志如一的精神是古典诗词带给人们最宝贵的审美财富。惠及士林千年不朽,触动当下几多风骚之情而不老。

马启智(1943—),回族,宁夏泾源人。中央民族学院历史系毕业。出版诗集《大地行吟》《大地歌吟》《大地畅吟》等。谨录《答老同学》:

> 岁月催人鬓两霜,情谊不老梦留香。
> 人生来去百十载,彼此珍惜日月长。

诗言志的传统与儒家入世的思想相互参照,形成中国人注重现实和

---

① 季栋梁:《以本真求真味》,见崔永庆《蝉鸣集》,宁夏人民出版社2016年版。
② 张嵩:《诗化留痕》,宁夏人民出版社2016年版,第175页。
③ 崔永庆:《蝉鸣集》,宁夏人民出版社2016年版,第171页。

人情伦理的审美取向,且看重邻里和友朋的和谐关系。《答老同学》看似平淡无奇,不经意间的抒情写意却符合中华民族的中庸之道,也蕴含了社会主义和谐价值观。

黄正元(1944—),宁夏银川人,高级政工师。长期在农林口工作,2004年退休。曾任中华诗词学会理事、全球汉诗总会常务理事兼宁夏联络处主任。虽然作者自谦说自己的作品是"老干部体",喜欢议论国内外大事,但诗人的性情还是唯美的。闫云霞贺诗赞誉说:"兰山丈量青春梦,泾水奔流豪放词。"[①] 于卫东贺诗说:"沧桑岁月尽投诗,犹似国槐百种姿。"[②] 正是诗词的爱好丰富了诗人的精神生活,"八方吟友,一代风骚,千支彩笔共赋明月"。少小爱诗,思想纯朴。

就黄正元先生创作的总体风格而言,雅俗融会,少了生涩,多了流畅,文笔朴直。许多作品真切记录了作者对美好生活的感悟,对塞上美好事物的赞美,更有对祖国大好河山的欣赏。在直面生活的清新抒写中不乏意境之美和韵律之美。

如值得一读的《辛亥吟》:

> 千年专制病膏肓,列强分啮似吞羊。
> 清廷贪鄙只媚外,人民深陷无尽殃。
> 先驱立下救国志,三民主义树新纲。
> 共和勇士聚旗下,抛头洒血义堂堂。
> 七起七败何气馁,更举义兵会武昌。
> 一声惊雷翻帝制,铁树开花现曙光。
> 岂知封建势顽固,更有外寇虎作伥。
> 群奸窃国乱约法,人民更陷无底洋。
> 先生再举护法旗,联俄联共讨北洋。
> 出师未捷身先死,举国哀伤恸海江。

[①] 闫云霞:《雄风浩荡催征急——黄正元〈七彩年轮〉序》,见黄正元《七彩年轮》,宁夏人民出版社2016年版。
[②] 见黄正元《七彩年轮》,宁夏人民出版社2016年版,第170页。

尸骨未寒蒋叛逆，屠刀杀向共产党。
血雨腥风罩大地，白色恐怖盈萧墙。
共产党人钢铁志，不怕鬼怪与魍魉。
掩埋忠骨重举义，星火燎原势无挡。
万里长征感天地，八年抗战逐强梁。
更有三年解放战，三座大山一铲光。
缔造人民共和国，万里河山沐朝阳。
伟哉辛亥百年史，步步艰辛步步煌。
共和理想化彩虹，丹心碧血永留芳。
壮哉辛亥百年史，千万儿女殒刀枪。
血肉长城雄万代，抚今追昔泪满裳。
幸哉辛亥百年史，马列武装出太阳。
工农主导新时代，开天辟地创辉煌。
功成三事垂青史，和平发展路宽敞。
中华崛起如旭日，振兴步履腾龙骧。
环宇盛赞新中国，列强阻挠枉自狂。
我生盛世享幸福，报国情怀老无殇。
黄河长江酿美酒，壮我儿女再整装。
大同江山早实现，凤仪龙翔祭炎黄。

家国情怀，风骚长存。正如张嵩所言，其诗词"题材广泛，既有律绝，也有古风长诗，富有浓厚的生活色彩，从一枝一叶小事，到国内国际大事，都在诗中得到较为深刻的艺术表现，且语言生动，现实气息强烈，读来使人耳目一新"①。

二 项宗西：塞上望江南

项宗西（1947—），浙江乐清人。20世纪60年代作为知识青年上

---

① 张嵩：《诗化留痕》，宁夏人民出版社2016年版，第163页。

山下乡从杭州来到宁夏，相继在农村、企业和县、市、自治区各级综合经济部门及党政机关工作。曾任宁夏第九届政协主席、全国政协第十二届经济委员会副主任。中国作家协会会员、中华诗词学会顾问、宁夏诗词学会名誉会长。四十多年的塞上工作生活经历，使其诗词作品兼有西北的雄浑和江南的细腻，作品直抒胸臆，情感真挚。部分诗词和散文作品先后在《人民日报》《光明日报》《中华诗词》《中华辞赋》《诗刊》以及宁夏、浙江等地的报纸、杂志和网络博客上发表，具有一定的社会影响。著有诗词和散文集《春色秋光》《春晖秋月》《霁月清风集》《疏影清浅集》《秋水长天集》等。

项宗西代表性作品主要有三部，即《春色秋光》《霁月清风集》《疏影清浅集》。《春色秋光》收录诗人创作的新旧体诗词作品、楹联65首（副），最早的写作于1964年，最晚的则落笔于2011年3月，时间跨度近50个春秋。《霁月清风集》收录诗词30首，对联6则。《疏影清浅集》收录诗词作品76首，楹联4副。三本集子中还有一些重复收录的作品。总体来说，项宗西创作的诗词数量不是很多，确有上乘之作。

项宗西青少年时代生活在杭州，江南的一山一水、一草一木已经深植于诗人的情感血脉。故园离别，梦牵魂萦。如1964年写的一首《登高》："捷足登玉皇，西湖在望。烟树丛丛水色茫，轻舟如梭划细浪，人间天堂。极目眺钱塘，舟楫满江。扬帆吐气齐争上，满眼秋色稻花香，锦绣家乡。"年轻的诗人登上了杭州西湖南侧的玉皇山，近观西湖，远眺钱塘，水光山色参差交错，舟楫往来稻花飘香。诗中的画面由近及远，动静相连，眼界开阔，赏心悦目，秋天的美景一望而收，令人十分舒畅。全诗语言流畅明快，字里行间无不洋溢着对美丽家乡、人间天堂的赞美和爱赏。这是一种情结，它所具有的象征意义，就是把诗人青少年时代的人生体验与生长经历寓于江南景色中，情景兼融。

与此同时，诗人以自己的丰富阅历用诗道出了他对塞上的真情和挚爱。他在《塞上瑞雪》中写道："莫道朔方梅信迟，银龙舞雪展春姿。倾城玉树琼花放，先夺东风第一枝。"塞上地处沙漠边缘地带，气候干燥，雨雪鲜有。不期天降瑞雪，银龙飞舞，玉树琼花，如同春来。诗人用形象化的语言比喻瑞雪不输蜡梅，满城绽放，报得春归，使人欣喜，自信之情溢于言表。塞上的些许变化都会给诗人带来无限的喜悦，诗人在这块热土上生活、工作了40多个春秋，把自己人生最美好的年华献给了塞上，真正是血汗交织着的感情的融入，没有刻骨铭心的感情是写不出如此感人肺腑、撼人心魄的作品的。项宗西的诗作语言质朴，境界高远，常能把对江南的寄寓与北国的感怀巧妙地融合在一起，深得旧体诗写法之妙。其作品不乏婉约之韵，但以豪放为主，更具革命乐观主义精神，不但继承了盛唐边塞诗雄奇豪迈的诗风，而且在探索中进一步拓宽了诗的题材，融入了全新的社会生活内容，为当代新边塞诗的兴起、发展、壮大起到了积极的助推作用，是豪放与婉约兼得的诗人。

著名评论家郑伯农在给《春色秋光》一书所作序中说："他有丰富的生活阅历和诗词素养，更难能可贵的是，有大视野、大胸襟。写起诗来不矫揉造作，不故弄玄虚，用的是古典的艺术形式，说的是当代人的话语，倾吐的是当代人的心声。所以，自然而然地具有鲜明的时代特征。"[①] 寄情于时代和生活，项宗西的诗词，开阔、清明、淳朴，且不乏优美之作，但不是含蓄的路子和蕴藉的风格。如《春到六盘山》：

> 己丑年春，固原市重点建设项目会战启动，适逢第五届六盘山山花节开幕。昔日长征路上，旌旗漫卷，山花红遍，有感而赋。

> 立马陇山第一峰，曾挥椽笔写苍穹。
> 犹闻鼓角长城疾，欣看山花塞上红。
> 林蔽莽塬襟翠嶂，笛鸣峡隧驭银龙。
> 无边春色萧关道，千里雁归唱东风。

（选自《夏风》2009年第3期）

张嵩赏析说："这些诗作既有浪漫的情调，又有现实的吟唱，不落

---

① 项宗西：《春色秋光》，中华书局2011年版。

纤巧,不事深泽,十分'性情',颇显新颖别致。"①

杜晓明认为,项宗西诗词作品还有个重要特点,即诗词的诗性与现实性得到了较好的结合。他的很多探索具有时代意义,足以供人借鉴。如写雨中遐思"西湖借我三巡雨,塞上迎来一岁丰"里的民生情结;写金门高粱酒"缘何未饮人先醉,玉液琼浆酿'一中'"里的爱国情愫;写银川至青岛高速公路通车"朝发朔方迎晓日,夕达齐鲁看潮生"里的建设豪情;写河津矿难大救援的"水辟千寻纾劫难,岩穿百尺挽沉沦"里的爱民情怀。②

又如2008年《中华诗词》第12期所载《京西初冬》:

> 欲寻红叶问秋踪,一抹寒霜燕岭冬。
> 栖月崖前凝翠柏,碧云寺外敛丹枫。
> 枯荷残梗携寒雨,衰柳疏条掠晓风。
> 删尽繁英落清瘦,来年烂漫报春浓。

如果说,颔联是北京香山一带深秋的画卷,那么,颈联则是一幅典型的北京冬天的画卷。两幅图卷,一带有秋的特点,一带有冬的特征,二者水乳交融,构成了一幅京西初冬特有的卷轴,浑然天成,韵味悠然。诗人香山访红叶未遇,转而寻"秋踪",没料到竟然收获了一首诗。

另外,五言律诗《艾依春晓》亦是诗人有代表性的作品:

> 银河绕凤城,放眼碧波盈。
> 沙净荷香远,湖澄鹭羽轻。
> 览山松色翠,阅海苇风清。
> 一曲江南好,当歌塞上行。③

---

① 张嵩:《诗化留痕》,宁夏人民出版社2016年版,第40页。
② 杜晓明:《萧关道上溯雁踪——项宗西诗词自选集〈春色秋光〉品读》,宁夏诗词学会编《宁夏诗词学会三十年〈夏风〉评论选》,宁夏人民教育出版社2019年版,第232页。
③ 宗西:《艾依春晓》,蔡国英主编《宁夏新十景诗词集》,宁夏人民出版社2016年版,第3页。

由此张锋还进一步批评说：宗西同志的五言律诗《艾依春晓》，从宏观角度入手，起笔不凡，气象宏大；中间两联工笔勾勒，以小见大，平中见奇，既达到了画工，又达到了化工，清词丽句，令人余香满口；最后两句，宕开一笔，别开生面，又回到了宏观角度，由近及远，照应开头，境界辽阔，诗味浓郁，余音绕梁，使人既获得了美的享受，又受到了思想的启迪，是一首不可多得的讴歌祖国山水的佳作。"项宗西同志的诗词清丽、俊逸、空灵，这和作品中多历历如绘、抑扬顿挫的色彩美、节奏美是分不开的。这样绘色又绘声，化实为虚，借景抒情，既富弹性，又富张力；既风流旖旎，又蕴藉含蓄，从而使诗作显得空灵剔透，韵味深醇。"① 诗人在《塞上重逢》中写道："韶华虽已逝，秋色胜春光"。诗人的创作实绩却也说明这硕果累累的金秋，确实胜过明媚温婉的春天。

诗人倾心苏轼的达观和磊落，追求"清澈透明"的意境。换而言之，项宗西在北国塞上和杭州江南之间，魂牵梦萦几十年，成就人生的丰赡，多了乐观的谦和，这自然也得益于诗词雅正的情感淘洗。从农村到工厂，从工人到干部，始终执着于自己的工作，成就了内敛沉稳的性情。但一个人的情感需要释放，更需要涵养，诗歌最终成为项宗西磨炼性情的重要方式。从江南的荷花到塞上的明月，清雅优美的对象化凝神，歌咏成颂，自有清气。从国家大事到科技新闻，"万家忧乐到心头"，诗人家国情怀在诗文写作中的比重比较大。以《疏影清浅集》里的作品为例，典型如张锋细读的《念奴娇·习总书记再访兰考》，还有《情系钓鱼岛》《航母"辽宁号"交付入列》等，既有忧乐天下的天真想象："西湖借我三巡雨，塞上迎来一岁丰。"也多了触景生情的"立马陇山第一峰，曾挥椽笔写苍穹"的豪迈。诗人以正面的价值和入世的精神在古典的诗歌海洋里涵养自己的情志，人生感悟和诗艺琢磨皆有特出之处。

从另一个方面说，诗人内心时时升腾英雄豪气，放歌塞北，抒怀明

---

① 张锋：《秋色胜春光——读项宗西的诗词》，《中华诗词》2008年第12期，见《塞上涛声》，宁夏人民出版社2016年版。

志,合了中国传统诗文求雅正的宗旨。"一曲江南好,当歌塞上行。"吟诵万物之美好,啸傲于俗世情感之上,陶铸性情,淘洗心灵。既有"疏影横斜水清浅,暗香浮动月黄昏"的内敛矜持,更有"鞠躬尽瘁,明镜廉泉洗"的自我警策,养就胸中浩然之气。"明月清辉伴人生",诗人四十多年的塞上工作生活经历,在其江南的温润里渗透了北国的山川情怀。其《春节抒怀》可以代表柔情和豪迈之间的这种风格:"归程无计锦书迟,雪漫边城动旅思。半世征蓬飘紫塞,一蓑烟雨化银丝。心香如故冰壶澈,忧乐萦怀劲节持。检视浮生辞旧岁,登楼好赋报春诗。"自然是诗人性情的真挚流露。又如 2010 年《夏风》第 1 期所选《登庐山》:

> 南来庐岳觅诗踪,直上葱茏百二重。
> 雾漫香炉隐飞瀑,云移鄱口现危峰。
> 美庐空剩萧萧竹,仙洞还萦郁郁松。
> 犹诉兴衰千古事,涛声日夜大江东。

怀想古今,情意真挚,自然也蕴含了对历史和人生的哲思顿悟。

月有阴晴圆缺,项宗西接受记者采访时说:"睡不着的时候想诗就不难受了。"审美的诗歌创作缓解了外在的压力,提升了人生境界。"无边秋色,应是浩志胜离情。"《疏影清浅集》是诗人的第四部诗文集,情志越老越清明。春色秋光,雾月清风,情韵和意境,格律和音调,以诗涵养性情,疏淡岁月见精神,清晰了人生的来路和归程。

三 诗词学会聚风雅

诗贵在抒情,随物婉转,特别是旧体诗词。张记 2013 年 11 月 18 日《赠神华宁夏煤业集团董事长王俭》纪实抒写:"手捧诗集泪沾裳,温暖心胸情谊长。井下生活仍觉浅,书上艺术未究详。时值严冬常思念,已将煤矿作故乡。神宁事业若日升,再创辉煌话沧桑。"这是用旧体诗记写现代人生活与情感的别样尝试，不能完全以古人眼光要求21世纪旧体诗词写作。从宁夏诗坛而言，特别是20世纪90年代筹备成立的宁夏诗词学会，聚集了不少喜好诗词古典形式的当代诗人。这些倾向古典风雅的诗人自觉采用了旧瓶装新酒的形式，从已是耄耋之年的杨森翔到"60后"中坚张嵩，包括上述的秦克温、项宗西、袁伯诚等，皆是有人文情怀和现实担当的文人作家，且孜孜以求，在古今之间研讨诗学及创作。另外，李成福、高凤林、李玉民、杜晓明、闫立岭等，情志向善向美，亦用心旧体诗词。

杨森翔（1945—），宁夏灵武人。1970年北京师范大学历史系毕业。先后在宁夏吴忠师范学校、银南地委宣传部、银南地区文联、银南报社、吴忠日报社工作。是银南文联、银南报社、吴忠日报社的创建者。创办并主编《文苑》40期，创办并总编《银南报》《吴忠日报》十四年。中国作家协会会员，中华诗词学会会员。擅长文学评论、散文、小说、诗歌及宁夏历史地理与文化研究。其文学作品有《荒原的呼唤》《风雷激荡的岁月》《朔方夜谭》，诗词集《半山云木半山虹》（合著），评论和学术著作有《城市记忆》、《吴忠与灵州》、《思与在》（上、下册）、《太阳山春秋》。杨森翔先生是一位文化学者，在地方文化建设方面多有著述，闲暇之余从事诗词创作，作品虽不多，但视野开阔，文字颇见功力，对社会生活的观察有独到思考，是宁夏诗坛的实力派诗人之一。

其《韵语编年（增补修订本）》，以历史编年的方式来整理自己的作品，可见诗人的方正品格。"总角向学，志存高宏。"其诗作"得性灵一脉，率皆发语天真，不以饤饾为事。其作多融口语入诗，自然清切，无镂肝琢肾之弊"。出入文史，博览精研，熟谙格律，"故音节浏亮，抗坠宫商，属对律切"[①]。可以看出其传统诗词的造诣不浅，诗人在成书过程中依然严谨编校，显现出人品和诗品的冷峻高洁。

谨录《浣溪沙·余晖感怀》之一：

---

① 荆竹：《读杨森翔〈韵语编年〉摭言》，见杨森翔、刘剑虹《半山云木半山虹》，宁夏人民出版社2016年版。

一缕余晖一缕伤，半池秋水半池黄。几时萧叶落寒霜。

但说夕阳无限好，更须风烛百年长。清平乐里泯沧桑。

诗词里的平淡与现实追求的谨严相互映照，使塞上文史名家的人生充满人文理想。其实，杨森翔当过老师，干过宣传和文秘工作，创办编辑过报纸刊物，做过领导，擅长书法，是吴忠市地区文学、新闻和学术事业的开拓者、组织者和领军人物。少耽文翰，几十年来出入文史的学术影响极为广泛。雪泥鸿爪，《韵语编年（增补修订本）》400首诗词韵语，是诗人大半生精神和情感的真实剪影，见证着家国民族的风雨和发展，映照历史的幽微和现实的辉煌。"韶华飘细雨，故事醒凉幽。目望千山远，心藏几叶秋。"诗与史，在西方哲学家眼里，都是求真的最高追求。从懵懂少年到年过古稀，诗词显现了杨森翔更为清晰的高远冷峻的情志。年过七十，"独自凌寒开，冰骨铮铮俏"，更让我们多了临水鉴月的遐想和反思。文人的风骨和诗人的形象在文字中矗立，令人敬仰。

李成福（1950—2014），宁夏海原人。出版诗文集《北坡堂存稿》。曾任《六盘山》执行副主编。宁夏作家协会会员。民盟盟员。其诗文很少辞藻藻饰，但清明、散淡，呈现了难得的生活长情，还有"旧文人"的清高做派。《北坡堂存稿》里有一首写于2010年9月的《花甲嘱家人》：

少耽文翰老无成，花甲始得自由身。

小务偏劳仰珍梅，大事筹谋仗成林。

欲将殷鉴戒赌事，不把秋风枉叮咛。

从兹流云并野鹤，江湖难觅三闲翁。

又如2009年10月记"海原闲游，与思奇、爱宏、松柏、建勇诸贤契小聚抒怀"之《海原小聚感赋》：

欲说当年事缤纷，万语千言酒一樽。

> 灵光寺上寻旧迹，五桥泉畔洗风尘。
> 阿翁旅社独悠然，众贤四下各分奔。
> 转瞬华发遮双鬓，虽老聊慰有琴心。

从上引两首诗可以感受诗人自矜的廉洁风骨，待人的诚朴温厚。这是诗人审美性情的诗词显现。

李成福"他有丰富的知识积累和扎实的文字功底，善于运用各种文体写作，可以说古今兼用、信手拈来，传、序、文、记、论、书、赋、说、铭、对联以及散文、诗歌、社火词等，无所不能。这样的本事我实在没有，我相信大多数作家也难得具备"①。其文采如大地草木，质朴而郁茂，却又甘于平凡，淡泊明志，这种不忘初心的文人情志恰恰说明了河陇大地深厚的文化蕴藉。李成福从乡下中学调到《六盘山》文学刊物，兢兢业业，为西海固文学，乃至宁夏文学培育了不少人才。

此外，安守本分又深具风骚情怀，还须特别致敬"陇原之子"邵永杰。他在隆德县城耕读岁月，精心选注的《陇头歌——历代六盘山诗词选萃》，体现了现代乡贤文人在地域文化诗意建构方面的独特贡献。六盘深处，朔方宁夏，个体的生命情怀与民族的历史文化交融，滋养了市县基层文化工作者淳朴的诗意性情。星火燎原，中华文明之所以延绵不断，正因每个时代有许多像李福成、邵永杰、周永祥、郎业成、姜自力、于清海这样的文化坚守者。

高凤林（1951—），河北邯郸人。中国电力作家协会副主席、西北电业文学艺术协会主席。著有《高凤林诗词集》《时间深处的脚印》等。录其《兰溪诸葛八卦村》：

> 九宫八阵小山庄，灰瓦青砖半月塘。
> 画柱雕梁仙雀替，歇山悬顶马头墙。
> 武侯千古民心爱，药肆百年众口芳。

---

① 屈文焜：《〈北坡堂存稿〉序》，见李成福《北坡堂存稿》，中国方志出版社2014年版。

宁静淡泊明远志，同吟诫子调悠扬。

人文景观关联着民族文化的深厚情感，也蕴含着中华民族的智慧。当代诗人旧体诗的写作很难超越唐宋，但文化的血脉和精神的情志，代代传送，必然会万世流芳。

白林中（1953—），回族，宁夏银川人。中华诗词学会会员、宁夏诗词学会副会长。自小喜爱诗词，三十多年来创作不辍，出版《白林中诗词》《白林中诗词（第二卷）》。他擅长描写回乡乡土风情，颇有特色。如《白帽》《盖碗茶》《古尔邦节》《回乡婚俗》等民族题材的诗作，艺术地展现了回乡人情的美好，地域特点鲜明，贴近生活，而且语言流畅，音调和谐。他的诗感情充沛，立意清新，既有传统的白描和赋比兴手法，也采用现代诗的隐喻与通感等方法。其诗词意象奇瑰，想象独新。如《咏莲》一首：

连天碧叶画中翩，绿碎风翻倩影旋。
玉臂入泥仍素净，仙葩出水更娇妍。
轻姿冉冉凌空舞，华盖亭亭御浪喧。
淡雅清幽非自好，一尘不染沁人间。

仙姿洁净，风格高标，诗人襟怀，证见于此。

李玉民（1954—），宁夏中宁人，博士研究生。中国煤炭学会会员，国家安监总局安全生产专家，享受宁夏回族自治区政府特殊津贴人员。曾任宁夏灵州集团总工程师、宁夏煤业集团公司副总工程师。中华诗词学会会员、宁夏诗词学会副会长。出版诗词集《心旅四十载》。

生活中每一次心灵的触动多形之于文字，李玉民用填词的方式涵养自己的美好情怀，其直照心底的诗词作品，首先记录了个人真实的经历。"赤心可向天"，如《破阵子·实习有感》写实习的见闻和想法。如《清平乐·登五台山》，名山大川蕴藉千年文明，"感悟神州精髓"，自有感慨。《浪淘沙·圣彼得堡》写游历异国他乡，更是喟叹深挚，

"历史风光均入画,美若瑶仙。"《江城子·退休抒怀》的文眼是"未竟壮心犹抱憾",细致记录退休的心态。

其次是关心家国大事,有所思考,留存笔底,见证家国情怀。如"攻坚一壮士,奉献未图功。"记录了参加国家科学技术奖励大会的荣耀时刻。"金戈铁马傲世,中华更展雄风。"显露了九三胜利日阅兵的澎湃情怀。"迢迢商路,今更花枝俏。"赞"一带一路"倡议。一个科技工作者心怀祖国富强发展的赤子之心跳动在朴实的韵语词句中。

最后,身心到处,闲情雅致,尝试各种词牌,形之于笔端。玩个手机,也要惊奇"虚拟生活精彩多"。唐徕渠边,"更有娴雅在",车行石中高速公路,"悠悠赛神仙"。逢同学聚会,"乐沁心田"。这种单纯的爱好诗意美好的填词雅兴,开拓了诗人良好的人际交往,提升了日常情感的诗化澄净,多了"对生活的整体感知与表现"①。

杜晓明(1965—),祖籍安徽淮北,生于吉林白城。1987年毕业于吉林大学国民经济管理专业,毕业后入新华社吉林分社任记者。1994年调新华社江苏分社,2001年任新华社江苏分社副社长,2005年调任新华社湖北分社副社长。2009年4月调任新华社宁夏分社副社长,2010年8月任新华社宁夏分社社长。出版诗词集《杨柳依依》《今我来矣》等。纪行怀古:

> 欲写长河落日圆,须来塞上戍边关。
> 朝云且晓春风暖,暮雨当闻秋雁寒。
> 政事清平常动问,民生疾苦入心间。
> 闲时却用诗家笔,题尽河西十万笺。

河陇大地风物独特,摇荡性情,木铎声声,"黄河从宁夏北部穿流而过,自古至今滋润着广袤的银川平原,使这里水草丰美。古代之所以战争不断,主要也是因为这里既是军事要地,又是美丽的水乡。我们从

---

① 张铎:《序二》,见李玉民《心旅四十载》,宁夏人民出版社2016年版,第14页。

古人吟咏贺兰山的诗歌中,可以清楚地看出宁夏古代羊肥马壮、瓜果飘香的景象"①。当然,作为熟悉中国历史和当代全国发展状况的记者,杜晓明诗的意境时空交错,看似别样的遐想却蕴藉直面现实和民生的忧患意识。哈若蕙认为:"这首诗当是晓明作为一名职业新闻工作者和一位擅长诗词歌赋的特色诗人的真实写照。"② 可以说,诗人以严正的情志和内涵的丰赡给宁夏诗词学会增添了色彩。

闫立岭(1966—),笔名雪海梅河,河北保定人。高级物探工程师,发表作品百余首(篇),作品多次获奖。张嵩评价说,其"作品构思严谨,讲求格律,诗风明丽,注重意象,一些诗词作品达到较高的艺术水准"。③ 如《人生如茶》:

> 人生滋味若清茶,入水沉浮看似花。
> 初见云山临雾雨,已经尘世伴风沙。
> 月光竹韵惊晨梦,冬雪秋芜染晚霞。
> 一碗香茗藏大道,请君细品笑天涯。

笔者细读闫立岭《雪海梅河诗文集》,从诗词表现的鲜活或者从内容来说,闫立岭最生动形象的作品是对地质勘探生活的描写:"大漠高山弱水前,青春热血付年华。情留心海千滴泪,细品人生苦与甜。"代表作品如《五绝·六咏》,主要体现了对工作的珍惜,在野外的勘探中经历一切,九死犹不悔,诗词抒写超越现实的平庸,境界自然开阔。"若谷怀天下",这是有担当和追求的人。咏物言志,方显真情。这种情志升华的独特文笔,在散文《带你去戈壁》里表现得最充分。戈壁的日出,戈壁的石头,戈壁的野花,连戈壁的风都好听呢!这才是诗人"情动于衷"。沙漠和戈壁在闫立岭心里有了宏阔、博大的美,折射了

---

① 左宏阁:《古代贺兰山诗词中的民族风情研究》,《宁夏诗词学会三十年〈夏风〉评论选》,宁夏人民教育出版社2019年版,第49页。
② 哈若蕙:《闲时却用诗家笔 点绘人生不了情——杜晓明古体诗创作简评》,序杜晓明《杨柳依依》,宁夏人民出版社2011年版。
③ 张嵩:《诗化留痕》,宁夏人民出版社2016年版,第164页。

诗人坚韧的事业心。文学却是唯美的精神活动,升华了工作的日常情感。正如他动情的描写:"我梦想着用自己的感情和灵魂去创作,用传统的文学形式去表现自然、生活、感情的瞬间和永恒,用记忆的痕迹和无限的想象去诠释一个美好而多彩的世界。"生命在真诚地面对世界和生活的时候,人的精神理想显得尤为高洁。闫立岭是纯粹抒情派的诗人,且有着唯美的追求。

有了超凡的眼界,自然会有审美的心胸。具体到作品,语言清新,而且不少意象的渲染极为生动。闫立岭是男人堆里多情的角色,但不是肤浅的人。"黄土能言前世苦,青山不语旧时名。清风一笑香千里,满眼桃花满眼情。"婉约也好,浪漫也好,真情是根本,珍惜生命的过往,是闫立岭挚爱诗词艺术的情感需求。珍惜生命,去感悟自然和人生,超越现实的困苦和孤独,会通之际有了《人生如茶》的禅悟。苦水里感悟美好,承担中超越自我。"云河万里听风声,沙海千年看雪飘。"琢磨一种精神的诗意,中国文化中士人的艺术情怀就会被激发。中国诗书画同源,其作品集出版众多,甘宁书法家助阵的背后,不是简单的锦上添花,而是艺术审美的会通和精神境界的拓展。闫立岭与喜欢古典诗词的其他优秀诗人一样,腹有诗书气自华,云水禅心,在古典的艺术情趣里多了沉潜自我的现代人文品质。

四 罗飞、高深、贾长厚及其他

春风大雅,西部当代新文学发展离不开流寓大西北的右派文人,还有大批援建西部的学生、工人和知识分子。罗飞、高深、贾长厚、陈幼京、钱守桐等人以不同身份来到塞上,全身心投入宁夏文化艺术拓荒和建设,贡献了各自的聪明和才智。年华不老,命运的曲折和时代的沧桑不但没有消磨个性主义的精神情志,反而让他们留下了各自风格独具的优秀作品。

罗飞(1925—2017),原名杭行,江苏东台人。"七月派"诗人,1982年加入中国作家协会。2017年7月9日病逝于上海,享年93岁。

《银杏树》和《红石竹花》是宁夏诗坛的重要收获。

罗飞的诗带有明显的时代特征。《银杏树》收 50 首诗，既有怀念，也有抒情，还有歌咏。作为七月派诗人，第一类诗是关于那个时代的描绘，如《走过冰雪的残冬》《为什么要离开敌人》《为了这个方向》《要生，也能够死》，以及在此之后对于时代开放、思想解放的歌咏。还有一些是关于世界、现实和历史的思考，如《我问鲁迅》《血和泪》《献——》《关于心的歌》《冰》《我的辩护》《烈士墓碑》《我对你说（二首）》《火的抒情》《人的标本》《不朽的遗产》《昨天·今天》等。这些诗意蕴丰富，既包含诗人经历民族灾难和战争烽火之后的认识，也包括主体性的自我凝视。还有一部分作品的语境相比而言是比较轻松的，是诗人在生活日常情景中对自己和生命的思索。

《红石竹花》收诗 50 余首。石竹花是野花中有风骨的一种花，它也恰似罗飞这本诗集美学风格的象征，带着硬朗不屈的性格和热情。罗飞的诗多源于自我和生命的思索，如《有生命的小草》《一支淡黄色的小草》。集子里有不少咏史篇章，如《永泰公主的墓》《霍去病墓前意识流》《半坡村姑娘》《图腾的沉默》《无字碑之谜》，诗人并不是单为怀古而寄幽思，还寄寓了对社会现实的审视、批判和追问。奔放流畅的诗篇，如《归来》《你的泪花》等，是对旧时友人的追怀，也饱含真情。他的战斗人生与诗人生涯，均与"七月派"有着血肉的联系。从他的诗风看，还留有"七月诗风"影响的明显痕迹，尤其是关于时代和友人的抒写。《红石竹花》诗集的最后还附录了两篇评论，分别是绿原的《两位画家和一位诗人》和高嵩的《评罗飞的两首咏史诗》。这两篇文章有助于我们认识罗飞诗歌的语言风格和思想情感。

罗飞是一个向往春天，追求太阳的诗人。《人的标本》《眼睛》《不朽的遗产》等，便是他灵魂震颤的"心电图"，这些闪耀着奇光异彩的诗作，就是作者内在精神美的折射。

我的心嘛，也是可燃物
一旦需要，我愿把它向党献上

这就是罗飞或者说"七月派"诗人作家的革命情志。

无悔的青春,难忘初心,还有与时代的荣光,包括屈辱,一起激荡在诗人的胸腔。"在罗飞的诗里,有真实的时代感应,有真实的罗飞自己,有严肃的艺术经营。""像与七月派共命运的其他诗人一样,罗飞的诗情是有倾向的。不管现代主义艺术家们如何在词句上躲闪'倾向'这个概念,倾向都像幽灵一样盘踞着他们的情绪和态度。表现在他们作品中的审美意识的偏激,往往正是某种倾向的指示灯。""他的现实情绪,绝不是纯个人的杯水波澜,也不是失去现实依据的纯精神的浪涌。"① 诗人反抗卑劣和黑暗,追求光明和真理,从地狱拯救自己的灵魂。

罗飞诗作的凝练之美,不单单表现在炼字、炼句上,更为重要的是善于选择典型细节,提炼有包孕的生活片段,以点带面。《你的泪花》就集中体现了这个特点。

> 终于等来了
> 那慢慢渗出的
> 温润的亮光
> 你的嘴唇微微翕动
> 像默默地咀嚼着什么
> 不是声音打破沉寂
> 是那眼神屈曲的光
> 让我听到了
> 你心底的波澜

这首诗,是诗人罗飞和曾卓先生1990年秋去医院探望胡风同志之后所作。

又如《炮手的心》,这是作者读《彭德怀自述》后的泣血之作。毛

---

① 高嵩:《高嵩文艺评论选》,《评罗飞的诗二题》,宁夏人民出版社2016年版,第44、45、46页。

泽东同志曾有诗云:"谁敢横刀立马,唯我彭大将军。"彭德怀总司令一生忠于人民,光明磊落,然而又"蒙受大冤大屈"。诗开首写道:"我读着/一颗心"!这是怎样的一颗心啊?

> 透明、火亮的心
> 昭示我们:
> 涤尽杂质的
> 正直的人
> 永远
> 不可压倒
> 不可撼动
> 不可屈辱
> 不可扼杀……

这颗心,是"中国工农红军/第一个炮手的心"!这颗心,"火亮的心/犹如炮声隆隆中/一发飞驰的炮弹……"诗围绕"炮手的心"做文章,不但具有高度概括性,而且形象地反映了彭德怀同志特有的军人风采。读诗如闻其声,如见其人,寥寥数句,就把一个可亲可敬的人民英雄形象塑造得栩栩如生。

诗人永远是天真而浪漫的。譬如《让我聆听她的歌唱》,诗人先从"银川的雨"着笔,银川的雨有什么特点,"清新、明快、爽朗/丝丝缕缕带着太阳的光亮",这仅仅是写雨吗?读者一看就明白了。雨过天晴,"空气被雨洗过/阳光被雨洗过/心情也被雨洗过"。如果说上节诗主要从视角的角度写银川的雨,那么这节诗则从感觉出发,写自己的"心情"。至于"心情"到底如何?"心情也被雨洗过"。紧接着他写一个回族姑娘在"滴翠的绿荫下"歌唱。

> 兴许歌声也被雨水淋洗
> 溢出了沙枣花的

甜味和芳香

透明的旋律

像一串串银白的露珠……

从她的情感深处

流出这温柔

流出这刚强

一个爱好清洁的民族

竟然把歌声

也浣洗得这般清澈

这般明亮

优美的想象，诗意描绘从色、香、味的细微感触入手，运用了通感的手法，令人赏心悦目。颜色"透明""银白"，香味"溢出了沙枣花的甜味和芳香"，歌声被雨浣洗之句，均为通感。谁曾这样写过歌声？是吴伯箫。但吴老是用散文写歌声，当然也有诗意，但毕竟是散文。用诗这种体裁写歌声，写得如此饱满而又有味，就笔者的阅读范围而言，罗飞当属第一人。用形象说话，中间又留下大片空白，是这首诗的显著特点。最后诗人写道："雨，淋洗我的灵魂/歌声，净化我的灵魂/让我聆听她的歌唱/不知趣的鸟儿休要吵吵嚷嚷"。至此，诗立了起来。结尾一句"不知趣的鸟儿休要吵吵嚷嚷"，言有尽而意无穷，颇富"弦外之音"，大有李白"孤帆远影碧空尽，唯见长江天际流"的味道。

上述是评论家张铎细读罗飞作品的部分鉴赏。重点从诗人的曲折人生透视其作品所显现的人的高贵品质，也包括时代转换中诗人情感的两极张扬。

罗飞与"七月派"文学研究紧密相连，是百年中国文学研究的重要课题之一，深层考量有待更多的资料文献和多元参照。诗人罗飞追求革命的浪漫情怀，特别是坚贞的政治信仰，无法缓解的矛盾与痛苦，及其心志的苦难磨砺和精神的自我拯救，给宁夏这片土地留下了特别的诗的纪念碑。

高深（1935—2017），回族，辽宁岫岩人。历任东北民主联军回民支队宣传队队员、沈阳第三机床厂工会宣传部部长、宁夏日报社副主任、宁夏文联副秘书长、《朔方》主编、锦州市委宣传部副部长、《锦州日报》总编辑等。1952年开始发表作品。诗作荣获宁夏第三、第四次文艺评奖一等奖，第一、第四届全国少数民族文学创作"骏马奖"。著有诗集《路漫漫》《大西北放歌》《大漠之恋》《苦歌》《寻找自己》等。中国作家协会会员。

1981年出版诗集《路漫漫》，分为三辑："曲折的道路"、"南方的怀念"和"星斗吟"。"曲折的道路"一辑有24首诗作，大多是严冬后温暖的春天和暴雨后的鲜花之类赞美抒情诗，像《我与春天同行》书写对春天的向往和人生理想，还有《民主》《法律》《火花飞溅的思想》等，颇有直面现实的批判反思。这在1979年前后的宁夏弥足珍贵。同时，如《书》《时间》《知识》等，记录曲折道路上诗人自己的所做所思。"南方的怀念"一辑主要是海的赞美诗，如《致大海》《拾贝》《水手》《白帆》《海港》，通过海边平常的事物寄托了自己对海边家乡的爱恋和怀念。"星斗吟"这一辑主要是通过天南海北的各种见闻，抒发了诗人脚踏实地而又仰望星空的真实情怀。这些诗歌中有大量描写宁夏地域风情的作品，如《回族人》《羊皮筏飞在黄河上》《回族女社长》等。历经磨难，"革命现实主义诗人"[①] 的情感却是广阔的，一直怀着忧郁的感伤深爱着宁夏和黄河。

当然，诗人忧郁感伤的歌唱，内在的情感不无矛盾。如《鹿回头》：

可怜的梅花鹿，
被追逐到生命的绝处。
于是变成了美丽的少女，
嫁给了要致她死地的猎户。

---

① 刘贻清、马东震：《论回族作家高深》，见吴淮生、王枝忠主编《宁夏当代作家论》，宁夏人民出版社1988年版，第162页。

1982年，高嵩点评并赞叹说："可是善于深思的高深同志偏偏着眼于被追捕的那只鹿，把角度完全换了。这就使他把看来无可争议的情理，一下子翻了过来。"① 并进一步点评说，"生命的绝处""要致她死地的猎户"这些短语，不是诗人咬着牙写出来的吗？接下来却：

> 生与死转化成恩爱，
> 猎人与猎物结成夫妇。
> 这美丽动人的传说，
> 美化了弱者的屈服。

这里，诗人运用了顿悟。前四句，呈示了传说的梗概，为翻案埋下了伏笔。后一段的前两句，从这个传说的深层挑出最使他动情的那根主线——生与死的搏斗关系，完成了蓄势的任务。末两句用势，以新时代的理性，对传说的实质作出裁断。这个裁断，完全是高深式的，矛盾中反思悖反的关系和荒谬的真实。"诗人兼小说家高深的心律始终合着时代的脉搏跳动。"②

诗人后来回到东北故乡，继续文学艺术的探索创作。

贾长厚（1940—2017），笔名贾曼、秦庚，辽宁大连人。民盟成员。1960年参加工作。历任大连机床厂人事科干事，银川长城机床厂工会干事，宁夏文联《朔方》文学月刊编辑、主任、副编审。中国格律诗学会理事，中国诗书画研究会研究员。1961年开始发表作品，荣获宁夏第一、二次文艺评奖二等奖，第四次、第五次文艺评奖优秀（不分等）、三等奖。著有诗集《海恋》《人生旅途》《爱的绝唱》，评论集《诗怎样写》。中国作家协会会员。

1991年出版诗集《海恋》，收75首诗，分为三辑："大海的馈赠"

---

① 参见《文艺通讯》（增刊·"塞上诗会"专辑），宁夏文联《文艺通讯》编辑室、中国作家协会宁夏分会编，1982年8月印制。
② 刘贻清、马东震：《论回族作家高深》，见吴淮生、王枝忠主编《宁夏当代作家论》，宁夏人民出版社1988年版，第186页。

"'牛棚'情诗及其他""我渴望燃烧"。第一辑是诗人对家乡的描写及后来远离家乡后深深的怀念。这些诗对大海及大海周边的事物极尽赞美，充满爱恋之情，如《海边，有一朵欢乐的浪花》《我不能离开你呦，大海》《海誓》《海恋》《钱塘潮赋》等。这些诗歌不仅数量多，在情感上也十分真诚。第二辑是对"牛棚"生活的抒写，喜怒哀乐，有不满和伤痛，也有对爱的渴望和对未来的信心。第三辑是作者对未来充满希望的呐喊。特别在《我渴望燃烧》一诗中，诗人反复用"我渴望燃烧"来表达自己对光明的向往，以及对黑暗的憎恶。诗人追求艺术美，崇尚自然，讲求天真、情真和清真。尤其是他关于大海及海边故乡的作品，体现了情真意切的艺术特色。

高嵩认为：诗人，应该有自己的诗论。小说家，应该有自己的小说论。批评家，应该有自己的艺术哲学。因此，他对贾长厚别有推重："他用他对人世的各种思索，用他对人生命运和价值的体验和估评，用他从燥热沙原上寻找到的一朵朵信念的小花儿，酿造着真实的诗。"而且肯定了其批评与创作之间的互动关系："贾长厚在他的诗评中，谈生活，谈自我，谈情绪，谈形象，谈传统，谈创新，谈语言，谈修辞，谈内容，谈形式……他有自己的诗论。他把他的诗论用于创作，也用于批评。他主张多方位和多视角地观照生活，他主张尽量把生活化入自我。"[①] 虽机械地受马雅可夫斯基等苏俄诗人的影响，但诗人拥抱生活的情感是真挚的，贴近物象的抒情比较清新自然。

还分析其《小河醒了》一诗，认为"也是诗中有画"。"小船/最先把晨雾撩开了/船头微动／一点、一点、一点……／平整的镜面／被划破了／一圈、一圈、一圈……／淘米的小囡／蹲在船头／把两岸倒垂的稻穗儿／一起兜进了竹篮……"这是一幅水乡的画图，它的韵味来自天然的造化，但它又不是照抄天然。全诗撩、动、划、蹲、兜五个动词所提带的意象，全是通过诗人美感的中介作用酿制出来的，它们直通着你的直觉力，又内蓄着产生情绪或意趣的能量。

---

① 高嵩：《诗格与人格的交辉——谈论贾长厚》，《高嵩文艺评论选》，宁夏人民出版社2016年版，第62—64页。

还有《帆的风格》：

> 白帆在海平线上闪亮
> 像洁白的海鸥在天海之间翱翔
>
> 那忽隐忽现的帆影
> 牵着我旖旎的想象
> 我想，它会像镜面一样平整
> 有银幕一样宽宏大度的姿容
>
> 靠岸后我不禁十分震惊
> 原来它千纳万补，满是孔洞
>
> 于是，我产生一个联想
> 征帆，你是骁勇战士的形象

这张一面忍受着风浪的啃噬一面制服着风浪的船帆，它的形象是带着悲壮色彩的，是崇高的。"由于这首诗准确地把握了真，它才准确地把握了善，从而简练地把握了人生之美。"在诗中，境是确定性与不确定性的统一，意也是确定性与不确定性的统一。在诗中，任何确定性都是通过真情实感的中介，由不确定性渗透出来的。不确定性保证诗歌在人们的悟性中能够使确定性成为有体肤毛发的灵魂。批评家高嵩如此批评贾长厚的诗歌探索，进而肯定诗人人品。高嵩点评的根本是对诗人的肯定："他的诗是可信的。最可贵者，在于他的直取人生。"① 当然也极为敏锐地把握了贾长厚诗歌的抒情特色。

陈幼京（1955—1984），女，北京人。因其父陈企霞于1955年被划为"右派"，从小离开父亲。1971年在内蒙古生产建设兵团劳动锻炼，

---

① 高嵩：《诗格与人格的交辉——谈论贾长厚》，《高嵩文艺评论选》，第63—68页。

1977年转到宁夏永宁县插队，1978年考入宁夏大学中文系，毕业后分配到宁夏作家协会工作，后调文艺报社任编辑、记者。1984年11月8日自杀身亡。著有诗集《春花秋叶》。

1982年《新月》（银川市文联刊物，后转为《黄河文学》）第8期，登陈幼京《无题》：

> 在你的手心里
> 写下我的名字
> 在你的本子里
> 画下我的眼睛
>
> 在你的衣上
> 留着我的泪迹
> 在你的枕下
> 藏着我的诗集
>
> 可是
> 我的心呢？
> 你准备
> 将它放在哪里？

情感的坚贞和语言的直白，高嵩说此诗"把高度的单纯和高度的丰富统一在一起"。"四个情态特写，利利落落地完成了蓄势。你爱我的名字、眼睛、眼泪和诗，这就是全部吗？不，并不！真正的爱情应当是什么呢？应当是两颗心的焊接——说准确些，应当是我的心装着你的心，你的心装着我的心。但是如果这样写出来，就太煞风景了。我们看到，作者在结尾处只是轻轻一问，便顿然凿开了情绪之泉，任它冒向自己，冒向别人，冒向无限，冒向永远。"正因诗人的天真才能把爱情诗写得清新自然，却淋漓尽致。"把爱情写得浮薄俗滥，只能怪文墨的轻佻，真正成功的爱情诗，是与人类的爱情生活并存的。"① 诗怕意浮，贵在矜持。幽情深切，这首小诗却是做到了意浅旨远。

坚贞直白，诗的单纯镜鉴诗人的纯真，生命唯有幻灭的选择。

钱守桐（1954—），辽宁辽阳人。1972年随父来宁夏，后下乡。1976年毕业于西安地质学校，工作分配到宁夏地质局第一水文地质大队。1978年在宁夏石嘴山钢铁厂做工人，1980年调宁夏石嘴山市公安局做警察。在20余家刊物上发表诗歌，出版诗集《警察之歌》《时光的侧面》。宁夏作家协会会员。

白话新诗的抒写和言志，可能更为直白而个性显扬。钱守桐是一个心志坚定而情感冷峻的人。几经沉浮，生活并没能让他屈服，因此才能写出铁血风骨的理性抒情诗——《骨头》：

蚯蚓在泥土里
不断地翻掘黑暗
那些石砾也挡不住它前行的方向
这种无畏的精神
就是蚯蚓的骨头

风从远道而来，跋山涉水
把大地吹醒，把冰河吹开
把死灰吹起火焰
这就是风的骨头

荒野深处，大漠孤烟，风沙迷路
这就是苍茫的骨头

人活着总要有一种精神气概

---

① 参见《文艺通讯》（增刊·"塞上诗会"专辑），宁夏文联《文艺通讯》编辑室、中国作家协会宁夏分会编，1982年8月印制，第44—45页。

尽管血管断流，肉体分离

但骨气还在

精神与风骨，是诗人的生命。如果诗人没有自我和个性，其家国情志无所依托，其审美情志必然羼杂水分。这首诗是现代诗的分行和节奏，却也是能体现中国诗以言志的抒情传统的特出之作。

五 导夫：生命自我的探索者

"诗是一种独立自足的审美客体、一个需要天才和技艺的通向抒情和想象力的意义结构。"① 以黄河为中心意象的抒情诗人马钰之后，在雄浑与主体情感之间张扬生命想象力的代表诗人是导夫。

导夫，本名马春宝，1961年出生于宁夏平罗县郊区农村，1984年毕业于宁夏大学中文系。1979年开始发表诗歌作品和文学评论，著有《丁鹤年诗歌研究》。导夫早年的作品选集《山河之侧》2016年10月出宁夏人民出版社出版。诗人年少时大多敏感而特别灵性，"我至今清晰地记着，《平罗文艺》编辑部，就是文化中心（平罗县文化馆——引者注）那处青砖小院里的向西开着的一扇门"，这扇门通向文学和诗歌的艺术王国。渴望文化和艺术的马春宝1980年来到宁夏大学中文系，四年里这位年轻人把热情全部献给了诗歌女神，且获得了爱情。马春宝诗集出得晚，但却是"60后"里成名比较早的诗人。诗人追随生命的觉醒和心智的成长创作诗歌，在现实和个体之间，强调"诗歌最应反映人们思想发展的自由历史"。不无先锋追求和现代性感受的诗人导夫，更是深受西方诗歌、音乐和绘画影响而葆有强烈的生命意志力与个性自觉的现代知识分子。特别是《黄河交响曲》，流动的黄河就像一场盛大的交响乐，各个音区，各类音符，各种演奏形式汇聚成黄河庄严、饱满、热烈的凯歌。并不短小的篇幅包容了如此广阔的空间，从外部客观

---

① 张松建：《抒情主义与中国现代诗学》，北京大学出版社2012年版，第240页。

世界的描绘,转向内心的感受,典型表现了诗人对丰富诗歌艺术表现力的贡献。其自由诗体的句法、章法的简约化以及诗歌艺术结构的音乐化在当代诗歌史上都有探索意义。

中国现代诗歌从20世纪初以五四文学革命为契机实现了语言形式和思维范式的革新,诗体的解放蕴含着时代所要求的诗歌观念的深刻变化。1949年以后,文学和政治的一体化专制长期禁锢甚至扭曲了诗人的自由意志和审美个性,中国人精神的压抑和思想的封闭达到了从未有过的可怕境地。但到了20世纪80年代,拨乱反正和政治解冻开始松解人们的思想和观念,人文领域的启蒙思潮已成为不可遏制的潮流,寻求个体意识和独立思考的表达再次成为许多先觉者的自觉追求。诗人往往是时代先锋思想的开拓者,朦胧诗人和昌耀同时在时代的抒情里开掘着诗歌的特别价值。也就是说,20世纪80年代人性解放的社会思潮使诗歌这一文体形式再次焕发生机,并在思想情感和艺术方式上开始了多元探索,自然也波及影响到沉寂已久的宁夏地区作家和诗人。从文学的历史发展来说,地处边缘的宁夏新文学的滥觞也正是得益于20世纪80年代初的伤痕、反思文学思潮和朦胧诗的巨大影响,才有了"塞上文坛"的新气象。因此,宁夏诗歌在新时期的苏醒和活跃离不开时代思潮的影响,离不开王世兴、罗飞、高深、秦中吟、肖川等人的培植引领,也离不开宁夏大学、固原师专、固原民族师范等高校校园诗人的推动。导夫诗歌创作开始于大学校园,感应了新时期20世纪80年代的文学热潮。

青春的情感与生命自我的反思并存,诗人追随生命的觉醒和心智的成长创作诗歌,在现实和个体之间,强调"诗歌最应反映人们思想发展的自由历史"①。可以说,导夫诗歌创作与新时期中国人的精神裂变相契合,也是诗人精神性思辨和个性化反省的产物。这一方面来自诗人对诗歌形式多方面探索的自觉追求;另一方面也显示了诗人琢磨内心情感的自省精神。不可否认1983年之后诗人的创作开始趋向成熟,作者心系家国,寄情山河,其昂扬的诗情遍洒于西部高原,北方森林,也跨

---

① 导夫:《山河之侧·跋》,宁夏人民出版社2016年版,第156页。

越山川江河，渔港海岛，其空间跨度之大，时间驾驭之广，都充分暗合一个时代的潮流，亦肆意张扬着作者对祖国、对时代、对民族、对人类生命因至诚热爱而汪洋的情感。这种爱跃动在其诗集《山河之侧》所有作品的字里行间，即使时隔二十多年之后结集出版，其青春葱茏的生命力依然焕然如新。

> 在广大的天空漫游的
> 是天空般快活的
> 天空的恋人
> 鸟在飞
> 飞……
>
> 天空也在飞
> ……
> 生命永远招呼着我们
> 你飞翔的固执

短诗《鸟岛》，生命欢乐的自由飞翔成为内在饱满的情感。还有对贺兰山和贺兰石的描写，同样显示了切入事物内在的生命的情感力量。触摸历史遗留在山石上千年不变的温情，"祝福历史的笔墨/抹去了灾难和虚无"（《贺兰石》）。"贺兰石"在诗人笔下丰富了文化的意蕴。"一千年一万年的起伏沉降/你遗落的每一块黑巨石/都是人类成熟的思想"（《大山的恋歌》）。这种凝神的思考和瞩目，让人的思想追随情感澎湃。诗人不仅写身边的事物，还将想象的思绪落在南国的"渔港"，还有"寄向阿里山的信"，呼唤"我的生命，从南极启程"，回落又瞩目"三月的早晨"、春天、报春花。正如诗人在研究丁鹤年的诗歌时发现的"辩证艺术"[1]，导夫自己深挚的审美思考伴随着热烈、狂放的想

---

[1] 导夫：《丁鹤年诗歌研究》，宁夏人民出版社2003年版，第148页。

象，却又轻柔地瞩目自然和春天的生命色彩。

为了形象地表达自己的飞扬情绪，诗人也有像《印象》那样追求极端形式的模仿。这是共和国诗歌抒情受苏联文学影响的遗留症之一。导夫是形式感很好的诗人，其实，《六行：四顾无岸》20首才是非常好的艺术品。六行的小诗，极尽字、句、行长短错落的变化，且与诗意的内涵相切合。"主体性形象似乎一直徘徊在现代的宏观启蒙与前期'朦胧诗'的晦涩幽暗地带。"[①] 诗人正是靠着敏锐的自我感受力超越了当时文坛流行的粗浅的社会意识。正如《山河之侧》卷四开篇的《永恒》所写："不再以孩子般的缺失／和没写完的童话／填补太阳落入丛林后／散乱的暝色。"也可以说，模仿和形式的追求没有影响诗人个性化的审美追求。

正如前文所述，不无先锋追求和现代性感受的诗人导夫，深受西方诗歌、音乐和绘画影响。

>你把浪漫的山巅交给了山巅
>
>把世界深处的泉源流向世界
>
>你是人类记忆中一个难以忘记的名字
>
>你是从凝聚的疼痛中
>
>是从久久的沉寂中
>
>是从庄严的崛起中
>
>安详地升起的
>
>黎明的潮湿无望的退却
>
>使你一天比一天长久高绝深沉
>
>　　　　　《西部变奏曲·乌鸦轰炸着我们的高原》

其歌颂山川风光和自然万象的一类诗歌悲怆又激越，深邃而炽热，纵意不羁的自由精神和想象力，使这些诗歌突破了平实冲淡的狭窄境

[①] 杨梓主编：《宁夏诗歌史》，阳光出版社2015年版，第200页。

界，获得浓烈繁复的诗的意象。"其他多数诗篇可以阐释为是对青春懵懂、神秘之爱的曲折表白，对社会现实无意识的透视反而降到了最低或最淡的程度。"① 这些作品，1983年之前的稚嫩一些，但也清新，如《在情感的深处》（三首）、《折磨》、《我的爱不会埋在深深的墓下》、《十四行献诗》（四首）等。大学毕业前后，这类抒情诗更为深挚，如《无法省略的忆念》（三首）、《柔曼的黄昏》、《世界名画四重奏》（组诗）、《永恒》、《悼亡姐》等，诗意之上多了生活的体悟和爱的疼痛。

炽热地爱好音乐，丰富了诗人的情感，也丰富了诗人作品外在的形式变化，包括语言的音色和节奏。深谙音乐的乐理和抒情方式之后，导夫喜欢采用乐曲的创作或演奏形式来抒发某种隆重而特殊的情感，在这一点上他深刻把握了诗歌与音乐相通的本质。组诗《西部变奏曲》将西部主题统筹于一系列变化，使"释放哲学的化石""乌鸦轰炸着我们的高原""女性的沙漠"等交错反复，并在统一的艺术构思下组成诗歌一样的乐曲或者乐曲一样的诗歌。西部的历史是"无数时代证实生命结构的基因"，是"无情的凝聚"和"最庄严的动响"；在峰谷绝壁中无垠起伏的高原，其"沉重压在中国的肋骨上""江河作响"，其"突兀是历史沉思的皱纹""辽远深刻"；"女性的沙漠""覆盖着西部的荒寂袒露着中国的焦灼""悠远的胸心动响多情的风暴"。与此相呼应的两首《高原协奏曲》以"永无寂寞的湖"和"黛色的钢铁意志的山"两个"独奏乐器"的双重呈示部与高原风情这一管弦乐队竞奏形成器乐套曲状的诗歌双重协奏曲，湖支配着"有幸的存在和幸福"，山比海洋大的意志"将死与生在心中凝结"，湖山分别独奏，富有各自鲜明的表现力，感人的歌颂性和高难度的技巧性，让歌曲以更强的动力感和交响性向世人宣告："干裂与荒凉声中，也有生命的音乐。"

毋庸置疑，《黄河交响曲》和《世纪情绪》分别是"山河变奏"和"世纪情绪"两卷的压阵之作。此二首则采用西方交响曲的这一器乐体裁的表现形式，不同的是，和变奏曲、协奏曲一样，交响曲使用的是音

---

① 杨梓主编：《宁夏诗歌史》，第200页。

符，而诗歌使用的是语言。其内在统一的是，诗人像音乐家一样，通过综合运用并挖掘语言文字的抒情性能和表现力来塑造诗歌形象，将体现诗人内心情感和思想理念的大型套曲，呈现于诗歌，更加富于恢宏的气势。这两首诗歌交响曲采用了相同结构：第一乐章快板，D大调奏鸣曲式；第二乐章速度徐缓，G大调变奏曲式；第三乐章稍快，g小调复三段式，类小步舞曲或诙谐曲；第四乐章，又称"终乐章"，速度急速，D大调回旋曲式。此二诗以回环往复的音乐形式，气势磅礴、沉静内敛、汹涌澎湃又庄严肃穆，颇具史诗气象。自由精神的完美体现和诗人对诗歌艺术规律本身的重视和考究及奇特大胆的想象使诗歌的意境升华，堪称宁夏现代诗歌不可多得的奠基之作。《黄河交响曲》分为"天使""热情""瞬间""永恒"四大乐章，盛赞黄河是"一首无标题上行音乐""五千公里D大调的号子吹落五千年的风尘""漩涡打消了世界沦亡的念头""浪花伤逝了人类死亡的征兆"。在"热情"和"瞬间"两章中，豪迈旷达的抒情主人公形象对黄河进行了细腻婉约、相得益彰的补充，黄河的柔波、庄严、潇洒"如级进上行附点音乐"，穿越高原，穿越"高音区"，致使"思想失去了所有的模式""顽强的超现实的感觉引来和煦的形象""安抚中国五千年戏剧性的冲动"，"悄然的安静的渴望加重了抒情的沉思""不朽的波头拍击着服服帖帖的石头""白色的太阳如定音鼓的滚奏/肆无忌惮地/敲打着精神的巴士底狱之门"，自我感觉刹那间的微妙变化被诗人敏锐地抓住，并赋予灿烂的诗意表现，引起歌者对黄河在宇宙中地位的哲学思考。"永恒"一章中，强调黄河如旋转式音型描述着"摆脱野蛮的原始状态后的沉重的觉醒"，孕育了自然的黄河之水是"逝而不复的孔子之水""如汤因比的文明一样坠落""以一种新的信仰奔流"，在冥冥永恒中"塑造残破的中国"。流动的黄河就像一场盛大的交响乐，各个音区，各类音符，各种演奏形式汇聚成黄河庄严、饱满、热烈的凯歌。《世纪情绪》也是交响曲的表现形式，该诗的"临界""再生""守护""永恒"四章再现诗人内心或者是一个时代的世纪情绪。诗歌是思想发展的自由历史，20世纪80年代是思想解放和社会转型的特殊时期，理想与现实的纠葛使诗人回到内心世界，作者也如波德莱尔那样严酷地、激烈地自我拷问。和西方文艺界盛行的"魏尔伦世纪末情绪"有异的是，导夫的世纪情绪是踌躇满志、深情昂扬的。诗歌真实再现中国深厚博大的地域背景，传达处于传统滋养和现实裂变中的歌者呼之欲出的磅礴诗情："我的头颅/从我的双肩返回/围拢世纪的情绪""我们昨天种的那朵花/一定会在你我中间/一定会在今天/背信弃义地滋长""你愿望如初地/将我们照耀/并以长城充满血性的绳索/在我们的心中/在我们很受伤的血脉里/打上一个中国结""我的生和一切人有关/我的死与一切人无关/什么时候/你才能与世纪之光开成同一朵花/即使我在最后的风中/战栗地凋谢"，经过世纪末生活的激荡与岁月的冲刷，这种整饬有节度的美仍令笔者惊叹诗人当时的宏大气魄与温柔情感。

　　诗歌创作言说着当代人的精神境遇，导夫力主"形象地、艺术地、思辨地确立此岸世界的真理"①，《山河之侧》表现领域宽广，山川河流，人间万物，春秋之序，晨昏交替，无不涉猎其中。无论长幅交响曲还是短小的协奏曲、变奏曲等都蕴含着强烈的理想主义和英雄主义色彩，别具刚健、粗犷、壮阔的生命力的美以及历史沸腾时期的昂扬激情，这是诗人感性与智性交融，具象与抽象相嵌合的语言实验，深沉的爱和思想是诗人无法回避的主题，"漆黑的午夜里/点点破碎的繁星/挑逗着你的额头/你的睫毛/是失眠的森林/你的面颊/是诱人的海滩/你的发丝/是昨天的承诺/挑动的黑夜/无法举起巨大的巉岩/和你巉岩般的静穆/没有谁/会领受你一万年的感受"（《永恒》）。"带着我的希望带着我的追寻/我的生命从南极启程/不论我怎样走不论我怎样行/我的心都向着北斗星"（《我的生命，从南极启程》），描摹银川"起飞的凤凰/把你的风带给生活的每个港口""我信仰你的天空/即使是生命的夜晚/也把星星的爱恋月亮的目光/坚定地守候"，这类诗歌充满哲理的趣味，以大胆的想象拷问思想，探索生命，涉猎现代哲学命题，其受到西方后期象征派的影响是明显的，也是对中国宋诗理趣追求的隔代回应与发展，

---

① 导夫：《山河之侧·序》，宁夏人民出版社2016年版。

虽然囿于诗歌文体，表现的只是只言片语智慧的闪光，但依然通过具体的形象艺术地表现了诗人的情操、人格与不懈的求索。

因为诗人"需要重温过去的狂欢与克制并从中汲取痛苦和力量，需要从历史的激荡和心灵的搏击中感应崇高与圣洁，需要以璀璨的幻想驾驭多艰的生存去提前感受理想事项后的喜悦"。①

从另一个方面来说，诗人在音乐之外，浏览阅读西方哲学，在主体情感和思想的建构中超越了宁夏同时代的诗人。诗歌是爱对生命力的唤醒，诗人的爱博大而赤诚，对山川万物的赞颂中流露着真诚的情感，对人类情感的描摹又寄托于具体物象，山川因妩媚的情感而摇曳生姿，感人肺腑，世间情感因物有所托，情有所寄，而似多源之水，根深之木，坚硬与温软情丝萦绕，阳刚与阴柔相得益彰。和诸多诗人一样，导夫的诗歌亦钟情亲情、爱情、友情，彰显着诗人的艺术功力与才情。《山河之侧》第三卷《无言之心》集中收入部分优美的情诗，"一个男孩和一个女孩/在遥遥相望的秩序中/朝着夸父逐日的方向/尿一条父性的黄河/尿一条母性的长江"（《无言之心》）。磅礴大气，短小洗练的《我的爱，不会埋在深深的墓下》铿锵有力："飘洒的树叶/好似诀别的信札/任世俗的风暴/在我心涯猛烈地吹吧/我决不会谨守着青春的寂寞/把我的爱埋进深深的墓下"。回味每一个诗行都漫溢抒情个体奋起的昂扬和乐观，即使"一个颤动的'不'/关闭了年轻的心/和年轻的初恋"（《给》），即使"一种天然的不幸/放牧着悲哀/把我们断然划分"（《我枕着你六月十日的名字》），即使"我和你像这石磨般吻合/也免不了 免不了生活的折磨"（《折磨》），甜蜜浓重的苦痛，交织复杂的人生况味，诗人的内心却并不晦暗，反而节制有度，体现于字里行间的是既阔大又纤细、既遒劲又柔情的诗风。爱的痛苦与幸福也流露在诗人的十四行诗中，十四行诗体在16世纪中叶从意大利传入英法等国后，成为跨越众多国度与语种的诗体。20世纪20年代，闻一多在《诗的音节的研究》力推十四行诗，其后，新月派诗人以极大的热情从事该诗体的形式试验，为汉

---

① 杨匡汉：《诗学心裁》，陕西人民教育出版社1995年版，第13页。

语十四行诗的写作开辟了道路。作为一系列爱的纪念,导夫的几首《十四行献诗》,语言婉约柔韧,结构浑成致密,将缠绵悱恻的爱情、单纯的字的音乐和诗歌内部存在的规律性得以完美实现。"像春日融化的冰川你给了我爱恋""一颗永恒的种子在我们心底深埋/除非我的爱死去它便不再萌开""无情的时间可把一切残渣掠走/我生命的舟永在你的爱河里漂游""我的歌不会给你披上瑰丽的衣裳/但每一个音符都出自我心的子房",神圣纯洁的爱情得到了升华,精神力量和理想境界的人格化,内心深处真实情感与独特个性的真诚表现外射于客观物象,从而追求一种主客观内在神韵及外在形态之间的契合。同样深挚的情感也出现在《悼亡姐》组诗中,"风中的羽毛/多么信仰天空",而姐姐年轻的生命仿佛"寂静的羽毛""凋落的雪花",只残留"遥远的招呼"和"一九五五年明亮的委屈",抒情叙事融为一体,艺术表现精致,别有一种不可解脱的神秘气氛和含蓄的凄伤风味,这种悲音不绝、痴缠悱恻的凝重荒凉不免令读者联想到海子那首《姐姐,今夜我在德令哈》,正是生命进程中情感发挥到极致时,生对死的肯定和昭示,空寂得无法言说。此时,我们才能理解,为什么诗人在《序》中劈头就说:"对现实的苦难的言说,是人类言语表达的一个重要困境。"① 诗人其实已经超越了诗歌,进入了历史哲学的批判。

岁月沉淀了人世的悲悯,缅怀过往的历史描述《1976年:乡村印记》(4首),以直接的、肆意的诗歌语言写了那个年代赤裸而贫乏的乡村景观。赤裸的男孩、傻女、光棍和交换婚姻,性萌、动物的交欢、公鸡的隐喻象征等,诗人确实有了一种撕裂生活和苦难的快感和洞察。正如2016年修改的2002年旧作《一扇门——致父亲》,"来的人生活于别处/别处的人信仰在远方/被我安置于此 是你与你的时代达成的最后的契约"。《城市圣咏》和《面无表情》,是诗人与《乡村印记》一起打造的组诗,没有全部完成。《楼下》镜像般的真实而又试图捕捉恍惚的细节,《无尽黄昏》和《纸片楼》试图更深地切入生活……在诗学的

---

① 导夫:《山河之侧·序》,宁夏人民出版社2016年版。

现代性里追求质朴和沉郁之美,这在导夫,是尝试过诗歌翻译和诗歌研究之后的一种自觉。

同时,后现代和聂鲁达在诗人的内心引起冲突。历史的天空永远是个体反抗的战场,现实的荒谬是诗人无法安睡的明天。正如他最新的这首《是否》:

……
当夕阳如党项人遗落的牛角小号
悲美地下沉　消失的音调和色彩
悬挂在凤凰碑凉意渐临的上空
此刻　月亮没有变化　黯淡的光线
勒紧夜间放浪形骸的青年　是否有
更多丢失的男女灵魂　急欲返回

星辰羞涩淡出　街灯拾级而上
数着融入烟雨的些许的宁静
一只喝空的酒瓶不检点地迎风低语
城市的夜晚骚动着　与白昼
交换着老旧小区露骨的遗容
蝙蝠是否盘桓　搜寻着古寺诵经的余响
野狗是否觅食　撕咬着街边碎骨的灵魂

时空在诗人的思索中穿越并透视内心的真实,反思与批判成为诗人抒情的匕首。导夫坚信人类的文明和历史基于自由思想,诗歌同样可以反映思想发展的历史。永恒是沉寂的思索,博大的爱才能唤醒人类刚健的生命力。他的诗歌是沉思者的歌,也是音乐家的歌,百川归海,静穆幽远,却又思绪翻飞,他艺术精湛的至诚探索谱写着生命与爱的交响曲。有人在评论梁宗岱时说:"在这里,我们又看到了一个充满生命活力、充满现实'质感'的梁宗岱,他并不是以学贯中西而著称,也不是以再一次重温中国古典诗歌的艺术境界而名世,他就是一个直面中国新诗当下事实的艺术家,一个昭示了当前创作障碍的极具现代意识的诗人。"① 可以说,导夫在宁夏诗人里是具有现代意识的先锋诗人和生命自我的探索者。

六 张嵩:文学园地的守望者

张嵩(1963—),宁夏固原人。1979年参加工作,现居银川。中国作家协会会员、中华诗词学会常务理事、中国毛泽东诗词研究会理事、宁夏作家协会主席团委员、宁夏诗词学会常务副会长兼秘书长、宁夏毛泽东诗词研究会常务副会长、《夏风》诗刊常务副主编。20世纪80年代初开始文学创作,主要以现代诗歌、旧体诗词、散文、随笔、文学评论为主,著有散文诗集《遥远的岸》,诗文集《固原》,新诗集《散落的羽片》,诗词集《渐行渐远集》,散文集《温暖的石头》,评论集《诗化留痕》等六部。

张嵩是从新诗创作成长为西海固文学创作中坚力量的。其新诗最初的情调是颂赞,新中国文学歌颂新的生活的热情,点燃了少年的激情,但淳朴的故乡风物的感触,让诗人逐步蜕变为西海固乡土抒情的歌手。因此,吴淮生肯定地说:"张嵩是一位从黄土地上生长起来的诗人,身心、感情、语言和作品都带有黄土高原的味儿,他也执着地爱着那一方大山里的热土。文学理论教授李镜如先生曾将宁夏西海固涌现出来的作家称之为'黄土高原派',张嵩便是这个'派'里的一员了。浓厚的家乡情结深深地影响了诗人文学创作的审美取向,家乡风物、贫瘠而干旱的土地、山区小城的生活、乡村趣事、百姓的生存状态以及他们对严酷大自然的抗争等等,一一被作为审美客体摄入他的艺术视野。"② 宁夏本土诗人大多是从乡土抒情开始的,张嵩将诗与生活,还有心灵联系在一起。因此,张嵩诗文的风格皆以朴实见长,"风一定能听得懂人的语

---

① 李怡:《中国现代新诗与古典诗歌传统》(增订版),北京大学出版社2008年版,第257页。
② 吴淮生:《序一》,见《散落的羽片》,宁夏人民出版社2015年版。

言","窄窄又长长的小巷/牵着我绵绵又柔柔的情肠","我是黄土高原上的一粒籽种","当我的眼里饱含泪水的那一刻/一定是被一首诗深深感动"……可见其白话新诗直抒胸臆和乡土风的特色。当然，乡土拙朴与深挚之间，腼腆的张嵩偶尔流露轻柔甚或迷蒙的情绪。如标明2012年4月10日写的《一棵树和一个女子》：

> 一棵树开着娇艳的红花
> 一个美丽的女子
> 披着花一样颜色的轻纱
> 她从树下走过
> 树微微颤了一下
>
> 我看见了
> 两棵娇艳的花树
> 我看见了
> 两个美丽的女子
> 那一刹那
> 我的眼里开满了红花
>
> 女子走过了树下
> 西风乍起
> 花飘落了一地
> 回眸时节
> 那女子已白了她的秀发

生命的鲜艳让眼睛痴迷，美的打击犹如触电般令内心震颤。时光的残酷更让人唏嘘，"回眸时节/那女子已白了她的秀发"。古语有云，树犹如此，人何以堪？在柔美娇艳中诗人看见真实。王武军分析批评说：诗人从"我是黄土高原上的一粒籽种"开始，走过青葱的岁月；唱着

"西海固之歌",穿越坚硬的岁月,随着时间的推移撞出生命的火花,吟咏出黄土高原特有的味道,体现出他诗歌创作的审美取向和精神追求。这一点,诗人梦也在《诗歌的魅力》(《散落的羽片》序二)一文中说得非常准确:张嵩的诗,一是真,无论是哪种题材的诗,皆出于诗人对大自然、对人生、对世事风云、对情感的真实再现,并且这种再现不是图录式的,而是融入了诗人的真切体悟。二是对自己经历过的那种时代和自己生活过的那片土地的真切反映。读他的诗,在体验到诗人的情感世界的同时,还能强烈地感受到那个时代的特征,尤其是 20 世纪 80 年代,那种年轻人具有的朝气。一个时代必有一个时代的风尚,张嵩的诗之所以重抒情,之所以重哲理,之所以重理想,就是那个时代的特征。三是题材广泛,历史、地理、自然风貌、民俗民风以及独属于诗人自己的情感世界和心灵世界都有丰富的涉猎。透过它,我们不仅能看到已逝的岁月,还能触摸到空间和时间以一个时代的特征留给人心灵的记忆。①

张嵩的现代诗,不同于其他诗人的地方,就是他的现代诗有着古典诗词的韵味。比如在散文诗《中山陵》开头写道:"雄伟有如你坦荡的气魄。宏大有如你宽阔的胸襟。你以天下为公的名义,在祖国博大而深厚的土地上,谱写出了一曲民族之魂。"在这里,"雄伟"对"宏大","坦荡"对"宽阔","气魄"对"胸襟",颇有点古风的味道。再如《送别》一诗,有很多古人就写过,而他这首诗的内容,虽与弘一法师李叔同的《送别》不同,但韵味却很相近。在诗中,他把"长亭、古道"化作"密云、凉风",把"柳笛"化作"汽笛",把"一壶浊酒"化作"挥一挥手",把"今宵别梦寒"化作"看不见的匕首","……表达出诗人面对别离的不舍和感伤,从而使他的诗歌作品在现代意蕴下有了一种古典韵味的艺术感染力"。②

张嵩大多数诗歌显露了其坚定的文学心志。韶光催人,诗心不老,乐观的心态自然而然使他倾向古典形式,探求性情和美的内化沉淀。

---

① 梦也:《诗歌的魅力》,《散落的羽片》序二。
② 王武军:《疼痛与呼唤》,阳光出版社 2014 年版,第 196 页。

"渐行渐远",诗人逐步成为"60后"诗人中钟情旧体诗创作的力行者。尤其是2010年调银川并兼任宁夏诗词学会副会长,其创作和评论开始用心于旧体诗词方面。

张铎认为,张嵩的诗词中有关故乡风物及行旅的诗篇,除了具有一定的感情内容,也善于描写自然景物。"飞瀑响泉掩绿洲,涛声拍岸绕山流"(《二龙河》),"寒山寺畔小桥东,孤月千年挂碧空"(《苏州枫桥》)等,以声染色,以情染景,无不声色并茂,情景交融,意长韵远,弥觉动人。"如果说张嵩的诗基调是豪放阳刚之美,那么他写江南的一些小曲,如《秦淮河》《夜访李香君故居》等数首绝句,写得比较精纯,有婉约阴柔之美。其他的咏史诗也都精练、切题,发人深思。""张嵩的歌行体长诗就像陌上的鲜花一样开得非常美丽,有较强的艺术感染力。他的歌行体长诗具有典型边塞诗的艺术特点,诗的题材广泛,内容丰富。既含有盛唐时期边塞诗的雄浑气象,又兼有中唐以后边塞诗的深沉感慨;既有抒发报效国家、渴望建功立业的豪情,又有状写别家离朋的思绪和浓浓乡愁;既有描摹塞上绝域的奇异风光,歌颂祖国大好河山的美好情怀,又有痛恨腐败与壮志难酬的思想矛盾。诗中描写的景物有典型的荒凉、辽阔、寒冷、沙漠、高山等边塞共性,抒发感情也有典型的旷达、豪迈、雄浑、昂扬、洒脱的边塞诗人的特点。他不但继承了唐代边塞诗人高适七言歌行的律句特点,又突破了汉代五言旧体乐府的约束,在形式、手法上,既借鉴了前人通俗明快的诗风而又加以'雅化',增添了文人色彩和气息,提高了诗的艺术品位。"①

但作品里灌注真情,可能是张嵩最重要的追求。2010年8月6日,当惺惺相惜的文朋诗友突然离世,诗人长歌当哭——《哭朱世忠》:

讣闻忽至客心惊,八月天寒身若冰。
把酒每论乡井事,举棋谁话府城情?
六盘师苑留佳话,塞上文坛著美名。

---

① 闫立岭:《陌上花开缓缓归——读张嵩十三首歌行体长诗》,宁夏诗词学会编《宁夏诗词学会三十年〈夏风〉评论选》,宁夏人民教育出版社2019年版,第117页。

> 应负才思行路远，不堪生死泪常凝。

为人为文，张嵩相对比较朴实沉稳，但把酒论乡土情，琴棋书画之雅好，多才思而敏于辞章，与朱世忠等皆是内心共鸣的激情迸发。诗人在悼念朱世忠的情感里蕴藉自己的情志，达到了其诗的至高境界。

从乡土抒情的白话新诗及散文抒写，最后倾心于塞上诗词园地的耕耘和守护，张嵩具有严正而浪漫的情怀。尤其是其歌咏革命先辈及时代精神的诗词尤为深挚和沉郁，已有了成熟气象。谨录1998年3月《风入松·周恩来诞辰百年》以飨读者：

> 大江歌罢弄巨潮，年少正英豪。山河离乱从头整，赴国难，挽却狂飙。首义南昌旗举，征程万里功高。
>
> 奠基创业栋梁挑，智略盖重霄。中流砥柱担风雨，为民主，身瘁心焦。树楷模无私欲，留忠骨起云涛。

再如《咏嵩山》一诗："名与山同字万金，神交已久觅知音。峻极峰上观沧海，初祖庵前献素心。景色有形开眼界，风光无限敞胸襟。奋身融入脱俗气，嵩岳和吾乃近亲。"诗人登临嵩山，有感于自己的名字中有个"嵩"字，正好与嵩山同字，嵩山的无限风光，让诗人在大开眼界的同时，也"脱"去了一身俗气，给人一种旷达亲近之感。

综合说来，他的旧体诗词创作具有以下特点：一是其诗高扬时代主旋律。在张嵩的诗词中，既有"风雨千秋诗上写，江山万里画中游"的雄浑豪迈，又有"千里婵娟人共此，心音相随到陇东"的典雅。但最主要的是高扬时代主旋律。二是其诗有一种雄浑旷达之美。诗人从古典诗词中汲取营养，避免华丽的文辞，将真切的内容充实其中，用包罗万物的气势，横贯浩渺的时空，既有"相逢时刻最开怀，万丈豪情向未来"的抒怀，又有"此生无助莫悲哀，常替灵魂扫雾霾"的旷达。又如《红军长征过六盘山》："跋山涉水万千重，北上豪情势若虹。雁叫声声犹在耳，天高气爽忆峥嵘。"诗人用"跋山涉水万千重"的气势,写出了红军长征北上抗日的豪情,将毛泽东的"天高云淡,望断南飞雁"的诗句隐喻在自己的诗行中,全诗浑然一体,赞美了"红军不怕远征难"的革命精神,雄浑的意境中蕴含着一种积极向上的力量。当然,在他的许多抒怀之作中,更多"也无风雨也无晴""古今多少事,都付笑谈中"的旷达之美。三是其诗有一种自然洗练之韵。他把自己的诗情,融入万事万物中,用淳朴自然的笔触、简洁洗练的语言,创造属于自己的诗词世界。其评论集《诗化留痕》对诗词、对文学、对艺术的深刻体会和独到见解,结合自己和当前宁夏诗词创作的实际情况,发表了自己独到的见解。他的诗词创作格律规范、工整得体。①

张嵩更重要的贡献,是在参与宁夏诗词学会组织工作中逐步深入和开阔起来的诗歌批评方面。张铎的《塞上涛声》和张嵩的《诗化留痕》都是十多年留心宁夏诗坛的心灵喧响之作。《塞上涛声》以细致雅洁显特色,《诗化留痕》以谨严浑厚见真知。谦和的张嵩先生说:"《诗化留痕》是一本与诗有关的集子。"笔者认为这是一本内容质实的文学论集。"诗评"和"诗序"是核心内容,"诗外"仍然是文学艺术的评说,"编余"依然是文笔生涯的"留痕"。这一套诗词丛书的大多数作者被张嵩评说过。诗人、散文家张嵩,在品读项宗西先生的诗词之后,总结说:"诗人的作品不乏婉约之韵,但以豪放为主,更具革命乐观主义精神,不但继承了盛唐边塞诗雄奇豪迈的诗风,而且在探索中进一步拓宽了诗的题材,融入了全新的社会生活内容,为当代新边塞诗的兴起、发展、壮大起到了积极的助推作用。"② 这确实是恰切而高屋建瓴的议论。说崔永庆先生:"刚刚出版的诗集《秋悦平畴》更是洋溢着浓烈的生活气息,向人们展示了诗人旺盛的创作生命力和对缪斯不懈的追求。诗的题材、体裁丰富而多样,诗人的精神境界显得很开阔,诗的思想性和艺术性也达到一个新的高度。"③ 批评的了解中有肯定也有鼓励。细读李东东的《固原词》,一一分析后总结说:"五首词既独立成篇,又相互

---

① 此节最初原稿由王武军撰写,请参见王武军评论集《疼痛与呼唤》,阳光出版社2014年版。
② 张嵩:《诗化留痕》,宁夏人民出版社2016年版,第40页。
③ 张嵩:《诗化留痕》,第9页。

联系，内容丰富，极具灵感。同时又保留了传统诗词的音韵美，便于吟诵。朴实的语言，白描的手法，形式和内容的完美结合，更具审美价值。"①解读吴淮生老先生古调写新声，并用"大爱无疆"②来贯通其诗词的评说。谈张贤亮即景抒怀感事的诗词，最后用"自由奔放"③把握其精神。无不精准而确切。

张嵩是60年代人，与邓成龙、李玉民等50年代人共同的精神沉淀还是深受毛泽东诗词的影响。母亲说我（笔者）开口说话很晚。童年记忆中，唯有的明晰印象，是老院子北屋里的陈设，印制的毛泽东手书自己诗词的四条屏，挂在靠窗的墙上。那应该是喜好笔墨的父亲的得意之物，因为至今狂狷的他在家天天练毛体书法，心神出窍，身体矍铄。毛泽东的《七律·长征》，从小熟读成诵，后来在参加大型的《长征组歌》歌吟演练中领会极为深刻。在宁夏生活二十年，多次温习《清平乐·六盘山》，课堂上也时常会给学生讲"六盘山上高峰，红旗漫卷西风……"。有次开诗词研讨会，宁夏政协齐同生主席讲述了毛泽东应宁夏回族自治区特别请求而书写《清平乐·六盘山》的详细过程。这幅布局严谨、制成专版印刷的毛泽东自书的得意杰作，也自然成了毛体书法作品中的精品。当然，数十首毛泽东诗词中家喻户晓的自然是《沁园春·雪》，境界之高，古今难有匹敌者。笔者给学生推荐《沁园春·长沙》，自己还喜欢婉约些的《卜算子·咏梅》。以上的言说自我，其实是为了印证邓成龙先生爱好研究诗词的诚朴精神，特别是对革命先辈精神情怀的敬仰。这种爱好和敬仰自然涵养了邓成龙自己的心志，拓展了其诗词创作的审美境界。邓先生这种认真的创作态度和专业的研究吟赏，不仅有功于宁夏诗词学会和毛泽东诗词研究会的学术积累，也影响和提升了宁夏当代诗词创造的整体水平。因此，张嵩先生从两个方面肯定了邓成龙先生的艺文成就，"诗词写得真切、朴实，既有格律诗的规范却不失灵动，又有古风体的自由洒脱但更抒情"；同时，有关毛泽东

---

① 张嵩：《诗化留痕》，第8页。
② 张嵩：《诗化留痕》，第62页。
③ 张嵩：《诗化留痕》，第114页。

诗词研究的文章"视角独到，很有见解，是宁夏研究毛泽东诗词的主要成果"①。因此可以说，谨严而专业的追求，使张嵩以诗词为主的文学评论有了特别质实的内涵。此番中肯的批评与邓成龙等人的旧体诗创作和研究毛泽东诗词的情结，形成了互文关系。

一言以蔽之，近十多年，从创作践行、组织活动和审美批评等方面，张嵩是宁夏旧体诗词最勤奋的耕耘者和守望者。

---

① 张嵩：《诗化留痕》，第187页。

第三章　家国情怀与文化书写

中国人历来注重家国情怀，在诗歌的审美书写中自然指向文化的丰富内涵和历史的多元开放。中华民族多元一体的发展和交融过程中，其内涵"也因地理、文化、政治等因素的影响而呈现出不同的层次"①。诗人的家国情怀与文化书写必然关联着中华民族的历史层积，这在邱新荣是专心致志的"诗歌中国"的建构，而在杨梓是以抒情想象西夏历史的苍凉。中华民族的历史在文化核心区域之外，更重要的资源在于边疆地理及人文风情，也是最具有魅力和挑战性的书写主题。朔方宁夏的诗人大多涉及边关和塞上风情，秦中吟、吴淮生、杨森翔等，就是与许多西部诗人呼吁"新边塞诗"的重要组织者和理论阐发者。"地域和空间区隔曾给人们的日常生活以及文化视界带来了巨大影响，相应的'地域性写作'曾是一个比较显豁的文学传统。"② 中华民族的历史记忆和地理版图，灿烂而辉煌，现代民族国家的想象和认同离不开文学艺术。宁夏诗歌创作中带着家国情怀，从历史地理切入文化书写，更为用心的是唐荣尧。从河陇文化的历史渊源和现代审美而言，饱览九曲黄河，凝望陇山四野，马钰、贾羽、杨云才、单永珍、泾河等诗人则更多

---

① 汤芸：《历史地看民族，民族地看历史——读林惠祥〈中国民族史〉(1936)》，见王铭铭主编《民族、文明与新世界：20世纪前期的中国叙述》，民主与建设出版社有限责任公司2019年版，第135页。

② 霍俊明：《地方性知识或空间诗学——关于地域性诗歌的可能、悖论及反思》，《朔方》2020年第10期。

文化与民族认同的抒情张扬。"民族审美心理和传统文学性格仍然是一个民族的性格中色彩最鲜明的部分之一","都随着民族社会生活的发展而处于不断的流动的、变化中"。① 这种流动的变化,一方面是面向世界和世界文学的开放与交流,更重要的是向内的、家国和谐的审美认同,不断促进中华民族内部的团结和融合。

一 诗歌中国的文字浮雕

邱新荣(1960—),宁夏惠农人。1982年开始诗歌创作,作品发表于《星星》《绿风》《朔方》等。著有诗集《青铜古谣》、《风老青铜》、《史·诗》、《诗歌中国》(6卷本精选)等。宁夏诗歌学会副会长。2019年12月,作为中华人民共和国成立七十周年献礼重点图书出版项目,宁夏诗人邱新荣的《诗歌中国(精选本)》出版,这是一套吟咏中华民族历史的诗歌长卷,含诗1000余首,5万多行,呈现了中华文明五千年灿烂历史中具有典型意义的传说、典故和史实,具有浓厚的历史内涵,全方位展示了中华文明形象,是一曲长河式的、荡气回肠的中华颂。

诗人早期的抒情诗,《野风》收52首。这部诗集意境开阔、情感深沉,充分体现了诗人对人生和历史深刻的思考和独特的感受。贺兰山的野风劲吹,又因黄河的雄浑激发了胸中激情,诗人不满或者要超越过于清新的轻抒情,不再近距离地审视生活,而是站在一个较高的角度,鸟瞰生活。诗可以统摄一切,组诗《黄褐色的土风》等,就能代表他求索浑厚诗风的尝试。

> 它该是父亲的面部
> 把高原纵横交错的沧桑
> 摄于自己黄褐色的苦难中

---

① 荆竹:《智慧与觉醒》,宁夏人民出版社1994年版,第8页。

诸多深重的沉淀无需打捞

自有一些生锈的往事

隐约在大起大落的谣曲间

"这是写意画，还是古歌谣。不！应该说这是大型浮雕。尽管，这首诗的意境，也许并不新鲜，但其中意象的叠加及交错使用，使得这首诗色泽鲜明，具有极强的力度和包容性。它使作者从平面反映生活，走向立体地呼应人类存在的整个状况。它对历史生活作了总体的综合和把握，以求繁复而又浑厚地，多方位地展示丰富的人生真谛。"① 张铎第一时间敏锐地把握了邱新荣创作追求的宏大志向。

2010年出版的"大风歌"系列《风漾摇篮》《野风沁玉》《风之狞厉》《风老青铜》，系"大风歌"诗丛第一部分之组成部分。该系列作品以中国初民时期到西周后期的历史文化为观照对象。2011年出版《风之野》《风之鼓》《风之舞》《风弄云烟》，系"大风歌"诗丛第二部分之系列作品。该系列作品以春秋战国时期的历史文化为观照对象。2012年出版《风之烈》《风之旗》《风之情》《风舞长空》系"大风歌"诗丛第三部分。该系列作品主要以秦汉为观照对象。诗人诗意地透视了各个历史阶段的人文状态，将各个历史阶段的历史事件、人物、器物、诗歌、绘画等用诗意化的语言表达出来。这些诗集按照历史时间的顺序，依次排列，从"盘古开天"开始，绵延不绝，一直贯穿于整个中华历史。在"大风歌系列"诗歌丛书的基础上，又缩略精简为《史·诗》《诗·史》《史·诗·史》三部诗集。王志厚先生略估，在《史·诗》《诗·史》《史·诗·史》三部诗集中，诗人咏唱文物古器的诗歌有120多首、伦理道德的12首、儒佛典籍48首、风俗习惯10首、文学艺术65首、典章制度7首、遗址景观57首、书画艺术50首、百工创造14首。从这些统计中，可以看出诗人对中华历史的用情之深。

邱新荣的历史抒情诗是一个庞大的体系，扬善贬恶，个性突出，他

---

① 张铎：《真挚凝重——读邱新荣的诗》，载《塞上潮音》，宁夏人民出版社2007年版，第86页。

在熟读历史的基础上，将中国历史上多重资源融进自己的诗歌书写。"读新荣的诗会让你强烈地感受到古朴之风扑面而来，又体味出民间歌谣的亲切温馨。诗经、乐府古风的气息，魏晋诗歌的风骨，南北朝民歌的情调，唐诗宋词的韵律，现代诗歌的姿态都被诗人改造移植于自己的诗歌体系，表现出独特的格调和高雅的气质。"这是王志厚给邱新荣《千年尽在一咏》所写序中的评述。

邱新荣饱览群书，对中国历史如数家珍，上知神话传说：《盘古开天辟地》《后羿射日》《奔月的嫦娥》《共工怒撞不周山》《舞起你的干戚吧 永远的刑天》《郎牵牛 女织锦》《愚公移山》，下晓历史事件、风流人物、诗词歌赋、出土器皿、土地耕作。盖因如此，诗人往往因人提笔，因事缘情，或赞叹讴歌，或感喟伤怀，"随物以宛转……与心而徘徊"①。观其多部诗集名——《晃动的风景》《青铜古谣》《脸谱幻影》《长歌短调》《风老青铜》《野风沁玉》《风弄云烟》《史·诗》等，便知上下五千年历史喟叹在他的笔尖上跳跃着、升腾着，实现了中华民族历史史诗化的审美再现。

邱新荣的诗歌对中华民族历史的独特再现，体现了诗人对历史价值观审视后的个性化重建。其诗歌以当下为立足点，扎根脚下大地，以史为鉴，诗意性凸显大众对历史意象和历史物象的正面认知，呼应的就是当下文化追求自信的文化复古思潮。以自我思考展现对历史的生命观照，内容深沉凝重，富有层次，意境开阔，充分体现了作者对人类历史活动的诗意审视。

第一部诗集《野风》题记中，诗人以"风而野者，乃吾以不成熟之形式，散漫之作风，不收敛之水份匆忙成诗，缺乏规范也；野而风者，乃吾心有所动，情有所至，故选择了诗的形式以挥发，情使之然也。况且一支拙笔摇摆于今古之间，边疆漠风呼啸，内地田野呈碧；同一篇幅中，与古人恋爱，和今人谈情，发思古之幽情，持一孔之偏见，此之野，野路子也。以'野风'题书，失之粗野，然吾偏对摧枯拉朽

---

① 《文心雕龙·物色》："写气图貌，既随物以宛转；属采附声，亦与心而徘徊。"《物色》是《文心雕龙》的第四十六篇，就自然现象对文学创作的影响，来论述文学与现实的关系。

无拘无束之野风独有衷情"来描述书名。这才情和灵性在读他所有的诗歌时常有所体会。

中华民族在中国辽阔的土地上生息繁衍数千年，历经苦难、抗争，获得辉煌、胜利，创造了无数人类历史的奇迹。而这一切都离不开"大地与人不可切割的血缘关系"：

> 这土地真古老
> 该在诞生岁月之前就诞生了它的形象
> 我知道它是为我的祖先和我以及我的子孙
> 　准备的
> 没有，我们都没有辜负它
> 没有辜负在它身上做穿刺的黄河
> 当我们从它身上收获了小麦、玉米、高粱
> 　豆类并把这些补充进自己的生命时
> 我们也同样没有忘记
> 把这些足以构成神话的乳白、金黄、殷红
> 　油黑的丰盈生命
> 提供给这块土地
> 这种不可中断的大循环
> 便是大地与人不可切割的血缘关系
> 那从古至今呜咽作响的羌笛
> 并没有使我们沉醉在浪漫之中
> 它使我们滋生了现实感
> 和一种悲壮情绪
>
> ……
>
> ——《土地·人》

大地与母亲是一个相互印证的诗歌意象和文化符号。人类的生存繁

衍和情感获取，离不开大地和大地般孕育生命的母体，所以诗人时空遥想的物象描写中穿插母亲的形象：

> 我把岁月背熟的时候
> 九月的玉米也顺理成章地熟了
> 阳光一反咄咄逼人的气势
> 模仿着高粱的粉红
> 袅袅娜娜地温柔起来
> 九月体态丰满踌躇满志地仰卧在场院上
> 红辣椒被母亲的民歌缀连成宝石串
> 在匆匆迟到的秋风中
> 轻吟着小品
>
> ……
>
> 《九月》

邱新荣的诗在土地、母亲和儿女情长的沉吟外，自然更多是对中华大地人文历史和风物景观诗性概括的书写，还试图注入一种生命感知的力量。"邱新荣的历史抒情诗，像是一座没有墙的博物馆，从古老的神话时代开始，逐一呈现着人们熟悉的各种器物、人物、历史事件和积累着时间性的地点。这些诗篇的呈现又不同于博物馆，因为这些器物和人物都被诗的书写再次唤醒。"① 如：

> 铭文
> 在石鼓的胸前
> 肆意喧哗
> 石鼓的声音被刀痕

---

① 耿占春：《让这错金铭文念我》，序邱新荣《史·诗》，宁夏人民出版社2016年版。

勒在了岩石的结构中

……
《石鼓》

作风
严谨得令人吃惊
被推进殉葬坑后
依旧正其衣冠挺其胸
保持着典操时躬听训辞的神情
在甜蜜的口令诱惑下
排列成齐唰唰的队形

……
《兵马俑》

上述邱新荣《大风歌》诗丛 12 册：《风老青铜》《野风沁玉》《风之狞厉》《风漾摇篮》《风之野》《风之鼓》《风之舞》《风弄云烟》《风之烈》《风之旗》《风之情》《风舞长空》。浏览其海量的作品，其中一些诗自由、笨拙，犹如读书的随意遐想：

……
远去的　是那些
　　曾经的具体存在
接受考验的　却是
　　美与丑在真理面前的绝对分开
历史不曾铲尽的草花
　　又在诗歌中生长盛开
平静的爱琴海上　歌声

重新成为了希望的主宰
……

《〈荷马史诗〉——历史与诗的精彩》

也可以说，以史入诗考验着邱新荣的才情和见识，诗人自由地游走在历史长河中，确实展现了历史与诗撞击在一起的某种精彩。但也深蕴着才情歌吟："一支排箫　于数千年前/便开始营造自己的沧桑/在皱纹中深沉/在古色中沁香/在一切的旋律中/构筑时间的分量"。诗可以无限拓展空间，也可以压缩或拉长时间。《将一支排箫吹响》，吹响的是百家争鸣的多彩乐章。《漫步在春秋战国古今地名中》，寻踪历史，感受春秋时代的烽烟战火。《聆听着一个时辰》，这个时辰：青铜铸剑，竹简成书，编钟伴舞。《在虎丘　想一些事情》，"在虎丘/想吴太伯奔吴的事情/想那些山被奔过后/葱茏得更加天真/想那些图腾被崇拜后/更加具有了一条鱼的精神/想季札走出吴地后/把他沉思的目光和伤感的心痛/留在了虎丘的黄昏/想吴王试剑的裂缝/埋葬了多少被压迫的冤魂"。《钱塘潮　卷走多少时光》，感叹"望见朝代的更替/望见江山兴亡/望见无数英雄化为泡沫/被卷进了浩瀚的钱塘江"。观赏《最古老的根雕》，"最早的根雕在一股激情/激情在形态上寻找刀痕/刀痕听不见自己的声音/刀痕能听懂我们的眼睛"。《面对着曾侯乙编钟》，聆听远古乐音。《把字写成书法》，"将以艺术的方式/向我们说话"。其实，诗人在分行的排比句里前行，寻求节奏感，感性记录《傲横的青铜戈》《银制弓弩架》《最早的天文书》《筷子在西汉》《看西汉杂技百戏的表演》《飞将军李广》《一具针灸铜人》《熹平石经》等文化信息和遗存，确实情有独钟。

邱新荣以诗纵论几千年中华历史，用诗意的渲染或者说刷新来探寻古代遗物、遗迹、物象中的奇趣奥妙，每篇作品拥有自己清晰的中心意象，一系列独立的意象丛又组合构成诗人情感的完整结构。邱新荣作品总体的叙事是宏观的、完整的，又以细小的个人情感和思考，致力于恢复曾经历过的历史文化节点。故读者读其诗集，发现民间与庙堂，官吏与黎民，正史与野史，日常与庆典，历史与现实，纵横交错，辩证统一。以诗重现历史，与古人的沟通中试图抵达客观想象，又极具个性化情绪皴染。简单点说，诗人用自己的诗句带领读者阅读中华古代文明，用诗的感性描述演绎中华古代文明的演进史，诉说古人与今人共同拥有的脚下这片土地，触动读者藏于血脉的中华民族的集体无意识，以达回顾、传播、发展并传承的文化理想。"作者站在他的诗句中，充当一位'有话好好说'的倾谈者或叙事者，豁达畅快，幽默潇洒，却并不作态而故弄玄虚。更多的是让诗中的世界明白如话，也明白如画。诗人常常带领读者走进一种从容的阅读，最本色和自然的阅读。"① 其实是一种文字串联历史碎片的诗意化的浅浮雕。这种劳作，浩繁艰巨。

历史文化的诗意坚守，邱新荣《诗歌中国》精选集，于2019年12月18日在银川首发，分为《原初流韵》《秦月汉关》《唐风宋雨》《铁马华章》《关河梦断》《血荐轩辕》。这是一部咏叹中华民族历史的诗歌长卷，开篇页面写着"这是诗化的历史　也是历史的诗"。这句话正是邱新荣自己对自己诗歌写作的简洁评价。诗人在后记中还提到，三十年前"我想从中华民族的神话传说及历史源头写起，沿时间而下，写一部诗集"。六卷本《诗歌中国》，就是从盘古《开天辟地》（修订收入精选本——引者注）写起：

……
啊　盘古开天
蓝色的天空白云纯净无比
盘古辟地
大地上开始演绎出无数讲不完的中国故事

盘古开天啊
诞生在我们愿望中的奇迹

---

① 苏桥：《成熟大地上的绚丽辞章——读〈邱新荣诗的自选〉》，《吐鲁番》2015年第4期。

> 天开盘古　盘古开天
>
> 地辟盘古　盘古辟地

以诗的歌吟和书写穿越中华文明五千年灿烂历史,摄取具有典型意义的传说、典故和史实为节点,一路前行,写到 20 世纪《陶行知的背影》:

> 躬行之后　才是知
>
> 夏天　在乌云过后
>
> 他的面颊上感受到了清爽的云雨
>
> 斯时　广大田野大面积翠绿
>
> 平民教育的风景　水一样
>
> 流在大地
>
> 　　……
>
> 行之　才是知
>
> 相信目光丈量后的那种真切的扎实
>
> 相信来自热汗的饱满神奇
>
> 没有用行为验证过的是一种疑虑
>
> 让人心有所悸
>
> 所以　在春天的教育
>
> 是努力播种下绿色的种子
>
> 　　……

写 1928 年的东北易旗:

> 大东北啊
>
> 绝不仅仅是简单的大豆高粱
>
> 看一只梅花鹿跃下山冈
>
> 在亮色的溪水中打量形象

历史与岁月也不是粗糙的构架

和一些片断形象

那些森林在辽阔的土地上

有着自己的瞌睡和向往

河流们一次次成为重大事件

被切割　泪血流淌

……

啊大东北

易帜　真的不仅仅是旗帜在那里飘扬

岁月延绵是捡不尽的铺叙

那些丝丝绕绕摇摇晃晃

那些旧事往事叮叮当当

大东北丰盈真实一如冬天的暖炕

一面旗帜是有些简单

无法彻底代表山中的林木河里的鱼以及很多形象

况且　大东北的花如姑娘

高粱　正炫美云霓衣裳

……

易帜　不仅仅是旗帜

是山石草木　人的相依相偎

共同挽起了臂膀

以诗的名义，用文字浮雕中华历史，邱新荣摒弃了史诗宏大的叙事手法，选择无数历史节点，却以富有韵律的书写建构了史诗的气势。也可以说，《诗歌中国》以抒情形式，恢宏气魄，以及丰富的内容，相互交融，全方位展示了中华文明及其历史形象。若我们孤立地欣赏《女娲补天》《精卫填海》，或《李清照》《梦李白》，抑或是《煤山的绳索》《碧绿的天池》……它们依然要归类于抒情短诗。然而，把这一千首诗排列开来，就如同一幅蕴含五千年历史烟雨的水墨长卷，在眼前缓缓展开，积累着，爆发出巨大的正能量。"就总体而言，邱新荣的诗以中国历史文化为创作载体和主要题材，从古代到现代，从历史人物到文学形象，从历史事件到文学演绎，从自然美景到文化胜地，从器具文物到文化事象，从个人情怀到时代变奏，语言结构飘逸简淡，诗语浅近朴拙，挥洒自如，富有美感，阅读性强；思想境界深刻高远，充满力度、厚度和深度，哲理性强。最大的特点就是能够站在时代的制高点上，以历史理性主义态度，在评说中国历史文化中，强烈而执着地表达了中华民族一度被无情断裂但始终深潜在民间信仰与文献深处的精神。邱新荣的诗歌所独具的现实感，以及由此产生的历史使命感和责任感，值得称道。他不仅仅是叙说历史人物、事件和文化，而是在叙述的同时强烈地关注着现实和人类当下自我生存境况。"① 这是比较新的见解，也是比较高的客观评价。

二 历史地理的"非虚构书写"

唐荣尧（1970—），笔名唐兀特、水尘，甘肃靖远人，现居银川。在国内外文学刊物上发表逾千首诗歌，出版诗集《腾格里之南的幻像》《写给北纬38度：时光与脚步》。出版西夏题材的《西夏史》《西夏王朝》《神秘的西夏》《西夏帝国传奇》《消失的帝国：西夏》《王族的背影》《王朝的湮灭——为西夏帝国叫魂》《西夏陵》等作品；人文游历之《宁夏之书》《青海之书》《内蒙古之书》《中国回族》《中国新天府》《大河远上》《文字背后的美丽》《月光下的微笑》《贺兰山——一部立着的史诗》《青海湖》《小镇》等著作。

---

① 牛学智、尤晓刚：《文化史诗中的民族精神——评邱新荣的诗》，《黄河文学》2011年第7期。

唐荣尧以诗人身份来宁夏，却以边疆省区地理和党项西夏的历史书写，给宁夏文学版图增添了独特的文学色彩。笔者将其"人文书写"归之于新的边疆游记和地理随笔。有人多次采访诗人之后，说他坚持田野考察的"非虚构人文写作"，徒步 20 个省区完成西夏王朝考察并出版 6 本专著。他坚持为山河立传的人文精神，从黄河源头走到入海口，完成中国第一部从文明角度展示黄河的专著——《大河远上》。他坚持一个作家写作后的公心，将薪酬全部用于自己援建的藏地孤儿院、10 个乡村图书馆，以及其他公益事业——这就是唐荣尧。其实，唐荣尧的写作掺杂了两个方面的东西，一是记者敏锐的眼光和嗅觉，二是诗人的天真和浪漫，或者说好奇的热情。自然，还有对文字书写的痴迷和对人类历史文化的敬畏。

宁夏社科院文化研究所牛学智研究员全面关注唐荣尧写作之后评介说，唐荣尧的写作包括写青海的《青海之书》，写青海湖的《一滴圣蓝青海湖》，写黄河的《大河远上》，写贺兰山的《贺兰山——一部立着的史诗》，都视野宏大、结构讲究、语言灵动，预定的目标明确。不但反复求助于田野调查，而且还自觉地给自己压担子。有了丰富的田野调查经验，他自己的局限也就自然得到了更新和补充；有了自觉的责任意识，被打开的个人眼界，必然有了更加丰富的社会内容和明确的文化价值取向。在这个前提下，面对一个自然景点或历史遗迹，便不再是游客一惊一乍的感喟和嘻嘻哈哈"到此一游"的感官满足，而是焕发了景点和历史遗迹应有的厚重感，建立了一种积极的文化秩序。所以，虽然他的书大体属于历史范畴，但因为人文诉求有别，历史论述或写作也就面目不同。不但与自己的前一部不同，也与别人的相关著述不同，很好地克服了写作的同质化问题。

与杨梓借助史料阅读的诗意想象不同，面对普遍的"室内游戏"式想象和写作风气，唐荣尧信奉脚板的实证主义作风与不断把对象陌生化的实践，扩展了主体性经验。他写作的启示也在完善主体性世界的多元认知。他写《西夏王朝》时，面对的是西夏近二百年历史、经济、文化、政治、教育和艺术兴衰的轨迹，他的主体性也就成了西夏这个主体的体验者、承受者和铭记者。他写《贺兰山》时，贺兰山的历史、地理、人文，便成了他既有主体性经验也是知识性认知的镜子。只有打破自我认知局限，才能理想地进入贺兰山的文化实质层面。这时，他的主体性完成得怎么样的问题，便取决于贺兰山这座山的主体性。同样，他写《大河远上》时，读者阅读的不再是唐荣尧的自我世界，而是黄河子语——海、湖、渠、淖、泊、湾及其话语方式和人文习惯，也才会联想到为什么只有花儿、秦腔、信天游、黄河号子、唢呐、大秧歌等，才是黄河的声音。这是以批评视野开阔著称的牛学智对唐荣尧西北地理历史为主的所谓"非虚构写作"的解读和定位。

当然，牛学智也尖锐地提出了自己的质疑："相比之下，不同题材一个嘴脸，不同历史渊源一个价值趣味的论述或写作，之所以看得多了必然会产生味同嚼蜡的感觉，是因为写作者是以同一个主体性尺度来丈量的。在那个世界里，主体性非但没有保持足够的沉默，反而一定程度上还变成了某种代言者，严重压抑了对象世界的多声部。这不是对传统精华的发掘，而是对传统精华的删减，张扬了局限的个体趣味。"①

而诗人慢骑士评论唐荣尧是一个不折不扣的跨界者。其"非虚构叙事"贯通了家国情怀的古今、当下和边塞。近二十年来，他的影响力和声誉主要是来自对西夏史与贺兰山以及《宁夏之书》《青海之书》《内蒙古之书》等人文游历的写作，把历史、地理、文化、考古、文学等打通，创造出一种令人耳目一新的创意书写范式，而他作为诗人的一面在一定程度上被遮蔽了。事实上，唐荣尧的写作基因与原点，正在于诗歌，他根本上是个纯正的诗人，从未放弃诗歌的优雅以及对诗歌尊严的捍卫，也一直在源源不断地获取诗歌的滋养与福利。"我多年的诗歌实践还是与自己游走山河、抱定烟火有关，从生活了10多年的腾格里沙漠之南到山河搭建出的银川平原再到游历青藏、策马天山、横越帕米尔高原，一个个中国北方的地理单元及其衍生的文明，常常成为我牧养诗歌的营养基地，这种基地的辽阔与壮美，成了一种格局与视野催生的

---

① 牛学智：《对写作同质化的克服与摈弃》，《光明日报》2017年6月21日。

独特！更能催生一种创作前、创作中的自信。"① 这段话是唐荣尧的自白，非常准确地概括了他的诗歌状况，他的自信与格局，他的诗歌发生的动力，是通过脚踏大地的"行走"与"穿越"而实现的。2017年《朔方》第12期《贺兰山的七封来信（七首）》，无疑是唐荣尧近年来最有代表性的组诗之一，依然是取材于贺兰山这部"立着的史诗"，深沉、辽阔、迷幻，诗中弥漫着柔情而豪迈的双重气质，带着一种聂鲁达般的抒情音调。

大历史书写，或者说地理文化志的田野考察笔记，可以归之于诗意的文化书写。当然，从多次对谈中，会发现唐荣尧挑战和追求的是其书写的学术性和社会效应。而学术性的追求与宁夏的西夏研究等领域学者，包括北京和甘肃的学者，还产生了不少的争议和交流。自清三百年来，西北边疆历史地理的研究早已成为中外文史学界的显学，包括西藏研究、西域和新疆研究，特别是敦煌研究和西夏研究，对于大众可能是冷门"绝学"，但在人文领域却是极为活跃的跨学科、跨民族和跨时空的学术"竞技场"，各领风骚。唐荣尧触摸到学术的门径，并能凭借自己的热情把这方面的物质遗迹、历史考证和人情风俗打包成具有现代民族想象和华夏各民族融合的"故事"，以诗情的笔调沟通大众读者与地理、人文和历史传奇的阅读拥抱。这里蕴含了诗人唐荣尧挚爱华夏民族族群历史的文化情志。这不仅殊为难得，更难能可贵。

三 爱情，黄河，还有北方

中华民族是一个多民族共和的国家，而宁夏地区诗人们家国认同的爱国情怀和乡土真情书写，构成了宁夏地域文化建设和地域文学繁荣的重要力量。各民族诗人们呼应时代或深挚或热情的歌唱，饱含了家国情怀，自然也包括描绘黄河两岸、六盘陇原及黄土高原的乡土情怀。在绪论中已有述论，中华民族的历史记忆和地理版图，灿烂而辉煌，现代民

---

① 水尘（唐荣尧）：《诗人内心的安抚与自我肯定》，《星星》2017年第1期。

族国家的想象和认同离不开文学艺术，诗词歌赋含蕴着中华民族的精神情志和审美思想。尤其是回族作为中华民族内部形成的一个少数民族族群，在信仰伊斯兰教之外，其文化的认同包括了语言认同、历史认同和政治认同。这一切不仅反映在马钰《黄河九曲梦》里，也反映在杨云才诗学批评的古典倾向里，更是在泾河依恋陇山深处的家园抒情里。沙新和贾羽更是歌颂祖国山水的大地歌手，在改革开放的大时代放歌，歌颂爱情，歌颂新生活，歌颂祖国和家乡的大发展。

马钰（1957—），笔名华煜、路一村、天马，1957年生于宁夏银川。就职于银川第二毛纺厂、石嘴山报社等。毕业于西北大学作家班。1980年开始文学创作，著有散文诗集《爱河？恨河？——致W·Q》，诗集《黄河九曲梦》。

马钰与前辈马乐群不一样，他首先发表的就是情感炽热而缠绵的爱情诗。《爱河？恨河？——致W·Q》，这部散文诗集收录了诗人99首散文诗，沉痛而热烈地歌唱爱情。正如诗集最后《九十九》这首诗，用"九十九次爱恋""九十九次怨恨""九十九次思念"，对爱情作了深刻而独特的个人诠释。早期爱情诗滥觞之后，张铎注意到："马钰以当代人的眼光审视自己的生活，竭力表现自己深沉的内省情绪，追求一种哲理意蕴。"[①] "身影在漂泊中属于我/灵魂在漂泊中属于你"（《诺言》）。不少作品显得沉郁、悠远，诗境空灵而凝重。

诗人代表作是1993年出版的《九曲黄河梦》，共有28首（组）诗。这是诗人辞职徒步考察黄河，从而感受黄河的魅力，咏叹黄河，抒发怀古之幽情、悲悯天地之大美的优秀之作。老诗人贾长厚肯定马钰的"黄河之行不但开阔了视野，更重要的是气质（诗的气质）上的熔炼，诗人的主体意识与宏观世界得到了融合与平衡，向着宏阔刚劲跨越了一大步，表现在他诗中的大旷野精神和俯视生活的广角镜头便是这一跨越的具体体现"[②]。

---

① 张铎：《迟到的回顾——1988年〈宁夏青年报〉诗作印象》，载《塞上潮音》，宁夏人民出版社2007年版，第119页。

② 王枝忠、吴淮生主编：《宁夏文学十年》，宁夏人民出版社1989年版，第66页。

开篇的组诗《九曲黄河梦》，它不仅篇幅较长，分为"纯洁的梦""浑浊的梦""凝重的梦""蓝色的梦"。它的诗句也颇长，通篇长语句，如"群山张开缄默的巨口孕育了亿万年的长龙"。诗人通过宏大的历史叙述和地理想象，淋漓尽致地抒发"九曲黄河梦"。批评之批评，更为珍贵和深刻。高嵩在讨论诗人贾长厚时，却极为欣赏地谈到其诗歌评论。譬如他对更年轻诗人马钰的肯定和鼓励——贾长厚很敏锐地把握了他的创作特点。指出："他试探在历史和现实之间寻找形象，通过密集的形象组合给作品染上凝重的气氛，形式上有新的突破。"马钰的诗能闯出一条路子，是很不容易的。一个青年工人，能使自己的诗"在历史和现实之间"，"通过密集的形象"，"染上凝重的气氛"，这给宁夏诗坛带来了新的生机。马钰的成就，全看他能够在何种程度上守持和发扬贾长厚替他概括出来的这些优长。当然，也应当尊重贾长厚的劝诫："切莫像某些赶时髦者，玩弄文字游戏，把抽象的概念化为艰涩的意象，进行一些不伦不类的修饰；或者不着边际地生造一些与当今现实生活毫不沾边的东西，以现代派的组合排列掩饰文法的不通；或者说文法的不通加上多层次的意象使诗更难懂了。"① 这些劝诫，是剀切而诚挚的。

马钰对黄河的歌颂还有《凝重的黄河夜》《我在追逐河流追逐阳光》《黄河与我的民族》《黄河·四月·我》《黄河·诗人·女儿》《黄河与我们同行》，这些诗歌都在抒发诗人对黄河母亲于天地间的气势雄浑和对华夏儿女的哺育之恩。还有一些诗歌的故事，虽然不是发生在黄河之上，却和黄河流域的这片土地有关。如《野性的'花儿'》《西海固：多主题变奏》《水洞沟四题（黄土塬）（牧羊人）（边墙）（黄河，从水洞沟流过）》，这些诗歌同样弥漫黄河般苍浑的气势。在滔滔如流的诗行之间，充沛淋漓地蕴含着诗人对黄河及其流经的土地深厚的情感。马钰是最富有诗人浪漫气质的苦行僧，其诗歌的意象高远、凝练而奇绝。1994年《冰船》就是孕育他《九曲黄河梦》的温床。所谓"冰

---

① 高嵩：《诗格与人格的交辉——谈论贾长厚》，《高嵩文艺评论选》，宁夏人民出版社2016年版，第64页。

船"象征着诗人驾着冰船在诗歌的冰川之林里寻找、冲刺和闯荡。这些诗歌的情感和意象多有费解的一面,却也能感受到在"冰"的下面,包裹着一颗诗人火热的心。马钰的诗歌既有天地间的苍茫,也有岩浆般炽热的感情流奔突,诗风奇特,占据了20世纪90年代宁夏抒情诗的最高峰。从秦中吟,再到马钰、洪立、导夫、安奇,黄河的意象是双重的,既指向中华文明与远古洪荒,也蕴藉了宁夏诗人的乡土梦想和山水情志。

山水情志,家国情怀,与马钰立足个人激烈的情感和黄河的宏大意象抒情稍有不同,沙新歌颂时代的诗歌贴近生活,也更为敏锐。

沙新(1959—),回族,甘肃平凉人。以记者的身份和热烈的情感呼应时代热潮:

> 似一道道闪电
> 你们冲破历史的樊笼
> 为了同一种信念
> 向着几千年陈习垒起的城堡
> 发动了猛烈的进攻
> "改——革——者"——刹那间
> 时代将这三个鲜亮的大字
> 推向了报纸的头条新闻
> 推向了人们思维的荧光屏

在1984年5月的一次诗歌朗诵会上,沙新满怀激情地朗诵了这首深刻鄙视官僚主义、热情讴歌新时代第一批改革者的长达近150行的《祖国,请为他们记功》,引起强烈反响。这首诗以恢宏的气魄、翔实的引证,给人以历史的使命感和现实的紧迫感。诗句明白如话,但却蕴藏和浓缩了很多感情深处的东西,同时,诗人通过展示人的价值,将对社会与时代深刻的体验,再现于有限的诗行中。艾青说得好:"诗人必须说真话。……人民不喜欢假话,哪怕多么装腔作势,多么冠冕堂皇的话,都不会打动人们的心。"《祖国,请为他们记功》后来压缩到近百行,发表于《民族文学》1984年第10期,并获了奖。①

可以说,沙新的主要成就,还应当要算他的政治抒情诗。像歌颂改革者的《祖国,请为他们记功》、赞美时代新风貌的《祖国,我采访你》、歌颂老一辈革命家艰苦朴素的《我歌颂这样的补丁》等,以敏锐的思维捕捉着瞬息来去的灵感,这些灵感来自沸腾的生活,来自振奋人心的时代精神,因此创作出的作品没有缠绵悱恻的情绪,有的只是激情,是鼓舞人心的力量。②

贾羽,回族,1961年生于北京,诗人,文学评论家。1983年毕业于西北民族学院汉语系,曾任宁夏大学回族文学研究所编辑部主任、宁夏人民出版社副编审。中国当代少数民族文学研究会理事,宁夏作家协会理事。1992年《北国草》,是宁夏诗歌园地不多的优美之作。

在新时期第一个十年宁夏诗歌创作成就总结时,贾长厚曾给予贾羽鼓励和肯定,认为贾羽生在北方,长在北方,他热爱这片土地,为这片土地和生活在这片土地上的人们歌唱。"北方"成了他歌唱的主题,在他已发表的近百首诗作中大都与"北方"有关联。他的《北国草》《北方人》《我们走向北方》《北方,也充满爱情》等,为我们展示了许多颇具特色的生活画面和地域风情。贾羽钟情"北方"意象的独特建构,有一个由不自觉到自觉的过程,同时也经历了一个由临摹表象到挖掘内蕴的过程。起初,他摆脱不了周围事物的表象,诗中常常出现某些概念的说教和演绎。但他很快意识到了这些弊病,他向草原和生活的深层走去,写出了《男人和风暴》《牧归图》《北方,也充满爱情》等较为成功的作品。贾羽的创作思想比较活跃,这对于吸取外部信息和创新技艺是很重要的。20世纪80年代中后期,在以反传统面目出现的五花八门的"主义""流派"泛滥时,贾羽也曾有过一段时间的迷惘,但在听取

---

① 贾羽:《他思索着崭新的命题——论青年回族诗人沙新的诗》,见王枝忠、吴淮生主编《宁夏当代作家论》,宁夏人民出版社1988年版,第339页。
② 贾羽:《他思索着崭新的命题——论青年回族诗人沙新的诗》,见王枝忠、吴淮生主编《宁夏当代作家论》,宁夏人民出版社1988年版,第338页。

了不同意见之后很快调整了步伐,他的步子迈得更坚实了。

贾羽思维活跃,有很强的更新意识,但其诗深邃或雄浑仍然不足,一些作品过分追求新奇情感和陌生化书写。给年轻诗人以龟镜,贾长厚诚恳指出:"在很大程度上地域还可以被置换为地理、地缘、地方、区域、空间,甚至在更多的诗人那里'地域'还等同于精神或诗性层面的故乡、异乡、乡愁。这也许是你熟悉的或陌生的地方,你到过的或者从未去过的地方,实有的地方或虚构的地方。"① 细读《北国草》,不少作品清丽,有韵味,文字的优美和内心的柔情,似乎可以亲切触摸。还有大量旅途中对大地和草原的赞歌,既是时间性、地域性的细致描述与记录,也是空间性的想象展开,简洁清新,寄托了深切的情感。

1999年《风起之源》,少有人见过。收50余首诗,大多也是对私人感情的咏叹之作,诗中多见"恋人"和"你"这样的字眼,题材集中,情感真挚。自然而然地"梦"到爱情,如《自然的梦》《茶花》《仙人掌》《月亮花》《梧桐树下》等,诗人的情思在这些不同物象和场景描绘中飞翔,并"奔向爱情"。这些诗歌的风格与以往的创作风格迥异,是诗人爱情至上的集中表达。

2000年出版的诗集《立体的船舶》,进一步证明,贾羽是新时期以来宁夏地区倾向婉约路径的优秀抒情诗人之一。贾羽的这部诗集颇有些先锋意味,诗歌内容新奇而蕴藉更多生命忧伤。同时,明显地可以感受到,诗人内心深处兴奋与决绝的矛盾冲突。诗可以显才情,也会让生命黯然伤神。贾羽给我们留下了不少"生命中不能承受之轻"的优秀诗作。

杨云才(1965—),笔名阿里、开落,回族,宁夏灵武人。毕业于西北民族学院,大学期间开始创作。宁夏大学回族研究中心研究员。主要从事现当代文学研究。1990年出席全国青年作家代表会议。1992年被授予"宁夏优秀青年"称号。1992年出版《西部和她正年轻》,收60首诗作,分为《历史的眼睛总是亮的》和《翅膀硬的鸟飞得高》

---

① 霍俊明:《地方性知识或空间诗学——关于地域性诗歌的可能、悖论及反思》,《朔方》2020年第10期。

上、下两部，各有30首诗歌。哈若蕙是比较早关注其诗歌创作的，她认为杨云才这部诗集："一类是抒情诗，其中又包括西部抒怀（以咏物、咏史、描绘景色为主）、大西北生活素描（呈文化寻根及展示新时代气象两种不同风貌）；另外也有在更广阔背景下对生活浪花的撷取（没有明显的地域色彩）。第二类则为小叙事诗，更多显示了西部沉重的人生。西部抒怀，诗歌意象往往粗犷瑰奇，充溢阳刚之美。""杨云才的诗作在豪放壮阔、瑰奇变幻的同时又往往存在着些许艰涩，些许重复（在意象、语式上）。"①

诗人贾长厚也对杨云才的创作进行了把脉式的评议："杨云才刚从大学毕业，在校期间已发表了相当数量的作品，是一位很有希望的新秀。他的诗着意于纯客观地再现，运用写实手法再现或放大现实生活中某些荒谬现象，站在旁观者的立场上毫不动情地进行描摹和刻画，通过无动于衷达到使人激动，通过不加解释达到使人理解，通过平静记叙求得内涵深沉，这是典型的学院派。"②

总体言之，其诗歌的体例是自由的，但从大部分诗歌仍然可以看出诗人对音律及结构的注重，表现了放歌大西北的精神生命力，诗人笔下的大西北因此而充满奇异的神态。与此同时，诗人以强烈的感情讴歌这块土地上的人民"西部和她正年轻"，情韵丰沛，语言优美。诗人钟情于缪斯女神，一直在中外诗歌和诗学批评的经典里涵养自己的审美情思，其新近出版的《灵州诗韵》，点评精当，蕴藉中西诗学思想，是一部优秀的现代诗话。

如果说贾羽是一匹曾在黄河浪涛间和北国草原上飞驰的白色神驹，那么杨云才就是西部的天空下、黄土高原的风里扬蹄嘶鸣的黑色骏马。这不是一种喻象，而是阅读两位诗人作品及评论给笔者留下的深刻而奇异的印象。

---

① 哈若蕙：《年轻的诗心——杨云才诗集〈西部和她正年轻〉简评》，《一片冰心》，中央编译出版社2010年版，第205、208页。
② 王枝忠、吴淮生主编：《宁夏文学十年》，宁夏人民出版社1989年版，第67页。

四 杨梓：西夏历史的审美想象

讨论当代宁夏诗歌，无法回避肖川，也无法回避杨梓的意义。尤其是杨梓创制的《西夏史诗》，已成为当代宁夏诗坛的人文地理标识。从某种高远的追求与诗学传统的现代传承而言，虎西山在乡土田园抒写的简洁文字里蕴含了唐诗宋词的诗意神韵，而邱新荣在传统文化的阅读中扩展了宁夏诗歌的历史情怀。从诗学而言，杨梓在新诗的形式里寻求古典意蕴的《骊歌十二行》，再次细致过滤了《西夏史诗》的抒情想象，并丰富了诸多西部意象的文字琢磨。殊途同归，中华历史文明的文字浮雕，朔方宁夏的断代史想象，皆蕴含了诗人对中华多民族文化交融的史诗性审美观照。因此，肖川有一首《七律·读长诗〈西夏〉赠杨梓》：

> 华夏一族自远荒，定都兴庆历沧桑。
> 略筹对峙辽金夏，制礼多承汉魏唐。
> 诗卷惟谁能笔运，神传孰解用心藏？
> 宏篇有续再精理，何计后人论短长。[①]

杨梓，1963年生于固原，宁夏诗歌学会第一任会长。宁夏文联文学艺术院院长、宁夏作协副主席。现任《朔方》主编。1986年开始创作，最能显现其个性追求的成果是《西夏史诗》。《西夏史诗》不仅内涵丰富，也体现了诗人高标的艺术追求和历史想象。"这个英雄时代的已沉没的光辉，使人感到有必要用诗来表现它和纪念它。"诗人的英雄情结、史诗情结就凝聚在他所引用的黑格尔的这句话里。艺术家对于创新有着强烈的渴求和与生俱来的野心。就像五四时代中国新诗的尝试者们摆脱旧诗的"阴影"，创造出自由新诗而一举揭开了中国诗歌新纪元，杨梓作为一个拥有农耕文化和边塞文化双重传统的宁夏诗人，敏锐

[①] 《肖川诗选》，阳光出版社2014年版，第238页。

地抓住历史机缘，挣脱区域束缚，以全新的艺术观念触摸西夏神秘而古老的岁月过往，写下长诗《西夏史诗》。这部60万字的诗歌著作，在表现诗人杨梓雄心和精诚的同时，也充满了对一个民族远去背影的缅怀。"民间诗歌的语言充满了象形文字，这些文字与其说是通过形象，不如说是通过音乐才能理解，与其说是表现对象，不如说是激起情绪。"①诗是最具有个人情绪的历史观照。

按照亚里士多德《诗学》的说法，"史诗是一种古老的诗歌形式，其产生年代早于一般的或现存的希腊抒情诗和悲剧"，"史诗是严肃文学的承上启下者，具有庄重、容量大、内容丰富等特点"。鉴于古希腊英雄时代拥有《荷马史诗》这样辉煌的作品，所以，"史诗"讲述诸神传说和英雄故事的古老传统之外，还包含着吟唱者及其门徒、模仿者将过去故事从湮没中抢救出来，使之恢复生命，感动后人的特征。这在藏族《格萨尔王》的传唱中更为经典和庄严地显现并触及心灵。进入20世纪以来，随着史诗历史及其认识日趋丰厚，人们在历史研究和分析程序日益严密的启迪下，对"史诗"以及已经积累起来的大量材料进行了冷静的思考。除了进行关于"口头"和"笔头"史诗的对比研究之外，将史诗作为"有着一定长度的叙事诗"，"史诗自始至终都表现出其结构是有序的"，"史诗诗人为他自己的时代讲话，有时候代表一个民族，有时候则代表整个时代"等论说，都充分体现了史诗具有的精神性内涵和审美性价值。正是这样的批评讨论中，张立群认为，杨梓的《西夏史诗》主要应被理解为代表一个民族历史的文人作品，它的庄重、容量大、内容丰富等特点，表明作者期待穿越时间的迷雾，在俯拾文明碎片的过程中，整合"一部生动而丰富的历史"②。杨梓冥想高原吹来的风雪，不仅仅是历史的某种召唤，也不排除诗人昌耀精神血脉的部分追踪和认同。

在史诗的"卷一　白云出岫"中，杨梓曾作如此叩问——

---

① ［俄］维谢洛夫斯基：《历史诗学》，刘宁译，百花文艺出版社2003年版，第187页。
② 张立群：《在"神秘大门"的启合之间——论杨梓〈西夏史诗〉的艺术性》，《宁夏大学学报》2010年第1期。

> 这个沧桑的故事该从何讲述
> 你开始讲述的这一瞬间
> 最原始的词语就已洞开这个民族的源头
> 渐渐渗入万事万物的童年之中

"远古的图腾承受着日月的融化与塑造。"毫无疑问,《西夏史诗》会因为西夏民族悠久的历史而产生多种讲述故事的方法。然而,讲述者即后来者自我意识的视点却决定了这次讲述如何组合历史的可能。即使是"你无法想象没有具体形象又有任何形象的光明之父/你无法看清他无穷的变化成为宇宙间无穷的事物/你永远不知道他来自何处又去哪里/你只记着他的故事/和无法阐释的名字",依然不屈不挠地在历史的追问中确认自己的想象。当然,杨梓还是在古老羌人迁徙的羊皮袋里找到了历史的踪迹:当一个亘古的民族经历了创世的阵痛,"最初的太阳腿女子和她的子孙们/成为源和流的神话",古老羌人留下一路族人死去的足迹,来到辉映两轮皓月的孪生湖之间,在白鹤留在大地上的一只白色的世界之卵中,走出的她就成为"世界上的第一个人"。

> 她叫董拉可她没有姓氏
> 她是白鹤的化身可她没有创天造地
> 她是董部酋长的公主可她失去了亲生阿妈
> 她是部落里最美丽的女孩可她并未发现
> 她将成为一个部落的始祖可她并不知道

但丁认为,诗不是别的,而是写得合乎韵律,讲究修辞的虚构故事。《西夏史诗》中,传奇经历构成了一个古老英雄部落拥有具体名字可考的"历史",这段"历史"从一开始就具有比喻和想象中的浪漫色彩。从这个意义上说,《西夏史诗》"史"的意义已经成立,而诗,又让真实的西夏历史,带上了永恒的神奇光环。

传说是神话的子宫,历史是抒情的摇篮。至《西夏史诗》第八卷

"红炉点雪"时,杨梓已将时间的标记刻在"清康熙三十九年"。当隐居贺兰山的甲木朵在巨大的沉默中"坐成无人知道的禅",西夏从文字出现到此时已经经历了六七百年的历史。

  党项啊 念起即临的神
  现在请你飞出梦乡
  结束这一漫长的旅程
  从清朝走进现代
  从贺兰山深处的禅走进滚滚红尘
  走进翻天覆地的高楼林立的五彩缤纷的夏都
  请你豪饮一番故都的酒
  再送你踏上回家的路
  回到久别的天堂
  回到火阿妈的身边

  "尾声 贺兰之乐"中的这段叙述,决定了历史的神秘大门已经通到现实。尽管,此刻已经国泰民安、风调雨顺,但这并不能抹去一段苦难的历史,它有英雄般的坚强,有黄河东逝的沧桑,有神人共建的玄妙,并最终在诗人想象和追踪的眼光中成为《西夏史诗》英雄血泪的颂歌,"那里有燃烧的火焰和四射的金光","还有黑风里的残月和北斗"。

  写埋没在七百多年尘埃里的王朝,其实是在替所有的西夏后裔——那些心中本来都是有诗的人叫魂。诗人精血化情语,七弦琴上起云烟。但是,临空高蹈的旋律,只收到了少许的空谷足音,《西夏史诗》出版多年,一直没有得到应有的重视。鲁迅《摩罗诗力说》议论说:"盖诗人者,撄人心者也。凡人之心,无不有诗,如诗人作诗,诗不为诗人独有,凡一读其诗,心即会解者,即无不自有诗人之诗。无之何以能解?惟有而未能言,诗人为之语,则握拨一弹,心弦立应,其声激于灵府,令有情皆举其首,如睹晓日,益为之美伟强力高尚发扬,而污浊之平和,以之将破。平和之破,人道蒸也。"① 诗人杨梓就是"撄人心者也","其声激于灵府"。不过他用想象、用激情点燃西夏精魂,那些已经埋没在历史长河的西夏往事,特别是血肉之躯的梦想和死亡,"追寻家园的苦难苍凉和悲壮"。云雷奔涌,文字便如琴音震荡在心灵深处,历史与想象在诗的叙述歌吟中完成"西夏"的精神涅槃。

人活着要仰望天空,追问大地。《西夏史诗》其实也是生活在西夏故地的诗人探寻历史天空、寻求民族精魂的一次心灵旅程,自然离不开地域的人文视野及文化象征的意义追索。

艺术是一种文化现象,特定的艺术是特定文化的象征性符号体系。在这一体系的建构过程中作为创造主体的艺术家,不可避免地面对这样一种生存悖论:他既与生俱来地受到特定文化类型、审美规范的限制,又从艺术创作的独创性方面不得不有意识地逃离和超越自己所从属的文化模式。由此,任何艺术家都处在某种复杂的文化"场"中创造了艺术品。"艺术处于某种文化关系之中"(查尔默斯语),也就是说"一部艺术作品,无论它如何拒绝或忽视其社会,总是深深植根于社会之中的,它有其大量的文化意义,因而并不存在'自在的艺术作品'那样的东西"(霍加特语)。② 从杨梓立志创作《西夏史诗》的那一刻开始,他就无法摆脱历史的限定和诗歌的根本属性。有人从个体的意义确定了诗歌言志抒情的基本价值,然而在历史的深层,或者说人类共同的精神血液里,诗歌更多地属于人类审美的哲学想象和隐秘的文化象征。不但如此,由于"神——人"同源造就历史,所以,一部《西夏史诗》在本质上与汉民族起源时充满神话传说并没有过多的区别。自然,这样的历史沿革,也决定了《西夏史诗》包含着许多颇具原型意味的文化意象。③

既然《西夏史诗》以如此广阔的视野完成了一次"叙事",那么,与丰厚历史和生命意识相连的必将是那些具有符号化和象征性意味的文

---

① 鲁迅:《鲁迅全集》第一卷,人民文学出版社2005年版,第70页。
② 黄永健:《艺术文化学导论》,华中科技大学出版社2013年版,第5页。
③ 张立群:《在神秘大门的启合之间——论杨梓〈西夏史诗〉的艺术性》,《宁夏大学学报》2010年第1期。

化意象，而在遍览作品之后，可以大致察觉：水意象及其所指物，或许是诗人最为钟情的事物。从《序诗·黄河之曲》开始，《西夏史诗》一路伴水而来，生命的"孪生湖"，"河曲生产与命名"，"析支就是黄河曲"的重复，到处闪现着水的光芒。一般而言，"水意象"总是与时间的流动和生命的根本力量密不可分——

> 水是追逐草场的牛羊
> 成群结队地从门前流过
> 水是背负西风和羌笛的苍鹰
> 不舍昼夜地在头顶盘旋
> 水是一种勇往直前的力量
> 于党项各部的血管涌动如初
>
> ——《卷三 天飘地移·葬雪》

不过，从更为广阔的时空状态和象征物的角度上讲，"水意象"却包容着雨、雪、植物、叶片等一切指示物（兴象）[①]。由于《西夏史诗》倾注的是一个草原部落的沧桑巨变，所以"水意象"的反复吟咏和使用并不让人感到意外。上述意象的大量运用，如果可以结合深层心理学的分析，则是从潜意识的角度表现出诗歌和诗人本身追寻史诗文明过程中的回归意识和诗学自觉。从西方象征诗派的理解来说，"自然界的山水鸟兽草木虫鱼种种事物都在向人们发射着信息，与人们的内心世界互相呼应，诗人可以运用物象来暗示内心的微妙变化"。[②] 再参照杨梓《骊歌十二行》打磨的"身陷红尘""顽石滴血""隐形的力""与雪同在""敦煌钩月""灵如风啸"等一组组诗歌意象，诗人对自我与世界之间的人类历史、个体存在，微小与宏大，空灵和实有，显扬与隐在，确实有着静默

[①] "中国特有的象征手法用于一篇之首或一章之首，谓之兴。这样的一组象征可以分解为一象一征，这样的一个象便是兴象。""两千五百年来，不绝如缕，兴象仍然活在中国诗中，应该引起我们珍视。"参见《流沙河诗话》，新星出版社2012年版，第227—237页。

[②] 流沙河：《流沙河诗话》，第236页。

的体会和超验的理解。其实，中国文化对于山水自然的诗意审美是所有艺术家不可忽略的美学资源。西方诗学的许多理念，如果在灵性的观照中融会中国古代艺术家的感性体验，也许才能建构审美的最高境界。

《西夏史诗》的创作让杨梓生命的个体得以充实，并有了西部最开阔的地域描写和精神游走。诗评家燎原说：近十年来，中国的西北省份出现了一批以本土人文地理和历史为诗歌资源的重要诗人，宁夏的杨梓之于西夏就是如此。杨梓的《西夏史诗》具有明显的指向性，那种将贺兰山、西夏等元素融入诗歌中的创作方法，代表了宁夏诗歌创作中地域景观和历史想象的最高水平。

同时，杨梓曾多年处于《朔方》诗歌编辑的核心位置上，鼎力扶持区内外的诗歌作者，真诚鼓励每个人的进步，点评得失，多年积累，还形成了自己独特的批评风格。从诗人理解诗人的批评来说，挑战杨梓的是西海固诗人单永珍，与杨梓诗歌就酒话桑麻的还有杨森君。"掩痛与默述"指的是王怀凌，"苦守与祖视"说的是马占祥，不进入诗人语言的在场言说，很难理解杨梓以个性化的语言和界定评说宁夏诗人的敏锐性。也可以说，杨梓以语言的坚硬和眼光的锐利肯定和鼓励了同时代宁夏地区"第三代"诗人。

沈敏《从个人痛苦的诉说到历史神光的追寻——杨梓诗歌创作述评》一文在梳理别人的批评研究之后如此说："'新边塞诗群'是一个具有流派性质的诗歌群落，处在这一群落中的诗人都有着较为自觉的群体意识，有着共同的审美追求，其诗歌的品格与气质也基本相似。而以杨梓等诗人为代表的西部第三代诗人则有意识地避开了这种群体化的写作状态，进而追求一种高度'个人化'的写作。"① 其实，杨梓被人称为西部诗歌的"第三代诗人"，指向乡土、史诗和民族等不同的审美向度，因而坚持了诗的抒情性及言志传统。

在乡土和城市之间游走，诗人杨梓感恩大地和仰望星空的情愫从未改变。如其发表于 2020 年《朔方》第 10 期的组诗《泥土与星空》：

---

① 沈敏：《从个人痛苦的诉说到历史神光的追寻——杨梓诗歌创作述评》，《湖南农业大学学报》2004 年第 3 期。

……

没有泥土的城市

我一直都是满身灰尘

在此生活三十多年,依然两手空空

只有清明,走向老家,走在耕过的土地上

在两座长满青草的坟前,跪下磕头

我这块来自城市的砖头,无泪可流

《泥土与星空·泥土》

……

那么,繁星只能出现于老家的夜空

或者一直潜藏于我的记忆深处

今晨突然来访,好像只为了告诉我

我曾居住过的老家,房屋已被拆除

院墙夷为平地,连同门前的小路

都种上了花草树木

《泥土与星空·繁星》

回到甘肃静宁,一个更老的家

爷爷是老家的文人

还有大伯和三叔永远留在双岘村

我要给他们磕头,与堂兄聚聚

还想看看珍藏的家谱,又是四月

可一出县城就走错了路

回到江河源头的青藏高原

找到祖辈放牧牛羊的地方

在离天最近的山峰

一块巨大的白石上铭刻着时空隧道

>能让我这个大地上的流浪者
>
>回到仰望已久的星空
>
>《泥土与星空·回家》

岁月、风物、时序，包括眼见之物，皆成了《塔海之望》的主要内容。但泥土在诗人的情感里是对母性大地的依恋，父亲和爷爷是耕耘大地的人。人类的生命来自大地，却被时间所压迫，生死相依，仰望星空是一种精神和心理空间的无意识扩大。但死亡永远逼视大地及大地上的所有生命。在情感的淘洗和时间的恐惧里，诗人认领了活水源头、精神高地——青藏高原，地球的至高处，渴望"回到仰望已久的星空"。这在某种意义上暗示了一种后乡土时代颓废而孤独的抒情氛围。在甘肃诗人古马他们的作品里也得到部分印证。

对宁夏诗人的批评，杨梓同样看重的是诗人的个性精神。他也最能敏锐地把握诗人的诗歌风格，以最直接的强硬言辞构筑他非学院派的诗歌评论。"文学是文化的边缘，诗歌又是文学的边缘。与其说诗歌在文学中首当其冲地远离大众，毋宁说诗歌因其自身的特性很难成为大众文学或者通俗文学。诗歌向来是高雅的、纯粹的、严肃的，是能够代表一个民族精神品位的。果真痴心于诗歌艺术的诗人处于被淹没的状态，但也只有在这种被淹没的状态中，不断提高诗人的自觉创作意识，超越名利，方有一番作为的可能。"[①] 这无疑是杨梓的诗歌审美观。而拒绝一切当下的可能，他为自己和宁夏的诗人建起了呵护诗人个性的防护墙：

>宁夏青年诗人处于远离文化中心的偏远省份，他们大多起步于20世纪80年代，坚守孤独，淡泊名利，冷眼向外，不为"知识分子写作"、"民间写作"或者"另类写作"所诱，也没有出现某个诗歌大省的"集体模仿"现象，基本上没有喧哗与炒作，相对来说显得清醒而沉静。[②]

---

① 杨梓：《宁夏青年诗歌创作简论》，《宁夏大学学报》（人文社会科学版）2007 年第 6 期。
② 杨梓：《宁夏青年诗歌创作简论》，《宁夏大学学报》（人文社会科学版）2007 年第 6 期。

可以说，坚守诗的纯粹立场是杨梓的立命之本。臧克家说："从来没有一个坏人能够做成一个真正伟大的诗人的。"① 杨梓热爱诗歌，具有倔强的诗人个性，但至为可贵的是他不偏狭，不自私。在拘谨而又灼热的逼人眼光背后，对一切诗人充满兄弟般亲近的情感基因，使他能在任何时候对喜欢诗歌的人给予最严厉的批评和"说教"。

五 单永珍的诗性西部

单永珍，1969年生于宁夏西吉县，1991年毕业于宁夏大学中文系。先后在《朔方》、《六盘山》、《诗刊》、《十月》和《星星》诗刊等多家报刊发表诗文，出版诗集《词语奔跑》《大地行走》等。"单永珍是当代西北诗歌地理版图中屈指可数的高地之一"（王怀凌语）。《词语奔跑》中的单永珍，是一个不断行走在西北大地的精神流浪汉。青春的激情张扬，使单永珍痴迷上诗歌创作。渴望人生的极度体验，在新时期诗歌、特别是西部诗歌的激越热潮中，诗人以诗歌而放逐自己的精神梦幻。因此，他的诗歌不是困囿于斗室的自我欣赏，而是一种根植于大地深处的对西部意象富有激情的开掘和寻找。

"美是无形的教堂，是诗人的信仰。"这是古马之言，可印证于一切诗人。单永珍诗歌创作的个性非常鲜明。看似简单的对西北地区的人、事、物象和遗迹的描写勾勒，却隐含了宗教文化的多重视角，涉及西部风情复杂的文化背景，让西部地域、民族、宗教、人群之间的本质性联系得以显现。强烈而鲜明的西部景观和文化的多元探求体现了其开阔的艺术眼光和文化胸襟。率性书写见证了其个人游历的话语方式，又增强了其诗歌的生活性。耿占春教授在"宁夏回族诗人单永珍、马占祥、泾河作品研讨会"上高度赞扬了单永珍诗歌的独特内涵和艺术特色。"行走大地"之上，诗人的目光时常散漫而随意地停留在自己所游走过的横亘在生活中的山川河流、草木虫鱼上，他的感受力使他作为诗

---

① 臧克家：《克家论诗》，文化艺术出版社1985年版，第63页。

人的心灵经不住任何思维的碰撞，因为任何一种形式的触撞都会让他的诗情迸发出火花。

  晚云如墨
  如墨的巨花在西山之花蒂上
    伸展，澄蓝的天空
    变成奇异的宣纸，那雄浑，那绚烂
  惟有眼光深处的静默，车轮滚滚……

  灯火已经亮起，炊烟
  在庄户人家场院四周的杨树间浮动
    电气的火车行驶在西部的乡间
    收回眼光
  母亲怀里八个月的婴儿

  印证于单永珍，"今夜，神谕开启了我的睡眠/在苦苦守候和诗意怅望后/我们上路"（《太苍》）；"七匹马游走的北方/七只天鹅散步的高地/母亲的北方/一双守望的眼打湿我的忧郁/父亲的北方/那只空了的酒坛发出旷远的呼吸"（《月光下的北方》）。野性，甚至躁动地行走在广袤的旷野或高原，孤独从某个角落升起时，他却淡定而细腻地扑捉着人生的诗意境遇："被遗忘的伤感慢慢逼近，而这依然是海/一只纸船泅渡在黄昏的漪涟里/诉说着风起云涌的日子。"（《尕海》）同样，诗人对生于斯长于斯的土地充满关切："今年旱了，主啊/请你把南方的雨水赐予我北方的心伤。"（《今年旱了》）诗人通过习察不焉的叙述，将自己对生活的感触呈现："这样一个富于想像的地名/水淋淋的地名/在一次干旱的对决中/日见枯萎/就像被混凝土紧紧裹住一样/我日夜被敲打着/西海固饥饿的骨头。"（《西海固》），"黄昏把最后的光聚拢又把黑夜的贫穷呈现"（《古堡》），"深入高原腹地，流逝的图腾/刺穿我悲伤的眼睛"（《高原腹地》），"在梦魇的河床上泅渡"（《黑色之献》），"一道闪电,划过秋天漫长的成年礼/像一段经文,刻在一个人心里"(《西海固:落日的标点》)。他的诗渗透着悲悯,而贯穿悲悯的审美观照,显现为灼伤的西部风景。

真正高品位的诗歌是一种生命激情、生命本体的流露(包括在自然环境和神秘的地域面前,人与生俱来的诗情画意、孤独失落、困惑等气质),是一种高尚的人文情怀和审美意识的集中体现,它指向极境的生命理想,追求超越物质功利的精神生活。所以在阅读过程中,笔者钟情于那些大手笔、大境界的诗风,欣赏那些守望生活深度和精神高度,富有生命体验的诗歌。单永珍的诗恰恰从某一方面切合了这样的审美期待。诗人对现实生活、对历史、对大自然情不自禁的悸动,在情感与思想的焦灼过程中迸发出诗人赤忱而热烈的人性光华。同样简朴而个性化的词语有一种旷达率真的情态表达,触摸灵魂的幽暗孤独:

> 我时常借助酒精的麻醉俯视窗外的世界
> 在冥想的瞬间,一片飘落的叶子写满秘密
> 这个独特的时刻,我必须保持最后的沉默
> 让灵魂的声音发出自由的呼喊
> 这是宁夏的西海固,临街的斗室间
> 一只困顿与思想栅栏里的老虎
> 发疯地奔跑
> 一线阳光穿透诗人单单孤独的一生
>
> 《冥想:瞬间或永恒》

这一组全景式再现诗人情感、思想的抒写,直白而不伪饰,充分流露出诗人之所以为诗人的静默忧伤的气质。当一个人喝醉的时候,窗外的世界在冥想的瞬间写满秘密,内心的呼喊成了保持到最后的沉默,这种沉默比之于一味的借助酒精麻醉心灵深刻得多。当一个人的思想被世俗的栅栏围起来时,困顿的诗人在临街的斗室间"发疯地奔跑",在属

于自己的精神世界发出自由的呼喊，这是一种极度的释放和迸发。这种释放和迸发的结果是诗人顿悟人世的孤独，诗性体验或者说审美灵感就会催生自己的诗歌：

  抽象之蓝，附着于盐的怀抱里
  从远处望去，神的女儿将一幅蓝色手帕遗忘
  在青藏线旁
  红的是僧人，黑的是牦牛
  在一群毫无目的的漫游者中
  那个野蛮的小个子是来自宁夏西海固的俗人
  他想偷走那幅深藏于梦境中的蓝手帕
  也想带走那个唱着蓝色牧歌梳着三条小辫的藏族少女

《青海湖：一个词的空间》

  从直观感物到物我亲和，试图挣脱现实的束缚而自由地想象生活可能的浪漫。在这首诗里，诗人单永珍用自己"想象"的画笔为读者勾勒了一幅藏区风情图，情思跃动。这个"来自宁夏西海固的俗人"用蓝、红、黑三种色调融合的方式，将具体变为抽象，化抽象为具体，虚实相生，以物象间跳跃的诗句表现了意象纷呈的深邃境界。这也是一首能代表单永珍野性情怀的作品，它也体现了诗人将地方性知识与具有灵性的语言的完美结合——构成开放的语言图式结构。

  单永珍在他的创作谈中说："这几年，我忧伤的脚步穿行在青藏高原、新疆大阪、黄土高原、河西大漠、蒙古草原，在那些寺院、帐篷、黄泥小屋里，度过了一个又一个兴奋的夜晚。"从这里我们可以获得这样的启示：诗人是不是通过一次又一次的远行改变了"骨子里被城市文明所浸染的习惯"而带上一种"沉湎于西北文化，提炼那些生活中的悲哀与遗憾、生命里的壮美与忧患"的特质？而这种特质是不是又在诗歌意象的开掘过程中为他提供了灵感？

  灵感某种意义上与审美的穿透力紧密相关，"审美的穿透力表现为主体好像接受珍贵的礼物那样虔诚而深情地接受对象生动的意义,并且主体是以自己的全身心去呈现,包括文化素质和艺术修养带给他的种种知觉和情感,一起去感受、理解和回答客体外烁的意义"①。"草原含露,需要一群羊来爱抚/一本打开的经书/在牛哞声里暗藏天机/一如遥远的夏日塔拉/需要花骨朵一般的尧熬尔姑娘/用歌声。打开它青铜般的身子"(《夏日塔拉》),"请记住这个美好夜晚的曼日玛——/谁能背弃一生中的第一……/这个秋天,我仅仅穿越的是伊斯兰的河流/就像法老的宗教仪式/风把一个王陵前的凝视者/孤单成一粒渺小的沙"(《曼日玛》),"天都山下,一根老藤上的三个苦瓜/……党项、密纳克还有木雅"(《木雅木雅》)。这些诗歌中的夏日塔拉、尧熬尔姑娘、曼日玛、党项、密纳克还有木雅等意象在宁夏乃至全国诗坛都是很少见的,它们独特而神秘,引诱读者想象西域的浪漫神奇。这或许就是单永珍诗歌独特的审美张力。因为这些诗歌描述了一般人无法想象的生活,揭开了历史衔接着当下的真实,带着来自似乎是遥远的异域生活的真实气息。它们不属于那个门派,但是比之那些打着"口语化""后现代"幌子,以追求时尚另类又极度空泛、虚无、偏执的诗歌而言,有一种新奇、粗犷又朴素的抒情气质。犹如 2020 年一首真情悲郁的《可可托海的牧羊人》,因与西部的雄浑奇秀的山川结缘而红遍大江南北。灵感来自生活永恒的苦难和直面苦难的真情体验,"在美感经验中,我们须见到一个意象或形象,这种'见'就是直觉或创造","凡是美都要经过心灵的创造"②。

当然,对于一个诗人而言,诗歌技巧无疑是提升其诗歌品位的一个重要砝码。单永珍的诗歌融古典手法与现代意识为一体,有着自己独特的魅力,在他的诗歌里,可以领略到古典主义的优雅,浪漫主义的热烈,现实主义的冷静,以及现代主义的天马行空。换言之,融会东西,体现汉语的魅力,诗人有些本质性的体验还很难明晰地在理论意义上界说,但有一点是可以肯定的,单永珍尝试在叙述中把握抒情的节奏,语

---

① 杨匡汉:《诗学心裁》,陕西人民教育出版社 1995 年版,第 67 页。
② 朱光潜:《谈美 文艺心理学》,中华书局 2012 年版,第 252 页。

言的驰骋让情感，包括思想，具有了极其强烈的冲击力，并产生触动心灵的真实力量。

> ……
> 必须让雨水回到天空，让视线回到瞳仁
> 一辆扶贫的小轿车倒回县城。它刹车的刺鸣
> 惊醒失聪的老马。让省报记者
> 写下获奖新闻
> 让马有财破财的家谱，满篇荣光。让死树
> 慢慢苏醒。让朝圣者
> 擦净盛水的空瓶①

这是几行诗，仍然写西海固，语言却比较朴实生动。写实粘连着象征，突发事件的关联和联想呼应并凸显西海固日常生活的特别"情景"，新诗错落分行的惯常手法形成"跳动而舒缓"的节奏。最核心的事实，可以用石舒清小说《恩典》里的生活细节印证，但讽刺的意味和现实的批判更为显豁。牛学智认为，云游西北大地，单永珍看到了诸多在流行话语意识形态，包括流行诗歌话语惯性中不曾聆听过的、体验过的万千物象。这些万千物象还都不是诗，也不就等于能兑换成意义感的天然象征，它们需要诗人主体性进一步的观照，进一步的梳理，于是，诗人暂时忠实地铭记下了脚板的痛感，眼睛的惊异感和心灵的撕裂感。

再如《风吹过》：

> 风吹山阴：一块散落民间的瓦熠熠生辉
> 风吹秋草：时光的马车已瘦骨嶙峋
> 用一片落叶和你交谈

---

① 单永珍：《西海固：落日的标点》（外一首），《朔方》2011年第11期。

那临水的声音，渐近渐远

　　泅渡于死亡的河流

　　我左手翻晒地狱的粮食

　　右手啜饮天堂的美酒

　　仿佛戴罪的鸟儿偷听了黎明的秘密

　　风吹过　秋风走了大寒来

　　谁能倾听我的忏悔①

王岩森称赞"单永珍正是因为诗而纯粹"。纯粹的是情感还是思想，洗练的是思想还是语言？单永珍深夜醉酒时的追问，也袒露了追求更高诗学境界的心迹和理想。还有人说："从'奔跑'到'行走'，速度越来越慢，但更加贴近地面，精神的向度却越走越高。"② 地狱与天堂同在，诗也许是如莲的喜悦，或是黑夜的静默。

六　诗人的冥想和爱

蒙古族著名诗人、中国现代诗歌研究院副院长特尼贡特别喜欢泾河的诗。他在解读泾河的《北望宁夏》时说："他的诗意的发现肯定与信仰有关……只有那类将心灵如赤子一样贴近信仰大地的人，才能够听到古老的自然之语。"新疆《回族文学》编辑黑正宏在编发诗人散文《清水微香》之后，特别崇敬地肯定了西海固诗人和作家那种刻骨铭心的乡土情怀。也可以说，是因情感的真挚和信仰的虔敬带给泾河内敛的审美触觉，还有诗性精神的内省自重。

泾河是一位低调内敛的诗人，1976年9月出生于宁夏泾源县。1994年开始发表作品，出版诗集《绿旗》《青马》。《青马》以"附录"的形式收录了系列散文诗《水微》和《十二复生》。

---

①　单永珍：《风吹过》，《宁夏青年作家作品精选》（诗歌卷），宁夏人民出版社2006年版，第73页。

②　杨梓主编：《宁夏诗歌史》，阳光出版社2015年版，第261页。

2012年10月12日,由中国作协、《诗刊》社和宁夏文联等多家单位联合举办的"宁夏回族诗人单永珍、马占祥、泾河作品研讨会"在银川市举行。在会议的主题发言中,对泾河的诗歌创作,中国现代诗歌研究院副院长舒洁(特尼贡)用"三个存在"进行了表述,即存在一个庞大的心灵气象,存在一种强大的心灵支撑,存在一面飘展的信仰之旗。而张铎认为,泾河是一个有自己面目的优秀诗人,他的诗就像他本人一样,言贵而内秀,谦和而孤傲,执着而淡定,就其内涵而言,具有深切的现代意识,又有宗教的韵致,读来别有风味。对于泾河的作品中的宗教性,张铎说,泾河的诗歌给底层的隐忍、悲苦与寻常涂上水质般平静的光彩,给生活以信心和勇气,以文字获取心灵的抚慰。他擅长借用女性敏感而细腻的目光打量这个充满绿色的世界,从而树立起清冽、洁净、开放、内敛的民族气息,他拒绝诗歌的功利化色彩和过度的技巧性,有源于自己本民族自在的诗性智慧和力量,因而他诗中对语言与存在独到而深入的关切与表现令人难以忘怀。

  生存的酷烈可能是诗人性情早熟而内敛的根本原因。一切鲜艳的事物都会引起诗人疼痛的惊奇,这是收在《绿旗》[①]里前半部分诗歌的基调。《樱桃》写樱桃出世,樱桃是树上的果子,樱桃是邻家的女孩,成熟的惊悸是诗人叫出来的"痛"。寒苦村庄的炊烟见证了西海固无数生民的"存在","紫苜蓿花"是少年情窦初开的忧伤,是什么割裂了这看不见的伤口?"积聚了春光的灵性与精华","只等一声清脆的唤醒"(《燕双》)。但苦难却让人太看重情感而"失语"(《失语的前期》)。《青草劫》里诗人开始出现,"羊羔三个月我十一岁"。"羊羔""新月""蒲公英的女儿",还有"穿红衣的母亲",诗人的敏感是爱的最初煎熬。诗人的细腻和温情唤醒花草树木的诗意,还有可怕的生长的成熟。《牧羊》,"羊是最听话的流水";《葵》,"它们成片忍受着香醇的成熟,谁都说不出其中的意义"。一个女孩子,"从未留意过一滴雨","'多绿的雨。'在她的惊叹中/大地绿绿地在发芽,小火舔着她的方口布鞋底"

---

① 泾河:《绿旗》,《星星诗刊》编辑部编,贵州人民出版社2005年版。

(《绿雨》)。"夜里的雨声像黄金。""水漫上了她的眉梢","我想叫一声姐姐,嗓子早已干涩得说不出话来"。这样的诗和这样的感受,来自几近阴柔的内秀和腼腆。樱桃、苜蓿、青草旺旺,天空、新月、大地,还有姐姐、妹妹、羊儿咩咩,诗人在最单纯的乡土风物里咀嚼酷烈,却悄悄升起了诗歌审美的"绿旗"。

"时光呼啸而过",第一辑《新月》里羞涩如女性的男孩开始长大。这少年不再"牧羊",而是骑上了"月光青驹"。"你飘你的白雪,我刮我的大风",男孩子的独立意识在觉醒,"青马"就是诗人少年成长的意象。"新月"如果说是懵懂的诗意把捉的初潮,那么从第二辑《青马》的作品可以看出,因内敛的敏感,伤痛开始加深,悲悯开始充盈心头。

> 你的微笑。我的哭泣
> 相距万里又近在咫尺
> 江水不竭。青铜之下,铁花怒放
> 你飘你的白雪,我刮我的大风
> 　　　　　　《你的白雪,我的大风》

青马,"此时,毛色火红的青马,站在泥土飞扬的大道上",而"行走的江河""蓝天之蓝"是诗人要开拓自己的心灵世界,曾经"失语"的少年抬起了头,内心的沉淀就是回忆和幻想,"把回忆割出累累伤痕",心中的"悲歌"自然在沉静和躁动中开始"练习","怀揣被遗失的瓦当",而"河流下面埋着日出","马踏破大地",钟爱诗歌和词语的诗人"被伤害的如此残痛"。可以看出,第一辑诗人还只是描写身边的事物,而这第二辑视野的开阔带来诗人身心的变化和情感的成长,"内敛而恣意",包括宗教意识的觉醒和诗歌审美的自觉。

"仿佛起伏的岁月在铭记。"从敏锐的审美凝视到超验的心灵沉静,这是诗人第三辑作品与前面的两辑共同的东西,但内敛的情怀更清亮,诗歌的语言更清洁,诗歌的自我表达显得清明简朴。苦难的母亲和高贵的母亲,是诗人默想沉思的出发点,清真寺是诗人精神情感澄净的地方,"心灵苏醒着,一片灿若白银的亮堂"。诗人毕竟是诗人,神思妙想的是"水在水中的独立成梦想……在造化那边/谁替我说出不圆盈的诗篇"。那是诗人的梦想,"身披褴褛的王袍,被青灯点亮"。"七重门"是诗人精神澄净和诗意追寻的隐喻象征,诗人从外在细微的审美感触回归内心。这种澄静的诗意和宗教情怀的完满结合,可以以《铜徽记》为例:

> 一把汤瓶运来我平生的湖泊。一把汤瓶
> 从我的手上传向另一把手,水在手上烫下青铜的徽记
> 在悬赏高贵的天国,我高举徽记
> "两片手掌,十指光芒"
> 怀揣信仰的汤瓶,满腹月色,行进在心灵铺就的海滩上
> 多像古时的金驼,仰起高傲的脖颈
> 在塞外的古城之下,鸣唱如此爽朗。一时看不见的神啊
> 把这崇敬的念想潜沉在了你的皇言之上
> 举汤瓶者,是传遗清洁的精神的水珠啊
> 一代一代长相神似,衣衫褴褛,却个个丰盈如初绽的雪花

高洁的思想,泾河的诗反映出更多冥想的领悟。当然,从生活的真实层面,在清洁的精神陶冶之外,诸如《以雪为水》《晨起之水》《宰牲》《绿旗》《净土之水》,宗教感恩的情怀还是流泻于自然的风物,饱含了对母亲的敬重,还有对女性的赞美和悲悯。"在《绿旗》中,泾河在少女、妹妹、姐姐和母亲身上倾注了最根本的情感——爱,并通过她们灵性的个体感受世界。"[①] 同时,在母亲的眼光里长大的泾河,成熟的穆斯林男人的气质开始张扬。"我在底层的信仰者的人群中静静长跪";"只是在深水里将自己的处子之身隐藏又隐藏"。"梦想'以笔为

---

① 杨梓:《虔敬与曲呈》,序泾河《绿旗》。

旗'，给底层的隐忍、悲苦与寻常涂上水质般平静的光彩，给生活（生存）以信心和勇气。"①

《绿旗》第四辑是《长风》。这是泾河在花草、雪水、新月等柔美的自然景象，宗教澄净的心灵意象之外，试图扬起想象的"长风"，"它包容了我虔诚的举念和表述的野心"。因而这一辑有泾河三首长诗（《十二复生》《七日书》《黑视野》），内容和意象的繁复，算得上诗人的精品，或者说是诗人审美最活跃的"曲呈"显现。此后诗人也有如《我有一匹黑马叫闪电》（组诗，《诗选刊》2010年7期）、《母亲的水窖》（组诗，《民族文学》2012年4期）、《弦外琴音》（组诗，《星星》诗刊2012年5期）等作品发表，但真正原创的诗作较少。更多的，泾河是在琢磨以往所有经验过的审美体验，甚至是打磨早期的作品，将其发表在更有影响的刊物上，更为矜持地在涵养自己的唯美的风格。这可以从诗人2010年尝试的散文诗《沉香》，得到某种佐证。

《沉香》：

> 大地芬芳。树上结满金红的灯笼。灯笼里聚拢着心形的光焰。阿西叶穿戴朴素却心怀春风。一地的雀直逼母亲晒晾麦种的竹席。门前小溪静静穿过。有小猫舔食水波。有浮萍飘忽不定。有一壶沉香的清水聚敛于青铜汤瓶晒在正午阳光下。

> 月光芬芳。肃穆之新月如半阕宋词。清灯余辉里你看打开的经卷有众仙游走。众仙衣袂飞扬似舞动的白蝴蝶。有梵唱。有深悟。乡间泥堡里众生的憨相酷似遍地开花的山芋。香了天庭。天庭挂起千盏明灯。新月的银辉里你找到天国的金门。

诗人希望沿着"新月的银辉"找到天国的金门，也是渴望诗的沉静和内敛达到最高的爱和信仰，美和高贵。"借助诗歌，我背负着比

---

① 泾河：《心在纸上》，《绿旗·代后记》。

骆驼更沉重更庞大的沉郁，越过物欲横流、光怪陆离的人世的诱惑，穿过现实的针眼，进入精美的艺术幻想和精神自由的空间；借助诗歌，我说出想说的，获得心灵和思想的自由。"① 由此可以看出诗人的理想和追求。

　　谦和，还有悲悯，使诗人深刻。《十二复生》是诗人的精神涅槃，《七日书》是诗人宗教修行的虔敬和曲呈。万物归一的清真，与中华文明的"道"，是相互的印证，进入诗人的精神世界，需要审美和悲悯的双重修为。只能说，阅读泾河的诗让笔者精神上感到美好和愉悦，内心澄静。诗人将日常的感受强化，注入感悟，让人们更深刻地去认识世界，破除孽障。从诗人"风情别致的美目走进纸质的清朗世界"，"虽阅尽人间冷暖却保留柔静之风华"②。"千山阅尽，唯白马安然"……泾河有着静穆内敛的高贵，更有诗人的淳朴和谦和。凌波微步，清水洗尘，《练习曲》让你触摸诗人爱美的忧伤。如《师者》告诉你，美和善尽在一切。"一春梦雨常飘瓦，尽日灵风不满旗"，小诗《你说》，深挚隽永，也显现了诗人唯美的细致。家和国，美和爱，亲人和大地，时光和生命，文化的书写在诗歌审美的自由里，可能是历史的颂扬，日月的光华，也许更多的是心灵的喧响和乡土的静默。

　　六盘陇山南麓和北坡风景迥异，诗人泾河和作家石舒清对当代文学有独特的贡献，虽少有真正的批评者充分研究，然而文字的存在就是力量。神存富贵，始轻黄金。他们的文字内敛而美好，精深而诚朴，细致而辽远。《绿旗》中"风"的意象格外显眼，而"马"的意象贯穿了两部诗集，最多的是"水"的审美观照。特别是"水"的意象，既有宗教情怀的内涵，又充实着来自生活体验的"渴求"，这在《青马》附录的《水微》中细致而缤纷的诗意渲染，令人赞叹。风，水，马，还有黑和白的色彩，以及"绿旗"，建构了泾河独特的冥想的诗歌王国。诗人从故乡到银川，某种意义上感受不了西海固黄土地上的长风，失去"十二复生"的生命的精神炼狱，似乎进入了一个"潜伏期"。宁夏的

---

① 泾河：《心在纸上》，《绿旗·代后记》。
② 泾河：《青马》，宁夏人民出版社2015年版，第168页。

诗坛很活跃，深水静流的诗人却不多。因此期望诗人在诗意文字的虔敬幻城里修炼，"就让那绝世的美妙时刻抵达心灵"。"笔走山河，神韵之下，必有圣歌"，人类向善唯美的追求里，诗意、爱和信仰肯定在心灵深处澄净、丰盈和流转。

第四章　后乡土时代的悲辛观照

西部，或者说河陇地区的乡村和土地，在后乡土时代被留恋故乡的诗人们唤醒。秦皇汉武西海固，六盘晓云黄土魂，这里现实生存的条件不是很好，然而历史和文化的积累却让这片土地充满了诗意的浪漫，多了古雅的文人气息。新文学发生在北京、上海，波及很广。在中华人民共和国成立之前，包括宁夏在内的相对边远的西部省区文学现代性之发生，不仅滞后于东南江浙新文化启蒙的乡土文学，也少有如西南乡土书写的优秀作家作品。西部五省区，包括宁夏大部分地区，乡土文化和伦理真正遭到冲击和挑战，是改革开放以来的新时期。特别是坚守乡土本真的"西海固"诗人群体崛起，后乡土时代的诗意审美才逐步积聚了力量，有了收获。从新时期以来宁夏本土诗人的创作来说，西海固诗人虎西山、王怀凌、张铎、单永珍、雪舟、周彦虎等，都已经形成自己的独特风格，而贾羽、杨梓、梦也、导夫、杨森君、邱欣荣、白军胜、杨云才等注重诗学修养的诗人皆有造就。"70后""80后"诗人，甚至"90后"开始进入诗坛。2020年8月23日，宁夏诗人马占祥凭借诗集《西北辞》获得第十二届全国少数民族文学创作"骏马奖"。马占祥是继诗人王世兴、高深、杨少青、沙新、杨云才之后，获得"骏马奖"诗歌奖项的第六位宁夏诗人。宁夏诗歌是西部诗歌不可或缺的组成部分，宁夏诗人的写作呈现出集体的非功利性，他们将眼光投向宁夏这片土地自身固有的资源，或取材于厚重的历史文化，或取材于特有的自然风情，形成一种立足本土，取材本土，书写本土的地域特色。正如马占祥所坦言的，诗歌是有难度的写作，生活也是有难度的，但是都有着美好的意味，让人身处其中乐此不疲，觉得还要坚持走下去，只为心中那波澜壮阔的山河，也为心中那烟火不熄的人间。

一 民歌与古典之间的探寻

中国作家的乡土诗意的现代探寻，往往与中华文化几千年的历史积淀分不开。杨少青、屈文焜和虎西山代表了宁夏南部山区当代诗歌推陈出新的时代精神和文化方向。黄土高原与陇山六盘，养育了回汉儿女，形成了他们珍惜民族文化的历史意识和喜欢花儿的淳朴热情。

杨少青（1944—），回族，宁夏同心人。1965 年参加工作。曾任宁夏越剧团办公室主任、宁夏文联秘书长、宁夏政协副秘书长、宁夏文史研究馆馆长等。1973 年开始发表作品，诗作荣获全国第五届少数民族文学创作"骏马奖"。中国作家协会会员。著有花儿叙事长诗《阿依舍》，花儿集《豫海英杰》《大西北放歌》等。在民间故事和花儿抒情的时代书写中，杨少青成为"西海固"和宁夏地区影响较大的新诗人，特别是对南部山区的文艺创作起到了积极的推动作用。从讴歌新民主主义革命先驱，到歌唱新中国人民翻身得解放的大西北新景象，其文学的艺术力量，首先来自革命的纯真情志，其次是民间文艺的丰富营养。

屈文焜（1952—），宁夏西吉人。1968 年应征服役，其后，曾在专业艺术团体从事音乐工作。1984 年函授毕业于宁夏教育学院中文专业。20 世纪 70 年代初开始写作，出版了《爱与人生》《感情世界》《屈文焜诗选》等诗集。曾任固原地区文联副主席、《六盘山》杂志副主编。他也是当代著名的民间文艺理论家，特别是他对西部花儿，有较系统的独到研究，有专著《花儿美论》再版。

诗人走过的每一步路，都是踏着花儿的节奏行进的，这不仅赋予其诗较多的音乐美，而且促成了在花儿理论研究领域的优秀成果。"其诗作忠实于自己的感受，在讴歌时代、父老乡亲及摹景状物中，注重形象营造，显得真挚而又自然，清新而又朴素，饱含深切的人文

情怀。"① 屈文焜的诗多是短的,这是一个特点,也是一个优势。笔者很喜欢《龙卷风》这首短诗:

> 力度在拧速度在拧
> 拧紧的旋律万马奔腾
> 啊是天与地在摔跤吗
> 骤然间旌旗猎猎硝烟朦朦
> 一场暴动一场较量一场战争
> 从拧紧的生活里开始
> 在和谐的气氛里告终
> 一世长驱一日追踪
> 是龙卷着风是风卷着龙
> 你我不分胜负不分生死不分

景象生动有力的渲染,彰显诗人不屈的个性、精神和情志,有一种持之非强、来之无穷的艺术魅力。

而可以成为《塞上山水》压卷之作的,还是长诗《不到长城非好汉》。这首诗以色彩的写意描绘六盘山的四时变换,情感丰盈,既大气又生动:

> 冬季的积雪,
> 　给峰巅戴上回民的白帽;
> 夏日的翠绿,
> 　给山村绘出青春的容颜;
> 那绕山而上的六盘路呵,
> 　象一条金色的丝带
> 　　系在回族健汉的腰间,

---

① 张铎:《渐次隆起,亟待突破》,《朔方》2020年第10期。

此诗于地方色彩外,又带上了鲜明的时代特色。同样,在诗人笔下,六盘山区的自然风景带着远古力量:"多少个山花烂漫的春天,/它迎来山民刀耕火种;/多少个云淡天高的秋日,/它目送远去的南飞大雁……"这里糅进了毛泽东《清平乐·六盘山》的诗句和意象。红军长征会师六盘陇原,也给六盘山区带来了欢笑和曙光。新旧对比,诗人回顾中国人民从井冈山的星火燎原到六盘山的红旗漫卷,忍不住歌颂共产党领导下山区回汉人民和谐奋进的精神。诗人自己的激情也被点燃:

> 我以青春的活力
> 向故乡的沃野
> 投去我的爱情
> 我以土地的名义
> 向微笑的中国
> 宣告我的光荣

这便是"六盘山的农民"——屈文焜的诗的宣言。

他是大山的儿子,他的诗像大山一样质朴而纯净。踏着诗的崎岖的石阶,他从大山走了出来。当然,评论者也诚恳指出:"屈文焜的诗风清新,质朴,这是他的主要方面,也是他的长处。感到不足的是,统观他的作品,感兴之作居多,而真正思索的,有凝聚力(也是张力)的却少。几年前我曾写过一篇评介屈文焜的文章《更丰富些,更多样些》,谈到他的诗题材面还不够宽,形式上也较为单一,希望他在内容上更丰富些,形式上更多样些,以适应新的、瞬息变化的现实生活。"①

屈文焜的诗一直还保留着花儿的韵律,不单表现在韵律和内节奏上,就连形式上也保持着十分明显的联系。如《走马秦川》有这样的句子:

---

① 贾长厚:《走出大山的大山之子——论青年诗人屈文焜》,见吴淮生、王枝忠主编《宁夏当代作家论》,宁夏人民出版社1988年版,第391—403页。

>   百里是关百步是关
>   步步有关
>   关不住我死我生
>   朝去夕来走马秦川
>
>   何必深深浅浅地埋伏
>   何必明明暗暗地放箭
>   只须一杯米酒
>   足以醉倒千年……

当今之诗坛"流派"纷纭、"群体"林立,花样不断变换,但真正能扣人心弦,称得起好诗的却并不多见。学习民歌的形式,灌注自己的真实情感,不失现实的观照和历史的浪漫想象。可以说,屈文焜对故乡六盘山区的情感深沉而浓郁。因此,《我是六盘山的农民》之《我在故土里歌唱》,如此倾诉:

>   故乡啊
>   踏着我走吧
>   别难过
>   我死了,随便
>   让犁去解剖
>   让风去评说
>   只要,是在你的心窝

诗人的夸张,也是诗人的真情,爱一个人就恨不得钻进他的心里,爱一块地就恨不得钻进它的土里。"踏着我走""让犁去解剖""死在你的心窝",这些言语是什么意思呢?原来诗人把"自我"化成一条"蚯蚓",潜身故土。

为了你，我一辈子
暗暗地摸索
悄悄地活着

凭着心的感觉
我知道，你
春天跳动的脉搏

从"物性"延伸出的"人性"，借用意象的力量达到了"乡土之子"充分而凝重的深情表达。

1994年出版《边地乐舞》，收近百首诗，分为"边风之舞"和"故园之歌"两辑。展示了浓郁的边地风情，诗人用自己的情思熔铸生活素材，使之成为一幅幅壮美的边地画卷。① 也可说，诗人沉浸于西部风情和民间文艺，用自己独特的方式记录自己的心路历程，形成了自己文学创作和学术研究独特的风格。他西部诗和乡土诗的视野日益广阔，且具有了深沉的情感力量。屈文焜淳朴真挚的诗歌贯穿着他对故乡的热爱，影响了不少西海固诗人，也一度引领着宁夏乡野风的抒情风尚。

虎西山（1961—），宁夏隆德人，宁夏师范学院美术专业教授。20世纪80年代开始文学创作，早年以诗歌活跃于宁夏文坛，中间十多年主修自己的美术专业，近十多年有散文发表，往往出手不凡。

1993年，虎西山出版第一本诗集《野烟》，收录了其早期诗作。大多数作品带着乡野气息和泥土气息。秦中吟在《序言》中说："如一位朴素的山村牧童，吹着清脆的牧笛，放牧于野烟淡笼的六盘山下，黄土高原上，不论歌咏现实，还是历史、自然，都倾注着一往深情，有着一种清甜的山果子味道。"虎西山的诗意蕴上不仅有深沉的思考，还保留着孩童般的好奇，似乎是一种简朴的古典，审美的境界很高。

诗集《野烟》虽是虎西山年轻时候的作品精选，却也显现了少年

---

① 参见《文艺通讯》（增刊·"塞上诗会"专辑），宁夏文联《文艺通讯》编辑室、中国作家协会宁夏分会编，1982年8月印制。

老成的审美情趣。他的诗善于捕捉生活里的色彩，如：《小米饭》金黄金黄；《投宿》平静的黑罐/闪动古老的幽思；《约会》小小的花儿/泛着淡黄；《红辣椒》红辣椒照红的日子/祥和而宁静/红辣椒/不仅仅属于细瓷的白碗……这红的、黄的、黑的、白的，是多彩的世界，是万千的思绪，是生活的气息，是诗人过日子的活力与希望。虎西山"除了是位诗人，也是位画家。他的诗可能得益于此，他的诗很有画面感，可谓'诗中有画'。诗歌大都简略精练，高度浓缩与概括，他的诗像是速写或素描，或简笔画，形式短小，内容精悍，是传统诗歌的形式。内容在概括中又不失简洁，重点突出，因此把诗的韵味、诗的哲理味、诗的审美趣味，都用高度概括的诗的语言表达出来，更显着诗的本质意味。"[1] 此外，虎西山诗里多了静默的自省，现实、景物和历史粘连，诗意冲淡。

　　2014年出版的《远处的山》，作为"宁夏诗歌学会丛书"之一，比之于第一部诗集，则更多地展现了诗人情思的深沉和内心的广博。诗人在《序》中也提到，这种变化不仅是多年来对诗歌的热爱和学术上的不断追求，使得他的诗歌不再单一，而且也是对生活与乡土理解的不断延伸、深入和沉静。带着回忆的情调，以第一人称的视角观察世界和生活，更多的是诗人要追求"绚烂归于简朴"的境界。正因这样的风格追求，张铎从《米酒曲》里品出古典诗歌的韵味来。他的"山月徘徊酒碗里"正如东坡居士所云，既有诗意，又有画意，像古绝句一样清雅、明丽，耐人寻味。"虎西山前期的诗歌作品，大都钟情于白描，力求诗意融于画意之中，追求一种丰蕴的纯净美。作者既写实，又写意，两者缝合得较好。"[2] 这不仅仅与他懂得中国书画有关，可能更多在于他对中国诗歌传统的独特理解。在笔者专门的访谈中，他谈到，在古典诗歌中都会有一种人格精神来支撑诗歌，诗歌中我们能够感受到诗人英雄般的姿态，即便有些诗歌表达的主题并不是积极向上的，用今天的话

---

[1] 武淑莲：《有"味道"的诗——评虎西山诗集〈远处的山〉》，《雁岭集》，宁夏人民出版社2019年版，第221页。

[2] 张铎：《清新质朴——读虎西山的诗》，《塞上潮音》，宁夏人民出版社2007年版，第62页。

来说就是不那么正能量，但是在诗歌的某种忧伤中诗人是将其人格精神熔铸其中了，有一股豪气在里面。比如古代诗人和现代诗人都写"愁"，南唐后主李煜写愁绪，他并不是真的愁，在他诗歌中营造的愁绪背后是有着诗人内在的精神力量的，而今天的诗人写"愁"，读来是真愁。

《远处的山》是诗人青葱岁月到中年人事的情感沉淀。第一卷是"老歌无眠"的时光抒写：伤感爱情，思辨哲理，回顾历史，品评文化。写哲理的小诗如《假话》《面子》《门神》《野狗》《小道消息》《远处的山》等，有点杂文的味道，或批评，或感慨，写世相人心，有人生的杂味与感慨。而《先秦长城》《固原城》《曹操》《山关口》等写地域历史、文化、自然的诗，也是难能可贵的对过去记忆的记录。如《固原城》写道："固原城曾经是一座砖包的城/巍峨的城门/为汉家天子/抵挡南下的胡马。"既再现了固原城的原貌，也悲叹历史在战争中的毁灭坍塌。历史情怀、悲悯情感可见一斑。"老歌"是对过去的怀念，沧桑之味，颇多感慨。特别是《先秦长城》。这首诗非常写实，眼前的先秦长城遗迹，还有吃草的羊，白话素描，清明如水。诗人思接千载，静默当下，是现代诗里的"古风体"。而《古陵曲》，就是一首宋词或者说小令。《大雪》《黄昏》《好酒》，包括诗集最后一首《田园牧歌》，山水写意，诗中有画，古意盎然。诗人凝视万物，物我相融，一切景语皆情语，简单朴素中却有了深永的意味情思。

第二卷"远处的山"，山是故乡的山，那里有故乡的《大风》《大雪》《山地》《黄昏》《菜园》《好酒》。本卷大部分是写故乡、故园，一点一滴，细碎平常。为远处的山和远处的家园、四季、风物，描摹寄情。作家们将自己的普世情怀寄托于故乡，每一个人的故乡，都是心灵慰藉内心的独特的"这一个"。对虎西山来说，故乡就是些山、川、云、林、风、草、地，古道、毛驴、荒原、阳光、残雪、季节、老堡，平淡的日子，平常的事物，故乡的景与情都化作诗句印刻在纸上。在诗人眼里，乡间的生活，不是轰轰烈烈的，在乡间《过一种平淡的日子》，不用太多的勇气——/只需要　足够的耐心/以及时不时关注一下/

柴米油盐。平常人的艰辛，更多的只是些该愁的事情。故乡的风物变成了景，故乡的情变成了诗。虎西山眼里的故乡是远处的山，很平凡，像几片云彩，有时浓有时淡。但最可贵的是这远处的山，还能长出些精神，不卑不亢。这是故乡给予诗人的精神力量。

诗人的思想情感离不开民族的历史和个人的成长环境。散文的过往怀想和诗意的静默省察是一致的，虎西山素处以默、握手已违的诗文是自我的抚慰。从审美的外在审视澄静心海的繁复心绪，努力涵养内敛平和的审美性情，平衡人生追求的远与近，求的是冲淡之旨。

第三卷"人间烟火"，家长里短，娶妻生子，闲谈花草，度过四季，平淡又耐人寻味。虎西山的诗，本分，平实，且不脱离民族传统文化，受陶渊明和我国古代山水画派的影响，而创作出具有当代意识和新生活气息的山水田园诗。语言文字单纯凝练，色彩明丽；内容表达机智含蓄，空灵有致，有形而不拘于形；意境如画，深幽，淡远，富有情趣。

如《铜唢呐》：

> 日子有好有坏
> 铜唢呐总是如期
> 回响在黄土坡上
> 有一颗铜铸的心愿
> 世世代代不间断地说
> 总也说不完
>
> 铜唢呐会笑
> 也会哭
> 铜唢呐哭的时候
> 十里八坡的人家
> 柔肠寸断
> 铜唢呐笑的时候

天上的云彩

变成了彩霞

生与死的轮回，在唢呐声中循环。它开朗豪放，高亢雄壮，刚中有柔，柔中有刚的乐声，在民间的婚、丧、嫁、娶、礼、乐、典、祭及秧歌会等仪式回响。或让人身披霞帔，或使人柔肠寸断。简洁明了，却又蕴藉生活的品味。正如他自己在访谈中所说："我认为旧体诗是不可能再复活的，毕竟一个时代有一个时代的文学，文学与时代的关系是很紧密的，诗人写新诗可以从旧体诗中得到某种启发，能够学习其中某些有韵味的东西，体会旧体诗中古典意象、意境之美，但若说让旧体诗在当下复活，这是不切实际的。"因此，他对当下诗歌的困境有一种很真切的思考、反思，或者说是担忧。

虎西山对于生活中无论是人还是物的微妙的情态和神态的捕捉把握，让我们常常惊叹他是一个多么善于从平凡的事物中发觉诗意的诗人。在部分诗歌中他总是选择生活化的、最为平凡普通的意象，并赋以独特的观察视角和情思，给人以强烈的艺术感染和深沉的哲理思考。代表诗作有《斗牛》《红辣椒挂在尾檐下》《铜唢呐》《村头》《留意生活边缘的闲花闲草》《一棵树》等。一位诗人若能将众人所熟知的事物或场景以其独特的方式呈现出来，这便是艺术上成功的创造。谢冕认为："艺术的任务在于刻划个别，以个别概括一般。"①《村头》一诗就是以最为简单的方式表现出最为丰富内容的诗歌。

此外，《留意生活边缘的闲花闲草》是一篇以简洁的意象连缀起来的八句短诗。"意象化的巨大魅力往往能在一首短诗中，以非常简洁的方式取得以一当十的艺术效果。"②"一点绿/几朵花/唯有风/才被诚心诚意牵挂/至于/惹蜂惹蝶/但不会惹出/闲话。"大自然中最富启示性的单纯意象以直观的方式呈现，诗人将自己特有的情感投射其中，以拟人的手法表现自然景物的清新可爱，也流露出诗人对生活诗意、从容的态

---

① 谢冕：《诗人的创造》，生活·读书·新知三联书店1989年版，第102页。
② 谢冕：《诗人的创造》，第57页。

度。《一棵树》,表达的不仅是对树的赞颂,诗人拟人化的联想也会让境遇各异的心灵产生各自的感触。在第一节中,树是被赋予使命的保卫者,所以"没有比它更孤独的了/在城市/在钢筋水泥的节奏中/只有它/时时刻刻和天空/保持着协调"。第二节中,树是饱含激情的生活者。"该长叶子的时候/它用满身的激情/招惹着风/城市冷不防会在它的摇动中/想到春天。"第三节里,树是爱情的守护者。"为了/帮助鸟儿/在城市里歇脚/它的根/在轰鸣的马路下面/寻找着/仅有的一点柔情。"无论树是保卫者还是守护者,其实都表达出诗人对大自然的敬畏与赞美之情。

无论是诗人以真知灼见、妙趣横生见长的讽刺诗,还是汇聚着诗人理性思考的哲理小诗,无不透露出诗人对人生与生活的敏锐的感受。如果说这两类诗歌表现了诗人理智、深沉的一面,那么像《那个冬天》《那一年》《关于昨天》《挤满了云影的沈家河》《记忆》等,则为我们展现了诗人内心最为柔软而知性的一角,采采流水,哀而不伤。在清清淡淡的文字里回忆着那些久远的人事,纯净、平实的语句勾勒出一幅幅动人的图景,虽然与诗人所处的现在形成鲜明对比,略显伤感,却不露悲苦的情绪。

《那个冬天》亦是一首清澈如水的爱情小诗,颇耐人寻味。在诗歌第一节中,诗人进入对"那个冬天"的回忆,先想到的是自己心中的那一份伤感,"伴一杯苦茶/那个冬天/我写的诗/都很悲伤"。"苦茶"与"悲伤"是那个冬天里诗人自我心境的写照,茶实际上并非那样苦,只是作者的心情伴随着忧伤,同时又处在容易让人产生孤独情绪的季节,诗歌当然会自然而然地透露出悲伤。在第二节中,诗人则开始回忆使自己悲伤的事:爱人的远嫁。诗歌仅用两句话渲染爱人出嫁的情景:"风吹打着没有叶子的树/一只披红戴花的毛驴/走在雪路上。"没有锣鼓喧天,没有鞭炮起舞,在树没有叶子的季节,一片白茫茫的雪地上,只有新媳妇和与她相伴的毛驴,简单而独特的画面,展现的却是孤独忧伤的情绪。眼睁睁地望着心爱之人远去的背影,场景描写得这样凄冷、细腻。第三节中则表现了诗人对远嫁的爱人的思念,"我爱的人/嫁给了/远方/我不知来年春天/她会在哪一条小河里/给谁洗衣裳?"来年春天将要为别人洗衣裳的这位姑娘绝对不是一个新潮时尚的现代女性,投影读者心里的是一位淳朴、清澈动人的乡下姑娘。在诗人看来,她善良美丽的容颜,她勤劳、质朴的品性,现在却为另一个人所欣赏。虽然在"那个冬天/只有雪/从头到尾/为我不停地飘落。"尽管诗人看着心爱的姑娘离开后有些许的哀伤,却没有因爱人的离去而痛苦不堪。在那只有雪陪伴着诗人的冬天里,纵然不免孤独和思念,但在那一抹清淡的忧伤之中却能感受到诗人埋藏在心底没有表达出的对爱人的祝福。

《那一年》同样表达对爱人的眷恋和思念。诗中渲染的场景依然选在冬日,不再飘雪,诗歌里"远方的信""一片云""早晨的雾""雁""小屋"等意象,既象征着诗人忧郁的思绪和深挚的思念,又烘托了爱情本身的美好。这首诗虽然不乏精细的艺术构思和浓厚的情感,但不如《那年冬天》来的含蓄而有蕴味。在《那年冬天》一诗里看似一幅轻描淡写的简洁画面,却呈现出格外深刻动人的思念之情,很有中国古典诗歌的节制美。虎西山自己回忆说:"我就是在这段时间里认真接触到了唐诗宋词,一时沉醉其中,背了不少。而古诗所给予我的那种精神上的温暖和安慰,也影响了我几十年的人生。"[1] 当然,这并不是说这首诗里没有精巧的构思,诗歌所呈现的含蓄节制的美必然是诗人经过一番对现实场景恰当的剪裁所得。朱光潜先生在谈到布洛的"心理的距离"说时有这样的表述:"现实界的事物虽然和实用的关联太密,'距离'太近,但是经过艺术家的剪裁,它也可以落到适宜的'距离'上面。"[2] 心爱之人离自己远去,拉开了空间的距离,但诗人时常思念着爱人,心的距离被拉近了,这一远一近就展现出一种节制而美好的情感,绵长、持久,给人留下深刻的印象。

虎西山的诗不能说完全是温婉和多情的,但诗歌通过众多朴实的意象来实现对生活中的人的观照,而意象之间的跳跃以及对事物对象化的描述是遵循着诗人内在情感的流动来展开的,既有戏谑又不失温情,既

---

[1] 虎西山:《远处的山·序》,宁夏人民出版社2014年版,第2页。
[2] 朱光潜:《谈美 文艺心理学》,中华书局2012年版,第137页。

有趣味又不忘深刻。诗人凭借生活中沉淀的智慧使诗歌既有理性的哲思又展示了感性的柔情。因此,虎西山的诗,有一种温暖的力量,这力量源于古诗给予诗人精神上的温暖和涵养。诗人学习借鉴中国古诗词,立足传统创作新诗,他认为"新诗不仅要新,还要能旧。就是说,新诗在新过以后,还要能做到让百年以后的人们不仅能当旧诗或者古诗去读,就像我们读唐诗宋词一样,而且能品出味道,而不是消失在历史的云烟之中不留踪迹"①。这使得诗虎西山的诗雅洁精致,有语言的锤炼,诗韵的讲究,节奏的和谐。意蕴深长,值得品读。

与虎西山年龄接近,而抒情风格大不一样的诗人周彦虎,代表了西海固或者说宁夏诗坛沉稳、周正的抒情路向。

周彦虎(1963—),宁夏西吉人。中学高级教师。1982年开始创作,著有诗集《一壶夕阳》《杏坛春秋》《岁月剪影》等。周彦虎的诗歌多生活严肃的写实抒情,但恰恰传承了儒家诗教的大仁大爱,形成了"诗言志"的浩然之气,其诗歌显现了为人师表的诗意阐释。诗之魂,文之心,高远诚朴。从另一个方面,倪万军认为,读周彦虎的诗总是感觉诗人在对生活进行着艰辛的修补和诠释,从《影子》到《虚境》再到《岁月与生命》,从现实到虚构,生活正如一个个虚构的场景。周彦虎正是用这些虚构的场景强化人们对日常生活的感受、记忆、热爱和兴趣。同时,周彦虎的诗试图通过审美寓意的沟通来达到一种跨寓意的理解,比如对"影子"的诠释,不但说明一种现象,而且期望通过对这种现象的描述展示影子和实体之间微妙的联系。又如对"岁月"与"生命","花"和"春天"的关系的阐述也体现出诗人独到的理解和感受。当然,他活着的精神的高远和他的诗歌一样,不是文学的发烧友和试图通过文学获得名声的人们可以理解的。他可以借助大题材,可以写严肃的主题,却没有说教的古板和政治腔。由于严肃的父亲、周正的教师和赤诚的诗人等多重身份的矜持形成了他谨严的道德意识,人生诚朴的追求进而陶铸了他高远的情志和淳朴的诗风。

---

① 虎西山:《远处的山·序》,宁夏人民出版社2014年版,第3页。

二 乡村大地的悲辛观照

不少来自西北乡村的诗人,以岁月向好的乐观精神,投身宁夏诗歌在场批评的审美细读,注重真情、意境和生活百味,在土地尊严和诗歌审美之间多了对乡村和大地的深情关照。当代文学的研究,可能不仅是创作的问题,而且必须重视在场的批评。"中国文学以抒情文学为主流,这就决定了'情'、'境'、'味'三者为其基本质素:以'情'为其本源;以'境'为抒情的表现;以'味',也就是文艺美感为其价值。它们之间的互动则表现为源于情,形于境,成于味。"① 在中西比较视野里就中国文学思想的批评阐发,恰好可以借用来解读创作与批评双栖的张铎、张嵩和王武军等人的审美性情,还有对乡村大地的悲辛关照。

张铎,本名张树仁,1962年生,宁夏固原人。中华诗词学会会员,宁夏诗词学会副会长,宁夏作家协会理事。1986年开始发表作品,著有诗集《三地书》,散文诗集《春的履历》,评论集《塞上潮音》《塞上涛声》等。

《春的履历》收录70余首散文诗,在新时期文学深受西方文艺思潮影响的大背景下,他的诗歌仍然带有民族化和社会主义文艺的特征,带有"山花烂漫"式的美学风格。本书共有三辑,第一辑是"生活的韵",这一辑对生活中的亲人和景物作了细致温情的描绘抒写,既有朴实纯真的一面,也有情感风趣的一面。第二辑是"求索的路",这一辑是作者在"路上"对所见所闻所感的抒发,如《望星空》《黄昏的情绪》《我是一个平凡的人》《写给一棵树》《生活》,在平凡的生活中思考人生和自我,注重伦理和情感,显现了温柔敦厚的情理抒写和美学追求。第三辑是"大山的歌",这一辑的诗歌主要是对大山小村里的人和事的抒情写照和赞美,如《山里面,有一棵树》《山花儿》《致一位女

---

① 王文生:《中国文学思想体系》(上),上海古籍出版社2017年版,第401页。

教师》《致一位诗人》《山里女人》，在《山里面，有一棵树》中，结尾处的一句"若干年后，它老了，不再开花结果了，我深深地理解它"，将作者对大山深处的生存价值和生命精神表现得淋漓尽致。张铎的诗带有山花的朴素风格，也带有纯真烂漫的诗意光彩。

张铎是一个本色的抒情诗人，但又不沉溺于乡土颂赞的浪漫情绪，以简练和清明见长。通读其《三地书》，能感受到文本内里先天下之忧而忧的文人情怀，简洁清新的诗意寻觅蕴藉了对乡村生活的悲辛关照。此外，不少诗作如20世纪20年代冰心、宗白华等"小诗派"诗人作品，入选《经典微诗一百家》①。

更重要的，他"作为一名诗人，既精于现代新诗评论，又专于旧体诗词评论，这种现象，在宁夏恐怕只有张铎一人。诗人在长达30年的诗歌创作和诗歌评论中，逐渐意识到，要想构建宁夏诗歌发展和诗歌评论体系，就必须把现代新诗和旧体诗词的创作及其评论紧密地结合起来，既不能'厚此'，也不能'薄彼'。回顾他的文学评论创作，2007年之前，他只写过三篇有关旧体诗词的评论文章，分别是《文章岂忍负苍生——读诗词集〈夏风〉》（1992年1月）、《心中唯有赤和诚——读秦中吟的旧体诗词》（1993年3月）和《直人直诗——论秦中吟的边塞诗》（1995年10月）。而2008年之后，他创作了《一曲江南好　当歌塞上行》《突破界限　超越具象》等20余篇旧体诗词评论，并在各大报刊公开发表；而新诗评论只有《新的时代　新的赞歌》《不仅仅是乡愁》《塞上诗苑的领军者》等10篇左右。单从所写评论的篇数上对比，旧体诗词的评论比新诗的评论就多了一倍，可见，作者是在对旧体诗词评论进行'补课'。只有这样，才能在新的历史背景下，驱动宁夏新诗和旧体诗词这'两驾马车'并驾齐驱，共同前进"②。真正的诗人和作家是懂得批评的，散文家周作人也是新文艺批评家，艾青有诗论出版，郭沫若有专门的诗话研究，鲁迅精研中国小说史，毛泽东有系统的

---

① 流云虹东（刘东）主编：《经典微诗一百家》，华龄出版社2016年版。
② 王武军：《诚实的批评和敏锐的鉴赏——张铎的文学评论简析》，见《宁夏诗词学会三十年〈夏风〉评选》，宁夏人民教育出版社2019年版，第36—37页。

文艺思想。这套丛书许多作品集的后面多有评论文章的附录，说明大家都是在自觉的审美批评和理论的研讨中琢磨诗词创作的。就像段庆林的几篇论文，就为自己的创作奠定了理论基础，特别是为自己的"自度体"进行理论论证。当下在宁夏热心诗歌创作的张嵩和张铎，从各自的创作更多地分神用心于批评，这是难能可贵的批评自觉和理性担当。这背后愿为他人作嫁衣的热情付出，恰恰是宁夏文艺蓬勃发展的根本力量之一。一个地区的文化发展需要政府和各级部门的大力支持，也需有责任心的组织者来践行和承担重任。《塞上潮音》《塞上涛声》两部评论集，其实就是张铎热心助力宁夏诗歌创作发展的心血和收获。2016年《朔方》"诗歌专辑"就是张铎写的总评，杨梓主编的《宁夏诗歌史》"导论"也由张铎执笔。细读《塞上涛声》，自然敬佩张铎对宁夏诗人和作品批评的精耕细作，颇有心得和高标。

项宗西说："张铎为人淳朴、诚实，酷爱读书，喜欢思考，思维活跃，视野开阔，这就为他对各种文学体裁的作品进行分析评论打下了一个较为扎实的基础。"[①] 正如上述已有的比较，宁夏诗词学会批评中活跃的"二张"，张嵩的批评谨严，张铎的文笔细致，各擅其美。笔者在浏览张铎《塞上涛声》的第一时间，与他电话交流过阅读体验。在古典的诗学修养和诗意审美方面，张铎有着极为深厚的修养，是我等无法望及的。对作品的细致分析，既有学理的解读，也多有审美的感受，是"传统和现代的诗意碰撞"。张铎的审美批评主要表现在作品的细读上，如《读项宗西同志的〈京西初冬〉》《读杜晓明的〈东湖梅岭〉》，如《读单永珍的诗》《读雪舟的诗》《读漠月的小说》，显现了批评家缜密而细致的诠释能力。在精细之上是视野的开阔，这在《重读毛泽东同志〈清平乐·六盘山〉》、《抒写地域而歌咏民族的宁夏诗歌》和《新的时代　新的赞歌——读张贤亮的〈大风歌〉》等文章中显现更充分。不论是在人类的精神活动中探讨毛泽东诗词的艺术感染力，还是在新诗的大传统定位张贤亮作品的意义价值，都有着古今贯通的历史眼光。如果

---

① 项宗西：《传统和现代的诗意碰撞——张铎〈塞上涛声〉序》，见张铎《塞上涛声》，宁夏人民出版社2016年版。

说第三辑"天高云淡"三篇批评侧重古典的诗学范畴解读任启兴同志的诗词美学特色,那么第一辑两篇大文章,则是借助了深厚的西方文学理论来分析毛泽东的词和概括宁夏地域诗歌之成就。在东西诗学交汇的当下,诗人张铎将中国注重感悟的诗学特色与注重理性分析的西学理论结合起来,而且在具体的评说中更多体现了中华民族的美学资源和诗学理论。如有不信,试看《心旅四十载》序二中分析李玉民《卜算子·中宁枸杞》的文笔。清新朴素的词句在张铎的审美分析里有了多重的内涵,关键是发掘"枸杞"这个中心意象"文如其人"的寓意,并且"获得了有限与无限单纯与丰厚的辩证统一"。①

文学关乎天理,关乎人事,关乎个人的情志。叶燮说:"文章者,所以表天地万物之情状也。"② 张铎能够解读每一个诗人和作家所表达的情状,也非一般人所能为也。这是多年涵养的结果,也是逐步淘洗的人生境界所缔造的。总览诗人的创作和批评,从故乡情深到山水名胜的歌咏,美好事物的欣赏和个人情志的抒发,显现了人生境界的不断提升和审美情怀的温情涵养。这在众多的序跋后记及精细的作品赏析中更为充分。以意逆志,知人论世,传统的诗词在审美的情感活动中显现个人的精神气度,传达修身齐家治国平天下的儒家思想。古典诗词显扬情志,在理性的审美中锻造词语和意境,现代诗歌注重自我,在感性的触摸中捕捉意象和超验。当然,也不是绝对的冲突,但确实存在表达方式和自我观照的差异。

今天,我们追求家国情怀和个性精神,仁爱悲悯,传承诗教,在艺术的诗学批评中增强责任担当,培养高尚的情操,肯定有益于社会文化的建设和国家软实力的提高。这种思想或者说高远的追求恰恰包容在张铎温柔敦厚的文学审美的坚守里,也蕴藉在精细的诗词细读的审美鉴赏中。

冯雄(1964—),宁夏海原人,现居银川。诗和诗的批评是有关心

---

① 张铎:《塞上涛声》,第148页。
② (清)叶燮:《原诗》,转引自郭绍虞主编《中国历代文论选》(一卷本),上海古籍出版社1978年版,第326页。

灵、生和死、时间与存在的探讨思考，而诗意的审美涵养，既要看到高远的东西，又能关注最细微的事物。"在乡下度过四季"，仰望苍穹和雄鹰，俯瞰大地和草木，执着于生命和养育生命的贫瘠土地，冯雄在乡村风物和四季变换的悲悼里成为一位乡土诗意的守望者。冯雄诗选集《诗意大地》2010年7月由宁夏人民出版社出版。诗集由冯剑华、石舒清分别作序，收作品126首（组），分为五辑（"天堂回音""鸡鸣乡土""西海固：悲怆八行""秋意渐浓""短歌散章"）及跋语六则和评论三篇。大多数作品苍凉而悲怆，乡村大地惯常的意象反复出现，但读来并不枯燥单调。因为这些平实的意象熔铸了诗人多年的生活感悟，尤其是以切身的体验投注在所关注的事物上，用王晓静的话说："用诗的语言跨越时代而衔接，拉直，延展，呈现出来一种流动的意象。"① 从而升华出对大地故乡和所有生命的敬畏之情。

诗人自己说，在诗歌创作中比较看重语言和意境，而笔者认为，其生命执着乡土的深挚情感才使作品具有了感人的内在力量。"举起的双手写满了祷告，神灵在用幽暗的嗓音说话，像老鼠的尖叫，像乌鸦的聒噪。"② 有人在采访和评论中说，冯雄的诗歌追求在传统与现代之间。这说的是冯雄诗歌的语言、情感，还是形式和内涵？其实，这是诗人至今矛盾的人生理念导致的错觉。当自己无法决绝地割断与土地和乡村人伦的血脉关系，却在朦胧诗双重的启蒙反叛里寻求自我价值的肯定时，冯雄爱上了诗歌。爱情是诗人无法回避的，青春渴望情感的释放，生命的荷尔蒙借此煎熬成一行行诗句。冯雄留存自己诗歌作品时有意无意在遮蔽自己曾经的情感。这种情殇貌似矜持的背后，恰恰是诗人何以成为诗人的敏感所在。借用另一位海原作家马占云（左侧统）的话说："我知道你千年沉默的大海，将借助于我的舌头说一点久积心头的话语，我因此有了说话的荣耀，可是海啊，给我激情，给我灵感乃至神性，我愿为你的表达而赴汤蹈火。"这种激情和悲鸣的自我拯救，少有人理解。最早触及冯雄诗歌硬度内质的是唐荣尧，"深读下去，会是一

---

① 王晓静：《梦断乡心又一程》，阳光出版社2013年版，第270页。
② 冯雄：《用词语说出我的疼痛》，见《诗意大地》，宁夏人民出版社2010年版，第230页。

个真实的西海固和她的守望者的声音"①。守望者的声音与激情有关，与沉重无关。

确实如臧棣所言，真正的诗歌批评要成就的是，一种渗透着伟大同情的洞察。诗人着意用诗意装饰大地，泛泛而读的评论者却迷恋这诗意的浪漫和淳朴，在门外徘徊颂赞。没有理解冯雄用诗意掩埋的疼痛，怎能进入其诗歌的语言、意境和感情河床。血脉连心的疼痛，支撑了诗人语言的追求，矜持的自尊约束了诗人的抒情张扬。或者说，不是哀怜地面对母性的大地恩情，而是让大地保持尊严的锥心歌吟，诗人因此斟酌每一个字，留意每一个细节，苦心琢磨意象和意象的独特内涵。"我很容易讲述一个真实的世界，干燥。寒风。皲裂。苦蒿。皱纹和白发，沟壑和山塬。但我不能目睹一个个相似的日子演绎着苦难与饥渴，与生俱来的欲望与撕破喉咙的呐喊。"深情之语，不需要故作高深的哲学思考和批判。"谁统领着这样的秋天，马车空仓而归，鸟儿倒地而毙，牛羊气绝而死，树木净身而枯，河水断流而竭。"②诗集跋语六节，就是诗人的宣言。悲苦和无奈，疼痛和激情，以及诗人的高贵和矜持，流露无遗。同样矜持的石舒清，在看似亲切的《冯雄印象》勾画中，用了一个词——"硬倔"。不是一般的倔强啊！"我是一名园丁或者工匠，我赋予世间万物以命运的场景，用思想去撞击灵魂，让隐痛与忧伤变成永不褪色的芬芳。"③因此，冯雄写诗，早年是因为朦胧的青春，后来是因为明确的爱情。生命被唤醒之后的诗人，写作的目的归根于"用词语说出我的疼痛"。

这种疼痛的表达离不开土地和秋天。一部《大地诗意》，百分之六十以上的诗以秋天为主题，营造了无数有关秋天的意象。春天播种，夏天生长，秋天的大地就是一年收获的期盼，西海固生存的酷烈因此显现。

---

① 唐荣尧：《清晨里飘来的乡音》，见冯雄《诗意大地·附录》，宁夏人民出版社2010年版，第224页。
② 冯雄：《诗意大地》，第230页。
③ 冯雄：《诗意大地》，第231页。

>   郊区之外　一些闲言碎语
>   拼命拥抱晚报消息　就像
>   渐浓的秋色　悄悄染黄
>   田野里的葵花或者白菜
>   白杨的花絮　无处栖居
>   是谁把它的房子毁坏
>   那秋天的无奈　已让我的内心
>   成为一片灰烬的大海

这"消息"是什么？但暗合的就是焦渴干枯的大地。春花有情渴望风雨，苍天却无悲悯之心，干枯了一切庄稼草木的大地，就是"一片灰烬的大海"。

同样，因为天地苍凉，才会有这样的"眉目传情"和恐惧：

>   我想　秋天也许是阳光下
>   一颗跳跃的麦粒
>   是一只鸟和另一只鸟之间
>   不易察觉的一次眉目传情
>   是炊烟引领的乡村的
>   屋顶　是苍鹰高旋的
>   无云的天空，谁也不敢说
>   秋天　是他独自享用的盛宴

"苍鹰高旋"，天空无云，恐惧在心里滋生，"谁也不敢说/秋天是他独自享用的盛宴"。秋天的丰饶是大地的丰饶，大地的贫瘠就是秋天没有收获的绝望。

熟悉冯雄的石舒清细致地分析说："冯雄其实是悲观的人，同时他也是很坚韧的人，正因为他足够的内敛和坚韧，使人有时候看走眼，把这个实际上悲观的人，看做了一个乐观者。"直面死亡的疼痛唤醒诗人的悲悯情怀。诗集里除了许多死亡的隐晦观照，悲郁绝望的《鸟祭》出现两次。第一首从飞翔入手："一只鸟的飞翔　是如何/低于大地甚至泥土。"诗人以深邃、冷静的目光注视着自然与生命的关系，自由美好与看不见的力量在搏斗。鸟儿欢快的歌声荡漾在蔚蓝的天空下，一幅美妙、和谐的画面，诗人看到的却是生命的渺小与脆弱。纵然，此时的鸟儿自由自在地飞翔在大地之上，但终有落地为泥的一天，生命个体终将回归大地，这是宿命，也是规律。万事万物都是矛盾的统一体，泥土孕育了万物的生命，自然也会成为万物终寂的归依之地。"我"作为一个行走在大地上的见证者，目睹卑微的生命的消逝，却只能做一名"抱紧双翅怀藏哀愁的过客"。生命不再像诗人们歌颂的那样伟大，此时它是如此的卑微渺小。"死去的星辰""死之盘踞的废墟"不知是怎样的"轻易抹去"和"捣毁"。生命的终止不留下一点痕迹，仿佛流星一般稍纵即逝，好像从来没有存在过。生命的过程，任凭你怎样精彩，终究不过是过眼云烟。然若没这死亡，生命的华美也无所附丽。亦如朱光潜所说："在个体生命的无常中显出永恒生命的不朽。"[①] 所以，"树上群鸟飞鸣/像是神谕的呼唤。"死亡之中蕴含着新生，而新生里亦孕育着死亡，鸟儿的飞鸣是生命华美的乐章，却也离死亡更近了一步。"晨曦的亮光/神秘而痛楚。"同样，"晨曦"带来的是新生是希望，亦是灭亡与绝望。即如鲁迅在《野草》里引用的裴多菲的话："绝望之为虚妄，正与希望相同。"[②] 生命落入生死轮回、循环往复的旋涡中，无法寻得摆脱之道，留下的唯有"神秘"和"痛楚"。"那些被闪电击中的果实/是天空垂向大地的头颅。"任凭你如何反抗，终究抵抗不过命运的捉弄。顽强了一生的"果实"竟被偶然的闪电击中而向大地垂下头颅。叔本华说过："一切生命，在其本质上皆为痛苦。"[③] 人的一生就是一场悲剧，"悲剧的结局往往为生命的牺牲"。[④] 命运就在这偶然与必

---

① 朱光潜：《谈美　文艺心理学》，中华书局2012年版，第350页。
② 鲁迅：《鲁迅全集》第二卷，人民文学出版社2005年版，第182页。
③ 叔本华：《意欲与人生之间的痛苦》，李小兵译，上海三联书店1988年版，第12页。
④ 朱光潜：《谈美　文艺心理学》，中华书局2012年版，第345页。

然之间隐藏欢乐，显现凶残和暴力。诗人总能在灿烂美好的意象中窥见生命的悲剧性终结。

第二首《鸟祭》直接描写鸟的死亡：

> 一具温暖如初的尸体
> 埋葬在大地深处
> 泣血的鸣叫　使天空
> 像一块不曾剪裁的白布

"天地不仁，以万物为刍狗"，人因同情和悲悯而孤独。1995年西海固大旱，祈雨无用，在强大的自然和灾难面前，诗人仍然坚守一种期望，悲观而不绝望。龟裂的大地，暴晒的阳光，刺骨的寒风，人的生存，一切生命的挣扎，显得如此悲凉而壮观。《预感》："在春天的第一个早晨/是谁站立在一枚树叶之上/呼唤着火焰/我看见高举酷暑的魔鬼/向春天的方向/悄然潜行。"这样哀伤的语句绝不是一个生长在城市的诗人所能感悟得到的，若不是诗人经历过干旱带来的极度苦难，绝不会在生机盎然的早春看到"酷暑的魔鬼"。所以，纵然"我知道/一首辛酸的民谣/将在我关注多年的土地上启程/那些粮食们/已保持不了多少向上的激情/而我依旧/把手中的风暴袒露给原野/酝酿墒情/预感来自一枚树叶的枯萎/那些失去水分的花朵/正在提醒/如果没有我　谁将是/大地上最后一位证人"。诗人明白雨水对土地的重要，纵使毫无希望，却依旧虔诚祈祷。直面死亡，忍受疼痛："我的疼痛已穿过村庄的一条小道/就像一只狼舔尽了伤口的血迹/再把凶残找回。"秋天苍凉的显豁主题外，"疼痛"始终是冯雄直面大地、死亡和爱情的敏锐感受。贫瘠的土地和无望的秋天带来的"疼痛"几乎已成为诗人的宿命。诗人在精神上从来没有离开过故乡，他将故乡的苦难当作了生活与记忆的一部分，而忍受"疼痛"的悲悯却成为诗人内心的常态。

冯雄从大地劳作的生活中汲取上进的力量，在读书的觉悟和诗歌的爱好中验证生命的价值。石舒清曾这样评价道："冯雄是那种肩上有重担,心里有锐痛,表面上难以看出来的人。"① 诗歌的气质必来源于诗人的个性情怀及对世界的感悟,冯雄的诗犹如其人一样透露着坚韧的内蕴。他的诗不是单纯地依靠技术来黏合,而是随着心底的记忆和感受的流动来展开,他将对故土的全部情感熔铸于质朴的语言和清亮的意象之中。"坦白地说,一个人生命有限,不一定遇上大时代。同样坦白地说,'大时代'也许从来都是从'小时代'里滋生而来,两者其实很难分割,或者说后者本是前者的一部分,前者也本是后者的一部分。抱怨自己生不逢时,不过是懒汉们最标准和最空洞的套话。文学并不是专为节日和盛典准备的,文学在很多时候更需要忍耐,需要持守,需要旁若无人,需要烦琐甚至乏味的一针一线。哪怕下一轮伟大节日还在远方,哪怕物质化和利益化的'小时代'正成为现实中咄咄逼人的一部分,哪怕我一直报以敬意的作家们正沦为落伍的手艺人或孤独的守灵人……那又怎么样?我想起多年前自己在乡村看到的一幕:当太阳还隐伏在地平线以下,萤火虫也能发光,划出一道道忽明忽暗的弧线,其微光正因为黑暗而分外明亮,引导人们温暖的回忆和向往。"② 诗人从韩少功这得到了另一种意义印证。

冯剑华在序文《钟情于大地的歌者》中指出:"冯雄敬畏自然,钟爱大地。他对于自己生活的那片贫瘠的土地始终不离不弃。"③ 同样熟悉西海固、熟悉冯雄的梦也说:"以'苦焦'出名的西海固,在外人看来并不诗意,但从精神的层面上讲,却又充满了诗意和救赎的力量。"④ 因此,也有人评论说,冯雄用细腻的笔触描写西海固,写出了这片土地上人们生活的风貌,"给我们展现了一个具有人文情怀的西海固"。

当然,"在冯雄的诗意世界里,其'马车'的影子,总是穿行于乡间古道或是秋月冷霜之下,而'清真寺早祷的钟声'与'遍地歌谣'又会把我们带入远古的苍茫和邈远"⑤。因此,同样生长于海原的"三

---

① 冯雄:《诗意大地》,宁夏人民出版社2010年版,第9页。
② 韩少功:《前言:萤火虫的故事》,《夜深人静》,中信出版集团2015年版。
③ 冯雄:《诗意大地》,宁夏人民出版社2010年版,第1页。
④ 梦也:《根与枝头的花》,见冯雄《诗意大地》,第225页。
⑤ 梦也:《根与枝头的花》,见冯雄《诗意大地》,第225页。

棵树",有着哲学追求的诗人左侧统狷傲孤僻,从苦难的大地寻找生命神性的启示,也可以说是从哲学的路径去拓展西海固地域文化的形而上空间,多了理性维度的思考。小说作家石舒清,贴近生活,静默细致地考察那片苦土上生活的人和人之间的情谊,还有人活着的道义和正信的力量。不同于左侧统的清高高蹈,有别于石舒清的内敛文秀,冯雄是同样深爱着贫瘠的旱塬黄土,却以自己的疼痛感受为价值核心,在语言的矜持中一点一点释放内心的激情,在矜持的自我掩饰中寻求诗人的身份,形成一种简朴冷峻的抒情风格。

在推敲语言的同时,冯雄也特别注重意象和意境的建构营造,娴熟而无意识的借鉴来自语文老师多年浸淫古典诗词的精细涵养。如果唐诗在虎西山的新诗里焕发显现为古雅的诗风,冯雄亲近歌谣的同时潜移默化的是宋词的审美建构方式。白军胜注意到这种艺术承传的艺术风致,用"情感空白"和"语言空白"的审美选择来分析冯雄诗作。这种诗歌语言和抒情特色,说穿了,就是诗歌语言的跳跃性,意象的叠加和拈连,物象的简练,言有尽而意无穷。冯雄这种掩埋疼痛和锤炼语言的风格,包括意境的营造,2009 年之后,多少有了变化。说穿了,冯雄也是爱情诗起家的,但"硬倔"的诗人忘了当年的清新和随意。情感的执着和文字的锤炼,成就了冯雄诗歌创作的高峰,也约束了白话新诗的自由和流畅。从诗的严谨里纾解,散文诗的语言简练而清朗,包括《诗意大地》的六则跋语。政治抒情诗《我见证了十年的时光》和革命传统颂赞的组诗《攀着历史的肩膀》,以及命题组诗《大河上下》,在以往的语言和基调之外,多了活泼的联想和辞藻的渲染。对于诗人最可贵的,是在扩展了的地理景观的行走游历,审美情感打开了一些,"静观云朵在清澈的河面上翱翔/静听一块石头在水底轻轻喧哗/而心中 一眼喷泉在放声歌唱"(《河岸》)。2013 年先后在《朔方》和《黄河文学》连续发表《秋意渐浓》11 首,从土地的挚爱和情感的伤痛中苏醒过来,开始羞涩地打量城市的树木和自己的背影。2014 年组诗《我遇见了一群乔木》,重复的作品和添补的新作共 6 首,诗人有了瞭望远方的期望,消解了某种焦虑和紧张。

新时期以来活跃于诗坛的"60后"诗人,"他们在诗艺上各具个性,但在价值期许上几乎见证了从'朦胧诗'至今'村落终结'的整个乡村社会变革过程"。① 冯雄是一个不愿意放弃诗歌的沉思者,"我不想看雄鹰在天空之城/御风翱翔　俯瞰流云/我不想看群马在草原腹地/迎风长嘶　奔腾逡巡/我只想看一队蚂蚁　绕过我的/脚边　浩浩荡荡地/走出我的视线"。② 冯雄虽少了当年的激情和沉痛,却更为矜持,诗人大地苍凉的回忆附着在"一路向西"的向往里,拒绝来世繁华,敏感于大地的"伤口",试图让生命能够时时超越俗世庸常的魅惑。

张联(1967—),宁夏盐池人。著有诗集《傍晚集》《清晨集》《新诗八味》《张联诗精选》《张联诗歌译本选读》《张联诗选》《静地集》等10部。当代原生态自然主义诗人,以极为质朴的语言记录每一个傍晚和清晨的所见,乡野、土地和耕作的农作物,还有炊烟和牛羊,在四季的风里流转。淳朴而自然的情感渗透在诗歌当中,引导更多的人静默地注视久已忘怀的清贫的乡村。《清晨集》有365首诗,是二十年间三百六十五个清晨的文字描述。正如张联自己所言:"我的诗,我想每一首,是一幅画,是一个意境,是一个童话,也是一个故事。"《傍晚集》亦是如此。《静地集》收200首诗,此时的诗人已离开那个"小阳沟村"搬到了城里,所以这些诗也有许多是回忆而来的感想。可以说,诗人的诗歌创作一直在一条朝圣路上,整体风格和前面的诗集相似,以恬静的乡村渲染和干净淳朴的乡村颂赞描述,获得情感和心灵的慰藉。

其乡土风情描写的《舞蹈》:

为了
这件天衣而有缝
我们
总要持起

---

① 杨梓主编:《宁夏诗歌史》,阳光出版社2015年版,第165页。
② 冯雄:《冯雄的诗》,《六盘山》2016年第4期。

这把最有力的剪刀

剪开

一条又一条

新解而伤痛的

痕迹

成为看得见的

蓝色布料

在天地间

你从而拥有了

一种美妙的舞姿

舞蹈　舞蹈

舞蹈而舞蹈

2010.9.28

在 2010 年 10 月《视野之外》第二期卷首语中，张联说："当我热爱诗、热爱生活、热爱刊物的同时，在小地方盐池，好似小阳沟的静吧，也就这样永远在诗里浸染、陶醉、或痴或疯或癫，偶尔香烟美酒也是一个园吧。"这表达了张联极为淳朴的诗歌创作观。

《清晨集》中《留兰公子要远行》这首诗，作者分三部分写意：第一部分从"一条巨轮——好似远航"；第二部分从"如一座巨棺——好似远行"；第三部分从"几位老者——你要远行"。"诗的三部分都蓄意着新的开端。每一天的清晨到傍晚，也是一个时光运行的一个过程。作者将自己的诗风披上了神性的面纱，让喜爱诗歌的读者，增加了可读性、神秘性，从诗歌中获得了含钙的精神食粮。从遐想的思维空间中，领悟诗歌的无穷魅力。"①

《清晨集》第十三首《留兰公子要远行》：

---

① 左震：《解读张联诗歌——〈清晨集〉第十三首〈留兰公子要远行〉》，见张联主编《视野之外》第二期（2010 年 10 月）。

一条巨轮

　　在庞大里似一幅巨画

　　在平静的波上

　　好似远航

　　如一座巨棺

　　装饰着红色的绸

　　各色的冠冕

　　各色的丝带扯了很远

　　好似远行

　　几位老者

　　迎面走来

　　打着招呼

　　微笑着恭贺

　　留兰公子

　　你要远行

　　这种将历史融进"田园诗"的，在张联却是不多。从神韵而言，乡土的审美写意，在咸国平更细腻，也简洁。如五行短诗《一片叶子》：

　　一片叶子

　　在归途

　　奏响了生命的琴弦

　　又无声地滑向岁月的深渊

　　……

　　当然，与杨云才年轻显扬才名不一样，身处盐池乡间的张联却是一点一点在偏僻乡村的劳作里积累自己的诗意情怀。以《傍晚集》为代表，诗人以原生态自然主义为主要风格，描写乡村的自然景物，守护故乡生活的宁静。盐池的清贫环境却让诗人的心纯净如四季的风，石生泽、许瑞林等诗人的作品同样表现了乡村、院落、故乡和风。他们对故乡深深的依恋之情,犹如春风吹绿原上青青草,犹如鸟雀在天空飞过,犹如牛羊在街巷走过。这就不是简单的民歌或者说陶渊明式的诗意遥想。

张联的执着,张铎的温润,王武军的谦和,安奇的疏狂,周彦虎的周正,等等,笔者在《宁夏文学六十年(1958—2018)》综论中谈到"难以超越的'60后'",因为他们得天独厚,赶上了20世纪80年代文学热潮而喜欢抒情的雕琢。他们继承了前辈诗人注重现实和自我反思的精神,在20世纪80年代末90年代初又在个性化自由写作的嬗变中把握自己、走向开放的诗歌艺术王国。忧愤出诗人,他们也经历了苦难和忧患,但也赶上了恰逢改革开放40年的建设时期,感应时代,能够形成自己作品质实的内容和个性化的风采。"50后""60后"作家以莫言、贾平凹、查舜、铁凝、杨梓、迟子建、石舒清、毕飞宇等为代表,占据了中国当代文学的重要位置。因为这些人能耐得住寂寞,能坐得住冷板凳,没有受到信息化、物质化喧嚣的过多干扰。正如牛红旗,年届四十突然对诗歌产生诚挚的爱恋,三年时间里走遍了西海固的沟沟壑壑,考察拍摄山头和高梁上的堡子,创作了大量细腻丰富的作品。"诗歌在红旗这里不是附庸风雅的游戏或者青春的冲动,而是人到中年之后一种深刻的历险,义无反顾且稳健成熟。"① 其他钟情乡土和诗歌的人们多有这样的情怀,亦如王武军极为低调的以诗歌创作和评论为主的细致耕耘,在勤勉的文字工作中保持了惦念故乡的淳朴情感,还多了静默体会古今艺术和当代文学的审美性情。

三 王怀凌和他诗意的西海固

《诗刊》诗歌编辑韩作荣认为,诗是语言的艺术,语言是心灵的外化,是精神能量的聚集。故诗人称"语言意识是诗人的唯一意识",即使诗人倾心于沉默,也只能借助于语言。如同画家对颜色敏感,音乐家

---

① 倪万军:《叙述的困境》,宁夏人民教育出版社2017年版,第48页。

对声音敏感。诗人，只能对语言敏感。一首诗的生成，首先在于对作品诗性意义的把握。这在王怀凌看似不经意其实很矜持的几十年如一日的琢磨里可以得到验证。

王怀凌（1966—），生活并留守在西海固，也留守着西海固的诗意和文学。"没有西海固人的特殊生存环境，就不会有西海固文学。西海固文学体现着西海固人在异常艰难的生存活动中内心世界的不屈与憧憬，蕴含着人类追求生存与发展过程中的许多健康珍贵的精神因素。"[①]"王怀凌的诗冷静明朗，又不乏对物事深度透视，其语言平和坚实，闪烁着日常生活朴素的光泽；诗中的情感与思想表达的准确、细腻，格调与气息舒缓有致。"[②]

宁夏不少乡土诗人的作品里都有"西海固"。在王怀凌的诗里，西海固已经不仅仅是一种想象性的空间、一个形容词意义上的存在。阅读其诗作不难发现，因为涵盖空间的巨大，西海固是一种方位性泛指，或者说一种带有虚拟性质的场景，它以其宽广的幅域和复杂多变的地貌与气候培育了诗人的审美世界。然而用诗人自己的话说，他的西海固也就磨盘大的一块地方，他的视角也远远没有超出他的腿骨。王怀凌是一个被圈定的人，他的生命带有独特的属性和品质，他成长的过程也正是他离开的过程，也是他返回的过程，因此，他的诗是真挚的，朴素的。"西海固有很大一批诗人在诗歌中臆造着西海固的苦难，而对西海固真正的现实并不了解或无心进入。而王怀凌则选择了进入现实，介入现场，穿行于西海固的土地上。"[③]

王怀凌的诗往往表达的是直接的感觉，而且是直接给予词语和土地真诚注视的感受，保持了昨夜就带给胸膛的灼伤和余热，而不是穿上西装的疏离、远观和怀想。他没有养成城里人的坏毛病，他对土地表现出来的真诚力量是本命似的感触，而不是矫情的虚拟化。"王怀凌坚持本土化创作的姿态。他决绝地将车马的喧嚣、流派的影响以及全球化的同

---

① 钟正平：《知秋集》，作家出版社2018年版，第36页。
② 周所同：《从〈诗经〉到〈清平乐〉再到原州诗群》，《朔方》2020年第10期。
③ 杨梓主编：《宁夏诗歌史》，阳光出版社2015年版，第184页。

化拒之门外，确立了自己民间情怀和地域文化的立场，从而使他的诗作道法自然地彰显了特色，张扬了个性，袒露了傲骨。"①

武淑莲认为："西海固文学的内涵和审美倾向：最早是写苦难生存——坚韧的生命力。新时代背景下，有了新的发展，有'人生另一面'。王怀凌——理性，单永珍——怀疑、批判，杨建虎——感伤、细腻。现在，在他们的作品中，虽然也有审美上坚硬、苦难的一面，但是令读者感受到的是另一种审美意境的出现：和谐与诗意。宁夏作家把黄土高原作为激情之所，表达传统与现实撞击中那些不和谐音符，表达对传统乡土文化和生存方式的眷恋和维护。他们怀着对乡土的赞美，都市的讽刺、民族或民间传奇的重叙来描摹这块土地上的生活。"② 在他早期的作品里，西海固总是以干旱、少雨、贫瘠、瘦弱的面目出现的："旱情铺天盖地/抗旱的消息就像一条条饥饿的虫子/爬上了报纸的头版和八点钟的电视新闻/久违的雷声已榨不出一滴狂喜的泪"（《大旱的四月》）。这首诗中，诗人以一种平静的口吻，讲述着西海固干旱的事实，在看似不动声色的讲述中，通过"报纸的头版"、"八点钟的新闻"以及"久违的雷声"等意象的营造，表现自己极力掩饰着的但又焦虑不堪的心情。王怀凌的诗中，西海固的苦难更多地体现在西海固人生活的悲苦之中："无雪的冬天/父亲把罐罐茶熬出了苦难的汁液/母亲在灯下缝补破碎的日子"（《无雪的冬天和我的老家》）。环境的残酷恶劣，命运的艰难多舛，并没有击垮西海固人。尽管这个冬天依然无雪，但是父亲和母亲依然顽强地按照日常习惯，不屈不挠地生存着，这种生存的意义多么伟大，多么地令人折服。西海固赋予西北人的是常人难以想象的生存力，这不仅在父辈的身上体现着，而且，西海固的孩童也同样具备不可磨灭的毅力与骨气："我看见身体单薄的小弟从牛棚里/打着灯笼出来，他单纯的思想/系在牛的缰绳上"（《月光飞翔在故乡的屋顶》）。"比草丛高出一头的小放牛/比草芽还嫩的弟弟/你眼中的世界是我笔下的忧伤/

---

① 杨梓：《掩痛与默述——王怀凌〈风吹西海固〉序》，见《风吹西海固》，太白文艺出版社2009年版。
② 武淑莲：《真水无香》，阳光出版社2013年版。

落草为王　天地间最小的王子/苦难的童年心疼着牛和鞭子/唱着歌谣放牧/用草茎编织童话世界"(《小放牛》)。"苦苦菜流泪的童年/属于姐姐/你的童年/在油白菜日日涨价的市场/寻找归宿"(《小保姆》)。面对严酷的生存环境,王怀凌几近偏执地高举着写实主义的大旗,悲悯地肯定着西海固人用坚韧乐观承载的自然与生命的奇迹。

与时下众多以乡村为抒情母体而深陷入泛抒情、伪抒情的写作者相比,王怀凌的诗就像一股从大自然吹来的清风,给混沌热闹的诗坛带来几许清凉之气。王怀凌的诗是老实的,甚至是土气的,他一直恪守着最传统的抒情方式,做到言之有物,诗里既没有故弄玄虚的意象,也没有大而无当的词汇。而是注重营造意境,讲究诗歌的味道。与琴棋书画的虎西山不一样,王怀凌就像乡村里最好的厨师,用简单的原料,以直接的烹调方式,不动声色地把握着火候,让我们时而领受乡村生活的淳朴滋味,撩拨起心底的情感涟漪。

王怀凌从校园里开始了诗歌创作,受当时固原文学氛围的熏陶,对民间文艺曾产生过浓厚的兴趣。因此,王怀凌的诗歌语言总是透出一股质朴的气息,散发浓郁的地域色彩,而且呈现出一种明朗的抒情格调。如写农民渴望的雨:"只要有一场透雨/想家的人便感到满足"(《渴望一场雨》);"草帽是一朵经年不败的花/从谁的躯干上怒放/谁的心情就是一片晴空"(《好雨》)。包括写"四月的大旱",写"风中的老树",情感的底色是忧伤,但更多坚韧和乐观。

"守卫在清贫与平静之中",他的诗歌之所以有魅力,在于他通过诗歌将自己的真实情感传达给读者,产生共鸣:

　　谁能借给我一把二月的剪刀
　　把春风的思绪整理
　　让柳丝的情怀
　　抚摸村庄哀伤的脸颊
　　　　《涝坝》

不，不要说起村庄
村庄的冬天寒冷又漫长
……
总有一根情感的线连着
让我牵肠挂肚
大年三十回到乡下
吃一顿叫良心的团圆饭
我再也不嫌娘丑
我学会了一门美学
它的名字叫疼痛
《西海固方志·五》

窖啊，只要记住母亲的乳汁
就永远会对你的滋润
怀一份感恩戴德的深情
《西海固方志·七》

  诗中的西海固真实亲切，又让人伤痛。诗人从自己的血缘亲情写出了"小草的坚韧、泪水的光泽和土地的神圣"①。同时也能够体会出诗人在西海固艰难困苦的生活中充满了认同的情义。语言质朴，显得平易近人，没有丝毫的做作，这种爱绝非虚情假意的表白，而是出自心田的一泓泉水，纯洁，美好。"它孕育了玉米的根须和洋芋的叶子/孕育了男人的健壮和女人的水色"（《西海固方志·六》）西海固给了王怀凌无尽的遐想与思索，诗歌写作成了他唯一可行的超越之径。诗人最多的追问，还是西海固的风和风里的一草一木，它是一种物我交融的共鸣——"我告诉你西海固：蒲公英的泪珠被风暴挟持……"

  诗人寻找诗意的过程就是对日常生活的心灵化过程，是一种鉴赏活

---

① 杨梓：《掩痛与默述——王怀凌〈风吹西海固〉序》，见《风吹西海固》，太白文艺出版社2009年版。

动。善于捕捉西海固大地上的细微事物，进而将之演绎成具有重大意义的哲理成分。这是王怀凌诗歌的另一独特之处。如他的短诗《概念》：

猎人
或者野兽
在广阔的雪原上

远远地看
都只是一个个
黑点

一个镜头伸缩的特写，形象却又精准。特别是：

三月，小小的灯笼点燃
四月的睡梦中
就有青青的诱惑

高高的土墙总也关不住
满园的春色
一枝出墙的红杏
让传统的美德失真
　　　　《杏园》

山野院落的景色把捉，生动别致，借那么一点机智和幽默，生活惯常的道德被打破，古典诗句的化用，意趣隽永。

无论怎样，王怀凌的诗歌里少有廉价的歌颂，多的是贴近生活和土地的悲悯。其诗歌语言和意象虽然显得朴素、隐忍，但内在的生命意识却十分尖锐，处处流露出人世的沧桑，感到一种缓慢、滞重的笔力渐渐刻入读者灵魂。他的语言是瞬间直达的叙述，但总能留给我们阅读值得咀嚼的内在意味。《大地清唱》时期的王怀凌朴素、温情,《风吹西海固》时期的王怀凌自信、清高,到了《草木春秋》,王怀凌开始沉静、简朴,用马晓雁的话说,"慢了,镂空心绪而看正自己,风骨和气质自然内敛"①。

荷尔德林说:"对语言的所有评价难道不都还原到一点,即按照最安全并且可能无欺的标志来检验,它是否是一种精纯的,以美的方式得到描述的情感的语言?"② 在本分的王怀凌看来,土地上生活的一切,逃脱不了四季交替的轮回。王怀凌早期的语言基本上来自民间口语,然而也讲究色彩的布置与修辞的构成。"一罐茶熬出了季节的汁液","比水更多的泪光/闪烁在季节"。其实,"大地清唱",就是万物在季节里显显扬扬,发出自己的声音。王怀凌多年与季节有关的诗具有质感的语言是其作品一个最大的优点。好的诗作,其语言往往富有生活的气息与艺术的质感。如"有谁能忽视一朵花所浮动的暗香/就像忽视一株玉米的袅娜和一朵葵花的灿烂/在日子苦焦的地方,悠深的岁月里/那些开着白色的伤感、紫色的忧郁/黄色的富贵、红色的激情的花朵"(《一朵花在消磨着自己》)。"颜色似乎会有温度,声音似乎会有形象,冷暖似乎会有重量,气味似乎会有体质。"③"候鸟南飞/翅膀上带着北方的牵挂//酷暑的尾巴还在开城梁以北迷离/连阴雨就下了"(《我这样写下秋天》)。"通感"的技巧在这里达到相当高的程度,所以我们读了这样的诗句,发现来自不同的官能感触,却在诗人的审美贯通中有了一种立体的感觉。这样的语言是多姿多彩的,不仅表达到位,而且达到了精美与丰赡的地步。"一簇簇野菊,繁华着金黄的盛年/它只为在秋风中绽放。过路的人视而不见/白露为霜啊!铺天的霜降笼盖四野/秋风已为大雁清扫出一条干净的道路……而六盘山背后,一朵雪花正随风起舞/或许在一个月光清冽的夜晚,风如美酒"(《在深秋》)。而且我们发现,王怀凌的比兴语言,在生动和形象之上,不仅有时间的距离,也有空间的辽

---

① 马晓雁:《中年以后:王怀凌诗集〈草木春秋〉评析》,《原州》2015 年第 2 期。
② [德] 荷尔德林:《荷尔德林文集》,商务印书馆 1999 年版,第 235 页。
③ 钱钟书:《通感》,《七缀集》,生活·读书·新知三联书店 2001 年版,第 73 页。

阔。早期诗作描述得更清新,"这是元朝的某一个夏天/云彩追逐着雁阵/清风抚摸着羊群/剽悍的祖先们/以游牧民族的豪放/把蓝天唱得高远/把草地唱得辽阔"(《西海固方志》);"把牛吹成皮,把皮吹成鼓/把鼓吹成一声叹息"(《西北风(二)》);"雁阵飞过空旷的原野/白云就在广阔的天空牧羊"(《秋风》);"离神最近的就是那条神秘的暗河/离灶膛最近的是我热烈的爱情"(《边地》)……像这样的语言,谁能说它不是一种贴近生活、富有质地的诗性语言呢?

当然,诗人琢磨的不仅仅是诗性的语言,还有"草木春秋"的诗心沉静。"金黄的柴胡刚刚谢幕,紫色的菊花就素面登场"(《一场花开》)。"人生一世,草木一秋",在山丹牧场,"祁连山用一头白雪的银发回答岁月沧桑的奥义……我迎风而立,老泪纵横"。"人们从草木易枯、美景易逝,进一步联想到生命的短暂,由自然反观人生,自然就获得了一种哲学和宇宙意义上的悲剧意识。"[①] "我断定蹲在秦长城上看落日的不是诗人/迎风流泪的也不是浪子"(《落日苍茫》)。2015年刷新在博客里的《我等待什么》,质朴、明了而又绚烂之致,时序的变换有了诗意的揣度,日常的安闲在空灵中"等待"。

王怀凌的"中年生活"看似风轻云淡,其实诗人的哀伤很深。他追求意象的刷新、沉淀和质朴清隽,喜欢在一首诗的多个地方设置着力点,让读者在品赏诗的流水叙述中,揣摩其不经意的语言狂欢。西海固大地的"魅惑"使王怀凌对浮泛抒情表现出斩钉截铁的排斥。"自然的人化和人的'自然化',即对自我异化的扬弃,向自身的复归。"[②] 因此,无论是谁,慢条斯理地阅读王怀凌的诗都是对这位"文学元气"充沛的写作者的不尊重。

乡愁蕴风流,诗意悲悯的西海固,包括一草一木,是王怀凌安妥自己,善待一切人事的情感本源。一次次被日光碎影的"暗箭"所伤,"对过往美好的追溯,往往成为最好的文字。""诗的厚重在于诗人将生

---

① 王国安、王小曼:《汉语词语的文化透视》,汉语大词典出版社2003年版,第100页。
② 肖云儒:《中国西部文学论——多维文化中的西部美》,青海人民出版社1989年版,第193页。

活的磨难层层解剖,并以自然界的其他元素所代替,表达诗人内心的真实。""一个诗人,必须在美学意义上同别的诗人构成强烈的对抗,否则,他不能成为他自己。"① 王怀凌具有无法被生活遮蔽的睿智。"亲人们从未走远","尘埃中的美人依然年轻"……生活里颓废是具有杀伤力的毒药,但在艺术家,颓废是接近人性本真的情感状态,往往会使诗人得意忘形。这是魏晋以来中国文化很高的精神境界和审美境界。

四 乡土风物的唯美咏叹

形神相亲,照烛三才,叶子、雪舟、竹青、郭静、马晓雁、倪万军等安于本分的西海固诗人,非常细致地感受陇山乡野的风物人情,寂静与芬芳,以各自不同的性情经营各自的诗意文字。郭静谦和地在故乡教书,安静地琢磨自己纯净的抒情诗。雪舟是内心非常敏感的人,在生活的悲悯里寻找自己及物感怀的语言。

郭静,1970年生,宁夏隆德人。其《侧面》作为宁夏诗歌学会丛书之一,2014年由宁夏人民出版社出版。诗集共有五卷,分别是"花开的声音""世上""行走的歌谣""虚设""农历光芒"。在"花开的声音"这一卷中,诗人对花、四季、月光等进行了歌唱,从中读到的不仅是作者对万物的体察,还有诗人对其蕴含的生命意义的思考。在"世上"这一卷中,诗人表现的忧伤色彩更加浓厚,对于行为及生命的思考意味更浓,从中可以感受到诗人的孤独情绪,如《当我老了》《够了》《余生》《墓地》等,作者用涉及死亡的话题加深了其作品的思想深度。"行走的歌谣"一卷里的语调相比而言是欢快的,诗人在中国广阔的大地上游走,用行走般的笔调写下了这些诗篇,如《雪落六盘山》《萧关道上》《在雪峰山中穿行》等,虽然诗歌主调是欢快的,但是仍

---

① 王怀凌:《时光留下的记忆——读郭静诗集〈侧面〉》,见郭静诗集《侧面》,宁夏人民出版社2014年版。瓦楞草在王怀凌等西海固诗人研讨会上说,从诗集《草木春秋》可以看到,步入中年以后,随着诗人的人生经验和阅历增加,诗歌的陈述也摒弃了亢奋、高调的抒情,因而他的诗歌更加紧密、具体和明确,更易于体察描述生存的现实,也更包容日常生活的经验。

带有诗人独特的沉静心态，这种笔触下的诗歌是意境深远的。在"虚设"一卷中，诗歌大量的意象是从浩繁纷杂的故事和传说中来，也从诗人漫无边际的想象中来，他所直面的对象有时是一盏油灯，有时是一个农人，有时是一粒枸杞，如《油灯》《拾土豆的人》《遭遇一粒枸杞》等，这些诗歌是生活场景的描摹，自然也带着收获的喜悦和生存意义的思考。郭静的诗歌并没有多少艺术技巧的运用，反而是朴实细腻的描写，使得他的小诗充满了个人忧郁深思的气质。

在当代宁夏诗坛上，郭静以更加内敛、澄澈的情感在众多诗人中显得尤为独立。与西海固其他诗人如虎西山、王怀凌、雪舟等相比较，他的诗作没有虎西山诗歌意象的风趣多样、风格的节制自然，没有雪舟诗歌中丰富温润的情感和伤感中带着希望的艺术美，也少了王怀凌形神相亲的生活智慧，郭静的诗歌以其独特的个体情感感受着外部的世界，在深入观照内心的同时化解着与外界的矛盾，追求着内心的平和与沉静。他将这份执着的追求不仅付诸实践，也将这份情感化为充满力量的诗句，在平凡的意象中赋予仅属于他个人的独特诗意。

郭静的诗是阐释他自己的。作品中所表现出的人生观，以及从不同形式对一个问题的反复挣扎与思考，都是对诗人自己生命旅程的诠释，并且在这个过程中臻于淡泊和宁静。丰富灵动的形象融入思辨的哲理使得乡土风的抒写有了深沉、诚朴而凝重的风格。在郭静的大部分诗歌主题中，多是对生命存在的追问和对灵魂的扣问，但当诗人明白人终其一生不过是在欲望的沼泽中越陷越深时，流露出的则是对生活的悲观与绝望。生活带给诗人的痛苦是源于他对生活的认真态度，而诗的审美却寂灭归于无我之上之有我之境，独成瑰丽。

一切艺术都在以各自的方式探索人生，叩问生命的本质。而将诗歌作为灵魂的诗人郭静更愿以他的方式体验生命的过程，追问人生的终极目标。朱自清在谈新诗时这样说道："大自然和人生的悲剧是诗的丰富的泉源。"[①] 对于郭静来说，人生的悲剧莫过于欲望的束缚，所以在诗

[①] 朱自清：《新诗杂话》，生活·读书·新知三联书店1984年版，第15页。

歌中他总在渴望心灵的自由,努力超脱于世俗间的一切欲望,但这个过程又使诗人不免深感无力,仿佛无论怎样挣扎都摆脱不掉无形中的束缚,突破不了人生局限。如诗人在《水域》中表达的,人生就像一片水域,而"我"就是这水域里的一条鱼,"一生游不进另外一片水域"。诗人的这种挣扎和痛苦在《悬空的果实》中也可见一斑,这首诗以极为简短的诗句表达了陷入尘世的诗人对与世人有着同样的局限的无奈和对精神自由的渴望。"我只看到果实/同好多人一样。"诗歌以这样看似随意的诗句作为开场,简洁而质朴,却饱含着深刻的哲理命题。的确,面对丰硕的果实,人类想到的不是果树成长背后所付出的努力与艰辛,甚至连想也不会想,想要占有的欲念早已经袭上心头,阻碍了理性的思考,果实的诱惑将人类贪婪的面孔展露无遗。所以,"我看到它红艳、圆润,越来越丰满/我看到诱人的果香/仿佛裹着丝绸的光芒/穿过一片又一片叶子/照亮了整个果园"。诱惑让人类的欲望无限膨胀,如同诗人在《美的事物》一诗中所表达的那样:"世界这么小,当美出现时/人的欲念又那么大。"这不得不使我们想到亚当夏娃偷吃禁果的下场,这已经注定了人类的宿命是不断地对欲望追求的过程。诗中的"果实"正是对人类欲念的象征,它的"红艳""圆润""丰满""果香""光芒"都是人类欲念的投射,然而在诗人眼中也不例外,这也就是痛苦之所在。"风轻吹它晃动一下/我的心就咯噔一声/整个夜晚/我就在这种不安和担心中/彻夜未眠。"这里的"不安"和"担心"正是诗人在面对人类宿命中的弱点时所表露出来的无力超脱的低落甚至是绝望的情绪。虽然此时的诗人是低落的,但他又是最清醒的。不过我们不能就这样认为诗人会颓废下去,因为这首诗只是代表了诗人看透人生本质后思考的一个开始,所以诗歌里能够感受到的更多是对未来的困惑与迷茫。我们在《所愿》一诗中便可读到诗人已找到了心灵的"出口",感受到诗人在从容中对自我解脱的追求。所以,"欲望之门。没有尽头。"但"我渴望有一种慢带着无边的/天籁/像草叶上晃悠的露水/像滑过蝶翅的微风打湿我抚慰我/我疼痛的骨头疲累的身心和灵魂/会在一杯清茶一次散步/一缕淡然的书香中慢慢地舒展"。既然不能推翻宿命,就让自己在淡然之中无限接近于心灵的自由。同样，在《空地》一诗中，诗人也表达了对保持自我的愿望，"心中还有一块空地/仅仅有那么/一小块/作为自留地种什么都行/但一定要远离/浮夸和污染"。诗人在诗集《侧面》里反复表达着对自由精神的向往，以他的执着对抗着人性的弱点与宿命的局限，这种坚持与严肃的姿态在当下污浊的环境中呈现出真善的至情。

如果说《悬空的果实》是诗人思考人生并产生困惑的开始，那么《余生》则是诗人沉淀岁月之后的感悟。既然认清了自己的前半生是生活在无法摆脱的欲望之中，那么"余生"只有让自己沉静下来净化心灵才能更靠近无欲的极限。诗歌的结尾与开头相互呼应，诗情在这里达到高潮，诗人决意离开浮躁、欲望的都市，回归到质朴的乡野，找寻内心的平静，这是一位赤诚的诗人所表达的坚贞而美好的情怀。大自然中最平凡的不过是一草一木，但却是诗人们寄情的对象，而在有着地域特色的大西北，黄沙、戈壁更能与诗人的心灵相契合。残损的土堡、孤独的古城、浩大的黄河、古老的萧关都浸透着苍凉与忧思，就像王怀凌说的："郭静用多情的脚板感受着大地的体温，用温暖的文字抚摸着山水的容颜。"[①] 诗人以他的慧眼展现出一幅旷达、壮美的西北图景，在或萧瑟或壮阔的景物中寄托着诗味与诗情。郭静曾回忆道："是这个沟壑纵横、峁梁塬岔遍布的一方厚土给了我欲罢不能的疼痛与隐忍，催生了我拙朴而忧伤的诗意。"[②] 在诗歌的字里行间充满着诗人的清冷与寂寞，但当融入这具有残缺美的西海固的土地中感受到的则是诗人对生命崇高的赞叹与敬畏。

《黄河，黄河》一诗将客观的描写与抒情的笔调相交织，传达了诗人亲近母亲河的深厚情感。诗运用了拟人的手法，将细腻的感情投注于黄河，不仅形象生动地表现了黄河流动的面貌与特点，还细致地展示了在面对"柔软"而"浩大"的母亲河时情感的变化。整首诗的每一节中都有"我"的直接参与，或融入景中或与物形成对比，达到物我融

[①] 郭静：《侧面》，宁夏人民出版社2014年版，第5页。
[②] 郭静：《侧面》，第165页。

合的境地，让读者从头到尾都能感受到诗人内在的情感波动。这份深沉、复杂的情感随着诗人对黄河的崇敬与赞美而逐渐明朗，整首诗呈现出柔美与壮美并存，忧伤与敬畏交织的独特情貌。《星海湖的风》是一首寓情于景、情景交融的抒情诗。虽然全诗描绘的是青海湖，但诗人的思绪情感都寄托其中，含蓄而唯美，这首诗其实是孤独者内心信念的倾诉，是对内心澄明的向往。现实里的星海湖并非"冰清玉洁"，而是有污秽也充满忧伤，这才是存在的真实处境，是活着的现实写照。生活在污浊的环境中难免有身不由己的悲哀，但"在星海湖，一朵莲华独自盈盈"，一朵象征着廉洁、清高的出淤泥而不染的莲花注定要成为诗人精神的信仰。面对物欲横流的世界，"我没有太多奢求/我只想借一掬澄明之水/洁身清心净魂"。在诗的结尾，诗人点明了诗旨：如莲花一般轻盈、洁净。全诗以清晰可感的意象寄予了诗人独特的感受和坦诚的情感，读来耐人寻味，给人以深刻的情感启示。

  秋、冬不仅意味着季节的交替，时间的流逝，也象征着美好过后的凄凉与萧瑟，紧密、沉重的冷风刮过大地的同时也吹起了诗人内心的最深的记忆，那是对亲人的思念和对时光荏苒的感叹。"对诗人而言，如果岁月在心头留下了刻痕，无论多么凌乱，都会触发起情感的涟漪。"[①] 只是诗中秋冬凄冷的背景下，丰富鲜活的生命意象落寞枯萎，诗人的情感则越发孤寂。冬季的寒冷与萧瑟总让人的心境变得凄凉，内心敏感的诗人更是会在冬季尤其是在下雪的冬季想到生命的落寞、沉重和衰亡。艾青的《雪落在中国的土地上》是为苦难的民族献上了一支悲凉的歌："中国的苦痛与灾难/像这雪夜一样广阔而又漫长呀！"最典型的莫过于穆旦的《冬》，诗人将冬季比作生命暮年时的状态："才到下午四点，便又冷又黄昏。我将用一杯酒灌溉我的心田。多么快，人生已到严酷的冬天。"郭静的一首《大雪》则是在下雪的冬季"说出了内心的疼痛与不舍"。"写下一场雪/让我枯萎的笔尖泛出墨色/让群鸟的盛宴不欢而散/让一只孤独的狼/在雪地留下仰天的长啸。"在诗一开头，诗人就通

---

① 郭静：《侧面》，第4页。

过对"笔尖""群鸟""狼"的意象的描写表露出诗人孤寂、凄凉的心境,而这三种意象其实也就是诗人心绪的写照。正是因为这场雪使久不提笔的作者有了灵感,想要表达的冲动让枯萎的笔尖有了些许的活力,但大雪带来的灵感并不是徐志摩式的温馨与快乐,而是痛苦与思念,所以为盛宴相聚的小鸟不仅不欢而散,就连充满斗志的勇敢的狼也走散了队伍孤独地嚎叫。此时,"静寂的村庄扯开的白帐/房屋,草垛,树木,炊烟/这些安静的道具/在无欲的生活中打着盹/一场雪让它们安于孤独"。清静恬淡的生活一直是诗人所向往的,"房屋""草垛""树木""炊烟"这些景象,此时也显得格外安静,这也让诗人心生羡慕,因为它们在无欲的生活中安于孤独。"落雪无声。穿过毛儿刺的风/说出了内心的疼痛与不舍/我的妹妹远嫁他乡/大雪封山。遍地苍茫/一片雪花在我的掌心/化成一滴相思的水。"刺骨的寒冷容易让心灵变得脆弱,唯有和亲人在一起方可得到慰藉,也只有家人才能抚平内心的"疼痛与不舍",但是远嫁的妹妹却更让诗人牵挂和担忧,此时雪后的静寂里,唯有相思才能缓解心灵的伤痛。同样,通过"大雪"去表达相思之情的还有虎西山的《大雪》一诗,不过这首诗的情感色调更显得温暖、明朗:"心中想念的老酒/肯定在火炉上热着——/妻啊/黄昏敲开家门/我用落满两鬓的苍老/感谢你的美丽。"[1] 而在雪舟的《雪舟诗选》中同样也大量出现大雪的意象和情景,其中《白雪吹送还乡人》一诗以简短的九句话描写了飘雪的村庄与村庄里的生命,诗歌只有最后两句轻描淡写地提到了还乡的民工,诗歌使用侧面描写的手法,却同样不减思乡之情。"村庄在冬雪中/一夜白了头。望乡/返乡的民工进了村/白雪吹送还乡人。"[2] 可以说,三位诗人同写大雪,却风格不同,各有特点。在郭静的诗歌《大雪》最后一节,诗人表达:"纷纷扬扬的大雪啊/请把我埋葬——在此之前/我会一遍遍地喊着一个人的名字/直到喊出我最初的悲戚或爱慕。"诗中的"一个人"也许不该狭隘地理解为某个人,但在上一节中,诗人对亲人的思念只会平添心中的不舍与痛苦,而

---

[1] 虎西山:《远处的山》,宁夏人民出版社2014年版,第57页。
[2] 雪舟:《雪舟诗选》,宁夏人民出版社2014年版,第27页。

对爱人的回忆和呼唤则会给孤独的诗人带来些许美好和温暖，哪怕回忆里不少苦涩，也会感觉到爱得充实，所以将"一个人"理解为诗人的爱慕之人，会更好理解诗作结尾深情的倾诉，理解诗人对情感的执着与专注。这里深蕴的是抛却一切杂念后爱的初心。

《你走后》是诗人为纪念逝去的父亲所写，全诗情感真切而自然，读后能深切体会到诗人对父亲的怀念，以及父亲走后诗人心中的彷徨。其实在诗集《侧面》中有许多描写和怀念父亲的诗，如在《低下头》一诗中，诗人有这样的表达："八年了，前世和今生都盈缩在脚下/疼痛和思念绵绵无期/你落霜的坟头依然白茫茫一片。"而在《我想说》一诗里，诗人则是通过对父亲生前用过的器具的描写来表达对父亲的思念："你的斧头、刨子、镰刀、犁铧/落满岁月的灰尘，我时常擦拭/却再无法擦出钢汁的花朵。"此外还有《我没有看你最后一眼》《习惯》等，不过这几首诗歌都是以直接的方式向父亲表达哀思，相比之下，《你走后》则显得更为含蓄，全诗的笔墨集中在对环境氛围的营造上，仿佛万物都随着父亲的逝去而衰败凋落，诗以侧面描写的手法烘托出一种忧伤的情感色调，却更能表现父子之间深沉、长久的亲情。"你走后，一树的梨花在夜里落了/白茫茫一片，被风吹着/把夜染白　变轻。"梨花的凋落象征着生命的衰败，而在夜里，散落的白仿佛也在为父亲的离去而悲伤，如诗人的眼泪一般飘洒在夜空，将夜染白。别离的痛苦让诗人想到了那只飞走了的花喜鹊："那只花喜鹊再也没有飞回来/空空的巢，举着天空盛大的虚/崖畔上的草朝你离开的方向倾斜。"飞走了的花喜鹊隐喻着不再回来的父亲，物是人非的哀痛让诗人的心找不到方向，面对虚空的巢只能如草儿一样追随你远去的方向，至少让此时孤寂的诗人得到些许的慰藉。然而，万物虽静好，终来总归尘，这是合乎人类生存发展的客观规律的。即使"玉米金黄"，却也"抖落了花白的缨子/大地呈现衰败的美/孤凄，绝望，包容尘世的所有苦难"。土地才是万物的归宿，而它却也如母亲一般滋润着生命，同时也要承受生命的枯萎所带来的苦痛。最后，诗写了诗人由于哀伤以致精神上出现的错觉："一个人走在失守的村庄/总觉得有人在不远处看我/父亲——我差一点喊出了声/转身已是泪眼婆娑。"父亲的离开对诗人而言,不只意味着村庄的失守,还有自己精神家园的坍塌,伫立的村庄和逝去的父亲形成尖锐的对比,面对"空荡荡"的村庄,诗人几乎难以抑制自己的情绪。整首诗四节,前三节都是对触景生情的梨花、喜鹊、玉米等乡村意象的渲染,直到最后一节才提到了父亲。第四节里诗人思念之情达到极致,在心底呼喊父亲。这也是本诗的特别之处,因而增强了触人心弦的情感力量。

纵观郭静诗集,疼痛、忧伤、寂寞、孤独、欲望等词语频频出现,生活的忧郁感触,情感的困顿甚至生命悲观的揣度,又与不断寻求心灵的舒展、超脱和自由之间,构成了郭静诗特别的思想内蕴。诗人内心的隐忍与宁静不仅使其作品读来朴素、真挚、隽永,而且让读者对诗人还多了一份敬畏之心。这种令人敬畏的力量源自诗人对生活、对诗歌严肃沉静的态度。艾青在谈到诗歌创造时说道:"悲剧使人生充满了严肃。悲剧使人的情感圣洁化。"① 正是诗人对人生悲剧本质的透彻认识让他产生了对人类命运的严肃思考,读其诗如听一个人怀抱大提琴的倾诉,低沉、浑厚、纯净,蕴含深沉而复杂的情感。又如乡间的牧笛呼应着远方高楼上传来的箫声,婉转、哀怨、悠扬,并不沧桑,流露出沉静生命的忧伤和丰富。这种沉静和严肃别样显现了诗人超越生活的悲剧意识和感伤性情,也是心灵担当。

雪舟(1968—),回族,宁夏泾源人。1988年开始诗歌创作,作品发表于《六盘山》《星星》《青年文学》《中国诗人》《朔方》《黄河文学》等刊物,入选《诗选刊》《建国60年少数民族文学作品选》等作品集,出版诗集《雪舟诗选》和《秋日来信》。中国作家协会会员,宁夏作家协会会员,宁夏诗歌学会秘书长。

诗人面对生活的感伤是一种时间划破生命的幽邃怀想。《光阴》中表现的河流、大地、春天、山谷等意象在后面的诗篇中都会被多次描述。这些意象组合在一起就构成了"光阴"这一主题各个侧面的内涵。

---

① 艾青:《诗论》,人民文学出版社1980年版,第180页。

在时间的流逝里审视着过去的"我",怀念着多年前的人和物,诗歌的语调是平稳、舒缓的,没有对逝去光阴的抱怨,只有对走过的生命旅程的诉说,感怀着那些随着光阴逝去而衰老的、变化的,也感念着如今依旧存在的和留下的。借用杨森君的评语来说,我们"理解雪舟与物共在的平等精神,他可以夸张事物,却不夸大自己。他总能在妥帖的对称中,将自己心中荡漾的诗意由我及物,再由物及我地表达出来"①。每种意象以跳跃的形式依次出现,诗人用暗示、象征的手法呈现其内在的逻辑性。"我在世上该走的路也会越来越短/包括我的影子、呼吸和我移动的光线。"人生匆匆,唯一确定的是它将越来越短,作为光阴流逝的见证,令世人端详:"有时候,我像一只在暴雨中下山的羊/绝望得再也停不下来。"诗人骨子里带有忧伤,所以当他回顾自己的过去时,会对自己"有时"的绝望而感到遗憾。而"有时候,我是自己身体里的鹰/在食物和枪口之间俯冲、盘旋……"这与其说是诗人对自我过去的回顾,更是对世界的审视。诗人将自己比作鹰,表达的是在生活中难免要面临的两难选择。或许我们可以进一步理解为自己如鹰一般,面临的是诱惑的深渊:"食物"象征着欲望,"枪"暗示着险境,满足欲望就有坠入深渊的危险。人类不断地被欲望驱使着,同时也在一步步走向堕落和罪恶。诗人也不例外,面对诱惑,年轻的诗人也会动摇、困惑。另一位静守西海固的诗人郭静也多写表现欲望的诗歌,面对欲望,郭静的态度是拒绝和排斥的。与郭静不同的是,雪舟"作为一个土生土长的回族诗人,能够把现实生活、母系家园、民族意识、宗教信仰、自然景观和人文历史紧密地结合起来,以一种审美的精神诉求、不事雕琢的现实笔触,叙写出一个民族的悲悯与疼痛、抗争与梦想……"② 从现实生活看来,这不免理想化,但诗人鲜明的价值立场却是值得我们肯定的。

审视自我,怀念亲人,"我熟悉的植物和亲人都会枯萎/秋风一点

---

① 杨森君:《一卷河山》,《雪舟诗选·序》,宁夏人民出版社2014年版,第3页。
② 王武军:《诗歌之舟缓缓流过泾河——雪舟诗歌简评》,见《疼痛与唤醒》,阳光出版社2014年版。

一点把他们身体里的水抽走"。在这里,秋风是无情的,不仅带走了生命的绿色,也吹皱了亲人的脸庞。第二句以侧面描写的手法不仅极为形象、生动地描写了物与人的衰老,还留下了对诗歌所呈现的画面的想象空间。过去的美好总是浮现于诗人的脑海中,所以"每个夜晚梦境都会带我到陌生的地方/而黎明让我重回大地",这个"陌生"的地方其实也并不陌生,只是记忆中窄小的河流如今已变了样,"多年前可以跨过的小河或小沟/如今我只能站在对岸"。同样来自泾源的诗人评论家悟君说:"诗人雪舟围绕'出生地',不但给我们呈现出了云淡天高的六盘山、金戈铁马的小南川、泾渭分明的二龙河、充满传奇的老龙潭、'花儿'声声的胭脂峡,而且用草叶一样的笔尖,蘸着西海固晶莹的露珠,抒写出这片苦难的土地上最熟悉的人与事、景与物、痛与爱,以及时间、阳光、云朵、雨水、空气和河流。"① 因此,回顾生命,只有当你以一颗平常心去面对生活、抛开束缚你的欲望与杂念,才能感受到身旁美好的存在。"当我试图回答时间的追问/一场雪封住了道路和春天的嘴巴。"时间、空间也许是人类永恒思索和追问的主题之一,但天天面对它们悄无声息的存在,却没有人能回答清楚。所以,宁愿"我只是一面鼓,在月亮下敲打黑夜薄薄的雾/太阳是白昼的心脏,道路是脉搏,时光在流动",宁愿"我只是融冰的河岸,过往的船只,来去的四季/一罐清水能否带走我在世上的积垢"。

但是,人无法安顿自我,无法消除记忆、爱恋和忧伤!每个人都有着各自的生命轨迹,并且会以自己的方式无数次去体验并表达大致相似的人生哲理,但无论怎样执着痴迷,都无法改变生命的周而复始,所以"我对大地的吟唱即将结束,依然是/山谷,河流以及落日的余晖"。最终,生命里该来的无法阻止,存在的依然惨烈,"因为忽略的事物,我不得不在秋天埋下头/和草蹲在一起,和终究要搬空的老屋分离"。诗人对光阴、对生命的认识与感知就在这意象的跃动之间自然呈现。这首《光阴》可以看作诗人对前半生的回顾与总结,内容丰富厚实,情感自

---

① 王武军:《诗歌之舟缓缓流过泾河——雪舟诗歌简评》,见《疼痛与唤醒》。

然深挚。"流年""流逝",回不去的"黄林寨",人到中年,诗人变成通向出生地山路上一棵草,内心更加温柔。诗人内心的愧疚发酵成缅怀亲人的感伤。这就是为什么,写父亲的《回到亲人中间》,写母亲的《俯首常常让我泪流满面》,核心还是落在了"时光"上。时光腐蚀着一切生命和生命的美好情感。

同样,时光的记忆里无法回避"在我贫困的村庄"所遭遇的苦楚,雪舟却很少刻骨铭心地去渲染苦难。如《牵手》,一首质朴而温暖的小诗。从诗题上看,或许会认为这是一首歌颂爱情或亲情的诗篇,但事实上,诗歌内容描述的是诗人曾说服辍学孩子的父母让孩子重返校园的一次经历。全诗只有两节,前一节描写了一幅富有童趣的、生机盎然的景象,第二节才进入正题,诗人以简洁的语句描述了自己从来到农家小院到牵起孩子的手重返校园的场景,三言两语却清新自然,若不是给诗人留下了刻骨铭心的记忆定不会表达得如此不动声色。诗人在诗歌中并没有因为孩子的辍学而流露出同情、悲悯的情感,反而营造出一种万物复苏,对未来充满希望的氛围,这更体现了诗人内心良善的力量。明媚的阳光、活跃的蜜蜂、嫩黄色的油菜花、绿油油的植物等象征着生命与活力的意象构成了一幅鸟语花香、令人心旷神怡的图景,看似与诗歌的主题内容无关,实质上是诗人为第二节内容渲染得积极向上的情感色调,它预示着孩子充满希望的未来。"周末,走到一户农家小院/等他割草回来/说服他的父母/牵住他满是青草味的小手/你会遇到熟悉的山路/告诉他,在这条路上/曾经有一双手牵你重新回到校园。"孩子辍学在家务农,这背后的苦痛都隐藏在质朴简短的语句里。与孩子牵手的那一瞬间,诗人从心底萌生出一种对生命与希望的感动,"未曾失落,天真而安全,无法了解何谓温柔,只有失而复得的心才能永远满足:通过它放弃的一切,自由地为它的自主而欣喜"①。而这首诗的动人之处就在于"牵住他满是青草味的小手",让失学的孩子回到学校。诗人的温柔也来自生命交流的亲情挚爱,《多像……》,把女儿捧在了手心,《在文成

---

① [美]索甲仁波切:《西藏生死书》,郑振煌译,浙江大学出版社2016年版,第216页。

公主像前》，泪水涟涟。让我想起余光中那篇担心着女儿婚嫁离去的散文《四个假想敌》。西海固的男人比较内向，冯雄的诗很少有甜美哀伤的爱情诗，雪舟绵长的爱情里多有笨拙的蟋蟀似的吟唱，却也没有收进诗集。但从诗人对女儿的珍爱里，可以想象诗人年轻时的爱恋情态。"无法了解何谓温柔，只有失而复得的心才能永远满足。"诗人的审美是一个自足而复杂的情感窖藏过程。

有人说，这种看似简单而又抽象的写作方式，用一种特殊凝视性的眼光打量客观物象，宛如从事物身上提取高浓度的美，如《雨夜的挂钟》。作者"以时光的视角，观照自身周围的一切，把人从庸常、琐屑、繁杂的日常生活中提升出来，使生活闪烁着鲜活而生动的光影。"①《阴影》通过直白的描绘，展现出了大自然给予人类生活的启示，人生的旅途中不是只有晴空万里，理想的追求有时也会被生活的阴影暂时遮挡，甚至还要遭受你必须承受且无法摆脱的压迫。正如诗人在诗集后记中所说："生命中难以逾越的时空和界限、谁也抵挡不住的秋去冬至、终究要从身边消失的人和事、未知的前路与可知的擦痕，都在加重我对抗的力量。它们不断变幻着面目，从不同的方向挤压着我的生活的整个过程。"②未知的困境和遭遇就像阴影，不知道什么时候会遮蔽住我们头上的阳光。静心等待，乐观地去迎接太阳的再次出现。杨森君谈道："在我的多数诗歌中，有两个亲如姊妹的词是我不厌重复的，即光线与阴影。"诗人认为，光与影构成的斑驳美感令人迷醉，而暗影与"光与实体之间很容易交融为一个诗意的轮廓——它很容易让一首诗带出几何的安静的美"③。如果说，在意象的选择上，杨森君倾向于内心的诗意美感的话，那么雪舟看重的则是意象在现实生活中的象征意味。"阴影"在日常生活中是最常见的事物，诗人细心地捕捉到阴影出现到消失过程中小草、山坡的变化，以最单纯的画面呈现了人生中最普遍而又深刻的道理。值得注意的是，阴影作为诗歌的主体意象，它也在为自己

---

① 张铎：《塞上涛声》，宁夏人民出版社2016年版，第209页。
② 雪舟：《雪舟诗选》，宁夏人民出版社2014年版，第156页。
③ 杨森君：《诗学札记》，《朔方》2016年第4期。

的生存与太阳抗争着，所以，"阴影""太阳""小草""山坡"，它们作为生命个体相互依存也相互抗争，无须忧伤抑或绝望。此诗句式虽不均衡，但意蕴淳朴自然，有了含蓄隽永的艺术效果。

《在青海湖》，也是一首深挚、隽永的小诗。读来清新自然，并无晦涩之处。整首诗并没有直接写青海湖，而是通过描写青海的草、天空和牦牛的眼睛，来呈现青海湖自身的纯净、美丽以及哺育这片土地上的生灵的伟大。全诗虽然只有一节，却以相当质朴的语言和极其平凡的意象来表现青海湖在诗人心中的崇高与神圣："青海的草正走在复活的路上/天空无遮拦的蓝/青海湖镶在一头牦牛的眼里/是知遇过后的挽留和咏叹/它被控制地蓝在两山之间……"诗歌的第一句里的"复活"二字告诉我们，高寒地区的春天迟迟到来，大地复苏，草坚韧地发芽，因而天空无遮拦的蓝……映照对应天空的是两山之间的、青出于蓝而胜于蓝的青海湖的蓝。如此绝美的景致恐怕在现代人眼中是一种奢侈，只有生长在青藏高原的牦牛才懂得它的恩情。青海湖不是游客眼里被惊叹的风景，而是地壳百万年、千万年运动的杰作，更是脆弱的高原生物的活命大海。高远辽阔的天空下，青海湖"照看着雪峰、油菜地、牧民/让高原保留雨水和滋润。"正是因为它的存在有了许多神奇的高原生灵和地理景观。一次短暂的亲近，诗人的感触细腻而强烈，因为敬畏而无法过分地滥情涂抹。惊异地光临，悄悄地离去，"离开它的时候，我摸了摸冰凉的湖水"。全诗语言简洁、自然流畅，虽然只有短短几行，读来却是一种唯美的享受。

当然，唯美的诗人必然遭受现实的打击。生活里出现许多新的变化，使得人类栖居的大地越来越缺少诗意和美好。外在的各种压力，让当代人的内心少了一份沉稳和安静。雪舟的"对抗"，一方面是自我的心的牢狱；另一方面是这个日益现代化的世界。当今社会暴露的各种问题成了这个看似文明时代的莫大讽刺，人性的麻木、冷漠、贪婪并没有因为时代的前进而消失，反而在文明的面具下隐藏着更加丑陋的野蛮。为此，诗人感伤于社会的急功近利，更怨愤于人性的自私自利，但他并未以激切的语言来表达个人的忧愤，而是选择用温和的语调和跃动鲜活的生命意象叙说着过去的美好，吐露着心中的遗憾与惋惜，但这却足以让我们感受到诗人内心对于时代的隐痛。这种"看似无声胜有声"的表达方式与诗人温润的性格是分不开的。"可以猜测，写作之初，雪舟也试图想有一个较为宏大的担待，但是，当他沉湎于表达时，却变得谦卑有度。"① 因而这一类诗歌虽然在《雪舟诗选》中所占的比例不大，但难得凸显了凝练、隽永和忧伤的别样风格。

如果说雪舟的诗大多偏于平淡温和，那么《春天是一场病》一诗则是情感较为直露甚至是激愤的一首小诗。全诗只有七句，诗歌的亮点在于诗人用了许多现代化的词汇组成句子，这些新闻变成"旧闻"的词汇，谁都能明白诗人想要表达的主题。全诗的主体意象是春天，只是在本诗中春天象征的是当下的生活和当下的时代。暴力、抗争、超标、污染等现代词汇围绕着"春天"这个意象展开，"春天是一场病"就很恰当地概括了当今时代的困境与现状。最后的句子还模仿了现代派诗人庞德那首著名诗作的诗句。《遗传》也感伤于这个世界美好的慢慢消失，只是《遗传》侧重于怀念过去随处都能感受到的诗意，而《春天是一场病》则揭示当下充斥于各个角落的丑陋。同样伤感的情绪，《遗传》更显丰富、深邃。从早晨，从孩子，从学校和读书谈起，诗人谈到北大中文系开的四十三门课程、犹太民族的率性和自由，甚至是奥斯维辛集中营里的儿童画，还有寺院。这些复杂的文化意象和历史符号，影射当下。"先生被请出教材"，特指的是鲁迅被当下各阶层——特别是文化的"权力者"——消解。国民的愚昧和麻木依然弥漫在社会的每一个角落。精神的缺钙和文化的媚俗，甚至犯罪和不公平，充斥生活的各个方面。

在雪舟的诗里，能看到忧伤映照万物的自我和自我坚守诗意的特别抗争。他诗歌的每种素材都是诗人与生命的一次"交锋"，但在这一次次的"交锋"中碰撞出的是诗人对自己和生活的怜悯。时光的流逝带走了身旁的人，消磨了身边的事，留给自己的是对"生命不能承受之

---

① 杨森君：《一卷河山》，《雪舟诗选·序》，宁夏人民出版社2014年版，第2页。

"重"的压抑与感伤。正如他自己所说的那样:"我与时光的对抗构成了我写作的全部。"① 但是诗人温润的性格使他的诗歌并没有"对抗"的激烈呈现,从作品中感受到的却是诗人的悲郁、忧伤,甚至是自我的反抗。用杨森君的话说,"'一物'必须放在天地之间,必须在可感知的词语结构中实现它的承载——由'个我'体验达到'共我'认同"②。雪舟是轻柔的,消除浮躁,培育心情,营造自己的希腊小神庙,努力建构一个意象与哲思架构的诗意空间。

> 在寂静的森林
> 野李子花、酸梨花、野丁香花
> 开着,树木
> 绿着
>
> 雨,是约定的仪式
> 安抚着山谷,和
> 我身后的村庄

以这首冰心体的小诗《仪式》结束雪舟及雪舟诗的评说吧。

五 游离乡土的感伤诗人

与竹青、郭静和雪舟等一样,杨建虎也是风轻云淡却又忧伤大地的诗人。爱是种在心里的庄稼,岁月的风雨既是滋润也会毁坏。一个优秀的诗人,是感伤的唯美主义者。杨建虎总是追求一种意境美,这主要体现在大部分的景物抒情诗中。他很少直陈心绪,而是借助一系列自然意象来表达自己的生命感悟。诗人沉醉在这情感化的景物里,将全部的诗

---

① 雪舟:《雪舟诗选》,宁夏人民出版社2014年版,第156页。
② 杨森君:《零件——杨森君日记体博客随笔》,黄河出版传媒集团、阳光出版社2014年版,第106页。

意给予对象,以自我的悲悯感知万物。宗白华说:"以宇宙人生的具体为对象,赏玩它的色相、秩序、节奏、和谐,借以窥见自我的最深心灵的反映;化实景而为虚境,创形象以为象征,使人类最高的心灵具体化、肉身化,这就是'艺术境界'。"① 在情景交融之中不仅营造出怡人的意境,还将情感流露得自然而丰盈。

杨建虎,1972年出生于宁夏彭阳。1992年在校园里开始诗歌创作,有散文集《时光书》,2009年出版诗集《闪电中的花园》。诗人在心灵和大地之间的吟唱,对自己的故乡,对昔日的情感,对曾经的生活有着深刻的省察,所以不会过分知性地抽象思考,而是借助诗意的营造来抒写个人的情感和思想。

> 从躯体中抽出一个秘密
> 这样的夜晚,我必须借助星光的力量
> 不断靠近梦的角落,靠近
> 幻象、呓语和那些熟悉的声音
>
> 这样的夜晚,我爱上寂静的走廊、花园
> 以及那些渐渐闪出火花的词语
> 微风爱抚这夜晚的一切
> 远去的少女,在月光下游弋,轻声低唱
> 似乎什么都很庄重
> 惟有我,被夜晚的风深深遗忘
>
> 仿佛是一些高贵的情绪弥漫而来
> 岁月有痕,夜晚,我与过去的时光相遇
> 院子里的刺槐,在沉默与悲伤之间
> 保持着固有的姿态

---

① 宗白华:《美学散步》,上海人民出版社1981年版,第70页。

而我，正在陷入回忆

正一步一步

在美丽的陷阱里独自虚空

（《怀旧之夜》）

这是一个以怀旧命名的夜晚，一个栖居别人城市的诗人借助"星光的力量"开始"靠近梦的角落"，靠近"幻象、呓语和那些熟悉的声音"。这样的夜晚里，微风拂面，他"爱上寂静的走廊、花园，以及那些渐渐闪出火花的词语"。这样的夜晚里，远去的少女会在月光下游弋，而"我"却被风深深地遗忘，当"一些高贵的情绪弥漫而来"的时候，诗人与过去的时光相遇，在沉默与悲伤之间他在美丽的陷阱里独自虚空。而这个陷阱也将我们深深陷入其中，迫使我们不得不跟着诗人的节奏去回忆，不得不回到那些已经被风吹远的诗人的或者自己的往事中。但是作为一个居住在别人城市的新时代诗人，诗人无法以传统的言情、言志方式表达自己对过往的牵绊，诗人的语言也无法穿透厚厚的水泥墙穿越到邻居、朋友、亲人那里，于是诗人就以想象及心灵对话的方式说给自己听。从这个意义上说，诗人的诗首先是写给大地、写给岁月的，其次是写给自己——知识者的身份追问和情感内省。

杨建虎早期的作品大多着重于描摹乡村风物和表达少年情怀，那一时期的诗歌在表现形式上还存在着生涩、呆板、陈旧等漏洞，也没有形成与自己艺术个性相适应的风格。随着年龄的增长，杨建虎在西方现代主义思潮影响之外，有意识地从中国古典诗词中汲取营养，开始向着沉静和向内的方向求索。他的诗歌开始将目光转向西海固大地上的风物人情、花花草草、风风雨雨之上，他开始从怀念每一朵花、每一次风怀念故乡。我们发现，因为离开故乡栖居城市的尴尬境遇，诗人的生活中除了诗意的部分，很大程度上，迷惘和困惑也是他的一个主题：

在这座小城的夏天

我无奈地活着

四面的啤酒屋仿佛欲望的花朵
　　向我的居所包围过来
　　此时，我才发现我遗忘了许多

　　像乡村清晨的鸟鸣
　　那脆生生的声音
　　曾激发我的灵感
　　像一串清澈的脚步
　　带着风带着雨
　　从我的梦中响起

　　而夏天的啤酒屋
　　满塞着浮躁的气息
　　弥漫着这个时代特有的喧响

　　这时候，我还是更加怀念
　　过去时代的乡村和房屋
　　阳光灿烂的正午
　　我凭窗而望
　　想着何时回家

《夏天的啤酒屋》

　　在日益热闹的后工业时代的小城背景中，青年诗人时时以不同的身份走在异乡和故乡的路上，虽然他们不断地往返在喂养过或者正在喂养自己的大地上，但是不能回避的是，曾经的出生地和精神的故乡正在远去，而自己生活的都市却又和自己无关。因而从山村走出的心灵敏感的小知识分子，在生活中充当着异乡人和客居者，而能够让他们的灵魂得到慰藉的就只有诗歌了。

　　诗人在自我的反省中无法真正成为"背离乡土"的知识者，反而是乡土情怀成就了杨建虎等许多西海固作家的文学创作。因此宁夏本土诗人、特别是西海固诗人们笔下有大量的对日常化的乡村景观的真实描写。这种描写大多具有淳朴而深挚的诗意观照，建构了宁夏乡土文学丰富的精神影像。

诗人的最终目的是要通过抒情的语言回到最初的村庄，回到本真的自我："我的心崇敬地皈依村庄/永不迷失的野草花/遍布山野的个个角落/所有爱的渴望/在母亲的深深呼唤里/找到归宿"（《诗的村庄》）。在这首诗里，诗人眼里的村庄就是宗教、思想，就是一切的源起和终结。这也是许多诗人的尴尬处境，生活在热闹的城市，怀念的村庄只能是想象的存在，只能是一个无数次回想却没办法真正抵达的地方。

对村庄的悲悯和回望被转化成为整个"70后"离开村庄的一代人特有的对乡村的态度——尴尬、疼痛、怀念。从乡村而城市的"70后"诗人，在乡村和城市面前，已经无法成为单纯的乡土主义者，更没有机会彻底地成为沉溺的城市市侩，他们不断地在乡村和城市的左右夹缝中承受着来自生活、来自时代力量的无穷压迫。

当城市的喧嚣和无奈不断地无情而不可阻挡地侵蚀着诗人的思想的时候，当灰色调的时光在诗人的意识里留下沉重的印痕的时候，往日的乡土记忆就会以适当的强度开始扩散、延伸：

> 一些时候，我多想听听家乡牛的喘息
> 在流浪的心中
> 早已印下静穆的故园的影子
>
> 一部黄土的家谱里
> 我寻找所有亲切的物象
> 让他们来慰藉永远的伤痕
>
> 而乡愁，时时处处如鞭一样
> 抽打我漂泊的魂梦

>   使飞累的翅膀无处歇息
>
>   故乡啊，让那些阳光下不断流动
>   在一切思念的方式中
>   我的花朵团团升起
>   《故土和乡愁》

这种貌似直接的表述方式其实隐含着深深的刺痛，一个离开村庄的诗人回不到村庄。在国民经济高速发展的现代化浪潮里，乡土的现实存在在最后瓦解，所以，寄居城市的乡土抒写就多了精神主体的象征意味。

杨建虎的诗歌在意象上有着自己的情感烙印，在诗意的乡村景观里"高扬和激励人的心灵"，理解日渐消失的原始乡村和农耕文明。也如同样来自西海固的"80后"诗人王佐红所赏析的："杨建虎安静的诗歌生长于西海固安静神性的乡土和乡土上繁茂高贵的尊严与爱情之间。他的很多的诗歌都在用心讴歌着那片多情丰厚的土地和土地上诗意庄严的秋天，那里有他的亲人、花园、羊群、青草和姑娘，有他大片的梦想和时间。"从另一个方面说，诗人从乡土的逃离是使一切乡村景观和乡土生活再次被擦亮的根本原因。

六 马占祥的"半个城"及周边

审美认同彰显了中华文化几千年来海纳百川的气度，乡土和田园，还有时代和生存，构筑了每一位作家家国认同的现实情怀。当代宁夏回族作家的创作比较活跃，1949年以来涌现了杨少青、王世兴、于秀兰、马钰、贾羽、查舜、杨云才、古原、石舒清、木妮、马金莲等新老优秀作家。进入21世纪，李进祥的小说和马占祥的诗歌创作让同心成为宁夏文学新的亮点。2012年《诗刊》和宁夏文联专门为单永珍、泾河和马占祥举行的诗歌研讨中，凸显出来的新锐自然是马占祥。

马占祥出生并长期生活在同心"半个城",笔名马茹子。2012年就读于鲁迅文学院;同年9月参加《诗刊》社第28届青春诗会。马占祥始终在地域文化和日常生活中寻求诗意,建构了自己独有的"半个城"诗歌地理坐标。2013年秋天,笔者与田鑫通过田野调查和书面咨询的方式,对马占祥进行了一次质朴的访谈。他谈到自己的诗歌追求,特别提到:

> 《我的兄弟马生国》七易其稿,是满含着对他的尊敬来写的,我以为一个村民办教师在当下的情况遭遇直接写出来,就是赤裸裸的诗歌。在以叙事诗的方式的写作过程中,我有一个想法,就是把身边的同学每个人都写一遍,其出发点和落脚点在于哪个人在人生中不向往诗意生活?又有哪个人身上毫无诗意?每个人存在的理由,都有着诗性的光辉在闪耀,这正是我要去表现的。

哪个人在人生中不向往诗意生活?诗歌关注心灵的现实。商震说诗人的质量决定作品的质量。多年编辑诗歌,他认为诗人的文化、思想决定了诗歌作品的美学力量。他认为马占祥率真、富有同情心,偶尔还有点激情,易冲动,爱憎分明,如此的品质让其诗歌具有了优秀品质。独特的个人情绪及低调的审美取向,让马占祥鲜明地区别于别的乡土诗人。虽然宁夏诗人的作品和表现力大致相同,但马占祥的诗歌中那种轻松、率真的表现方式,利用一切生活的真实经历来书写身边日常人物和事件,只有放下一切宏大和虚妄而去回味时,才能感悟诗人情感的疼痛和庄严。这是诗人极为出色而值得赞赏的方面。同时,马占祥作品中的精神指向和文化力量也是其诗歌优秀的品质之一。以人物为主创作的《我的兄弟马生国》《参加杨辉爷爷的葬礼》等作品,硬生生冲击了《诗刊》《星星》等诗歌刊物惯常的矫饰抒情。这一时期,他写"半个城"里的真实人物,用家常语言的临写描画让自己的乡亲们从生活中直接走进诗歌。这些作品兼具故事性、悲剧性、民族性。杨梓在特别欣赏马占祥讲的同心女子挑水的故事之后,直截了当地说:"马占祥不仅仅是讲述了一个故事，而是他一直在感受着心的疼痛。疼痛来自心间，来自唯心所现的生存状况。""尽管马占祥面对的是酷烈的生存现状，但他内心坚守着一片葱茏。"①

马占祥最初的诗里看不见黄河、贺兰山这些大意象，一直在说身边的人事与自己的感情遭遇，并且吸收和化用"花儿"等原生态民间艺术的优长，摒弃修辞，用质朴的方式表达自己的感情。《半个城》中的大多数作品简单、直接，却有一定的文化含量。《朔方》诗歌编辑梦也认为，作为宁夏唯一一个坚持口语化写作的诗人，马占祥的诗歌过人之处在于，大白话在不经意间给人出其不意的感动，作品嵌入了个人的精神力量和审美体验。而就马占祥诗歌中的缺点，商震指出，马占祥诗歌重复出现的词语过多，遣词造句的能力还需加强。写作经验过于坚守地域的个人的局部经验，如果视野能开阔点，作品中加入一些历史经验，作品将会更加的厚重。而本土诗歌评论者瓦楞草认为，作为回族诗人，马占祥诗歌在民族文化和宗教信仰等深层的情感探求和精神内蕴方面，也有着很大的拓展空间和审美资源。

半个城，虽然是"这座不显眼的小城，在传说中失去了半个城"之后剩下的另一半，但它"依旧养育着庄稼河流大地和人民"。所以在马占祥的诗歌里，不回避宁夏的西部地标和干旱焦枯，不回避回族与坚韧的自我肯定，不轻视本土景观的壮美和诗意。这是地理学层面的宁夏，更是精神意义的宁夏。但他做得更多的不是凭吊昔日之荣光，而是抚慰今日之疼痛，他用诗集中占近三分之二的诗篇，细微精湛地展现了那些卑微、沉默、坚忍的山山水水，一村一壑：庙儿岭、张家井、石塘岭、赵家树村、周家河湾村，村里那道干涸的河床，河边被雨水遗弃了的芨芨草，他详尽描述了所有满含希望又收获泪水的农事，那些过早成熟的山芋苗，没能高过手指的糜子……宁夏，宁夏南部龟裂的山川大地，就这样柔软地丰润地涵蕴于马占祥的笔端。

马占祥生命的根都深深地扎在那里——半个城，是具体可感知的地

---

① 杨梓：《苦守与祖现》，《半个城·序》，宁夏人民出版社 2009 年版。

理学的故乡，更是诗人聊以安放自己灵魂的精神家园。他在《小城之一：同心》里写道：

> 城南是一条河。它如一双手般
> 将小城同心托起。而旁边一块阔大的坟地里
> 有我的爷爷。三个奶奶。两位兄长。已无法数清的乡亲以及
> 刚刚大去的李阿訇。城北一大片荞麦长势良好。一大片玉米
> 迎风挺立。我的父辈在小城同心生活过，我在小城同心
> 生活过，我的后代也会一样。在小城同心满足而安然。这些都是
> 可以肯定的

爱着土地、庄稼，还有亲人和兄弟。诗人怀恋乡土的描述不只这些。在马占祥厚实悲悯的诗歌里，可以肯定的还有更多的人和事，那些苦难而亲爱的地名共同构建了直白的"干旱的地理"：

> 小城西吉如此狭长。像一个没有结局的故事。从清晨到
> 傍晚。它依次发召唤声。诵经声以及祈祷声
> 长长的声音布满了整座小城。它安详平和却包含了
> 更多……那里还有些坚韧的人。身穿长袍。将头叩向大地。心中燃着
> 火焰。仿佛传说中的部落……

在就连"向日葵都放弃了春天"的山城固原，"在山与山的间隙。总有秦腔抑或花儿飘起/那是怎样的声音啊/我该炸裂几次才能干净地收听"。六盘陇山和黄土高原成就了马占祥的质朴品质，一生"在塬上寻找粮食和水"的父老乡亲，给了马占祥生活的眼睛和内心的力量。他写的诗沉重却不芜杂，澄澈而又深邃，他随意拙朴又深情苍凉的诗使一个叫"半个城"的地方岿然屹立于中国当代诗歌的版图上。

马占祥生活在华夏文明发祥的黄土高原，也是宁夏南部回汉聚集的

干旱地带，这使他的诗歌创作必然浸润着宗教的精神和情感。但他袒露在诗歌里的，除了一个信仰者的虔诚，还有一个作为思想者才能达到的现代的审视高度，这种内蕴的勇气和精神使笔者非常赞赏《参加杨辉爷爷的葬礼》这首诗："六月酷热　那个被杨辉称作爷爷的人走了……/他在八十一年中一直达观而/平民地活着。在最后仍保持着低调的/作风。我仔细地再次端详了这个老人/胡须花白。脸色平静。仿佛一块平静的/石头。阿訇在他身边用《古兰经》的章节/成全他。其实这个老人已不需要任何多余的/——他没有亏欠什么……"平实亲切的简朴描写，却包含了深厚的宗教认同，还有信念的力量。

近几年，马占祥的诗歌却有了词语的茂盛和抒情的内在空灵。如《闻香》：

> 古代的事件——诗歌里有香气芬芳，石头上长着
> 汉字的苔藓。你知道的，那些节日里，点燃的香前赎罪的人
> 和祖先说的话都不容易。那时的爱情里还有笑容和泪水
>
> 然而，现在，有些人累了，躺在突兀的空白处

从具象到隐喻，暗示了文化、道德和情感三个层面的失落，也是世道人心的特别关照。如《三行诗》：

> 我可以把黑夜留给自己——在这人世的不羁之旅中
> 守护内心虚妄之火。以星光之名，确证尚有未尽留白
> 东山被压陷下去的部分刚好有一只鸟披着光飞过

人与生存的自然之间建构的意境，意味空灵丰盈。还有下面这一节：

> ……
> 我会在傍晚解释一株玻璃翠的开放

> 我的五指重新发芽，带着流水的根须
> 不涉及忧伤的那一部分
> 在来年，我和马苋花学会彼此相爱
> 和青蛙一起奏响生殖和赞美的曲子

诗人常常从突兀而起的日常场景和思绪的承接转换，飞跃上升到一个人在完全的寂静和孤独中所感受到的对生命、空间的触摸，这样的诗不见虚弱浮泛的吟唱，内在的支撑使诗句每一个字都瘦骨如铜，铮铮作响。当然，用诗人单永珍的话来说："也有《宁夏以南：写给高原的诗》这样浑莽的作品，粗粝、奔放的特质使占祥的诗有着别样的色彩。"① 其实，俊朗的马占祥只是想做一个朴实的、本真的、心怀悲悯的人，用自己的诗歌写出半个城的生活，还有内心苦涩的敬意。如他自己在后集中所写：

> 这些山和人一样，都活着自己的瞬间和恒久，也在救赎自己。
> 山的间隙有条河。
> 那是条浑浊纤细的河流，名字叫清水河，蜿蜒摇摆而来，迤逦流淌而去，归于远处的黄河。
> 我就在这里，食人间烟火，看生老病死，送走一天又迎来一天，也写诗，在不能免俗的生活间隙探查虚无的意义。
> 然后，再去山上，那些横亘在眼前的山峦，就像诗句，一行一行整齐的从大地上凸起。

单永珍认为马占祥最优秀的诗歌："既有传统的旋律，又有现代的节奏，语言克制、简约，在意象转换的背后，散发出生命的底色和原在的味道。"② 马占祥写诗二十年，诗风由抒情转为写实。他的写实既有抒情的传统的根基，又具备一种内在的现代特质。他摒弃了可有可无的

---

① 单永珍：《原在的诗篇》，见《半个城》，第191页。
② 单永珍：《原在的诗篇》，见《半个城》，第191页。

辞藻和修辞，诗句自然而散漫，富有张力，尤其在意象选择和转换上，自然轻巧，不着痕迹，但又有深入广阔的内容开掘，表现出了一种特别的现代意味。

马占祥的尖锐出现，再次激发了乡野村庄的诗意书写。因此，西部大地的忧伤依然被宁夏的新生代诗人们所歌唱。彭阳诗人曹兵在《这是不得不谈论的一年》，依然感伤深切地低语：

……
远方的朋友继续保持沉默，仿佛我们
都有难言之隐。没有人讲述生活艰难
活着是写在黄纸上的符语
我们信奉世上有无形之手
而大地是一种新希望，重新种下
麦子，玉米和大豆
关于神的预言，稠密的云层
遮挡了秘密。一无所知的
人们，继续扛起锄头
仿佛大地深处，有更多人世的
黄金，等着认领

乡土风物的描绘自然会转向地域文化的现代怀古。如其《夜游兵沟》所描绘的：

一个人被黑夜就这样
引进陵园
忽然，起风了
——旋风
抬头看见哭泣的星星
照亮了眼前的影子

在夜色中摇摇晃晃
远处，是藏兵洞内升起的磷焰
再远处，是骑在城墙上的黑风
最远处，山顶传来猫头鹰的哭声
——声声押韵
难道你也有怨吗？
我静静地，还是静静地
望着低沉走过夜色的影子
被尘世困在了
——母亲河畔

这里的"母亲河"，自然指涉的是黄河。在宁东工作的虎兴昌，从南部山区来到银川平原，从六盘山的革命记忆到黄河文明的历史探寻，拓展了自己的眼界，也深化了诗歌题材的选择和意蕴的凝练。其诗集《风过贺兰》从乡土风情上多少受王怀凌的影响，而从事物幽微处寻觅诗意却接近杨森君的风格。

西部文学的风貌决定于现实的地域文化，因而同心"半个城"，可以四面延伸。张承志走过的"北方的河"，从地理的山势要东归入黄河，从人文的沉淀深藏五千年历史密码。黄河下青藏高原后接纳大夏河、湟水河而北上，远接朔方漠风，阴山山脉横亘，黄河180度回旋南下，撕裂黄土高原，由此形成上古至今华夏河陇文化之大西北山川万象。诗人心境开张，驱车走出同心"半个城"，六盘陇山，塞上塞下，长城内外，贺兰东西，沙漠戈壁……诗人在长歌吟诵的沉醉里建构自己的"去山阿者歌"、"山歌行"和"西北谣"，自然有了登高望远凝眸历史的姿态。这也可以说是诗人"长大"后的事。因为他确实痴迷那种裹挟天地的浩然长风，那种苍莽浑黄的西部气息。

岁月雕琢风情，黄河与黄土高原涵养了宁夏几代诗人的性情，如屈文焜、如马钰、如导夫、如马占祥，又如西吉李耀斌。李耀斌《我们的学校》《上学路上》《领书》等，悲悯无地，倾心于乡村教育和乡土诗意的伤悼。平凡的生活中他有他的风骨和力量，时光流过生活的表层，情感会渗入他所坚守的那块土地。某种意义上他因此而成为心灵纯洁的人。没有细致入微的生活感触和诗人的敏锐温柔，很难写出如此真实和质朴的诗。再如李兴民和郭宁，他们的诗像乡野三月的风。诗人的生活经验和审美习惯很难直接改变。坚守乡野诗意的诗人大多拒绝现代城市，怀想辽远的故乡和沉默的历史，以自己的痴情涵养诗意的山川。李兴民"栖居乡间的游吟诗人"，"在一个山沟里，倾听黄昏雨声"，"在你的目光里远行"，"野菊花在霜的怀抱里慢慢枯萎"，"月悬萧关"，"风刮西口"，就在为"遍地土豆"和"西海固的女人"写诗。因为真纯、质朴，因为理解生活的单纯和寻求诗意的虔诚，其乡土诗就有了令人感动的温情。诗人对诗人欣赏，也是情感的认同。屈文焜欣赏郭宁的才情，清晰地记住了《夜风》。这首小诗恰恰显示了郭宁灵动的诗意感觉和不失轻灵的文字表达能力。

中国的诗歌进入新时期以来，也是受西方现代主义思潮影响，呈现出丰富的探索性和浓厚的现代意识，诗歌的意象化、象征化颇有些不食人间烟火的意味，在这样的大背景下，坚持平实的乡土书写，实为难得。郭文斌是从诗歌开始文学创作，而石舒清近年痴迷地在尝试诗歌创作。眼睛带给我们的既有真实、眩惑，也有审慎的考量和发现。田燕从东西诗学的个体认同和人文批判解读郭文斌诗集《我被我的眼睛带坏》，认为郭文斌能够"在独特的生活基础上观察、感悟和思索，发掘内心世界潜藏的无穷可能性，以此形成呼唤尊严和高雅的隐性抗争，竭力恢复人在物欲诱惑中始终持有自我节制的能力。这是在沉默压抑、物欲横流的时代为数不多的激越呼唤"[①]。古马谈到新近钟情写诗的石舒清，议论说："这些年注意到他的诗，见着必要认真去读，觉得语言与一般诗人不同，有些另类，叙述从容自然，语浅意深，带些神秘色彩和宗教意味，宁静达观，语气隐含祈祷。"[②] 石舒清的小说诗意深挚，悲伤深隐，止于至善。然而，其新近尝试的白话新诗过滤了一切抒情的色

---

① 田燕：《归去来集》，宁夏人民教育出版社2017年版，第25—26页。
② 古马：《贺兰诗话》，《六盘山》2019年第6期。

彩，只有本分的文字——"独特的字"，"细细辨认"，看不出用力，犹如太阳自然晒干的土豆，带着泥土的质朴，也是诗意。石舒清和郭文斌影响了马金莲的西海固小说叙事，以细致形成其抒情情调，也是废名、沈从文等乡土书写者诗意梦回的特别显现。

"西部文学它是西部独特的文明形态的象征和显现，受制于西部的自然环境、生产方式、社会历史进程以及民族、宗教、文化的多样性、混杂性、独特性的影响，并一直呼应着中国现代文学主潮的脉动。"[1]寻求诗意的精神生活，这是笔者尊重所有"西海固"（文学地理学所指的人文概念）诗人的真正原因。这也许就是个性和风格形成的基础，也是教条和习惯性创作的病灶。文学在这样的抒情中唯有一种乡土诗意向善向美的精神追求，也是现代性反抗与自我肯定的审美批判。可能与伟大没有关系。

---

[1] 丁帆：《序言》，丁帆主编《中国西部现代文学史》，人民文学出版社2004年版。

第五章　玫瑰花冠与心灵的倒影

　　现代新诗的自由和细致，旧体诗词的含蓄和典雅，在女性诗人的创作里皆有了别样的色彩和心灵写照。细读熊品莲、薛秀兰、闫云霞、张廷珍、聂秀霞、陈晓燕、唐晴、叶子、李壮萍、羽萱、瓦楞草、王江辉、胡琴、常越、查文瑾、林一木、朱敏、马晓燕、姚海燕、李晓园等宁夏女诗人的作品，我们感受到情感的优美，诗意的空灵，还有女性个性化的妩媚和矜持。尤其是20世纪90年代以来，女诗人如四月原野上的鲜花，在风中开放。2019年第6期《六盘山》以"宁夏诗歌专号"推出，四辑共170页，而第四辑女诗人及作品占70页，可以想见活跃状况。这是一个和平的物质时代，游心无垠，远思长想，不少才情女子，给自己编织了玫瑰花冠，徜徉于诗歌园地，妩媚了大地、月光和日常情感。缪斯女神给了女性表达自我的魅力，诗歌成为她们心灵的倒影，舒意自广，展现独特风姿。

　　如《永远向着光》：

　　　　一根根骨头被剔净，一个个灵魂被清洗。尽管还有贪婪的眼睛，花朵亦然挺立。
　　　　一天天阳光散去，一个个暗夜来临。尽管情人会离去，爱的河流不会干涸。
　　　　爱情又溅起浪花。

在岁月的始点，我循着鸟的歌声，义无反顾。

意义有多深，我的脚步就有多远。

一个梦想被切碎，又一个梦想，定格在时间的上空。依偎着爱的音符，它不会自己破碎，它永远向着光。

阳光掉落，月亮眷顾着我的翅膀。我的目光追随星星的眼睛，伸向辽阔的穹宇。

在思想的光线上，我行走。在爱的原野，我飞奔。

没有今生，也没有终途。

纵使身外的一切虚空，沉浸于心灵的旋律，比诞生与死亡的脚步，更忍耐更欢快。

此诗选自叶子散文诗集《星辰的光芒》。万物归心，有趣的灵魂万里挑一。诗人在自序中说："诗是我心灵的高地，精神的避难所，我孤独的花园和幸福的守候。诗是我辽远的思慕，超验的体验。在这种超验的体验中，探索未来，憧憬一些情景，与心灵对话，与智者交流，用意念穿越时光。诗也是我宽广的内在的映现，是我与万物、与已知和未知的世界和解和融入的力量。我零碎或整体、静默或激越的思绪的实在，也是我与外部现象断裂而与内部各种意象有效连接的方式。"后记中如神启宣称："在这个世界上，谁也不能左右我的思想，没有谁可以控制我崇高的愿望，也没有什么可以替代我追求的至善。这世上只有一条，唯一能使我心甘情愿为之供奉一切的，是我爱与美的信仰。它的方向是唯一的，它永远通向前方，通向未来，通向万物自由幸福，自足自在的方向。""这独一无二的灵魂，好像一座亘古以来恒定不动的山，一潭波纹不兴的湖，又像一座秘而不宣的森林，只在其中自我欣赏。欣赏心灵制造的多姿多彩的风景。"[1]

当聆听或细读这样的抒情文字，也许更能领会诗学批评的意义：

---

[1] 禹红霞（1964—），女，笔名叶子，宁夏泾源人。出版散文诗集《叶子的低语》《星辰的光芒》等。

"只有通过不空灵的物象的质感,去结结实实地营造,才能让空灵的境界产生出来。"①

一 古典的柔美与深秀

在中华民族文化无意识的审美涵养中,女性的古雅情怀也被旧体诗词的写作所激荡,往往既有柔美深秀的审美显现,也密切映照着现实生活,还时常蕴含政治使命感。无数女性走出"闺阁",在各自的工作和生活里涵养性情而呈现于诗词创作,自然区别于传统的女性及传统女性文学的审美风貌。

苑仲淑(1927—2004),女,河北安平人。生前是中华诗词学会会员、宁夏诗词学会常务理事。诗词集《秋叶篇》有一定影响。诗作多歌颂社会主义新生活,政治热情饱满。一些描写亲情、友情的诗味道醇厚,感人至深。

杨石英(1933—),女,湖南邵东人。曾参加抗美援朝,转业后在宁夏地方企业工作。中华诗词学会会员、宁夏诗词学会顾问,曾任银川西夏诗社社长。著有诗集《秋韵》《秋韵续集》。其《青藏铁路通车》自然关注了西部大开发的重要事件,深挚而欣喜的感情溢于言表:

　　文成往事越千年,云路悠悠起步艰。
　　休使昆仑空寂寞,巨龙飞舞到西天。

(选自《夏风》2006年第2期)

此诗借文成公主进藏的历史,感慨青藏铁路通车,唤醒的是女性的家国情怀,记录了青藏高原建设的重要事件。其作品多带有军旅色彩,诗风豪放,境界脱俗,语言凝练苍劲,格调高昂。其代表作还有《咏雁》《登岳阳楼》《杜鹃》等。

---

① 高嵩:《诗歌简论九题》,《高嵩文艺评论选》,宁夏人民出版社2016年版,第35页。

熊品莲（1933—），女，湖南临澧人，字寒塘。中华诗词学会会员、宁夏诗词学会顾问。1952年中学毕业后随家人来到宁夏。较优秀的作品，如诗《荷塘观鱼》《晨燕》《五律二首》《寄远十首》《七律二首》《重九抒怀》，词《喜迁莺》（二首）、《玉楼春》、《鹧鸪天·梦难成》、《长相思》，曲《双调·拔不断》等。出版诗词集《寒塘韵语》。她的创作题材广泛，且语言生动，读来使人耳目一新。女性柔美的自怜抒怀，亦是其情感最深挚的抒写领域。如《楼外槐柳》：

> 相对相依六七年，临窗私语近身边。
> 洋槐着意浓香送，垂柳多情碧手牵。
> 叶响能知疏密雨，枝摇可辨暑寒天。
> 可怜树倒香魂断，日暮成薪和泪看。
>
> （选自《夏风》2008年第2期）

草木自是多情物，诗人眼里藏春秋。熊品莲在女性特有的敏感之外，"她的诗词创作在艺术手法上题材丰厚、广泛，既赞颂自然美、山河美、人情美、风物美，又关注历史变迁、政治文明、社会进步。体裁丰富，手法多样，兼容性较强，既有古风、近体律绝，也有长短句词和曲联；内容上既借景抒情，借物言志，又直抒胸怀，义理融情。比较起来五言律绝运用得更得心应手，语言较为凝练、老到、含蓄。"[①]

熊秀英（1943—），女，河北涿州人。中华诗词学会会员、宁夏诗词学会顾问，曾任宁夏诗词学会副会长、西夏诗社社长。

如《风入松·宝湖可爱的家》：

> 清波十里过吾家，芦苇泛青纱。游船趁兴穿芦荡，又惊起，群鸟喳喳。绿树红楼相映，半边瑟瑟烟霞。
>
> 人居好景气升华，自笑晚年佳。沙堤漫步心如洗，憩茅亭，细

---

① 张嵩：《诗化留痕》，宁夏人民出版社2016年版，第162页。

品春茶。有客何愁肴少，出门可钓鱼虾。

选自《夏风》2009 年第 4 期

同样写景写情，与熊品莲比较，熊秀英更多家常风的倾诉。

张铎细致比较两位的及物抒情诗认为：熊品莲《秋草》"全诗色彩素洁，感情真挚。既自然朴素，又沉郁顿挫，是有寄托的诗，富有清气"。熊秀英《初春》"全诗感情浓烈，含蓄婉转，既清新直率，又英姿勃发，是有包孕的诗，富有洁气"。一位有菊之英气，"质洁何须深浅色，群芳过后傲霜枝"。一位有莲之正气，"馨香常与墨香随，恬淡无争心不愧"。

《秋草》："秋来芳草翠，白露似珍珠。不计荣枯事，逢春又复苏。"诗的前两句写景，一个"翠"字仿佛有知觉似的，把秋草写得生动有趣；一个"白"字，一种普普通通的颜色，却使人感觉像珍珠一样美好。在这里，诗人只是勾勒了一幅风景画，创造了一个无我之境，诗人情绪的律动，似乎也不好把握。但读完后两句诗，"不计荣枯事，逢春又复苏"。我们便觉得诗人，还是感觉到了秋意，只是比较达观。而这和英国诗人雪莱的名句"冬天来了，春天还会远吗？"有异曲同工之妙。也和白乐天"野火烧不尽，春风吹又生"之句可以媲美。悲观的人，看到的只是冬天，而达观的诗人透过严冬，看到的却是生机勃勃的春天。

《初春》："草木经风各自新，桃花先占一枝春。柳丝也解人间意，长蔓悠悠牵客心。"诗人写春，先从风写起，而这风是"吹面不寒杨柳风"，是贺知章笔下"似剪刀"的风。在这样的和风吹拂下，草木各自新。此处之"新"乃词类活用，着一"新"字，使万物充满了生机，尽得风流。"桃花先占一枝春"，一个"一"字，既写出了桃花早开的特点，又照应了诗题"初春"，一个"占"字，凸显出了桃花的精气神。接下来两句，"柳丝也解人间意，长蔓悠悠牵客心"。柳丝乃《诗经》经典名句"昔我往矣，杨柳依依"之柳，正因为如此，她才"牵客心"。诗人借景抒情，创造了一个有我之境。[①] 同样，政治文明、社

---

① 张铎：《塞上涛声》，宁夏人民出版社 2016 年版，第 150—151 页。

会进步，诗人借物言志，情真意切，带来如四季变换的人生风景。这人生变换的风景里，情感丰富的女性因诗词创作而美好了心灵。

闫云霞（1953—），女，宁夏中卫人。东北大学毕业，高级工程师。现为中华诗词学会、中国散曲研究会会员，全球汉诗总会常务理事驻宁夏联络处主任，中华诗词学会散曲工作委员会委员，《中国当代散曲》编委。宁夏诗词学会副会长、西夏散曲社社长、《夏风》诗刊副主编。作品曾获中华诗词学会第五届华夏诗词奖二等奖。主编诗词曲集《兰山抒怀》，著有诗词曲集《云霞韵语》《沙坡头咏怀》《在水一方》等。在《试探爱情诗词曲体裁特征》一文中，闫云霞以自己的创作为例，细致分析以爱情为主题的诗和曲。自我辨析说，品读爱情诗曲，不知不觉地使人沉浸在诗词曲的海洋里，也沉浸在对爱情的思考中，才能对艺术和情感有所思、有所悟。将其喜欢的《正宫·双鸳鸯·缘、思、情、闲》谨录于此：

爱因缘，恨因缘，爱恨绵绵合是缘？聚少离多期圆月，月圆难料人无缘。

说相思，写相思，谁解伊人不尽思。纵使相逢如梦里，天那！如何长聚短相思！

醒言情，醉言情，自古偏多不了情。痴女怨男痴心病，天底下难为你要的那般情。

早也闲，晚也闲，能闲则闲怕不闲。意马收来心猿锁，缘、思、情最教人的那颗心儿难以闲。[①]

可见，如若说前文熊品莲、熊秀英倾向追求古典诗词的深秀之美，那么闫云霞擅长的是词曲的柔美抒情，《踏莎行·思念（晏殊格）》：

华炬初燃，银铃骤绽，娇音呼母声声暖。年年岁岁盼成人，梦

[①] 闫云霞：《试探爱情诗词曲体裁特征》，载宁夏诗词学会编《宁夏诗词学会三十年〈夏风〉评论选》，宁夏人民教育出版社2019年版，第105、109页。

中还要叮千遍。

长笛藏身,古筝卧案,衣衫隐隐幽香染。儿行千里母担忧,掩门又洗蒙眬眼。

选自《夏风》2009年第1期

闫云霞心思细密,又喜好文雅。"其词曲作品善于将世俗生活诗化、雅化,是真实生活的写照和反映,语言朴实,接近口语化,富有曲味。"[1] 上引《正宫·双鸳鸯·缘、思、情、闲》,被诗人吴淮生评为"是散曲重头兼独木桥体,连写四遍感情越写越深;同用一韵,感情也越唱越激越"。散曲也不是越俗越好,语言的雅俗要符合所咏对象的语境,符合人物的身份,反映特定的环境。闫云霞不少诗、词和曲,确实显现了女性丰盈的情感色彩和细腻笔致。

正是在诗词,包括曲的学习写作中,诗人才有了生命的感悟:人在自然世界的真实存在,"是不经意间保存下来的那颗活泼泼的宁静的童心——像春天的细雨、夏天的清风、秋天的果实、冬天的火焰,像喷薄而出的红日,给人以光明和希望"。这里的童心也许与李贽"童心说"相关,也是冰心诗意审美的特别发挥。安静是拒绝外在的干扰,活泼是内心精神的灵动。这样的诗意追求中自然会有一种情志的升华。反之,正是文学或者是诗歌具有的力量,才能让我们"历经零落,渐离悲怆"。在宁夏地域文学的研究中,笔者逐步意识到,不能要求所有的作家和诗人都写出传世的经典,但要写出自己最好的作品。当然,华夏数千年文明积累的美学资源,包括诗教礼乐的现代性阐释,在闫云霞多种形式的词曲创作中得到应和,虚怀自矜慧心怡,细分平仄见雅致。

马翠(1969—),女,山东郓城人。别署兰西,主任医师。中华诗词学会会员、宁夏作家协会会员、宁夏诗词学会副会长,诗词发表于《诗刊》《中华诗词》《中华辞赋》《朔方》《飞天》等刊物。著有诗词集《春浅春深》。"她在工作上是一名医生,在人生的旅程上是一个诗

---

[1] 张嵩:《诗化留痕》,宁夏人民出版社2016年版,第164页。

人,她用'解剖'社会的视角进行观察,她用'透析'灵魂的精细进行思考,对事物、对生活最终通过诗词来整理、分析、理解、判断、讲述,向这个世界涂抹她的色彩、展示她的景象、传播她的理想,这应该不是一般意义上的写作。"① 来看她的《登高》一诗:

> 秋水溟溟一望迷,疏桐瘦竹影高低。
> 家山只忆春时候,诗句多从别后题。

这是一首思乡的诗,"秋水溟溟","疏桐瘦竹",寒秋之际,远行之人,触景生情,以景反衬思乡之寄意,设景布境,含蓄婉转。之后,一个峰回路转:"家山只忆春时候",在秋思春,家乡青山的明媚、温暖扑面而来,季节转换,时空穿越;明暗对比,两相映照,神韵遂出。末句更是意蕴新奇、寄寓悠远,怀乡之情,尽显其中,诗为之顿然生色。语言平实,意象完美,达到了用浅俗之语,发清新之思的效果。

余秀玲(1969—),女,笔名青衿,宁夏贺兰人。民革党员,宁夏诗词学会理事、西夏诗词学会会长。古典诗词涵养的情意含蓄一些,"情、境、味是文学的三个基本质素。情是文学的本源;情、境互动而形成文学的结构,产生出文学的美感作用和价值"②。余秀玲相对是比较矜持的女性,自然亲近优美而典雅的旧体诗词。如《落叶》:

> 绿翼托花不负春,金秋落地作柔衾。
> 人间最苦飘零客,叶叶相牵故土心。

此诗起承着眼于叶子的生命历程。先以"绿翼"比喻生命旺盛期的叶子,形象贴切,绿叶如"翼",方能"托花"。这两句并没有多少出奇之处,然诗人连用两个比喻即将叶子的一生概括了出来,精简凝练。后面两句引申出人生不由己的忧伤,暗示了不可捉摸的乡关故园

---

① 张嵩:《庭院何曾深几许——马犇诗词集序言》,《朔方》2020 年第 7 期。
② 王文生:《中国文学思想体系》(上),上海古籍出版社 2017 年版,第 401 页。

情。赏析其诗的张金英特别指出,"乡愁"是余秀玲感怀诗的主要内容,情感色彩浓郁,动人心弦。

如《乡愁》:

> 鸿雁天边钓月魂,烟波深处是归心。
> 秋风难把乡愁剪,日暮空林送鸟音。

张金英细致分析,此诗在写法上很见艺术性,起句的"鸿雁"与"月魂"均是表现思念的意象,"鸿雁天边钓月魂"这一画面极具凄清之美感,含蓄地表现出思乡之情。承句进一步深化这种情感,身在异地,看到鸿雁归去,潮湿了归乡之心。转句以比喻、虚拟的艺术手法,将秋风比作剪刀,化无形之"乡愁"为有形可"剪",突出乡愁之长。结句更见妙处,由日暮归林的鸟音暗示鸟已归家,从而反衬出诗人无法归乡的孤独,如此渲染,以景结情,余味悠长。[①]

邹慧萍(1964—),女,甘肃静宁人。著有散文自选集《行走的阳光》和理论专著《最美中华经典古诗词100首诵读指导》。宁夏作家协会会员、宁夏诗词协会会员。

录其《岁末湖畔散步即景》:

> 岁晚黄昏寂寞风,疏林湖畔少人踪。
> 孤飞鸦雀徐徐乱,群舞芦花渐渐空。
> 紫气融融朱鸟落,金星点点暮云横。
> 回身惊见团圆月,始悟相思天地同。

邹慧萍的散文写得好,文笔开朗。近来研习旧体诗词创作,进步很快,因其性情温和秀雅,自然淘洗了日常生活中睹物感怀的文字琢磨,颇有温婉之风。

---

① 张金英:《诗从灵性出 情自笔尖流——赏评余秀玲诗词》,载宁夏诗词学会编《宁夏诗词学会三十年〈夏风〉评论选》,宁夏人民教育出版社2019年版,第139、143页。

杜枚（1967—），女，宁夏固原人。诗词作品发表于《六盘山》《朔方》《黄河文学》《长白山诗词》《湖北诗词》《陕西诗词》《中华诗词》《诗刊》等刊物。中华诗词学会会员、宁夏诗词学会会员。

录《戊戌岁初萧关雪记》：

> 云垂暮挂六盘山，冻地霜摧夜塞关。
> 岁杪惊风寒石裂，腊初飞雪铁羁还。
> 孤城在望春庄远，琼岳已栽天地间。
> 鹰击萧关凌云志，红炉绿蚁自悠闲。

（选自《夏风》2018 年第 1 期）

当代中国人接触旧体诗词，特别是 1949 年以来出生的几代人，阅读的接受经验比较特别。这不仅与他们少年时代语文课本的背诵记忆紧密相关，而更重要的还与毛泽东、陈毅、鲁迅等革命先辈诗词作品的广泛传播分不开。杜枚这首诗就是古典形式、革命情志和女性意识自然融合的真切显现。

其实，论宁夏 21 世纪以来的旧体诗创作，还要特别肯定李东东的诗词歌赋。

李东东，女，汉族，1951 年生于北京，籍贯河北徐水。1968 年 12 月参加工作，1975 年 3 月加入中国共产党。喜欢散文、诗词和辞赋创作，有《宁夏赋》《五颂宁夏》等作品（集），中国作家协会会员。宁夏人文地理曾有过的灿烂辞章和华彩乐段，在《宁夏赋》中得到了新的诠释和升华。5 首《固原词》，饱蘸浓墨，满含深情，从不同的角度和历史层面上描述固原的过往今生，时空跨度虽大，但概括性很强。5 首词既独立成篇，又相互联系，内容丰富，极具灵感。同时又保留了传统诗词的音韵美，便于吟诵。如：

> 薄伐猃狁大原，烽火楼台萧关。
> 秦皇汉武拓边地，唐蕃宋夏苦征战。

壮士几人还。

长安北望云烟，原州四易城垣。
一代天骄六盘殒，不教胡马渡九边。
青史有固原。

这是第一首《破阵子·青史》。从西周至元明，时间跨度两千余年，作者一气呵成。短短62个字，包容了古代民族、朝代、地名、关隘、战争等诸多方面的内容。在这首词的注释中我们可以看到，作者详细地考证了固原地名的由来。"据我所知，这在以前是没有过的。固原以南50公里是三关要道和六盘屏障，是北方通往长安必经之险关要隘，城北10里是战国秦昭襄王修筑的用于'拒胡'的秦长城，因而固原有着十分重要的军事地位。'长安北望云烟，原州四易城垣''不教胡马渡九边'，所表述的就是这个意思。无论历史风云如何变幻，作者最后发出了由衷的感慨：'青史有固原。'以此说明固原作为历代王朝边关重镇和临近黄河流域历史文化名城的地位不可替代。时光交替，青史留名，固原，这个古老而神秘的地方，令多少人慕名前来访古探幽，感受岁月的沧桑和历史的厚重。"① "传曰：'不歌而诵谓之赋。'班氏固曰：'赋者古诗之流。'"② 其创作带有很强的历史意识和民族意识。

文字映照心灵的丰富和多彩。李东东的诗词歌赋多从历史的回溯而来，又关注时代和生活，青云有志，大地情深，显现了现代女性的家国情怀以及人生的风采。

二 沉浸生命的玫瑰绽放

从日常纯真的精神需求来说，诗人沉静而纯朴，"若乃春风春鸟，

---

① 张嵩：《诗化留痕》，宁夏人民出版社2016年版，第4页。
② 章锡琛：《〈文史通义〉选注》，西北大学出版社2019年版，第26—27页。

秋月秋蝉，夏云暑雨，冬月祁寒……"① 皆成诗人感怀之由。在大西北生活了二十八年的老诗人高深说："不管这个世界发生怎样的变化，不管金钱如何主宰太多人的灵魂，诗歌不会死亡，在我们这个曾经出现过李白、杜甫、苏东坡的诗词大国里，都妨碍不了诗歌的太阳依然在黎明时升起。诗歌不会成为民众的弃儿，绝对不会。"借用他在这篇序论里给另一位女诗人的赠言："人类需要诗歌滋养，而诗歌更需站在人类发展的前面，站在人类的高处俯视人生，深入人类的心底认识人生，进而昭示人生，张扬人生。"② 西部或者说女性出现独立姿态而活跃的现代新诗诗人，也是近三十年的景象。这得益于20世纪90年代前后文学边缘化及自由写作和女性主义思潮流变。每个女性诗人的诗都是生命沉浸的玫瑰绽放，自然丰富了宁夏文学多样性风貌。

在现代诗歌的自由抒情中，风格鲜明的，首先，是薛秀兰、张廷珍和刘岳华等。其次，还有聂秀霞和陈晓燕，她们情感真挚而始终追求内心的诗意世界，一南一北，代表了女性柔情的诗歌力量。最后，还有流星般闪现于宁夏诗坛的诗人王慧。当然，在诸多的"50后""60后"女诗人当中，以女性内心的情意皴染诗歌的女性色彩，比较特出的是李壮萍和羽萱。

李壮萍（1968—），女，宁夏中卫人，现居银川。1988年开始创作，出版个人诗集《对面是一把空椅子》《放在能看见的地方》。女性在李壮萍的诗歌里刻骨铭心般生长——《一根发丝》：

> 寻找三寸白发的风暴
> 不亚于落叶，寒霜零落的悲怆
> 眼睛深邃
> 迷恋飞泻长发
> 悄悄捡起一根

---

① （梁）钟嵘著，周振甫译注：《诗品译注》，中华书局1998年版，第20页。
② 高深：《西部的一只报春燕——序诗集〈西部的太阳〉》，见陈晓燕《西部的太阳》，宁夏人民出版社2005年版。

给驾驶座前的挡板做标签
　　抬头
　　就看见一缕柔情
　　把自己的目光拴牢
　　不愿放牧

　　李壮萍拣选了一个又一个巴洛克般的意象，然后放进她的用心做的透明的杯子里，看着它慢慢融入、泡开、氤氲……自始至终，这个过程，她都是虔诚的、从容的、悠然的，一点儿也不刻意，更不慌张。有时候，她干脆抛开不规则的意象，只让鲜活的心象，直接开口说话……这时候，我们看到的自然便是"孩子的心"，即晶莹的童心。毫无疑问，她的诗歌与老于世故、藏得很深无关。即使她是直接呈示，也会让人看到一种率真。

　　把头靠在树干上
　　听风摇树动
　　听水分从树根嗞嗞流向叶脉
　　没有脚步声走近
　　你可以想很多事情
　　因为一切都无可挽回
　　你注定孤独
　　只能让自己的一只手
　　怜爱自己的另一只手
　　而家已遥远
　　你没有别的依靠
　　只能把头靠在树干上
　　你感到人和树之间
　　有某种相通之处
　　一棵树会有瑟瑟凋零的叶子

一个人会有汩汩流淌的眼泪①

女人让自己靠在树上，让自己的一只手怜爱自己的另一只手，这种孤独而独立的自我爱惜，宣告了女诗人的纯情和孤独。但女人内心的悸动如旷世的秘密敞开于诗歌——《春意》：

  她比云轻　离开泥土便不能生存
  其实她更接近一条虫子
  在花里建造房子
  在叶子上生儿育女
  宁可错爱三千也不虚度一晚
  嘘　不要出声
  绿正在一寸一寸地加深

《穿透密闭的门》：

  雨打湿了风
  小心翼翼地托起湿漉漉的希望

  树惊扰着岩石悠久的梦
  不动声色地把根伸长

  即使我生存的世界萎缩了
  思想也会穿透密闭的门

即使她抒写的是极为私人的内心隐事，她都会将视野移向窗外，让一个人的存在与外界构成一种对称，一种互信。可以看出，李壮萍的诗

---

① 李壮萍：《把头靠在树干上》，《宁夏青年作家作品精选》（诗歌卷），宁夏人民出版社2006年版，第112页。

歌，与她的生存背景息息相关。她举重若轻地将土地、麦穗、羊群、秋天……纳入自己的视野，继而又将它们化为可供阅读的文本。城市让爱情和女人苍老，诗人决绝地在反抗：鸟飞越城市／鸟挣脱自己的翅膀／鸟带着我们的诗歌飞翔（《飞越城市》）。因此：

> 岁月之光
> 如同雨落在地上的声响
> 雨落在地上
> 并不理会苍老的爱情
> 和哭红的眼睛
> 回首之处
> 无人的岸边
> 仍是依稀可见的黎明
> 所有的光荣与梦想
> 触到泥土中的根
> 没有声音
> 你要抖落满身的灰尘
> 重新上路　重新
> 回到无人的岸边
> 以平静的心情感受黎明
> 感受诗在灵魂中的光芒

这是《生存与现实》最后一节。李壮萍在一次难得的倾诉中写道："对我来说，我不能没有诗歌，如果没有诗，我的生活可能也就无滋无味，是诗充实了我的生活，是诗丰富了我的人生，因为诗我短暂的人生过得精彩，因为诗我苍白的人生五彩缤纷。我对诗歌的热爱完全是发自内心的，我始终觉得生命本身就是一首境界最高最美的诗。"诗歌创作是一件孤独的事情，是一个人的絮语，不是一个人的独语，作者面对的是整个世界，就像对面放的那把椅子。言之有物，诗歌可以共享，但是诗歌里的意味却无法完全被人所理解，就像对面的那把椅子，上面并没有人。写诗，对于有些人来说，是宿命。李壮萍的诗歌创作就像是一种宿命，她理解诗歌中的那一份纯粹和美好。《对面是一把空椅子》集里有100多首诗，许多诗篇都是安静而且美好的，大多是对静物的观察和感受。将自己在生活中对人生的体验和思索，回归自己的精神，酝酿并沉淀为诗歌的抒情。

羽萱（1969—），女，本名唐君，曾用笔名唐珺，宁夏中宁人，现居银川。1985年开始文学创作，诗作发表于多家报刊，著有诗集《梦中的红嫁衣》《守望飞翔》，与古越合著长篇小说《金羊毛》《菊花醉》《大黄吟》等。

谭延桐比较欣赏其诗歌，认为其诗歌里并非只有柔软，还有坚硬："在海边 我凝视着/海鸥在巨浪的上方演示着它的野性……"能从海鸥的翩舞中发现野性的诗人，生命中必有野性。这野性便是生生不息的原始的生命活力。这是有抱负的体现，因为更多的时候，也只有野性的力量才能把一个自然人的形象请到时间的大舞台上来。稍一演变，这种野性的力量，便成了她的《远郊的向日葵》《梨花开满山坳》等诗中的"亢奋的生机""血管中喧哗""漫无边际的汹涌"等。"在这里，每一个字都是音符/在阅读中滚烫，冷却/然后沸腾。"这使笔者想起了淬火。生命也好，诗歌也好，若是去除了"淬火"这样一个过程，显然是不够的。经过淬火之后的生命和诗歌，才会更加纯粹，更加精粹。

诗人喜欢初夏的感觉，最能显出个性化抒情风格的是《美好的花季（组诗）》。《美好》描写"风儿拂面"的细腻感受，而《开花的孔雀蓝》不无年轻女性情窦初开的喜悦，拟人的花开的喜悦流露了青春的内心波动。还有《美丽的开始》《丢失的相思豆》《永恒的花朵》，都是微妙而复杂的女性心理的写照。其情感的流丽和美好，在花儿的表象和内在性别的错位中巧妙呈现：

哦，那朵你送我的花儿
开了又谢了

> 像一位行色匆匆的友人
> 她却穿透了时间和季节
> 在另一个冬天的早晨
> 又一次绚丽妖娆地
> 开放在我的心上

这是一位有才情的女子,而且善于想象并向往爱情的惊艳。其诗歌的浓郁情怀也转变成其小说古色香艳的悲情故事。

三 唐晴的审美情态

在爱情的痴迷和觉醒中焕发了热情的诗人,在诗的创作中开启了人生的感悟,而且一直保持了一种良好的诗意情态。以诗歌舒展内心的疼痛和感悟,吹响人生的芦笛,带给我们直面现实生活和想象远方的希望与力量。因此,经过二十多年耕耘,唐晴在诗歌有了葱茏的风貌,与沉浸于诗意孤独的林一木在21世纪宁夏诗坛双峰并峙。从当代中国东西发展的不平衡和南北文化的交融来说,四川和河南两个人口大省的流动人数最多,形成各自不同的上北京、下海南、走西北、闯天下的心态,在乡音不改的生活追逐里,显示了出走与回归的强烈矛盾感。如果说林一木在乡土情怀和现代性追求之间掘进,那么唐晴是在自我和生活的审美情态之间平衡。

唐晴(1968—),女,四川南部人,现居银川。诗集《嘿!我还活着》,跳出现实生活的羁绊,让疲惫的心灵做一次轻松的飞翔,这是现代人梦寐以求的生命追求。但生活的重负又让梦想变得虚无,在经历了追寻与失望之后,诗人往往是回归自己的心灵世界中,以独语的方式完成与外界的对话。本书收录了宁夏女诗人唐晴的诗歌,包括《在北方遥望北方》《千千结》《一封信》《红棉袄》《邂逅》《你的名字》《恋爱季节》《寒冷的季节遇见你》《梦开始的地方》等。花团锦簇的新诗集请了固原中学老师安奇写序。曾经一起喝过酒的安奇以诗人的激情在阅读中呼应了唐晴诗意的感伤和理想的探寻。

显而易见，《哦，西海固》，《西海固的风》，野荷谷的《野荷》，狂野西北的《胭脂峡》，《行走在泾河之源》，西海固独特的境遇和自己的情感纠结在一起，建构了唐晴早期诗歌瓷实的内容，形成了颇具地域特色的抒情个性。

  沧桑了千年的秦长城　迎着晚风
  在空旷而荒凉的黄土地上　孤独蜿蜒
  而我是一枚被时间遗落的古钱币
  锈迹斑斑的躯体为青草鄙视　又像是
  一块被战争粉碎了的青花瓷残片
  被岁月侵蚀　留不住虫蚁的步履
       《原州："在秦长城上眺望远方"》

在地域的景观中遥想历史，又将自己的卑微投射于历史的遗留，长城的残壁断垣与黄土地的空旷荒凉，只有青草和虫蚁印证一切生命存在的卑微。而诗人"我"就隐藏于这样的时空，存在于当下。这种触景生情的更细腻的表达是《弹筝峡》：

  让岁月苍老成夕阳落下之后的荒漠
  让一种思念化作雨雪风霜
  年年岁岁，在被人遗忘的地方
  在天与地之间，孤独的手
  掂一峡清凉

  风一直在吹，雪化了又下
  谁走了不再回来
  谁在无人的风口
  弹古旧的筝，将我刺伤

又将我温暖

《弹筝峡》

　　西海固所有的历史遗迹成了怀想远方的诱因，西海固所有优美的地方都是触目的怀念。大学毕业，年轻的唐晴决绝地奔赴西海固的泼辣里有着侠骨柔情，然而这种抒情的深层底蕴是背井离乡的伤感。

　　单永珍说："宁夏诗人不多，优秀的诗人更少，优秀的女诗人少之又少，唐晴无疑行进在优秀的行列中，用她的文字，书写着个人的心灵史。记得在十年前，我在《六盘山》做编辑，唐晴拿来她的诗稿，写在一个很漂亮的笔记本上，让我看看。诗写得质朴，素雅，但缺少让人悸动的东西，显然是没有经过系统训练。随着时间推移，大量的阅读和深入的写作使她的诗歌慢慢呈现出深远的迹象，在西海固诗群中闪烁着异样的色彩。这十年，我基本上见证了唐晴诗歌的成长。这十年，因为相互的提醒与批评，我们一起向前走着。西海固是个出产诗人和诗歌的地方，农业时代的缓慢抒情能够让人静下心来面对人生和世界，思索外部客观和自我主观的变化、转移。唐晴的诗歌视野漫游在西海固的山川大地上，以自我的心灵世界作为出发地，写出了一首首浸润着自己独特眼光和感受的诗歌。"（2010年《六盘山》第1期）从这段评说中，首先印证了唐晴的诗歌创作是西海固地域文化的特别涵养，其次透露了山城诗人们真诚的交流，让年过三十的唐晴喜欢上了的诗歌创作。

　　2011年重新编辑出版的诗集《花年年会开》，是诗人对自己创作的一次自觉整理，也是明确诗歌创作意义的自觉思考。可能也是激情和冲动不再的一次沉稳转型。安奇2007年写的序以《走过高原的青色女子》之名附录收入，而部分过于直白诉说伤痛情感的作品却被删除。虽然在目录页仍然保留了花朵的装饰，已经不是束缚在花瓶里的一大束，而是点缀在页上角的图案。同样，2008年诗集贯通全书的野菊花和竹子的装饰在2011年新的编辑中被分解和缩小，封面换成了银白色，红色隐藏为内衬页，而且封面纷繁的花草换成了简约的睡莲（内文第二辑和第四辑也是同样的睡莲图案的简约点缀）。诗集就像女人的着装完全换了一种风格,特别是有了自我表达自信的诗人自己写了序——《回家》。诗人借助海德格尔文化哲学批判的名言"语言是存在的家",坚定地宣告"我选择了诗意的家"。这自然是诗人内心情感的一次精神蜕变。

唐晴说:"单永珍的笔下,把理性上不可理喻的事物变成可以具体感知的事件,并借助它奇妙的个人修辞学,使我们在语言的开掘过程中,让一些事件,一些细节,一些虚幻的真实,一些关乎个人心灵的认知溶解于作为历史与现实语境的象征世界。"[①] 诗人批评他者,大多时候也是自我的一种言说。在现实遭遇的景象中灌注自己的情感和想象,也是唐晴的拿手好戏。如《六盘山巅》《大漠上一棵孤零零的沙枣树》《野荷》《大旱》《旅途》等。在现实的语境中借用历史的过往强化自己的情感和人生境界,也是惯常的手法。如:《原州:在秦长城上眺望远方》《路过水洞沟》《在骊山的索道上》《无字碑》《千千结》等。

2005年前,唐晴受西海固单永珍为代表的凌厉诗风的影响,其诗作中明显带有新边塞诗西部景观的张扬。《寺院》《落难的王》《渴望一场大雪》《原州:在秦长城上眺望远方》等,"踏霜而行","对你的思念/依然/是一场铺天盖地的大雪",深蕴着北国的寒冷和大野的气息。当然,更多的,诗人融进了女性悲情和想象:"迷人的风景距离现实已经遥远/流浪在你梦想的城市/偶尔无眠的夜里/是否会走进我孤独的雪地。"(《雪祭》)2008年唐晴编辑了单永珍的第一部诗集,这是诗人与诗人深层的交流,因而深化了唐晴对诗歌——特别是西部诗歌的批评认识。这种认识的审美批评,在2016年11月25日"宁夏新边塞诗研讨会"《放歌贺兰山巅,诗意的栖居——秦中吟诗词赏析》的发言中自然有了更为充分的显现。

唐晴固原时期的诗歌创作是一种自然生态的审美流露,倾心于朋友和诗歌。2008年前后,在文学编辑的细致中有了语言和诗歌的自觉。这是审美性情自觉涵养的开始,是省察自己情感生活与诗歌创作之间关

---

① 唐晴:《高原上倔强的独行者》,《星星》诗刊2011年第8期。

系的自觉。"诗歌至美的境界应当出现在一颗细致而温柔的内心之中。"诗人安奇在细读唐晴诗歌的同时，试图描绘诗人的女性形象："青色的女子走过西北——她是一位并不现代派的女士，她是一位坚守在命运的地头的行者，她喜欢风云的际会，喜欢'青铜的霹雳长剑'，在寻找的主体中她陷入自我的不信任导致自我价值的体验。""在西北的生活的洗礼中，她的诗歌也有着与南方女诗人不同的境界和风格。"① 如果说单永珍对唐晴写作有过打击但欣赏其豪爽侠气，那么安奇读出了唐晴诗歌真正的感情内涵，由此而触及唐晴表达感情的言说方式。也就是说，语文老师对文本的细致阅读，透过语言的层面抵达了诗人情感的河床，对抒情主体的内心温柔有了某种心灵的感应。综合起来分析，莫过于漂泊、孤独与悲伤之情。

其一，人在旅途的漂泊感。这种漂泊感不仅具有穿越时空的历史感，而且包含了强烈的当下生活的现实感。《嘿》第一辑、第二辑相互关联，情感贯通。《在北方遥望北方》这一辑，全部与爱情有关，但是那种漂泊感却灌注在每一首诗的字里行间。第二辑《漂泊者》写的是西海固的山川风物，但区别于西海固本土诗人的乡土抒情，全部是一种新奇的打量，自觉不自觉地与南方做着比较。穿插在这一辑中间的《外婆家》《父亲》《母亲》，就是在外乡生活的游子一种极度渴望亲情的自然流露。这种情感自然流露的含蓄抒情形成了第四辑《又见梧桐花开》《槐花开了》《节日的伤口》等作品。同样是《嘿》第三辑，"在欲望的城市"全部是悬浮的情感状态，"谁来拯救一颗暴虐的灵魂/多年来 我小心翼翼地行走在时光的刀锋上/十二月的北方 我守护的风景为谁开放"（《方向》）。迷茫于情感，借助酒的释放，"几杯清酒就洗刷出一些人的虚伪和贪婪/也点燃我内心深处的灯盏"（《酒是一面镜子》）。"而那些孤独的饮者将哀怨情愁/品得荡气回肠豪情纵天。"（《对酒当歌》）

这种宿命般的漂泊大概源于唐晴的多情，有疼痛有快感，痛定思

---

① 安奇：《序——嘿！我还活着》，见唐晴《嘿！我还活着》，宁夏人民出版社2008年版。

痛,"像草一样活着",诗成了疗伤的"潮湿的汉字","那些轻狂的日子与希望和回忆/一同随夕阳坠入黑夜的深处"(《又见梧桐花开》)。

其二,爱情痴迷的孤独感。在诗人极度敏感的漂泊书写中,最强烈的是诗人追求爱情的哀伤和疼痛。这种爱情至上的女性写作,其不多的小说创作可以印证,《突围》收四篇小说,前两篇涉及纯粹爱情的渴望,后两篇触及婚姻情感的不和谐。这几篇有生活积淀的小说背后,不无沉痛的生命体验,作者恰恰在诗歌的纯粹里表现得更丰富、更深挚。这样的情感,在2008年之前是一种内心被灼伤的低泣和质问,甚至是借酒歌哭,2011年整理重编时已经成为温情的哀怜和祭奠。不妨来看《嘿》最后一首散文诗:

> 你多情的眼睛,是我开花的伤口。
>
> 你那比风还长的黑发,我那比黑发还长的忧郁,轻轻地轻轻地缠住了我飞扬的心。
>
> 淡淡的清香袭来,我的心沉醉在三月的濛濛细雨里。茉莉花儿开了。茉莉花儿开了,是谁玄色衣裙上唯一的装饰?
>
> 月亮已经走开了,星星为什么还躲在窗外?空空的小屋,再没有风铃儿声声清脆。
>
> 欢乐的音符,萦绕在去年的依依杨柳梢,清清的湖水荡漾着微波,轻吻着亭亭的荷。
>
> 温柔的情绪,有一种遏制不住的冲动,心爱的石头纵情扑入湖中,永远,沉在了湖底,湖面平静如初。
>
> 平静如初?!

痴迷爱情的年轻女子唐晴,少年时就沉浸在文学的阅读中,在没有触及现实和爱情的创伤时,不知道诗歌为何物。"成长是一种痛苦,诗歌却带给我美好的希望和温暖的停靠。"这是写诗的唐晴后来的感悟。因此,深深体会了爱情就是一种孤独的等待、受伤和愈合之后,温柔而深情的诗人"无法歌唱爱情",只能流放自己:"我知道/我将倒在世俗的目光中/为了在伤口上种植一朵向日葵/天空和大地之间/忧伤地开放着你的心情。"(《流放自己》)同样，没有刻骨铭心的爱，写不出像《一枚纽扣》这样富有生活体验的独特短诗。当然，这种执着爱情的伤痛和孤独感在雪和月光为主要意象的作品里表现得更为丰富和深挚。遭遇爱情溃退的同时也遭遇了世间的流言蜚语，诗人靠着文字的悲切表达克服了绝望的孤独感，在诗歌的词语中燃烧和宣泄了激情。用贾妍灵阅读的直接感受来说，唐晴的诗歌一直贯穿了一种希望的力量，注重一种精神价值的追寻，"面对尘世/所有的伤口被笑容隐藏/疼痛一次一次掀起澎湃的激情/在黑暗深处　我苦苦找寻/一把青铜的霹雳长剑"(《在欲望的尘世》)。喜欢唐晴诗的李银春说，从作品可以读出来，这是一个多情的女人，一方面表现了爱情的迷失；另一方面又显现出大气，一些奇特意象和遐想显现了诗人内心坚强的力量。年轻的寇志阳、贾妍灵、李银春没有读出痴情女子爱情城堡陷落后的孤独和痛苦。

其三，岁月在心的悲伤感。这种悲伤来自女性的自恋，以及诗人对自然、青春及一切美好的感伤。

这种悲伤感最初是比较轻柔的，正如《嘿》里的散文诗《蒲公英》所抒发的淡淡的忧伤和寂寞：在寂寞的角落，"在大地的边缘，吐露心曲。如果，星点般的金黄点缀了你的心情，不是我娇艳如画，是你美丽的心情追寻着春天的浪漫"。但在"欲望的城市"，诗人的压抑非常沉重，错误或欲望，希望或苦难，弥漫内心的大雾和苦痛，让诗人几乎抓狂。用熟知唐晴写诗历程的单永珍的话说，只有在心灵的创伤面上，种植一行行艳红的诗。"面对尘世/所有的伤口被笑容掩藏/疼痛一次一次掀起澎湃的激情/在黑暗深处　我苦苦找寻/一把青铜的霹雳长剑。"(《在欲望的尘世》)"当生命回到最初的茅屋/老院墙角的野花/静静地吐露一生的情感/我猛然醒悟/糊涂地活着　也是一种幸福。"(《错误或欲望》)这种激情张扬的痛苦中，诗人感伤的诗歌意象在坚守和妥协之间彷徨。深刻理解这种诗人审美情态的单永珍说："这种写作深刻地体现出两种文明的冲突对诗与思的变异。即农业文明与城市文明并存于唐晴的血液里，她的城市化叙事遭受打击后，迅速回到乡土抒情中寻找慰藉,这样的写作方式已经成为唐晴诗歌写作的惯性,成为她面对生活,反抗现实,自我救赎的艺术途径。在宁夏诗坛,唐晴无疑是一个坐标,她的才华有目共睹。"①《笼中的鸟》《悬浮》《囚徒》《狼与我有什么关系》《禁忌》等困顿和悲愤的抒情,可以说进一步凸显了遭遇"错误"和"欲望"的沉痛。

诗人在诗歌的涵养中解悟了生活,精神的追求更加坚定。没有九死而不悔的标榜,但诗人想淡化自己的外露情感,因此重新编辑了自己的诗集。这种编辑,诗人在我这儿有意轻描淡写。前面已经谈到,两部诗集的内外装帧设计风格变化很大,特别是内容的编辑从每一辑的辑名到具体的篇目变化更大。这种变化的走向是成熟、简约和沉静。虽然唐晴无法真正达到这样的审美理想,但已经有了自觉的意识。

这是诗人心智的舒展和诗意情态的开阔。从近几年唐晴创作的貌似闲散的严谨可以看出,诗人的审美情态更加深切和从容。所以诗意探寻的文字琢磨里有了某种超越感伤和漂泊的愉悦感。"悲欢离合总无情,一任阶前点滴到天明"(蒋捷《虞美人》)。这种愉悦感不是肤浅的忘记过去,而是深深地爱上这个世界和所有的人。在诗歌里会表现出从容而开阔的抒情想象和朴实的人生品味。

> 禾叶上最后的一滴泪珠
> 刺伤了我坚硬的心
> 面对一张张干涸的面庞
> 我羞于承认
> 我是太阳的女儿
>
> 《大旱》

诗人的身居之地是滋养自己诗歌的隐形厚土。诗歌中出现的地域性不是为了出现地域特征而去有意写出这种特征,应该是你自然生活在这

---

① 单永珍:《虚无现实中的灵魂救赎——唐晴诗集〈嘿,我还活着〉阅读札记》,《文艺报》2008年11月15日。

个地域里，受其地气蒸腾，吃此地食物，喝此地雨水，与此间人相交共存一个时空，通了身体经络，精神中的一部分受了精华，感动于心而无意间携带入诗的部分，成其为地域特色。"袁行霈在谈到诗歌的多义性时说："富有言外义的诗歌，状物而不滞于物，引导读者由此及彼地展开联想和想象。"① 把自己的名字"晴"与"大旱"联系起来，将自己比喻为太阳的女儿，体会西海固的旱情。从禾叶上一滴"泪珠"比兴开始，落到自己的"羞愧"，情感真挚。韩敬源不知道，西海固也是诗人的伤心之地，但超越了自己的情感，对生活过的那片土地和土地上的人民却有了如此走心的悲悯同情。

唐晴一直追求现代诗的口语化，其作品散文化的特征还是比较明显的，不像美术家诗人虎西山浸润古典的情韵和情致。诗歌作为一种言志抒情的方式，是诗人沉迷语言与灵魂的双重探险。在疏淡了内心伤痛和惦念之后，诗人换了一种环境，心境逐渐开朗，优雅的诗意氤氲在心间，没有了早年的桀骜和决绝，高歌欢笑，想念巴蜀青绿，却依然喜欢西部山川。年轻的读者寇志阳说，这些作品柔情唯美，语言流畅。

四 "不止于孤独"的林一木

在芸芸众生中，诗人具有敏感的心灵，他们能在各种事物的省察中发现诗意，用一种艺术的方式传达给我们独特的审美体验。英国著名诗人艾略特说："诗人可能有的兴趣是无限的；智性越强就越好；智性越强他越可能有多方面的兴趣；我们唯一的条件就是把它们转化为诗，而不仅仅是诗意盎然地对它们进行思考。"② 诗人的艺术创造过程不是单纯地对情感和生活诗意化的表达，更需要诗人敏锐地从自然现象和生活经验中领悟并发现一些具有哲理性的内涵意味。在这样的意义上，林一木是纯粹而孤独的诗人，她视诗歌为生命，不断尝试超越自己的文字和

---

① 袁行霈：《中国诗歌艺术研究》第3版，北京大学出版社2015年版，第19页。
② [美] T. S. 艾略特：《玄学派诗人》，见《艾略特诗学文集》，王恩衷编译，樊心民校，国际文化出版公司1989年版，第32页。

思想。

林一木，1978年出生于宁夏固原一个农民家庭，2001年毕业于宁夏大学中文系。1998年开始发表作品，属于校园文学的积极分子。迄今为止，林一木在《黄河文学》《六盘山》《朔方》《人民文学》《诗刊》《诗选刊》《诗潮》《星星诗刊》《绿风》《中国诗人》《北京文学》等刊物上发表诗歌600余首，出版诗集《不止于孤独》和《在时光之前》。

与宁夏很多执着于故土家园抒写、构建诗歌地理的诗人相比，林一木的诗歌超越了乡土，以自己的艺术探索突破了西部诗歌的地域限制，呈现出更高远的诗歌意趣。她在揣摩中国古典诗歌优秀传统的同时，自觉积极地汲取西方诗学和哲学的营养，为构建新的诗歌理想而读书思考，在杨梓、单永珍之后，在宁夏诗坛显示出了最为决绝的姿态。因此，她的诗歌呈现出鲜明的西方现代派的风貌，却从根本上探求中国传统诗歌的内在肌理，所以她的诗歌既有一种复杂的、暗示性的表达，又不失一种单纯朴素的质感。

对生活瞬间的感悟中包含了对生命的思考，在感悟和思考之间将诗歌意象打磨得细致而显豁。诗人通过对自然的静默省察理解生命，寄托她灵动的孤独想象。"在叶子都走光的夜晚，才能知道／一棵树的树杈有多么繁密／它们向上靠近，孤单而独立／和树一样消瘦的爱人，繁花落尽，年华逝去"（《月光光》），在秋叶凋零的夜晚，干枯的树杈没有了叶子的陪伴，虽然孤单，但是只能自己坚强的挺立着，感叹时光的流逝。林一木有着女性所独有的敏锐的观察力和细腻的感悟力，花开花落，秋叶冬雪，世间万物在她的眼里都是有生命的，并且与她的生活紧密相连，甚至融为一体。"星星孤寂地闪耀／我增加了一件御寒的棉衣／按紧胸口，把风挡在外面／把疼痛堵在里面"（《无关乎疼》），冷风萧瑟的夜晚，诗人独自一人走在寂静的路上，只有自己的影子作陪，连漫天的繁星也变得孤寂，诗人思绪万千，心中的苦痛无人理解，无处诉说，只能自己承受。

但是，这种孤独又不是诗人愿意承受的，对现实的失望让她与现实存在之间多了内心的距离感，她无法融入其中也无法逃离，只能将孤独寄托于想象之中。在想象中她渴望找到可以相互依靠、相互理解的灵魂伴侣，"当众生被黑暗带走/当黑夜覆盖万物/我独醒在黑暗的光明里/沿着你去时的小路/用我的目光搜寻/如果缘分能在你的梦中/留一道门我的爱人/就请踩着我的目光回家"（《回家》）。诗人在寻找那个与自己心心相印的人，可以携手遨游理想的精神乐园，逃脱现实的困境。可是，那只是想象中的美好，诗人始终是孤独的，她不愿孤独，却又被困在孤独之中，"钢筋水泥四面兀立/一壁雕花矮墙/将时间锁在这里/我想你不喜欢孤独/是否如我，向往森林"。诗人被困世俗之中无法逃脱，她向往的是"天井之外，桃花灿烂"，是生命之花的全新绽放。然而"我嗅到了灰尘发霉的气味/最后一只红蜻蜓/自湖边而来"（《天井里一棵蒙尘的树》）。诗人终究走不出困境，只能以诗歌的方式自我救赎。生命本身是一种满含痛苦的存在，带着强烈的主体意识和超常的感受力，林一木急切地想要把自己对生命的感悟付诸笔端。"她的敏锐多感，她的焦躁难宁，她的近乎绝决的追求和不断袭扰的虚无感和绝望感，使她好像总是在一种进退失矩、无措手足的处境里。"[①] 这让我想到了李白《月下独酌》里的孤独："花间一壶酒，独酌无相亲，举杯邀明月，对影成三人。"李白的孤独何尝不是生命的深刻呢。马尔克斯曾说："孤独是人对周围世界的一种情感的反应。"当一个人不能或不愿理解外部世界，也不能或不愿被外部世界容纳之时，孤独之感便油然而生。

诗人自己在诗集《不止于孤独》里说："孤独是一种尊贵的情感，我们不可以把它像香烟一样轻易地叼在嘴上。"的确，林一木的孤独是高贵的孤独，她将孤独意识上升到生命本体的高度，在她的诗歌里，孤独已不是需要逃避的一种情绪感觉，而是诗人获得生命底蕴的力量支撑。作为女性，林一木与生俱来的悲悯情怀，以及学院体制的严谨修习，还有孤独中亲近哲学和神秘学，使得她天然地具备了一种精神品性，这给她的诗歌带来许多人难以察觉的冷峻品质。

---

① 石舒清、倪志娟、许艺：《林一木诗歌三人谈》，《朔方》2011年第9期。

林一木总是善于捕捉生活中容易被人们所忽略的东西，或者是人们不善于表达的东西，她通过自己的生命体验来观照女性的共同情感和命运。我们总能在林一木的诗歌中感受到她心灵深处的悲悯，在她的眼中，花开正艳时的桃花是"附于枯草之上的爱情"，是"散落于上流社会的风尘女子"，是"从春天私奔的女人，红颜薄命"（《桃花》）。不论是繁盛还是颓败，诗人总是带着忧伤的情绪。在林一木的诗歌中，她既是当局者，也是旁观者，她既在审视他者，也在审视自我，诗人表达的或许是某个瞬间的心灵状态，或许是由某个事物引发的深深思索，她用敏锐的感觉去触摸生活的本质，让我们看到了一个对生命具有深度思考的诗人的精神品格。诗歌是语言的艺术，也是情感的融合，林一木以沉稳内敛的笔触对女性情感进行自然的抒写和表达，"于不经意间给人突然的触动"。[1] 正如她创作谈中自我的剖析："我的文字完全出于真实的情感，我的诗歌更属此列。因此可以把它当作你的知心朋友。它们是多年孤独生活的产物与见证，也是零碎积累的结果。我在写下它们的时候，只是写下这些文字的时候，我的心感到略微的安慰。"[2]

爱情，作为人类最强烈的一种感情，是诗歌永恒的主题，而女诗人抒写的爱情更具有神秘的魅力。不同于舒婷那种炙热的、纯真的爱情，也不同于翟永明那种放纵的、宣泄的爱情，林一木的爱情是平淡的爱情，是悲伤的爱情，也是孤独的爱情，她总是站在爱情的背后遥望着，"你的门虚掩着，阳光倾泻而出／你没看见疲惫的花朵／在午后，流着眼泪逃跑／我多想推开你的门／站在离你不远的地方／让阳光涂满我卑微的灵魂"（《在你的门前》）。"我用彻夜的泪水／清洗时光累积下来的灰尘／竭尽全力地燃烧／像守夜的眼睛／等一个负心的人回头"（《烛》）。在爱情中诗人是卑微的，她憧憬爱情，却又害怕爱情，她在别人看不见的地方独自忍受着悲伤，无人诉说，也不想诉说，她只能在回忆中安放自己漂泊的灵魂，面对无望的爱情，诗人是忧伤的，但是她的忧伤中没有当下诗歌写作中常有的虚弱和矫情，反叛和决绝。林一木的忧伤中带有从

---

[1] 白草：《林一木和她的诗》，《六盘山》2009年第6期。
[2] 林一木：《一个悲观主义者对诗歌的看法》，《绿风》2009年第3期。

容和内敛，她在向别人诉说自己的痛楚，但又仿佛是在诉说别人的痛楚。正如有评论者说："这是一种将情绪感嵌于骨头乃至灵魂的诗歌写作，情感深沉而不动声色，意蕴丰厚且简朴从容。"①"林一木的作品看似面对着某个人在倾诉，实际上那个人是不存在的；与其说爱着具体的个人，不如说爱着'爱'本身，那是一种广大无边、不死永存的'本体'。个人死了，爱活着。一如穆旦《诗八首》中所写：季候一到叶子飘零，可有着'老根'的'巨树永青'。"②

诗人里尔克曾经说过："至于真的生命是更直接、更丰富、更亲切的在妇女的身内，根本上她们早应该变成比男人更纯净、更人性的人们；男人没有身体的果实，只生活于生活的表面之下，傲慢而急躁，看轻他们要去爱的事物。"③林一木的诗歌，便具有这种纯粹的特质，她总是坚守着自己所认定的诗歌领地，以诗人和女人的双重身份将自己的生活感悟和生命体验注入诗歌创作当中，字里行间蕴藉着深厚的情感力量。

林一木深受诗人郑敏影响，对生命和哲学怀有强烈的探究欲望。她在散文中提到与郑敏先生的交往时这样写道："而我自衷情的，也无非和大家一样，是郑敏先生诗歌臻于化境的哲学底蕴、深沉真挚的人文情感和里尔克式的'玄'。这大约也就是我们每个人都苦苦追求的'现实而又永恒'的智慧。而我更倾慕的，是先生作为一名大诗人对生活所抱怀的真情。"④郑敏是中国现代诗歌史上的"常青树"，属于九叶诗派。她自觉并专注于对诗歌的探索，创作了大量优秀的诗作，她善于在沉思中捕捉生活真理，从纷繁的现实中发现朴素的诗意，用感性的语言传达人们在现实面前的复杂情感，独具智慧。同时，郑敏的诗歌在抒情之上与哲思相汇合，不断地叩问生命，进行着生命本质的探寻，"其情感之深沉真挚，视野之高大宽阔，思想之幽深玄妙，如血肉骨骼融会贯

---

① 杨献平：《以深情，以善意——林一木诗歌欣赏》，《黄河文学》2007年第12期。
② 白草：《林一木和她的诗》，《六盘山》2009年第6期。
③ 里尔克：《给一个青年诗人的十封信》，生活·读书·新知三联书店1994年版，第46页。
④ 林一木：《你的春天的到来》，《黄河文学》2013年第9期。

通。"① 女人与哲学之间的矛盾总是充满着牺牲,最令人心碎的莫过于,女人在此一途中丢失自身的女性身份,最终成为一个客观的人。而哲学,并不因之而变得可爱一些,女性与哲学之间存在着永恒的悖论。但林一木一直勇敢地视郑敏为自己的楷模,力求在自己的诗歌创作中将生命体验和形而上的哲思加以融合。除了向前辈郑敏先生学习之外,林一木将目光投向了西方诗学,这在其担任特邀编辑的《朔方》"新译作"栏目中可见端倪。在此栏目中,林一木编发一些西方作家、诗人或学者的作品,在"编后"中对选取的作品进行简洁的点评,由此也可看出她对西方诗学资源积极汲取的自觉意识。

  作为一名女性诗人,林一木始终衷情于优秀的女性诗人和她们的经典作品,她持续不断地阅读玛丽安·摩尔、玛丽·奥利弗、露易丝·博根、安妮·塞克斯顿等西方女诗人的诗歌,玛丽安·摩尔晦涩生硬的诗歌语言中隐藏着深邃的情感力量,玛丽·奥利弗在对自然的本真抒写中寻找生命的意义所在,露易丝·博根在女性情感的表达上追求一种冷静的客观性,安妮·塞克斯顿在近乎疯狂的诗歌言说中进行自我救赎。这些女诗人被自己的诗歌定格,又在诗歌中永远生动,时间与空间的距离抽离了她们的血肉、她们的爱恨情仇,而文字使她们获得一种纯粹的生命,化身为一种美。从她们的作品中,我们可以看到,她们不再受到性别与世俗的制约,在诗歌中对着世人超然微笑。一方面,这些西方女诗人的作品给林一木带来了新鲜的审美体验,成为她诗艺探索的养分资源。另一方面,她们坚守诗歌写作的精神品格也引起了林一木的心灵共鸣。她在自己的诗歌中明确地表达了自己的观点:"只有她们的诗/才能让我的心,重新激动/它不是春天里的叶子/也不是消失在日常中的/最珍贵的东西/……是她们的诗/如此含蓄,交出了生命的秘密/像一道光环,折射着真理。"(《她们的诗》)

  一个女诗人在诗歌中的坚守和摸索,或许是我们不能想到的,她对诗歌多了一份更深入的思考,多了一份及物的呈现。"蝴蝶翩然飞去,

---

① 林一木:《你的春天的到来》,《黄河文学》2013年第9期。

留下你/在我体内,像破茧前的沉寂/我看过的旷野越远,/天空越高/我内心的位置,就越小——/它只容纳下你,像沸水/在壶里发出的,尖细呼叫。"(《写给你的一封信——致D》)这是一种拥有更大自由的写作,它摆脱了早期的各种限制,让人感受到一种表达的陌生化的美。这种创作不同于宁夏同时期诗人,语言采取了一种与世隔绝的方式,她本人则在作品中保持了缄默。

《在时光之前》里最能体现诗人个性风格的,却是《回首》和《寓言》两首内敛的小诗。林一木在博客里说:"一个写诗的人,他的命运不是为了获得世俗的称赞,更不是为了留下名篇。他的命运,是要探索生活的秘密,弄明白什么是生命的奥义。于是世俗的规章不再对他起作用,那些纠缠于世俗的作品,也将注定随着世俗的消解而归零"。诗人"不止于孤独"的跋涉如此艰难,"诗好像要从诗人的生活里带走一切,只留下诗"。[①]

诗人"消失在语言的迷雾中","更多的时候,传出的是一个,空旷的回音";"含着黑夜的微笑,包藏着太阳的泪水"。林一木是宁夏最优秀的女诗人。在这个充满内心危机的时代,诗人一直是一种特殊的存在。"诗人何为"?海德格尔曾经如此拷问过诗人的历史使命,他认为,在这个世界陷于贫困的危机境地之际,唯有真正的诗人在思考着生存的本质和意义。也许是为了印证这样的思考,林一木孤独地坚守着自己的诗歌和心灵世界。当然,也不希望她沉沦于诗歌的矜持甚或炫耀。

五 心灵的诗意守护

诗人是用敏锐而细腻的心灵感悟世界,理解人存在的困境,探寻一切人性的隐秘与幽微。不论是用审美的眼光打量这个世界,还是用悲悯的情怀透视人生,笔者一直认为,诗人必定是精神生活的贵族。从这样的诗意感悟来说,沐浴现代教育的回族女诗人有着特别的表现,她们的

[①] 石舒清:《诗人难当》(代序),见《在时光之前》,阳光出版社2015年版。

审美眼光灵秀而澄澈。"言动其心，声悦于耳"①，华韵琴心，诗人的性情之美好，在艺术的交融中呈现。诗人指导人们趋向于高尚的生活，爱好所有高贵的东西。诗人的审美创造会使我们变得更好，更善良。"能够把创造的崇高灵魂/深藏心里的人是幸福的"②，情感的高贵形象莫过于诗歌契合生活的美好表现，回族女性精神性的本真诉求与诗歌艺术的感性显现有着最高的契合，生活与艺术的情怀更为淳朴。犹如曾杏绯、于秀兰、哈若惠、陈晓燕等，皆显现了传统与现代之间流转的审美才华，而年轻的"70后"查文瑾，则是"小时代"的小情调，温婉的风格显在地印证了她"更善良更迷人"的诗意情怀。

查文瑾，凭借女性特有的细腻与敏感，以优美的笔调抒写瞬间恍惚的美好感触和现代女性的内在情思。这样的感触和情思又大多来源于自己的日常生活。人间万物都成为诗人感受的对象，成为诗人笔下的审美意象。"艺术的总任务是在创造意象"③，诗歌尤其如此。查文瑾观照生活的方式就是先将客观事物嵌入内心的审美情态，通过内心的审美涵养来创造审美的意象和情景。所以，《纯棉》中表现出的外部世界，往往带有强烈的主观性和象征性，她笔下的一切都带着鲜明的个性色彩。诗人用这样的方式构建了一个属于自己的情感表达空间，任情感的溪水自由流淌。

诗意的生活性情，或者说文如其人，查文瑾的诗歌大多清新而美好。"70后"的查文瑾虽然生活于热闹的城市之中，并在职场打拼多年，但她的内心始终明媚如春，对美好事物有着天然的向往和追求。其作品传递出诗意温润的暖意，在女性情感的自我呵护中还蕴含了形而上的人生思考，这让她的作品还多了几分考量日常生活的审美领悟。

在人类几千年丰富的情感世界中，爱情是最能触动人类内心生活的感性活动。以《两片云的爱情》为例：

---

① 陈晓燕：《西部的太阳》，宁夏人民出版社2005年版，书画贺页，宗鄂先生题词。
② ［俄］普希金：《书商和诗人的谈话》，转引自《车尔尼雪夫斯基论文学》（中卷），辛未艾译，上海译文出版社1979年版，第240页。
③ 朱光潜：《谈美　文艺心理学》，中华书局2012年版，第72页。

两片云，在风的怂恿下
渐渐地渐渐地连到了一起
他们手拉着手肩挨着肩相约黄昏后
他们幸福地相信，有一种爱叫做温柔
有一种情叫做长相守
就算哪一天风吹云散，只要轻轻放彼此在心里头
不去刻意在乎，不去相互猜度
那么所有的一切都会因为纯粹而变得无比剔透
就像此时，像红霞满天的时候
波光粼粼的湖面上水鸟婉转的啁啾

从表面上看来《两片云的爱情》是一首爱情诗，但透过爱情，诗人或许更想表达的是她对理想人际关系的向往：不去刻意在乎，不去互相猜度，心与心真诚沟通，让世间的一切都变得纯粹而透明。

生命是一段奇异的旅程，人对生命的感悟会越来越深。随着阅历的增加，诗人对世界会有更深刻的认识，承受能力也不断增强，但这不得不以失去青春和单纯为代价。《青杏》能让我们体会一位女性成熟的微妙情感。这首诗是诗人对成长的体察，"青杏"的象征寓意非常明确，隐约的无奈与哀伤，是对年华逝去的心灵祭奠。当然，作品也表现了诗人对成长本质的洞明和理解，因而有了对下一个人生阶段特别坦然的期待。但女性伤逝青春的情感，依然留存心底，如《玫瑰做酱》：

当季风轻轻吹起发丝
吹痛容易受伤的思绪
你教会了我，要将玫瑰的芬芳
连同谜一样的露珠的忧伤
一瓣一瓣摘下，加糖密封做成酱
待岁月漂白了生活

> 待壮美的云霞缤纷了暮色
> 独自闲品曾经不经意的叹息中悄悄隐去的
> 浓醉于心的春色

诗人以一颗敏锐善感的心去体味生活,并将自己的体味以审美的方式倾诉出来,在感性的情感体验中渗透着对于生命的理性认识。在她看来,忧伤和甜蜜都是生活不可缺少的调味品,缺少了其中任何一样我们的人生都不完满,人生因这种种的忧伤与残缺才更加接近生命的本真。当岁月沉积,芬芳与忧伤凝结成醇厚的酱,过往的一切都将成为人生画布上的绚丽线条,我们对人生的理解也会越来越深厚。

进入网络时代的 21 世纪,女性的写作不再直接地为政治、时代、性别、销路等外在因素所困扰,她们拥有了前所未有的创作自由。查文瑾的父亲是新时期知名作家,因此她从小就受家庭良好氛围的熏陶,自由自主地完成了学业,进而拥有了独立的社会职业,她在精神方面的追求自觉而大胆。在跨世纪散漫如海的诗歌创作流变中,一切流派和价值都失去了统治的可能,唯有自我和个性在他们那里得到毫无顾忌的舒展。查文瑾毫不吝啬地肯定自我:

> 李树上开着妩媚的桃花
> 桃树上开着素雅的李子花
> 它们无奈地看着对方
> 自言自语道:假如我是我自己
> 我一定是最美的
> 　　　　　《假如我是我自己》

在诗人眼里,妩媚或者素雅都不是美的唯一表现形态,真实的自我才是最美的。

人文主义是现代诗人悲悯情怀的思想根源。人文主义提倡博爱,博爱的本质就是对世间所有生命都怀有真挚的关爱和同情的理解。这种精神体现在查文瑾那里就是对于一切生灵都心存怜悯，在《墨西哥湾海鸟的某一天》中，在油污的墨西哥湾死去的海鸟，"被描摹成了油漆的木雕"。带有讽刺意味的是，被剥夺了生命的海鸟在死后竟成为"象征生命自由象征幸福吉祥的图腾"。诗人对我们生存的地球的毁坏，或者说滥杀成性，表达了极其强烈的愤懑之情。海鸟最后的哀鸣再次给人类敲响了警钟，这也是诗人给世界和人类发出的警示。

生命的本质存在其实就是对环境和内心的直接反抗。在《既然是海之子——纪念海子》中，诗人对海子放弃了自己年轻的生命表示出极大的惋惜和同情：

> 既然是海之子，你就不该选择那条路
> 当然，也许那一刹那，年轻的你还没有弄明白
> 其实生活和诗歌才是你的海　你的母亲……

诗人没有指责海子轻生的行为，而是表示了一定的理解，认为他轻生是因为太过年轻不懂什么才是最重要的东西。这种充满了人情味的体贴温厚而绵长，是对生命的另一种理解和尊重。

在查文瑾的诗歌创作中，女性独立的自觉表现，虽然单薄但比较具体的，就是对人性的批判。将笔触伸向对复杂人性问题和社会问题的揭示，她从"纯棉的爱情"变成了奢侈品，反映当下社会真情难觅（《纯棉》），从人们赞美茶之后却在新的味觉面前把它出卖，反映人性的虚伪和善变（《茶》），从"仓鼠硕鼠腆着肚子比着清廉"，反映人民公仆的不知廉耻（《二〇一〇，历史的新闻年》）。另外，将新闻和社会现状入诗，在宁夏男诗人中并不多见，查文瑾的做法有点"巾帼不让须眉的"爽朗敏锐，让我们感受到诗人真诚可贵的现实情怀。

查文瑾不是一个追求深刻的诗人，却从不缺乏独立的个性精神。看似流光溢彩的城市生活，让大多数人心灵疲惫。俗世的繁忙和人与人之间的尔虞我诈，让诗人更多了内心的哀伤疼痛。因此，查文瑾总是试图超越生活的庸俗和琐碎，寻找一个能够暂时忘却烦恼的清静之地，一个

能够怡养性情的世外桃源,给心灵沐浴洗尘,让想象任意驰骋,让情思自由翻飞。"美感的世界纯粹是意象世界,超乎利害关系而独立。"① 所以,诗人利用诗歌为自己编织了一个个美轮美奂的意象世界,并在其中怡然自得:

> 不知道那漫山的花儿
> 有多少结了果实,又有多少随风卷入尘埃
> 我只知道,我的心
> 就像被风撒落的一粒种子
> 在一个不为人知的地方
> 生着无怨无悔的根
> 长着无怨无悔的叶子
> 开着无怨无悔的花
> 不问前生,也不问来世……
> 　　　　　　《谁收藏了谁》

将自己沉浸在大自然的纯洁怀抱中,也是查文瑾所喜爱的一种清净方式。艺术是有情趣的生活,这种情趣最直接地表现在对外部世界的欣赏上。抛却功利,以纯粹的审美眼光观察自然,就会发现生活到处都是美。

"诗的出发点就是诗人的内心和灵魂。"② 倾心于美是诗人创作的内在驱动力。查文瑾说:"我是用诗来作为窗口,向世界表达我自己。"不是刻意宣扬什么,而是以诗的形式表现美好事物,追求一种诗意的人生情态。诗人在自我抒发的过程中已经不知不觉将她那积极、健康、向善的人生观灌注于作品之中,让我们在诗的阅读欣赏中感受到她性情的绚烂、温和和美好。

---

① 朱光潜:《谈美　文艺心理学》,中华书局2012年版,第7页。
② [德]黑格尔:《美学》第三卷下册,朱光潜译,商务印书馆1981年版,第192页。

六 一树一树的花开

一树一树的花开,性别是后现代文学的一个独特路径。戴着玫瑰花冠的女诗人,同样是爱的主体承受者,诗给了她们深情的白昼和激烈的黑夜。现代新诗区别于古典诗词的意义和美好,这是重要的一端。"70后"女性,最早在诗歌创作中显现出清丽风采的是王江辉,出版诗集《水墨时光》。在诗歌园地里不动声色有所耕耘的是胡琴,著有诗集《开花的手指》。在自我的欣赏和亲情的赞美中秀出诗意书写的是马晓燕,笔名遥遥,出版诗集《憩园》。虽然是"80后",但值得提到的,扑捉诗意的瞬间而超越清浅将轻灵的生命感受琢磨成散文诗的是李晓园,笔名梦南飞,出版散文诗集《飘香的梦影》。

此外,女性自我省视及探寻诗歌创作的,还有王永娥、常越和朱敏等。**王永娥**,2013 年开始诗歌写作,诗集《植物也会安慰自己》收 180 余首诗,收录的是她在 2013 年底至 2015 年夏季之间创作的诗歌,抒情对象多是"小院里"的动植物。**常越**,笔名影儿、云薇,1990 年开始创作。2016 年出版诗集《风缘》,收 22 首(组)分为三卷:《一花一世界》《聚散皆为缘》《心在山水间》。诗人触觉极其敏锐,她对事物的感觉十分丰富,有清冷的一面,有超然的一面,也有深沉的一面,不无生命的真切体验。**朱敏**,高中时开始写诗。2016 年出版诗集《青铜铸造》,原名《踩着月光回家》,以诗意的方式记述熟悉的人、事和物,形成了女性内心意绪捕捉的日常化抒情。

宁夏 70 后女性诗人最新创作的代表是瓦楞草。

瓦楞草(1970—),女,原名于洪琴,吉林柳河人,现居银川。2008 年开始文学创作,诗作发表于《中国诗人》《朔方》《扬子江诗刊》等,入选《中国当代风景诗选》《黄河诗金岸》《潮》等,出版诗集《词语的碎片》。同时创作诗评、散文、传记等。宁夏诗歌学会副秘书长。她写诗的时间并不长,但达到的深度,紧追林一木。从东北到西北的往返空间里,感悟人存在的卑微,印证于诗歌。这是一个从生活里觉醒的女人，某种意义上诗歌是生命内在的自我观照。犹如《我无法面对这样的死亡》：

> 去了幽冥世界
> 还剩什么
> 光拂过身体没有阴影或曲线
> 所有的脚都在离地几米的地方飘着
> 面孔褪色风不时倾倒颤动的白
> 我害怕这个诅咒
> 尽管它在耐心等待我最终的宿命
>
> 但我仍旧担心
> 世界缩进一个很小的木头匣子
> 墙会在两侧升高相互靠近
> 强压我陷入井底
> 那时一切申辩会卡在咽喉
> 被石头堵住①

此诗感伤至深。这种感伤无意识触及人无法反抗的生命本身，还有女性生存的外在压力。这种压力来自女性生命的天性和本真，也隐含男性眼光的压力。这首诗非常突兀，倔强地描写死亡，充满令人窒息的压迫感。一切源于女性的恐惧，人的恐惧。女性的容颜衰老，僵尸般悬在空中，"我害怕这个诅咒/尽管它在耐心等待我最终的宿命"。诗人的害怕变成了直接的棺材或骨灰匣子的描述，文字暗示的恐惧力量扑面而来。没有女性对自我身体的特别敏感，也无法从想象的魔法镜子里看见死亡。这首诗揭示女性无意识的诗眼在"光拂过身体没有阴影或曲线"。鬼听说没有影子，去了幽冥世界，光拂过身体，没有了生命（影

---

① 瓦楞草：《词语的碎片》，宁夏人民出版社2014年版，第90页。

子),也没有了女性情感的承受体(曲线)。这种想象中亲吻死亡的幽冥感受,自然显隐了一个极度关心自己身体(曲线)和如花面貌(不能是颤动的白)的女性心灵最深层的瞬间真相。"没有谁在我的枕边等我醒来",诗让人在女性青春渴望和爱美激情里惊醒。

从更多的作品说来,应该将瓦楞草归于日常化纪事的诗人一类。但她行走于城市之间或审视眼前风物,总是将自己的"轻奢"的孤独和敏感,流泻于字里行间。这种轻微又深挚的感触"促使她以个体的命运体验打探万物的讯息。她以物喜、以物悲,其实是以己喜物、以己悲物。阅读她诸多发自内心的诗歌,我们不难发现,瓦楞草日渐宽阔的求索,正在变成她得心应手的纸牌"①。似乎与杨森君的抒情情调有些相似,其实更为敏锐、清新,生命的质感,特别是女性的自我爱惜,使瓦楞草区别于老辈诗人。

杨森君唯有感叹和称赞:"也折射出了她内心中柔软深情的一面。自始至终,她都有所担待——她常用一种小型的孤独支撑起更为宏大的孤独本身。"② 这种难得的诗的孤独沉浸,让瓦楞草对塞上黄河有了宠爱万千的亲切感受:"黄袍加身,奔于大地的河,赐福于岸。现在,我肃静,在它面前长久捧出内心潜藏的起伏,亲吻它,如焦渴之唇吻着甘露。"③ 可见,这女子,真有点巾帼不让须眉的襟怀。《黄河,一个人的臆想》,颂赞"天下黄河富宁夏",着意黄河千年的想象,黄河的雄浑却与女性在宏大的想象中具有了心灵相通的审美共相,内涵丰沛。

当然,"80后""90后"女诗人更为清新而开阔地呈现各自的生活,还有自己倒影于审美之自然的倩影,包括内心的爱情与遐想。女人的美如鲜花绽放,心灵投射在柔美的诗行里,绽放如梦如幻的色彩。女性的情感高于男性的混沌,而美与诗合成生命哀伤的唯美抒情,却是诗永远的魅力。

如**姚海燕**《风铃花》:

---

① 杨森君:《序》,瓦楞草:《词语的碎片》,宁夏人民出版社2014年版,第90页。
② 杨森君:《序》,瓦楞草:《词语的碎片》,宁夏人民出版社2014年版,第90页。
③ 瓦楞草:《黄河,一个人的臆想》,见《词语的碎片》,第189页。

> 在曾经相遇的古巷
> 风铃花已经凋谢
> 长风空荡荡地吹过
> 有一个季节已经成为往昔
>
> 究竟是什么在改变
> 曾经纯真的你我
> 时光如一只寂寞的手
> 抚摸着心灵的伤痕
> 在那遥远的沙滩上
> 往事如波浪涌过①

在诗人看来,眼前的一花一草,总是会与往事或心事关联,"则托物寄情,写一种爱,清纯而美好,但又蕴涵着一种藕断丝连的忧伤,别有一番情趣"②。姚海燕的所有诗作是自己阳光灿烂的心语诗情。诗属于内秀或敏感的人,诗是一种自我表达和纾解内心的方式。通过诗歌,培养自己,美好这个世界。诗歌让我们成长,特别是情感的内省和成长。

与此接近,倪万军针对几位"80后"议论说,女诗人最善于写爱情,写人世间细碎的几乎要被忽略的情绪的隐现,这也是青春时代最常见的表情。尤其**马晓雁**、**许艺**、**杨燕**等女性诗人对青春时代的忧伤与迷茫的书写更值得称道。**马晓雁**的《爱的哲学》中即写到这样一种微妙的无法言说的情绪:"近在身旁时才明白什么是无法逾越的距离/不知如何面对只能骄傲地将头抬起/越想忘记越是深刻地想起/说自己坚不可摧时却噙满泪水"。**许艺**的《阿玫》《唐唐》分别写到两位同样在人生道路上挣扎的青年女子,让人感到那么鲜活、生动、疼痛,"想起你,就如同想起一株/迎春花。柔弱的嫩黄里/一个大大的春天/看着你,恰似看着一滴/清晨的露。朝向太阳嗤嗤地笑/一颗青菜带着泥土走上高架

---

① 姚海燕:《与花对语》,时代文艺出版社2006年版,第68页。
② 葛林:《与花对语·序》,时代文艺出版社2006年版,第68页。

桥/你的恐惧不说我也知道","而更早的时候，它曾是一粒种子/曾默默背负了尘土的污浊/生命就是侥幸获得的艰难","秋将要降临，它正在降临/不要惦念我的寒暖/我不说。我受过的苦我都不说/当夜色降临/我的悲伤不是行走在别人的故乡"。人世的漂泊、生命的悲痛和青春时代的伤痕被许艺有力地呈现了出来。生存及其背后被压抑的情感，看似清明其实多了隐喻和暗示。这是知性女诗人在现实和阅读之间柔韧而坚强的自我悲悯。

年轻的诗人**赤心木**在《泥塑的爱情》里喟叹：

  逃离城市的灯火
  犹如逃离掏空的青春①

还有**米拉**描写《接吻》：

  你吻了我，我又吻了你
  恰如
  星光洒满天际
  阳光温暖大地
  又恰如
  爱在爱中被满足②

年轻的新鲜的爱情感伤，与城市的生活体验紧密相连。主体觉醒的爱情，赤心木的逃离有点颓废，米拉的热忱却没有丝毫拖泥带水的羞涩。

女性对情感的把捉，与生俱来。情与爱，自然属于女性：

  吹过我的风，也会发烧
  当它吹过玫瑰园，灼热的嘴唇

---

① 赤心木：《泥塑的爱情》，《六盘山》2019年第6期。
② 米拉：《接吻》，《六盘山》2019年第6期。

烫伤过每一片花瓣

它将继续吹过湖泊，冰冷的湖面上

也会升起蓝色的烟雾

现在，它带着足够的香味和水分，吹向你

当代诗人古马在评点2019年第6期《六盘山》"宁夏诗歌专号"中点赞**周瑞霞**这首《风，吹向你》，认为"她的诗很短，轻灵、细腻，《风，吹向你》只有短短六行，写爱，将情感融入自然物象中，小我变成了大我，美轮美奂"①。

同样，2019年《六盘山》第6期选登的**念小丫**《颂辞（组诗）》之《赞歌》：

最好是用众人听不到的腹语

哦，你们已经准备好

慢慢走出来

献出颜色和腰身

你们走来了

步调整齐的队形

油菜花儿，那是恋人擦过蜂蜜的唇

哦，那不是唇彩

那是甜蜜的味道

摆动星星的南风

刨土播种的农民

支起腰，吼两嗓子

佩戴一朵给心爱的阿妹

哦，民间的嗓音

带着泥土气息的南风

---

① 古马：《贺兰诗话》，《六盘山》2019年第6期。

再吹一吹

　　再唱一唱

　　这民间大地上的油菜花

　　这是女性的另一种沉迷。颜色和腰身，油菜花儿和擦过蜂蜜的唇，南风和腹语，这乡土与大地风吹的物色、形体及情爱赞歌，别有意味，不无先锋，却更为女性。每一朵玫瑰以诗的语言呈现，以情的色彩渲染。

　　女性的情感永远是纯真的，诗歌投射心灵的美好。现代女性，头戴玫瑰的花冠，永远渴望爱的心潮澎湃，又独自守着夜的忧伤。节录禹红霞的散文诗《生命之乐》末节以作结：

　　　　如果这世界没有了你，犹如生命没有了鲜活的血液，天空没有了风声和星光，大地没有了流水和声响；

　　　　鸟儿折断了翅膀，爱人失去明朗的声音。

　　　　不管你来自何方，是我不变的心曲。

　　　　我心如初，飘扬的灵魂不会坠落；我爱永恒，灵动的生命永远青春激昂。①

　　这是女性对生命的赞美，也是对诗的赞美，自然也是心灵的敞开和独白。"纵有一千次离别，有生命之乐相伴，仍有一万次相遇。"诗人灵动的生命永远青春激昂。诗人的才情显现于文字，流丽婉转，优美的诗意书写倒影花冠诗人的内心幽微和激情，包括风姿和性情、才调和品格。

---

① 禹红霞：《生命之乐》，见《星辰的光芒》，宁夏人民出版社2017年版，第128页。

第六章 先锋姿态或日常化纪事

《诗三百》，多现实生活内容。赋比兴，"宏斯三义，酌而用之"[①]，当然以叙述为基础，比兴才能有所附丽。诗词歌赋，诗的抒情，一般是描绘一个情景，达到目的；或叙述一个事件，蕴含情意。当古希腊亚里士多德等人提倡诗歌艺术的模仿说时，中国诗学却从一开始强调言志和美刺功能，主张感兴说。中华古典抒情传统形成过程中并不排斥叙事，"浔阳江头夜送客"，"夜半钟声到客船"，抒情借助叙事带动情景渲染。在现代中国诗歌批评史上进一步出现以艾青为代表的散文化追求，试图进一步打破语言和形式的束缚。以叙述"故事"而求诗的蕴意，那自然是长诗，或者类似于小说叙事的叙事诗。优美抒情的短诗以写景为中心，特别是现代诗歌，更注重个人化的纯粹抒写。但人类诗意精神蕴藉深厚的可能还是叙事诗，包括传唱的英雄史诗。先锋首先要打破的是感伤的浪漫主义，其次是过于沉溺于现实的虚假抒情。当然，在打破一般的情景营造的过程中还是要借助隐喻或象征等古老的手法，不然断裂的语言就会变成完全无序的、语言的抒情碎片。从日常化纪事来说，也是消除一切有关诗意的渲染，直接呈现生活的原态、某个细节或司空见惯的本真。打开宁夏诗歌的地图：杨梓的西夏史诗，张铎的山水抒情，张联的清晨，冯雄的大地，王怀陵的西海固，杨森君"上色的草图"，权锦虎"穿行的树根"，安奇的"烈酒骏马"，阿尔的"银川史记"，谢瑞

[①] （梁）钟嵘著，周振甫译注：《诗品译注》，中华书局1998年版，第19页。

"留守北京路",唐荣尧行走西部边疆,还有林一木的孤独姿态,羽萱的女性自我,查文瑾的诗意唠叨,而刘岳想借着诗歌回家,王西平想靠着诗歌突围人生,王佐红想"背负闲云",田鑫却要在诗歌里寻找自信……丰富多姿的诗人和诗人的追求,清晰而条理地展示出几代诗人共生独存的"诗歌景观"。

一 日常化纪事及其他

诗人喜欢张扬自己的精神追求和心灵需求,既显现个体的情怀,也见证时代的变迁。在宁夏诗歌七十年发展中有两位诗人,他们的介入意义非常重要。一个是雷抒雁(1942—2013),因从军而在宁夏工作生活过一段时间,《小草在歌唱》等伤痕反思的现实主义作品影响了许多诗人的情感和思想。另一位是骆英,与宁夏诗坛的联系更为紧密,从多方面促进了宁夏诗歌的开放性意义。其诗歌创作一方面强化了知青回忆质实的悲剧内涵;另一方面以诗歌纪事的方式丰富了诗歌日常化纪实的别样色彩。

骆英(1956—),原名黄怒波,甘肃兰州人。曾在银川四中上学,在银川通贵乡插队。时空漫游,诗人的存在是心灵的自我考量,诗歌的高贵是人类的自我批判。骆英的诗歌是一个时代的记忆,从民族的苦难中发酵,带给你我记忆的痛楚,还有静默和"21世纪的哀怨乡愁"。当然,人生豪迈,生活多情,在万米高空飞行的舷窗边,在珠穆朗玛登顶的挑战中,包括青春岁月的知青生活里的人和事,诗人皆以自我静默的方式变成了日常纪事。

诗歌是痛楚的审美抒情,在撕裂人性的同时给这个世界增添想象的美好。俄国批评家别林斯基说:"现实诗歌的任务,就是从生活的散文中抽出生活的诗,用这生活的忠实描绘来震撼灵魂。"这虽然是他批评果戈理和俄国中篇小说的话语,但同样给了我们进入理性批判骆英诗歌的某种视角。

时间是这个世界上最无法言说的东西,它总在不知不觉中流逝,你会突然发现,那些生命中的曾经只能在记忆中去追寻。当看着镜中的自己不知何时出现了皱纹,黑发中隐现着一根根银丝,那种岁月催人的酸涩难以言说。正如诗人骆英在自己2012年8月版《知青日记及后记 水·魅》后记中所写的那样:"一个岁月正在老去。在夜不能寐、鸡飞狗跳的二十一世纪,那些过去的日子突然变得令人想念和怀念。那种贫穷,那种渴望,以及那种哀怨,都变得美好了,都变成了一种乡愁,或者说一种21世纪的乡愁情结开始弥漫。"时间会留下许多东西,不无痛楚的回忆便是这部诗集的前半部分——《知青日记及后记》。但时间的另一种魅力便是永远地向前,除了回忆还会给人希望。这种希望就像是诗集的后半部分《水·魅》所要表达的恍惚遐想。就这样,这两部分完整地构成了作者对时间、生活、岁月、自然的静默感触和思考。

艺术是对真理的直觉的默察,在冬日温暖的午后,细读骆英的这本诗集,跟随诗人行走在诗歌的字里行间,随他追怀青春、悼念往事,也随他看这世界幽微的美丽。哲学和诗歌都是对人存在的现实批判。中华人民共和国不太久远的历史里充满荒诞的真实和无数的悲剧,诗人通过自己的记忆去理解并消解。曾经存在过这样一群人,青春年少的他们被时代召唤,从城市走向广阔的农村,将青春的热情和理想化作汗水洒在了改造自己的田野里,他们就是知青。20世纪80年代是"归来"作家和知青作家的黄金岁月,而90年代兴起的知青热,充满了对那过往无限伤感的回味和奇特炫耀。因此有关知青的叙事和抒情很多,在《知青日记及后记》中,诗人骆英为我们描述了他经历的岁月和人事,用静默而直白的方式记录了和他一起插队的知青的命运。他着眼于那些平凡的小人物,表达时代的捉弄,还有命运和生活对他们的欺瞒,甚至残酷的虐待。每一首诗都是一个知青生命过往的缩写,是一场青春的葬礼。他的写作是一次追寻的过程,是记忆的伤痛和哀悼。如《吴雅芳》,写了一场爱情悸动的悲剧,但在诗人的笔下,真正的痛不是来自爱情,而是来自过去与现在物是人非的对比,是留存在记忆里青春痛楚过后那份甜蜜被毁灭的痛。这是对那一代人青春的祭奠。也许,真正的美好只存在于记忆里,现实中的我们只能正襟危坐、相顾无言,直面现实和生活荒谬而残忍的真实。《知青日记及后记》包含太多的苦涩，静默的叙述背后却对此怀恋并憎恨。"夜半，我起身倾听那自远而近的声音。"诗人怀恋着、憎恨着的回忆，不是舒婷《祖国啊，我亲爱的祖国》的情调，但感伤依然深沉绵长。"过去吧 那一种让人心酸的苦难岁月。"① 而《水·魅》却是另一种叙述，回归平静，用静默的眼睛寻找世界的美、生活的美。在整部诗集中，诗人怀着一种对自然的亲近，对生命的敬畏。他将自己与自然对等起来甚至放到更卑微的境地，将自己放在生命纷扰、万物静默的内在去审视，消解宏大意象，体现出柔情和感伤。如《时光》这一首诗，诗人对时光没有恐慌与忧虑，反而怀着一种温情，因为他给予了时光永恒的生命，他认为自我生命的行进是对时间最好的诠释，听它在山路上唱歌，在密林中鸣叫，捡拾爱人的长发，这令人感伤也让人心醉，这才是生命的真谛。因此，从内容上来看，似乎《知青日记及后记》和《水·魅》是风马牛不相及的，诗人将其放在一起做成合集看似缺乏足够的说服力，其实，这两部诗集有着内在的联系，就像诗人后记所说："看起来这两部分诗歌不搭界，实际上是一种对日子的看法和对未来想象的前后延伸的接连关系。"而我们认为除此之外，还有诗人一以贯之的叙事的抒情和凝神的细微感触。

20世纪60年代，旅美汉学家陈世骧提出中国文学的"抒情传统"之说，这种说法建立在中西比较文学"平行研究"的基础上，从而凸显了中国文学的特质。而在中国文学的海洋里，诗是最能体现这种抒情传统的，从古老的《诗经》到当下的诗歌创作，抒情一直都是诗人们的自觉追求。骆英作为当代诗坛的诗人也不例外，然而他诗歌的抒情传统有着自己的特质，是一种叙事的抒情。在《知青日记及后记》中，每一首诗歌都近乎大白话，有最简洁的故事和最质朴的人物素描，每一首诗讲述一个人。诗人的情感在字里行间不经意地流露，没有渲染，没有特别的情感玄幻和思想考量。"金虹是独子是我的篮球伙伴/我打中锋他打前锋/他投篮比我准/他比我招惹女生/我有点嫉妒就总说他速度

---

① 骆英：《苦难岁月》，《朔方》2013年第2期。

不行……第二年的秋日来临/秋收的夜晚公社大院放映电影/他说胃痛躺在炕头独自一人/结果他死了……再后来/他的坟墓渐渐长满了枯草/后来/他的清明再没有上供"(《金虹》)。在这首诗里，诗人给我们讲述了知青金虹死去的故事，诗人叙述得很平淡，然而这种叙述背后隐藏着他的情感，"我"对篮球伙伴的忌妒是独属于青春的快乐，对其独子身份的强调暗示了他的死亡对其家庭带去的无法估量的伤害，他的死来得突然来得没有铺垫，他的死那么普通，没有半点的轰轰烈烈，很快就被人们淡忘了。在《段小妹》中，爱情因时代、因政治而毁灭，这也是属于知青一代的印记和悲剧，诗人想要表达的是他、他们这一代人因时代而受到的伤害。诗人在诗歌里无声地低泣、无言地控诉，他将悲痛化作了最微最细的语言："她的哥哥在前边骑车一次也没有回头/她的身体在自行车七扭八歪的抖动中也没有倒下/我想她是流了泪因为她抽手抹了一把脸。"表面看起来是对段小妹骑车离去的描写，实际却是她内心爱情即将失去的悲痛的暗示，诗人将情感内化在叙事中。在《水·魅》中，诗歌的叙事完全发生了变化，用耿占春先生的话说："事物在复魅，时间在复魅。"所有的草、风笛、乌鸦、蓑衣，皆成为粘连诗人细微观察和意念感触的附着物，却实写空寂、幻想和静的风景，形象地塑造告密者、猎枪携带者、舞者、世界的观察者、远遁者，还有外婆、荒洞中的母兔、海兽、水星花、红蜘蛛、飞翔的鸽子，不无想象的描述在跳跃，意念在细微的感触中闪现，看似清新自然，却有着颠覆他者的个人沉思。

用志不纷，乃凝于神。《水·魅》中诗人对景物人事的选择是质朴而亲切的，没有什么宏大的意象，选择平常的事物进行细微的描述，构成诗歌散文化的语言，包括朴素的情调。透过人事景物之间的恍惚，诗人凝神的细微感触，在碎花斑驳的语言翻飞中，形成特别的意味和形象。他由蜘蛛泪想到了生命进入夕阳时应该有一份淡定和从容；由草看到了冬日的温暖，不失淡然、安静和闲适的奢侈渴求；由小石头感悟到自己生命的历程；由大漠看到了生活和现实；等等。当然，《知青日记及后记》中也全部是平凡小人物的特别凸显，故事全是现实生活中存在的,他们一起"干农活"、"开沟挖渠套车拉粪"、"喝酒打赌"和"谈女人",这些事物平凡到看不见一点艺术的加工和技巧,然而诗人却让我们感受到青春逝去的伤痛和那个年代的压抑。诗人由细微的感悟通向语言的灵性和简洁,而这种感悟或经过几十年岁月的洗练,或是不经意的神思跳跃,给我们带来了春江摇曳、花影闪烁的独特意味,还有沉静于外物而感应于内心的文字飞翔。

骆英《知青日记及后记》,包括《水·魅》及其他作品,多可以归之为叙事的抒情与凝神的感触。吴思敬评论说:"骆英在诗歌中所扮演的,不是通常意义上的街头流浪者,而是心灵的漂泊者、精神的流浪汉。他不是为肉体的生存而漂泊,而是在为精神的生存而抗争。"① 简略而言,诗人总是缅怀过往,试图超越现实的沉重和自我的虚妄。然而上帝让你生活于人间,使你离不开情欲和物质的某种羁绊。顾城没走出"一代人"的迷茫,而骆英用撕裂自我的静默探寻其中的奥秘,获得心灵透气的天窗。在失去激情的日子里,他在对抗凡俗生活的庸常应酬中努力不被吞噬,但偶尔也会显得力不从心和无可奈何。这让他触摸到内心的苍凉和绝望,因而不得不去发现生命卑微的存在,复魅万物遮蔽的光亮,其诗歌质朴纪事的书写便有了一种异于其他诗人的格调。

凝神的细微感触和高蹈的人生追求,还须肯定白军胜和刘岳的诗艺探索。路向不同,却各有怀抱。

白军胜(1965—),笔名阿白、甚甚,宁夏固原人,祖籍甘肃清水县。他在诗歌和读书之路上执着追求,亦是宁夏文坛,特别是宁夏诗歌界绕不开的人物。特别注重诗歌艺术的美学批评,其诗歌、散文、评论多次获奖。2008年同时出版《白军胜诗集》和评论集《现代诗美论》。

《白军胜诗集》分为六个部分,分别是"大学里,我读教授的目光"、"乡村里,我寻山坡上的阳光"、"历史里,我想再唱一首歌"、"城市里,我写走不尽的旅程"、"爱情里,我期待你的风景"及"散文诗"。其中,爱情诗的数目最多。这本诗集是作者青春年少生活和学习

---

① 吴思敬:《为精神的生存而抗争——评骆英〈都市流浪集〉》,《中国当代诗人论》,社会科学文献出版社2015年版,第265页。

的诗意感悟，也处处体现出作者对生活的细心体验和把握。这部诗集也反映了作者在传统与现代之间用诗意的目光寻找人文精神，颇有"踏雪寻梅"之美感精神。

其实，《现代诗美论》在宁夏文学六十年发展进程中影响更大，也可以说是西部文艺美学批评的重要收获。第一辑是16篇诗人创作论，是对新时期崛起的以肖川为首的宁夏诗人创作的个案研究，上升到美学特征，或意象组合，或民族意识，或情感形态，或表述特征等理论探讨的层面，对16位诗人个性化的分析比较透彻，而且也没有脱离宁夏地域文化的大范围。第二辑11篇是诗歌本体论，涉及了诗歌的音顿节奏、语言等，最后也提到了宁夏青年诗坛的窘境。整体上还是以宁夏诗人创作为中心，在诗人自身创作的深厚基础上，通过对宁夏诗人作品的大量解读，理论分析时能够"发乎于内，行乎于外"。换言之，他不仅是诗人，还是评论家。新时期以来，在高嵩、吴淮生、贾长厚等前辈之外，白军胜是极具热情且始终关注宁夏本土诗人创作的优秀者。

刘岳（1980—），笔名大悲手。他对生命悲剧式的感悟和对生活的忧郁体察让他不需要去费力琢磨现实的人事关系。当然，他应对生活的态度并不消沉，孤独与哀伤反而增强了他面对生命的勇气。深藏于生命哀伤的寂寞，而又无处抵达精神的空灵。他怀抱激情准备潇洒地迈开步伐，可在抬脚的一瞬间茫然无措的哀伤袭上心头，何处是方向，只有苍凉。在幽微的暮色里，诗人只看见月光洒在水波中泛起的点点亮光，诗人"始终被漫天暮色包围，芦苇丛的深处，天地多么辽阔，唯我受困于此，找不到出路和方向。看呀！在这苍茫的人世间，掠过水面的鸟儿都有了栖息的归处，只有我还站在原地寻寻觅觅，徘徊、蹉跎"。诗人直面探索和挖掘生活纯粹的本真及质感，但并不妨碍诗人对语言的琢磨，细致的语言展现出物的神韵，思维的跳跃和对意象精心的组合，给我们描绘出一副动态、立体的情境，赋予诗歌内在韵律的断句使得整首诗读来余味犹存。因此，张铎评论说："其诗对生活与人生有着痛彻体验和感悟，像血脉一样，几乎贯通了他所有的诗行，覆盖了他笔下的一切自然与人事。他所构筑的与其说是诗意空间，不如说是生命哲学的王国。从生命内在的欲求出发,选择或者自造能激活此在语境的语言,新奇而又贴切。"① 其过于注重个性的自我言说里会流露很强的情绪化的东西。

如收入诗集《形体》的《纵深》:

> 我向着群峰张开双臂
> 激情或异常安静
> 枯死的草木——
>
> 什么
> 会比一个人荒芜?
>
> 我听着山谷中风的呜咽
> 平息后的——
> 另一种强大

在这首诗中刘岳主动拒绝了凡俗庸碌的人世,只身来到洪荒之地张开双臂怀抱自然,孤独的感觉被诗人放大之后成了心灵的重压。其实,《形体》里有很多作品都是通过主体在自然怀抱中的独特感受来表现孤独。这或许是诗人厌恶尘世平庸凡俗的生活而向自然寻求慰藉(或者诗意栖居)的努力。"然而,最终谁都无法超越生活、超越平庸而成为精神的人,因此刘岳更多的时候所思考的不是形而上的精神灵魂的存在,而是努力关注普遍平凡的现世人生。"②

此外,在骆英突进当代诗坛张扬个性精神的时候,从日常纪事追求轻抒情的诗人还有刘中、刘乐牛、陶世雄和王西平。

刘中(1965—),宁夏银川人。1982年开始发表作品于《朔方》《星星》《诗歌报》等。著有诗集《贺兰山的草帽》。日常风物浸染浪漫

---

① 张铎:《渐次隆起 亟待突破》,《朔方》2020年第10期。
② 倪万军:《叙述的困境:宁夏文学观察》,宁夏人民教育出版社2017年版,第34页。

色彩而形之于笔端，表现了轻抒情的一种优雅。王琳琳有较为细致的赏析文章。不再赘述。**刘乐牛**（1973—），1993年开始发表作品，1999年出版个人诗集《苦涩的甜蜜》，2012年出版《当我再次比喻月亮》。他的作品大多是在历经世事之后较为深切的感悟，尤其是他的乡土诗很朴素，少后乡土时代的情感滥觞，多了个人静默生命的沉思。**陶世雄**（1979—），笔名伊农，宁夏银川人。2004年离开故土，定居江南。有数百首作品在国内外报纸杂志上发表，并入选《中国诗萃（1996—2001）》《中国诗歌十年（1993—2002）》《宁夏优秀文学作品精选》《宁夏诗歌选》《2016江苏新诗年选》《中国2016诗歌年度精选》等多种诗选集。作品多次获奖，出版诗集《鱼尾纹》和《石头，在如水的时光里》。宁夏作协会员，宁夏诗歌学会会员，中国诗歌学会会员，民刊《中国民间好诗年选》主编。追求日常化抒情的轻奢路子，以文字的轻灵触摸着诗歌。**王西平**（1980—），宁夏西吉人。2009年从事诗歌写作，曾荣获第二十届柔刚诗歌奖、中国桃花潭国际诗歌艺术节新锐诗人奖、安徽文学奖、扬子江年度诗人奖等。著有诗集《弗罗斯特的鲍镇》、《赤裸起步》、《阿鼻省》、《西野二拍》（合著），散文诗集《十日或七愁》。诗人对生活个性化的感知与书写的代表是诗集《弗罗斯特的鲍镇》。这本诗集不是规规矩矩的记述，而是东游西走的歌唱，范围很广。也可以说，王西平的诗将意念看得很重，在表达上也将意念与生活之反射置于高过生活的想象之上，文笔奇特。这种追求的特色在散文诗集《十日或七愁》中显得更加突出。喜欢日常琐碎与先锋纪事的趣味杂糅，使王西平的作品有了暗影晃动的错金色泽。

"无关光荣与梦想　无关得到与失去。"① 上述诗人，性情不同，身份不同，却有某种共性，既注重日常书写，又追求精神性的情态。或者说因生活过于琐碎的反动和突围，以先锋姿态的纪事掩埋无奈和疼痛，包括空虚和寂寥。

---

① 骆英：《我的银川》，见杨梓主编《宁夏诗歌选（2013—2018）》，阳光出版社2018年版，第38页。

二 杨森君：凝神于细微事物

生命感伤的大地抒情与哀伤乡土的风轻云淡，区分了梦也的赤诚与王怀凌的颓废，同样也参照凸显灵武的地标诗人杨森君。"梦也、杨森君和王怀凌三位诗人都能与眼前的地理建立较为深刻的联系。比如草原和银川之于梦也，阿拉善之于杨森君，西海固之于王怀凌。可以这样说，相同或相似的地理属性，在一定程度上，甚至赋予这三位诗人乃至更多宁夏诗人，以表面纹理上的某种共性。这种共性，塞上诗人习焉不察，对'非宁夏'的眼睛来说却是一种赫然。但是，这种共性，仍然覆盖不了锥子般的个性。"①

20世纪80年代末90年代初，文学的边缘化自由流变，不仅表现在先锋和前沿作家个人化写作上，也表现在边远如宁夏诗人创作的自信上："虽然我这一生都注定在一个小地方度过，但这不影响我作为一个诗人活着。"② 文化进入日常才是文艺，唐朝的诗人是这样，今天在世界任何地方的诗人也是如此："诗人是从世界的混沌之中、从生活的原料中提取出诗歌，给它配上音，再把它固定在语言中。"③ 可以这样说，当日常生活里静默省察的一切被写进诗歌的时候，诗人杨森君也随之出现在诸多喜欢现代新诗的读者视野中。

真正的诗人是从爱情和死亡思考人生的。杨森君也不例外。其第一部诗集《梦是唯一的行李》，深刻与清新并存，已经显露了其敏感而善于凝思于日常细微事物的特色。台湾诗人在序《与生命直接对话的人》里说："他在诗中也创造了一门不靠智识学问而是透过诗直接以'生命'来思想又对'生命'存在产生无限暗示与启示的学问，呈现出诗特殊的原创力。他如此年轻便能在潜在的心灵中，对生命与事物有如此

---

① 胡亮：《何以让我们意外——在新时代宁夏诗歌研讨会上的发言》，《朔方》2020年第10期。
② 杨森君：《名不虚传·自序》，宁夏人民出版社2014年版。
③ 俄罗斯诗人亚历山大·库什涅尔获金藏羚羊国际诗歌奖答谢词，引自《文学报》2015年8月27日第5版。

多端、敏锐深微的感触、体悟与判视力。"①

　　从细微里感悟世界和触摸生命质感的聪慧，在诗人也是非常得意。源于这样的自恋，诗人用三首诗变着花样来装饰自己的诗集。其一是《荷》："荷／兀自涌弄／是水动／还是风动。"禅思的诗意点写。其二是《喻一种爱的方式》："一颗优秀的果子／因为怀疑它有虫子／你一层层地削／削到最后／没有虫子／果子也没有了。"其三，诗人还将1991年发表于《笠》诗刊的得意之作，手写印在了作者简介的背面，置于诗集之首。这首诗感悟人生深刻而痛彻。其里包含诗人受到生活打击和伤害的真实体验。但多年之后，诗人朗诵这首诗，自得的是自己写出了这首诗。这是多么本真的属于诗人的骄傲。而将意蕴更为复杂的《废墟》之末两行作为诗集的"题词"：

　　　　把梦的颜色涂在翅膀上
　　　　剩下的　　就只有飞
　　　　　　　——《废墟》②

　　可以想见诗人性灵里不灭的诗意力量，挣扎着想超越死亡而飞翔。诗人活着的意义在阅读和写作，对诗"教父"般的挚爱让杨森君无法想象真的死亡，所以他忍不住表达了一种隐忧和恐惧。

　　　　有时觉得，我快要支持不住了。
　　　　甚至担心：
　　　　在西北的某一个长夜里，
　　　　灯亮着。
　　　　我却在一把黑色的椅子上，
　　　　尚来不及读完一本书

---

①　罗门：《直接与生命对话的诗人》，见杨森君《梦是唯一的行李》，香港：天马图书有限公司1993年版。
②　杨森君：《梦是唯一的行李》，第24页。

就垂下了永远的手臂……

——《一本读了半卷的书扣在地上》

当然，相对死亡，诗人更渴望爱。杨森君于20世纪80年代开始诗歌创作，其爱情诗不直接倾吐第一时间对爱的感触，而是站在回忆的角度，用"过去时态"回味或曾经拥有或失之交臂的爱情，包括内心的悸动。"如果真有来世/我一定要在下一个轮回里/把住所有路口/在你还是一个/黄毛丫头时/就截住你"（《来世》），爱情的错失让诗人在无可奈何中体味到"人间世事总充满深情的一贯绝望"。他的爱情诗歌似乎因为站在亲历者的角度抒发情感而显得亲切，这种珍贵的亲切既不造作又不伪饰，日常而情调化，形成杨式爱情诗歌的特色。

"我把临时的爱情重新还给了少年"，从更为真实的层面上来说，杨森君的诗歌"颠覆了事物原本存在的事实，把事物在时间序列上的'第一状态'却以诗人的意图予以重置'配合诗人内心的某个梦想'，满足了诗人对'人间世事终极意义上的虚无感的紧张'和迷惑，而'离了对现实快乐的单纯沉醉'带上一种高贵而神秘的气息"（《砂之塔·序》）。也如诗人在诗歌《美好部分》中阐释的那样：

> 我无法选择言辞答复你们
> 诚实地暴露与虚伪地掩饰
> 都不是我的意图——
> 所以，我愿意如此隐秘地
> 活着和叙述，并且用怀念减轻
> 我对被遗忘了的美好事物的极度伤感

"桃花"如血，被遗忘了的，也许就是"乌兰图娅"，"依米古丽"，"我反复提到的那场雪"。因为爱情的流逝消亡而写亲情的真实，成就了诗人最好的两首抒情小诗，《旅行》和《父亲老了》。"他诗中凸现特别'简单'与'轻巧'的型构，也绝非一般人在习惯上所认为的那样表面化。而是透过他至为纯净明晰的心境，运用他对一切原本存在的直观通视力，并无形中采取极简艺术（Minimal Art）的浓缩表现手法，提升'简'明到有质感的'精简'，提升单薄到有厚度的'单纯'。然后将'精简'与'单纯'架构成具立体感（非平面化）的新的'简单'世界。因此也无形中使浮动的'轻巧'转型为有内涵力的'灵巧'。这都正是导使他创作精神趋向卓越性的力源。而这种卓越性的思想因含有玄机深意，接近禅性，便也自然使他的诗多少带有些禅意。"[①]

其实，杨森君"极度伤感"，却"幸福"而歌。还渴望女人的呵护："保护一位诗人的最合适的方式是，给他作为一位诗人的尊严——比如，你必须首先将他作为一位诗人来对待，即使他正在做你的丈夫，你首先想到的必须是，我丈夫是一位诗人。你不能拿生活来折磨他，你不能像要求一位生意人那样要求你丈夫，即使他在生活上穷途末路，即使他暂时的写作并不能换来经济报偿，只要他写着，坚持着，并且像一位虔诚的教徒，一意孤行地信仰着他的写作，就请原谅他吧，原谅他总是不食人间烟火。放心吧，没有哪一个天才，头天晚上立志，第二天清晨就名扬四海。"[②] 这种情绪和诗人的梦最后变成了一首唠叨的类似自画像的诗《晚年》[③]。

当然，诗人始终保持怜香惜玉的爱和渴望。"宠坏了多少只蝴蝶"，才具有"忧伤气质"的杨森君，规避了当下诗坛的某些症候。这种忧伤气质是诗人借助对生活、对历史的诗意审视呈现出来。这种呈现"不是对事物在某个瞬间的朴素复制，也不是现成精神的简单批发"，而是诗人对真实生活中诗人自我内心秘密的真实再现。它们是读者领受诗人"曾经生活过的过往时光的质感与温情"的载体。举例为证，诗歌《镇北堡》中："这一刻我变得异常安静／——夕阳下古老的废墟，让我体验到了／永逝之日少有的悲壮"。抒情诗语言精练，形象鲜明，

[①] 罗门：《直接与生命对话的诗人》，见杨森君《梦是唯一的行李》。
[②] 杨森君：《零件——杨森君日记体博客随笔》（现代诗话），阳光出版社2014年版，第149页。
[③] 杨森君：《沙漠玫瑰·序》，阳光出版社2019年版，第136—137页。

感情真挚地道出了诗人为了追忆历史,"同样愿意带着我的女人回到古代",领受"永逝之日少有的悲壮"。血气方刚又渗透出淡淡的忧伤,透露出诗人在诗歌上的独特追求。在这种独特追求的指引下,他的诗歌具备了西北汉子的刚强,却又在黄河岸边的烟雨柳色里浸染流丽的忧伤:"不再像年轻的时候/坐在春天刚刚长安静的青草地里/看见一只蝴蝶都要推醒我。"(《旅行》)

> 神离去了,我坐在它的椅子上
>
> 《陈述》
>
> 在时光的弧面上
> 留下了一道绝迹的擦痕
>
> 《寂静》
>
> 这样永逝而不再重来的音乐,
> 远胜于夜晚的虚空,……
>
> 《临窗》

诗人喜欢在意象的建构和理性的感悟中传达情感。常常是在看似不合逻辑的情理折射中,通过对客观意象的自我感知而焕发出非同寻常的绚丽色彩,"我在墙镜的反光里,看到了/慢慢裂开的起风的树冠"(《午后的镜子》)。杨森君的诗歌总是这样,在对意象的开掘过程中用雅致而富含韵味的文字透视他对自己所处的环境——尤其是对自然的偏爱,并通过物我的交融来增强对自然的理解。有时候,诗人的幸福感非常清晰,"我能看到这个春天第一只纯净的小鸟/白腹,黑羽,孤单的小鸟——/它在一根长长的枝节上跳来跳去/太阳高出窗台/那棵树连同小鸟的影子/从窗玻璃上泻了进来//这个春天的早晨/我在书房里埋头写作,一小块黑色的影子/在木制地板上跳来跳去"(《早晨的投影》)。诗歌从上而下,从远而近,从外而内的层次里,再现了一只小鸟"在一根长长的枝节上跳来跳去"的场景,诗歌本身看似在单纯地写小鸟,其实诗人在不知不觉中将自己内心的美好快乐传达了出来。这种寓情于景的写法让杨森君的诗歌具有了中国传统诗歌清新、自然和生动的优美情调。

《午后的镜子》《名不虚传》两部诗集，相同的一张作者照，墙上的琴和书，同样简洁的"后记"，暗示了作者的某种回归或坚守。"我不回避在我写作诗歌的全部努力中把诗歌的抒情性看成是诗歌的一个不容颠覆的必然归属。"① 当我们说杨森君在其诗歌创作的理念上始终固守着中国传统的现实主义的时候，并不意味着诗人就缺乏开阔的艺术视野。事实上，杨森君在诗歌创作的技巧层面对西方现代派诗歌的多种艺术技法，如意象的叠加、象征、隐喻、通感等，均有所涉猎和汲取。如写"寂静"："这一切都会消失的/走廊，暗锁，垂在阴影里的吊兰/这一切，包括推开窗子/树顶上渡来的微白的云气/包括一排窗玻璃上下沉的暗蓝色夜幕"……如《在桑科草原》"我是故意将我的一本书/留在了桑科草原上/先是来了一阵风/风轻轻地翻动着书页/后来下了一场白雨"……无论是西方诗歌里的"暗蓝色"的意象，还是书与清风、与"白雨"的象征隐喻，诗人是"午后的牧神"，"月亮上的缺口"可以"流出的一道道树汁的白光"（《临窗》），虚空也许就是真实，残缺才是美的所在。

还有《平原》《白色的石头》《镇北堡》，诗人感知世界的方式既熟悉又陌生。如对"习惯"，诗人非常警惕，但借用"马"和"风"两个拟象的辩证关系来暗示：

  马　比风跑得快
  但　马
  在风里
  跑

欣赏短诗《习惯》②，新奇陌生，别有会意。杨森君诗绝大多数极

---

① 杨森君：《名不虚传》，宁夏人民出版社2014年版，第44页。
② 这首《习惯》，最初收在诗人1993年出的第一部诗集《梦是唯一的行李》，也成为2014年出版的诗集《名不虚传》的第一首作品。可见诗人对这首诗的喜欢。

为简短，很少有现代诗人免不了的惯常铺排。

这种意味隽永的小诗，还有：

  鸟　飞起来
  与风无关

  果　落下去
  与沉重无关
    《成熟》

  无论何时来
  请不要
  打翻
  我的眼泪
    《消息》

  月和树
  谁撕碎着谁

  两个影子
  带着同样的伤害
    《影子》

这种经过陌生化处理之后的诗歌语言，呈现出一种与普通语言迥然不同的形态，给人耳目一新的感觉。"诗与生命一同走进暗示的无限世界。"① 也是诗人"迎向万事万物时心存美好感念的见证"②。这种极致，可能就是《留着》：

---

① 杨森翔：《杨森君——中国当代诗坛的一位重要诗人》，《朔方》2008年第8期。
② 杨森君：《名不虚传》，宁夏人民出版社2014年版，第44页。

> 鸟飞过
> 留着天空
>
> 风刮过
> 留着山峦
>
> 果落下
> 留着树
>
> 泪掉下
> 留着眼睛①

诗人是唯美的。也是直抵事物本质而肯定大地和万物本真的。这种唯美与本真的结合，创造了独特的杨森君。

诗人是个性的自我，也是西部大地上的幽灵。地域文化也是造就杨森君诗歌意象独特的一个方面。杨森君身居灵州故地，唐宋西夏，地域文化的特别积淀让他的诗歌具有了浓烈的人文质感。诗人在表现个人思想和日常化情感的同时，自然涉及的地理景观和地域生活背后又蕴藉了诗人对历史的充分感受。在看似散板的诗意叙述中，巧妙地将文化地理景观与自己的抒情追求完美结合，锻造出西部诗歌中自己的独特意象。时光锤炼了诗人的语言，生活涵养了诗人的性情，"有爱，有悲悯，就有了这些诗篇"②。这也许就是杨森君的成熟，正如他自己所言，"把自己降得像一棵草一样卑微、真实、低、脆弱……不再悬空自己虚蹈真理"③ "并告慰自己——做一个真正的诗人该有多么幸福"④。源于这样的求实和乐观，2019 年出版的诗集《沙漠玫瑰》，感伤依旧，触摸细微

---

① 杨森君：《名不虚传》，第 39 页。
② 杨森君：《午后的镜子·自序》，宁夏人民出版社 2012 年版。
③ 杨森君：《顾不上心碎——北斗 VS 杨森君对话录》，转引自杨梓主编《宁夏诗歌史》，第 170 页。
④ 杨森君：《名不虚传·自序》，宁夏人民出版社 2014 年版。

的事物依旧，多了叙述的朴实，还有感知人文历史和地理风物的沉稳。"我不事雕琢，诗意也能毕现。我越来越信赖朴素，直接，删繁就简，好好说话，去'诗人腔'，将后的写作一定也是这样。我时刻都在警惕冗长、大而无当。"① 也许相反，世间没有唾手可得的经卷。没有雕琢，哪来如此精致的抒情诗集，没有"诗人腔"的宣教，怎能安慰自己、影响别人和感动世界呢？

三 梦也的大地和四季

梦也，本名赵建银，1962年生于宁夏海原县。从事过教育、报纸发行等工作，曾任《朔方》副主编，现为宁夏文联专业作家。诗人坦言："我的写作是一个下降的过程，是从虚幻的高蹈落向实地，由此我才懂得了谦卑的表达。"鲁迅《摩罗诗力说》赞扬雪莱："神思之人，求索而无止期，猛进而不退转。"② 精神猛进和诗艺求索的梦也，多有自我的张扬，甚而惊怵的内心展现。

梦也是触摸自己内心和感知四季的多情诗人。"大地是家，月亮是故乡。""祖历河谷"在诗集中找不到具体的处所，但在西夏的历史长空，曾经演绎过惊心动魄的喜剧和悲剧，至今这里的"风"还牵动着诗人的情思，吹开了诗人的心扉，吹醒了诗人的梦想，承载着诗人的情感。《祖历河谷的风》成为统率诗集的灵魂，有"元气浑莽而又丰茂多义的品质"③。这条河像记忆之流，在岁月的河床上蜿蜒曲折。"远方的震响"（历史文化遗存），激荡着诗人梦幻般的诗情；"远方的红松林"（延续的生命痕迹）像神秘瞭望的眼睛闪烁着炫目的光，在冷色调的意象里，突然点上了一团暖阳。"秋天"的收获与"消失"，生命的"死亡"与"飞翔"，全诗笼罩着浓郁的忧患意识，给整部诗集增添了无法

---

① 杨森君：《沙漠玫瑰·序》，阳光出版社2019年版。
② 鲁迅：《鲁迅全集》第一卷，人民文学出版社2005年版，第87页。
③ 白草：《"我触及到神秘幽暗的中心"——读梦也诗集〈祖历河谷的风〉》，《朔方》2005年第5期。

形容的份量——莫名的沉重和忧伤。在这沉重和忧伤的深处是诗人的躁动不安，《风暴》惊恐，《庭院中的白杨》重获希望，这种不安被诗人决绝地压抑和驯服。

　　诗人的眼睛连着诗人的心灵，梦也对大自然的热爱，让日月星辰流泻高远的神思，让风云雨雪浸染悲悯的深情。《太阳》《金月亮》《月迷》《月亮走过山岗》《生长的月亮》《有月亮的夜晚》《月夜》《月光》《香山之顶的月亮》《月迷》《长庚星》《星野》等，时空转换，星光闪烁，或迷蒙或轻柔，流露了诗人仰望天空回视宇宙的精神和情感。诗人以敏锐的感觉捕捉到了天地每一个瞬息的不同形态，移情于物，向读者展示了深藏其中的奥妙。风云雨雪成为"大地"丰富的"表情"，《林带上空的风》《风暴》《风吹道骨》《风散了》《西风》《雨天》《雨夜》《雪》《晚来的雪》《落雪》等，万物变幻，每一不同的景致，在作者的笔下，都蒙上了一层情感的面纱，包裹着悲伤。诗人用独特的眼光，审视阴晴雨雪，寻求诸种物象背后的原始本真。春夏秋冬是"大地"时序交替的"时装"，如《春天》《春日散记》《夏天》《深秋》《秋天》《秋宵》《秋天的礼物》《秋深了》《秋天的寓言》《冬季》《冬日》等。每一天人们的眼前总会多出一份迷人的色彩，不同色彩的融合与点丑自有妙处。诗人还敏感地捕捉到了光与影细微移动的瞬间差异，如《曙色初现》《黎明》《早晨》《入暮》《独暮》《黄昏》《某一时刻的天空》等。花草树木也是诗词抒情的常见物象和景致，在作者的笔下，都带着泥土的芬芳与典型的西海固气息，如《花》《铃兰花》《两朵小花》《试着去做一朵花》《庭院中的白杨》《一株秋草》《小麦苗》《一棵树的秘密》《落叶》等。作者还描绘大地上人与动物之间的天然关系，《一只受伤的豹》《两次鸡鸣之间》《羊群》《小羊羔》《马骨》《鸟啼》《那些鸟儿》等，其间流露的生命平等的悲悯情怀无法掩饰。还有诗人神妙感知的《酥油灯》《一束光》《虹》等物象景致，如流星划过天宇，留下绚烂的瞬间，照亮了读者的眼睛。瑞士思想家阿米尔说过，"一片自然的风景是一个心灵的境界"。作者借助天地万物向读者展示自然的不同面目与表情，也流露着自己的爱与梦幻。梦也是一个内心敏感的诗人，在接受现实的负重下试图借助艺术超越庸常，一切形象和景观，多了温情和色彩，多了流动的意蕴。

诗人是艺术家里最为敏感的神灵言说者，用语言可以和上帝通话。诗人用自己视通万里的神思，让我们感知这个世界的疼痛。"暴风雨那一日/我在房间里读《瓦尔登湖》/不知道一群雁在海滩上遇难了。"①"一个人有一个人的河流/树木和花草/有他一个人的季节。"梦也作为诗人，还具备了思想者的素质。他的作品，几乎每一句诗都有着一些玄妙而又深挚的生命感悟。最具代表性的就是作为代序的诗《致谢》：

> 如果最后谁把我从这个世界拿走
> 像拿走一片树叶
> 但没把我热爱的这个世界拿走
> 我一点也不惊慌
>
> 死亡更像是一叶小舟
> 轻轻滑翔在水面上
> 它很偶然地载走了我
> 像载走一片树叶
> 一路上江青月白
> 我微笑着向这个世界
> 深深致谢……

梦也作为"代序"的这首短诗，包含了诗人痛彻的感悟。没有生活沉痛的体验，写不出这样的诗。在时光面前，每一个人都可能随时面临生命的终结，但诗人梦也的态度清明绝决："如果热爱的世界还在，我一点也不惊慌。"这种坦然让人看到了尘世中一个人那种隐藏于内心甚至灵魂深处的冷峻和忧伤。这首诗歌大致反映了梦也对生命乃至世界

---

① 梦也：《惶悚·修远》，见李克强主编《西海固文学丛书》（诗歌卷），宁夏人民出版社1999年版，第84页。

的一种态度,也暗含了诗人本人在某个时期乃至持续终生的颓废和绝望。

收入《祖历河谷的风》的作品,都有一种单纯而又内在丰盈的诗意意味。但从具体的诗意的营造来说,"在我们所继承的诗歌形式之中,有某种合乎规律的,由社会心理过程所形成的东西,语言的诗歌并不取决于抽象的美的概念"[①]。诗人用很多意象来表达对自然的独特感悟,最典型的比如"风""马""马骨",还有鸟和植物。风的意象在古典诗词中运用极多,最让人回味的,有唐代大诗人李白"霓为衣兮风为马"的诗句,以云喻衣,以风喻马,广阔的天宇,以人的思维穿透时空,描绘神的自在情景。诗人寄情于风、寄情于马的灵犀,在一瞬间贯通古今。"马"是一个奔跑的意象,也是一个追寻梦想的实相,这个意象的运用,让诗以静态的语言文字,表现动态的内在精神关联。"马骨"是电闪雷鸣过后,云淡风轻的存留,生命的枯寂与涅槃皆指物为象。《喜庆日》本来是人类主观活动的产物,在诗人的笔下,动物群体的聚合,天地与万物之间的调整与和合也有其客观的理由,与人类并无二致。《静夜》里诗人将风的无形化为蛇的有形,形象地再现了黑夜持续、神秘、鬼魅的特色。《灵光寺》"寺院、瓦片、荒草"这些富有生命迹象的存在,被岁月洗去浮华。"体内是一座空房子/三五只鸟/进进出出地飞。"这是梦也2007年发表在《朔方》上的诗句。玄妙之悟不仅是作者的诗意想象,还需读者会心的感悟。

诗可以完全写景,如李白的"青泥何盘盘,百步九折萦岩峦",写"无我之景",如陶渊明"采菊东篱下,悠然见南山"。而梦也是一个性情敏感的人,其小说而散文的"诗意之旅"最终皆是"有我之景"。《祖历河谷的风》里每一首诗都是"我"生命体验的放飞和沉思,又氤氲着挚爱大地和草木的自然情怀,"坐看苍苔色,欲上人衣来"。

梦也在诗歌创作上不断求变,他也注重对形式的探索。有一段时间里,他在保持写作短诗的优长外,尝试着叙事诗的创作,比如《祖历

[①] [俄]维谢洛夫斯基:《历史诗学》,刘宁译,百花文艺出版社2003年版,第407页。

河谷的风》中的《弥留之际》《瓦亭》等，各包含了一个特定的故事，在形式上，便趋向了散文化。关于诗歌的散文化，历来诗人都保持比较谨慎的态度。梦也在尝试叙事诗的写作时，意识到了散文化可能会带来的毛病，他设置了一个界限，如长诗《物语》，叙写人类自身所造罪孽以及用苦难再赎回上苍之爱，自有一种气象。《庭院中的白杨》是他叙事诗创作中最好的一首，叙写了他在挚友家中，俩人相对无语，"风的河流环绕着我们和广大的苦难"，"真理就蕴藏在这些简单的事物当中"①。这首长诗在朴素平实中凸显出了亲切鲜明的形象，余味绵长。"而我忽略了最重要的一点：怎样才可以使事物不受伤。"（《刀伤》）人类总是强行凌驾于事物之上，而忽略了事物本身的灵性，乃至人在它们身上制造的伤痛。这使笔者想起《沙乡年鉴》的作者，美国诗人奥尔多·利奥波德（1887—1948）。人类心灵的危机，在人的欲望和野心之外，与这个被极度开发的地球有关，与被损坏的天空、大海和万物有关。"由于自我要和一个纯一的空间发生关系，自我就在表面上发展。"从内在的生命而言，"在基本的自我之内有了一个寄生的自我，而寄生的自我不断地侵犯基本自我。许多人过着这种生活，到死也不曾有过真正的自由。"②而梦也在诗性的自省中觉悟到精神的自由和生命的苍凉。

因此，梦也还有些诗直接进入一种静默和沉思，神性与哲理并存。如《太苍》《诘问》《上帝的微笑》《死亡日》《反省》《上帝的小村庄》《神祇》《征兆》《生命缩短到三天》，静默的沉思映照诗人内心的疑惑感伤。悲喜之情，"存乎一心"。生命激情点燃诗人的艺术情怀，梦也诗心深处有伤痛，却也深藏了英雄气概。"晚霞俊美，大地带着悲怆从不言语/河水滔滔……神意笼罩四野。"（《物语·太初》）

最重要的，在梦也诗作的阅读过程中，让人长久地沉浸在一种淡淡的哀愁里，滋生出一些落寞的情绪，被诗的悲凉意蕴浸染，发现人的内在世界里堆积了如落叶般密集的惆怅。其实诗人自己也是如此，所以试图晾晒自己内心的"秘密"，舒缓自己内心的惆怅，这就是《秘密与童

---

① 白草：《接近神秘幽暗的中心——读梦也诗集〈祖历河谷的风〉》，《朔方》2005 年第 5 期。
② ［法］柏格森：《时间与自由意志》，吴士栋译，商务印书馆 2009 年版，第 124 页。

话》的写作热情。这部所谓的长篇小说完全是诗人成长的诗化小说，诗人要重新审视自己的过往，童年、亲情、伤痛和爱。因此诗人在《题记》中说："认识自己，就是认识众生；因为个体当中包含着全部。"还有"说在前面的话"，说明这是诗人内在情感的自画像："一个人从生到死的过程演绎了自然生息的全部。"① 诗人的自传，最突出的是内心的感受，尤其十三、十四章节，全部是诗化散文。散漫而细致，从洒落的记忆里寻找自己，"以求在人生接近尾声的时候，突然开悟"②。

诗人永远是痛苦的，死生有命，诗人要反抗这世界的可怕，也要感悟万物的灵异。诗人的悟解，就是对这个世界的端详。这样的端详里，一切是生的绚烂和静默。诗人和哲学家必须抵达死亡，因为抵达，所以热爱。解悟生死，才会照亮神性的内心，才会打开审美的眼睛。"悲悯的大地接受了落叶的祝福。"③ 所以诗人可以"拈'花'一'笑'"，这一首《花》，让笔者想起林徽因的诗。林徽因有一首《笑》，还有《你是人间的四月天——一句爱的赞颂》《一首桃花》，一瞥，一笑，林徽因的诗是年轻的心境里发出的颂赞，只有生的灿烂，少了苦难和死亡的洞彻。笔者欣赏林徽因，笔者理解梦也。林徽因是才情的美好，梦也是忧伤的美好。中年之前，无法面对死亡，人过中年，眼前和梦里全是死亡，心却因此而沉静和坦然。洞彻生死的梦也，以"大豆开花"祭奠一切生的美丽。生死，空，丰富，热爱，就是诗人抵御一切的追求。诗人至情，生活庸常，你最爱的人都不理解你诗人的忧伤和决绝。心痛是无法触摸的，爱怎能言说。

梦也的诗一直遵循着一种自己的内心方向、个体经验和精神诉求，且在表现形式和诗歌的肌理脉络上有着一定的唯美倾向。这使得梦也的诗歌写作在很大程度上区别于同一地域的其他诗人。梦也最性情的诗作是朗诵诗《文学的光芒》，在宁夏文坛流传甚广。诗歌直面现实，可以看到人类受难的灵魂，诗歌张扬灵性，梦想是诗人的家园。杨梓在历史

---

① 梦也：《这是怎么回事？——说在前面的话》，见《秘密与童话》，阳光出版社2012年版。
② 梦也：《这是怎么回事？——说在前面的话》，见《秘密与童话》。
③ 梦也：《大豆花开》，宁夏人民出版社2012年版，第4页。

深情辽远的追问里建构诗歌,梦也将生命的伤痛化作静默的"聆听"和"注视",甚或颂赞,试图抵达生死依偎的绚烂,最终归于简朴和美好:

> 文学也一样,在某种程度上
> 它就是空气、阳光和雨水
> 是白昼的芳香和黑夜里一盏闪烁的灯火

这是《文学的光芒》里的赞颂。

以亲切而富有色泽的意象暗示某种感触:"在你出生的地方/我想到了你/蓝色的山谷/清亮的雨水。"以感伤的景色渲染暗示内心的疼痛。笔者默想,诗的解读里,知识与经验之上的感悟,一定有着批评者自己的审美印证,却也在不断接近诗人的情志。文本是西方诗学的现代概念,中国诗学的核心是文字。文字建构音形义、建构意境。空灵而丰富,是中国人的美学理想。冯至的十四行,梦也的长短句,李白的对酒当歌,当诗真正从诗人思想的灵感里飞出,不存在古体与新诗,也难以界定东西。笔者让袁陈媛去读查文瑾的《纯棉》,她有一种喜悦的感受,少有紧张。而笔者自己来读梦也,借助岁月先验的疼痛去理解梦也活着的生命的"荒凉",还有梦也心里那"雄狮般的头颅"以及庄严的"轮回"。"在连通荒野和村庄的地方,正走着一个人"[①],他是梦也,也是我,读梦也诗的人。

四　谢瑞:发现生活意味的人

谢瑞(1973—),宁夏西吉人。他彷徨于城市的十字街头,言语间透出失落的焦虑。如在《城市忘记了自己的身世》写道:"你从她的前生走来/她已听不懂乡音/于是,你成了她冷漠里忐忑的尘埃。"诗人与

---

① 梦也:《大豆花开》,第166页。

城市格格不入，笔下描绘更多的是日常生活，关注更多的是生活琐事，呈现在笔下的大多是城市中卑微的人群。在他的诗歌中可以找到诸多类似这样的生活画面：如累倒在马路上的麻雀、拾废品讨生活的祖孙、楼房快要封顶自己的衣服却破了的小农民工等。在异乡的诗人很难融入城市，更不习惯城市的种种流光溢彩的画面。诗歌是诗人强烈情感的自然流露，诗人所有的情感都凝聚在他的诗歌之中，言说孤独成了谢瑞诗歌的一大主题，乡村成了诗人的精神依托。尽管他没有用过多的笔触去描写乡村的飞沙走石，断墙土屋，但他始终以一个乡下人的身份体验与城市中的不和谐对峙着。每位诗人在言说自我的时候，也是在谈论着一般人，向善的心反省自身照亮别人，读者可以从诗人的诗歌里探究到自己的灵魂。

然而任何一位诗人要想达到成功，仅仅依靠才情是远远不够的，还需要在时代风雨里磨砺，需要在自己身上诊断出一般人的精神的疾病和痛苦。雪莱把诗歌定义为生命的形象表达在永恒的真理之中，是在最美最善的时刻表达最美最善的思想。他的这一说法特别突出了诗歌是要具有时代精神的，诗歌是想象、时代、生活、甚至是民族历史的表现。早在长诗《伊斯兰的起义》的序言中，雪莱就明确地指出，诗的目的是在读者心中燃起他们对自由和正义原则的热诚，对善的信念和希望。不做时尚的附庸，在现实社会中不偏离自己的价值追求，对每一颗心灵负责。谢瑞的诗歌更多的为我们呈现的是对这个世界感性的体悟，抑或是说他更多的是在言说自己对世界的感受。"诗言志"在很早以前就是中国古代文论的一个诗学命题，"诗言志，歌永言，声依永，律和声"（《尚书·尧典》）。可以这样理解，"诗言志"就是表达感情和意志，是意和情的结合。《毛诗序》说"在心为志，发言为诗。情动于中而形于言"。这时候"诗言志"就是情志的结合了，言说自我是中国诗歌历来的传统，写出内心的情感并且说真话是作家的职责。

在诗歌创作过程中，诗人要保持独立的主体意识。但独立自主不代表诗人把自己陶醉在诗歌大厦的营造之中。在拥有人文关怀的同时也要从诗歌本身的立场出发，当代诗歌应该追求它的真善精神。在满足诗人自身情感宣泄的同时不但要让读者在阅读的过程中得到艺术的陶冶，也要在追求"小我"的同时顾及"大我"，即追求一种升腾的力。雄健是美的一种，不代表诗歌美的最终指向，但是诗人言说自我时过多的感性势必会造成诗歌气质的虚弱。简而言之，诗人可以言说自我，但是必须和时代紧密联系。谢瑞是一位优雅地徜徉在诗歌王国的诗人，他的诗歌宁静之中有所慨叹。在大众话语的语境下，他的诗歌创作态度是严肃的，他的诗歌里既闪现着诗人智慧的光芒也有着对芸芸众生的温情观照。最难能可贵的是谢瑞是一位很有自省意识的作家，他已经清醒地意识到他的诗歌创作有待于进一步突破自我，否则将走向自我重复的怪圈。依笔者所见，谢瑞的语言还有凝练和打磨的空间。

谢瑞能用寥寥几句把一种期望与失望之间的落差空白渲染得那样淋漓与耐品，不是只凭技术能达到的。它凸显了作者良好的捕捉能力和感受力，更重要的是作者保持了与平常生活之间的距离，站在一种"远"的姿态上打量现实生活场景，才有了如此独到的发现。它让忙碌或疲惫生活着的人们突然发现，我们平常简单甚至无聊的生活原来是如此地富有诗意，是如此地值得享受与回味。它像是一个秘密一样藏在了我们生活的背后，被诗人发现。可能很多人也是有感受的，但是没有写出来，我们也不认为生活有这么多诗意，诗人的展示让我们吃惊。

对尘世生活的审视感叹，对作为生物的人的生命状态的思量与体悟，也是诗人们的独特能事。这本身是一个常有新意的话题，是每一个人成长中都面对过的问题。有些人可能思考得多，有些人可能思考得少。这样一个大的命题，也是一个不断被阐释的命题。在谢瑞不算很长的诗歌写作履历中，特别着意这方面的作品比较多。典型如《墓志铭》：

一块碑不可能挡住思念与唾弃

浑浑噩噩了一生，现在
请允许我离开

>在你们没有到达之前，
>从最初的位置
>独自醒来。你们看见的
>不是我全部的忧伤
>
>不要哭泣
>收起你们的尊敬、同情以及嘲笑和怜悯
>我只要一小块土地，让他从此安静
>让我在那里为自己
>打上最后的布丁

对于一个生命，一个人，一个人与生活的全部关系，他能作出如此简单描述和诗性概括，情绪内敛，文笔凝练。生活在平常人眼里，就是生活，只是生活，别无他种可能，而在诗人的笔下，一个人的生命与生活，是那样的安静、从容、丰富及永恒，诗歌的结尾"我只要一小块土地，让他从此安静，让我在那里为自己，打上最后的布丁"。是一种哲学意义上对生命的打量和辩证的审视，充满了哲理思辨的寓意，让人在回味中赞叹。

作为一个从乡村辗转到城市的诗人，曾经流浪打工的经历让他始终有一种客居心态。这是像谢瑞这样的诗人最真切的生命体验，宽泛一点讲，也是许多人在大地之上生存的共同体验。当然，谢瑞写作之初的体验肯定是自我的，但他表现的也是人性的普遍。在自然或历史面前，我们每个人都是那样的渺小和卑微。《无题》是他书写这种情感体验最为质朴隽永的作品：

>我把影子画在地上
>赋予他奔跑的姿势
>多少年来　我一直跟在他后面
>看着他如何长大成人

>如何在拥挤的都市里
>与一棵小草相爱
>这期间
>风悄悄地带走一些事物
>而另一些被留了下来

把一个微弱个体生命发展存在的艰辛与失落抒写得几近完美，充满了象征意味的意象如影子、小草、风等，恰到好处地提升了诗歌的意蕴空间，充满哲思，耐人寻味。

谢瑞的诗为我们营造了一个清丽又略带感伤的氛围，还有独特的意象。如果没有好的意象，就不会有出色的意境。诗歌中的意象是经过诗人审美再创造的，是作者表情达意的载体，浸染着诗人的主观感情，我们可以通过诗歌来洞察诗人的独特情怀。诗人迈向诗歌成熟阶段的标志也包括有属于自己的意象，艺术家最高的目标在于表现他对人间宇宙的感应，发掘最动人的情趣。意象是作家对世界的独到感知和领悟。谢瑞的诗《四月》《在通往拉萨的路上》《迷茫》《草原闭上了他的眼睛》《九月》《病》《两只流浪狗》《固原随想》《城市生活之二》等，均有"草"这一意象的出现。只是有野草、卑微的野草、青草之别，当然除此之外还有草木、草根、草场等。他的"草"有的是对城市生活的拒斥，有的则是对乡村生活的怀念，有的是对自然的敬仰，当然也有对泥土的感恩。他的"野草"不是惠特曼式的粗暴狂野，而是属于谢瑞自身的敏感细腻。除了"草"这一意象之外，他的诗歌中也有忧伤的麦子、麦种、水等，只是这些意象尚未明晰，有欠凝练。意象紧密关系到作品的得失，因为读者在阅读时首先受到意象的吸引和感染，然后才把诗中意象再造为自己头脑中的意象。谢瑞除了找到了适合自己诗歌创作的题材之外，已初步具有了独特意象的创造力。

不过进入2012年之后，谢瑞的写作就慢了下来，他开始投入诗歌作品编辑工作，先后编辑出版了"70后"诗人系列、"80后"诗系。其中，由谢瑞策划、著名诗人兼诗评家臧棣担任主编的《70后·印象诗系》，系国内首套正式出版的"70后"诗歌丛书，共推出40多位全国"70后"实力诗人的作品集。最新又编辑出版了"千高原"诗集系列。谢瑞是因写诗而编辑诗歌的当代新诗建设者。

五　阿尔：先锋姿态的日常观照

先锋姿态在今天网络和电子刊物盛行的背景下，每天诗歌的推送是海量的，评论更为随意和多元，诗人微博的"吸粉"也是重要的影响力显现。2015年倪万军统计："几乎每一位会使用电脑的诗人都创建了自己的诗歌博客，并且拥有一定的读者群体（包括粉丝、文学期刊的选稿编辑等），比较有影响的包括杨森君的'杨森君·西域教父的BLOG'，访问量已经超过22万，发表博文700多篇；王西平的'一纸草诗'，访问量超过15万，发表博文1000多篇；王怀凌的'王怀凌的西海固'，访问量超过14万，发表博文300多篇；谢瑞的'在路上On the road'，访问量超过11万，发表博文800多篇；阿尔的'银川史记'，访问量超过9万，发表博文800多篇；林混的'林混的BLOG'，访问量超过6万，发表博文200多篇。"[1] 而近五年来微信平台的发表、阅读和评论，已经成为新时代文学和诗歌研究必须关注的现象，或者说领域、图景和立体空间。

阿尔，本名张涛，1972年出生于河南南阳，从小随父亲在宁夏生活。2008年阿尔出版了他的第一部诗集《里尔克的公园》，以平民的视角、宽泛的题材，强劲的节奏感，表达了诗人对生命和存在的个性化思考，明确显示出其先锋派诗歌的独特追求。时隔四年之后，阿尔又推出了其新作《银川史记》，该作延续了他对诗歌个性化的一贯追求。在对日常生活的观照中，诗人试图建构自己的诗歌品质，在反叛历史的抒写模式中，诗人又以先锋的姿态来张扬自己的小城生活。

诗人在该诗集的代序《不在路上的达摩流浪者——答诗人安琪问》

---

[1] 倪万军：《叙述的困境：宁夏文学观察》，宁夏人民教育出版社2017年版，第188页。

中，谈到《银川史记》的创作初衷时说："想写一个我们这个圈子里各色人物的长诗，就这么开始了《银川史记》的写作。"① 而这个圈子里的各色人物既包括作家、诗人，也包括乐评人、工笔画家、摇滚乐手。诗人说，他们"经常一起喝酒、泡吧，看银川的地下乐队演出"，过了几年"垮掉"的生活。而这种生活在20世纪八九十年代是处于社会主流文化的边缘，不被大多数人认可和接受的，"圈子里"的这些人也大多被视为"混子""地痞之流"，但诗人想写的恰恰就是他们的生活。因为这是一群特殊的人，当他们以自有的姿态想要融入主流文化的中心时，他们被拒绝排斥，沦落为被边缘化的一群；而当他们背过身去与这种主流文化相抗时，他们又扮演着为当下文化寻找新生资源的先锋军。所以这种既置身其中遭受围困，又眼观其外寻求突围的双重文化身份，就使诗人在看待历史与生活时，多了一份旁观者的清醒，表现出反叛常规的先锋姿态。

欲望的膨胀，对物质的无限追求都使生活对人产生了一种巨大的同化力量，使人的自我意识在其中被逐渐吞噬和消融。人们在欲望的暂时满足，以及各种媒体所渲染的虚假欢乐中，丢掉了灵魂，沦为受欲望世界支配的奴隶。"城市仿佛深渊/当我们被自身遮蔽/欲望被鲜血擦亮"（《仲夏夜之梦》），所以，在"这些奔走的消费狗年月"我们生活的空间"被一波波的地沟油淹没/工业的鞭子，现代化的煽情"充斥着，变成了巨大的坟场，"一列列的吞噬者们"（《长诗：四十二章经·E》）吞噬着我们自己，于是诗人发出无奈的感叹："咳，我们掩埋了苏醒/接着是肉体和泥土"（《昨夜》）。

诗人说这是一个"物质加速了/精神却萎缩着"的时代（《长诗：四十二章经·H》），在这样的时代，人们坐着追求物质的过山车到达疯狂的极点之后，随之而来的是一种虚空和失重感。这就是欲望填补时间后所带来的空虚——"银川，我们用胃接纳/内心早已一无所有"（《长诗：四十二章经·T》）。面对充满虚假诱惑的空虚生活，诗人产生的是

---

① 阿尔：《银川史记·不在路上的达摩流浪者——答诗人安琪问》，阳光出版社2012年版，第2页。

青春不再涌动的伤感,"仿佛我的青春,30岁以后就看到终点"(《随意的歌与诗》)。于是诗人明白了自己欲逃脱而不能的处境,一种忧愁痛苦便油然而生"忧愁是不可以结束的/我明白自己的处境"。但诗人却愿意让这种忧愁持续、痛苦蔓延。因为痛苦是一种力,诗人是要借这种力达到一种超绝的境界。所谓超绝就是"视孤独为美而不颓丧,视苦难为幸福而不沉溺;视人生为斗场,视绝境、险境为前途;超然于俗见之上,立足于自己的真实。"① 所以当一个人被现实世界挤压而出,忧愁、痛苦、寒冷、孤独一起袭来时,迷失在物与他人世界中的"自我",才能在这种孤绝的环境中思考自己的位置与存在的意义。正因为如此,诗人故意与现实保持着一种距离,用心去享受这种孤绝——"淹没我——给黑暗更黑的欢喜"(《我的欢喜——写给这个夜晚的寒冷》)。借助黑暗中的沉静思索,诗人实现了对现实生活的超越和对自我精神困境的突围。

要在现有文化中突围,唯一的方法就是创造一种新的文化并与之抗衡。阿尔的《银川史记》就是在尝试建立一种纯精神的世界来张扬自己的生活,反抗现实的同化、寻找真实存在的自我。然而这需要一种勇气,一种力量,更需要一种智慧和策略。阅读这本诗集,我们可以窥见现代派诗歌对诗人的影响,尤其是那种跳跃性的思维和片段给诗歌造成的晦涩难懂,仿佛是一个醉汉在酩酊大醉之后的呓语。在这部诗集中我们很容易找到"伏特加""鸡尾酒""杰克丹尼"等。正是借了这些酒的力量,被现实束缚的理性意识才逐渐退居幕后,真正的自我才从桎梏中被释放出来。"酒"为诗人臆造出了一个自我存在的世界,然而在"酒"的世界里徜徉获得的只能是一种短暂的临在感和超脱。而"艺术品也就是情感的形式或是能够将内在情感系统地呈现出来以供我们识认的形式"②,因此,更好的做法就是创造一个长久的艺术世界,在这样的世界里去完成现实无法获得的自由翱翔。所以,诗人爱上了摇滚、爱

---

① 吴忠诚:《现代派诗歌精神与方法》,东方出版社1999年版,第54页。
② [美]苏珊·朗格:《艺术问题》,滕守尧、朱疆源译,中国社会科学出版社1983年版,第24页。

上了爵士和朋克。这些音乐大都带有强烈的节奏感，同时融合了许多现代金属打击乐器的元素，与其他现代音乐一样，"它以不和谐音，以某些孤立的音、和弦中断了时间的连续性。片面的、破碎的、碎片式的声音在传达着与之相似的时间感受"。① 这些音乐让诗人在解构当下、反叛常规中，享受着自由带给生活的狂欢化激情。它让诗人在音乐制造的喧响中寻回自我，在灵魂超越时间和生活现场的迷狂中，在自我被放逐的虚假表象中，给予鼓噪庸俗的现实生活反戈一击。借助这样的方式，诗人在音乐的世界里既保持了独立、表达了自我，又实现了对现实的抵制与反抗。如《口袋》，诗人把代表琐碎平庸生活的人民币、几张餐巾纸和播放音乐的 MP3 一起放进口袋，这既是在用音乐消解凡庸，又是在世俗中张扬自我。诗人将写作的先锋姿态与生活的日常化观照交织在一起，张扬其诗歌个性化的追求。

其实对自我灵魂的探寻除了用精神建构起一个永固的、自由飞翔的艺术世界外，还要从自然中去找寻在纷繁都市中迷失掉的自我。比如现代都市生活的一大特点就是树木和耕地被高耸入云的钢筋混凝土所侵吞，那些曾经带给诗人无限灵感与诗意的田野、绿地成为都市建设洪流中的一抹印迹。然而人毕竟是被大自然孕育和分化出来的，自然赋予人们的天性不可能被彻底销蚀。所以当人们停下匆忙的脚步，注意到城市中这些仅有的，充满活力的绿色植物时，内心便会顿然获得短暂的舒张和淘洗。在喧嚣的尘世生活中，"而我看见了树，这个下午没有别的东西学会哭泣／一片叶子准备掉下来／覆盖了我的肉体，这绿色的下午"。让诗人获得了一刻宁静，一个新的自我已经诞生，甚而寻得一种直面现实的力量。

处于当下社会文化边缘的诗人，其实是在有意疏远文化的主流形态，试图以个性化的观察角度和异质思考，使自己成为特立独行的存在。于是觉醒的诗人以枕边的一摞书，"桌上的 CD 和黑色耳机"、沉默不语以及一副"没有取下墨镜"拉开了与现实的距离（《建南小区》）。

---

① 耿占春：《观察者的幻象》，东方出版社 1995 年版，第 126 页。

然而诗人真的能从他所属的社会主流文化中逃离么，诚如鲁迅给我们的启示：最大的悲哀莫过于觉醒了却无路可走。看《无自由的变奏之药》中，"我"这个觉醒者被社会当作病人，原本以为逃离了"正常生活"的"广场"就可以恢复自由，但背后总有一个声音在冲着我喊："药药药"。这让我们想起鲁迅的小说《狂人日记》、《药》和《白光》，包括有关魏晋风度的那篇文章。

无路可走并不意味着诗人从此开始绝望。他在发现现实的庸碌、彷徨与喧嚣后，在反抗现实的平庸与琐碎后，最终还是要回到他无法逃离的现实，从日常生活本身寻找其重构生命意义的有效资源。于是阿尔将其生命和诗歌中的先锋性追求渗透到了日常生活中。在反叛现实的同时，又理解现实；在追逐理想的同时，又回归生活。看《十三日》中，诗人不就发出了"生命比爱更珍贵"的感慨么？《银川史记》中，阿尔曾经两次提到过诗人海子。海子以死的方式向这个世界抗争，阿尔却把音乐和时间的临在感注入诗歌的字里行间，用诗歌在广袤时空中的无限跳跃打破现实的死寂，寻回自我。海子在寻找自我的过程中对这个世界绝望了，所以他才会唱出"面朝大海，春暖花开"这饱含无限期望的歌，而阿尔在开启一个时代逝去的伤感后，并没有绝望，他要用摇滚唤回那个反抗庸俗的时代精神，更要用诗歌唤醒那些在欲望中泯灭的人性和自由灵魂。所以他期望自己做人类灵魂荒漠里"使沙漠肝脑涂地"的一棵树，还要做历史长河中的一颗鹅卵石，"使河流痛失秘密"（《景象与指纹》），让被遗忘的历史重现。

阿尔的先锋姿态除了体现在对历史和生活的独特理解，还体现在对诗歌的独特追求上。诗人在《银川史记》的代序中说到他要做"有为"的诗，即"独立、态度、智性"的诗。他的"独立"不以当代诗歌被边缘化而自卑，不以想方设法挤进当代主流诗坛为目的，不以继承传统为创作资源。他的"态度"表现为对历史与现实的日常化、平民化审视。他的"智性"则是在诗歌中注入一种有别于传统诗歌音乐性的内容，探索诗歌发展的另一种可能。不同于一般诗歌的韵律和节奏，阿尔诗歌的音乐性表现为一种直接抒情和写实。音乐与语言相比，它没有语言在表达情感上的曲折和隐晦，是凄婉、悲哀还是欢愉，音乐都会直接表达出来。所以这部诗集中的音乐性便是作者在代序中说到的"硬表现主义"，即"反当下现实主义的写作，直接进入现实写作，硬生生地来表现当下人的生活"①。特别是第四卷"银川呀"，其中很多生活的细节如唱片、韭菜、新闻与博客、对面的男人与蛙叫、和平新村与大桥等，都不加修饰的随着意识的流动被表现出来。这其实就是"以平民的，反讽的日常态度反对英雄化、崇高化和贵族化的精神倾向；以强调生命体验的口语化，反对朦胧诗的意象化；以冷抒情、客观还原，反对浪漫主义的抒情模式；以非修辞反对修辞化语言传统"②。作为一个"先锋诗人"，试图突破诗歌传统可能会出现两种结果，一种是通过个人对诗歌创作的探索为当代诗歌的发展提供一种新的可能；另一种就是在这种先锋性突围的创作实践中遭受挫败。

"围困与突围，对于实验诗人来说，不是一个暂时性的课题，但诗人对旧的传统的反叛，必以对新的旗帜的捍卫、对新的价值认定为目的。"③ 阿尔写这部《银川史记》目的之一是解构正统的史学观、瓦解日常生活的传统意义和价值，但是解构之后诗人却没有画出构建的蓝图，也没有找到一种可供构建的资源。与大多数"70后"作家一样，"70后"诗人们的文化资源大都来自西方，因此对传统表现出一定的疏离感。尽管诗人在代序中承认看了一些古典文化方面的书，但是比起他对西方文化的系统学习，古典书籍的阅读显得零散不足。所以在异质的西方文化中根本不可能找到一个立足于本民族的可供构建的文化之"根"。这也是诗人从认识现实到逃离现实、反抗现实，最终又无奈地回归现实、理解现实的原因。另外，诗人借助于摇滚乐、酒、泡吧等特殊生活方式，潜伏于日常生活又瓦解日常生活，很容易在改变现实的无力感加强时，流于表面的反叛姿态，而沉溺于形式中变得萎靡懈怠。虽然在诗歌

---

① 阿尔：《银川史记·不在路上的达摩流浪者——答诗人安琪问》，阳光出版社2012年版，第2页。
② 吴忠诚：《现代派诗歌精神与方法》，东方出版社1999年版，第272页。
③ 吴忠诚：《现代派诗歌精神与方法》，第273页。

中追求个性化和先锋性无可厚非。但是诗歌发展的探索不能以破坏诗歌的审美价值为代价。所以《银川史记》中部分过于口语化的语言，难以承担现实生活的严肃性及其深邃意义。

"每一个时代的诗人都会从他所生活的社会中寻求到自己感情和情绪的喷射口。"①

阿尔的这部《银川史记》就是在对生活的日常化观照中，以其个人化的经验，对一个时代情感的随意而率性的表达和记录。由于"杰出的诗篇承担着丰富和美化精神生活的使命，并启示真理。……以默默的持久的力量，改造并提高人们的精神境界，净化人们的灵魂"②。所以除了情感表达和反映生活，诗歌还应该回到其本质，为个人、为他人、为喧嚣浮躁的当下社会提供一种审美的诗意空间，让人类飘浮的灵魂在这里有所希冀和归依。正如诗人在消解生活后，又回到日常生活本身，去寻找一种更为有力的精神支撑一样，诗人先锋性的创作追求也应该回到诗歌的本源，取传统之精髓，融时代之情感，在新的审美范式中为当代诗歌发展提供一种新的可能。

阿尔说，讨论宁夏先锋音乐和诗歌，不能忘了"70后"诗人**臧新宏**。《表现行为的物》作为一部囊括诗人三十年写作之旅的诗集，第一次全面系统地展现着臧新宏的诗歌写作历程和探索之路。这是一个人的秘史，一个内心世界的舒缓展开。这是一个人在塞上江南多元文化滋养下从少年走向中年的精神成长史。三十年河东，三十年河西。如同硬表现先锋诗人苏阳在《贺兰山下》中悲凉而苍茫的歌声唱道，"贺兰山下一马平川，花落花又开，风儿吹过吹黄了树叶，吹老了好少年，这条路它望不到边，我走不到头……"臧新宏引用了《中庸》中"闇然而日章"作为这篇后记的题目，笔者以为绝非偶然或随意，而是敞开心扉真诚地表现自己的用心之所在。这句语出《中庸》最后一章，即第三十三章。众所周知，自古有文如其人之传统，而文章则成为个人德行之外化的展现。在先哲老子的精神思想中，"淡之美"成了一种高尚之德

---

① 谢冕、孙绍振等：《中国现当代诗歌名作欣赏》，北京大学出版社2012年版，第32页。
② 谢冕：《诗人的创造》，生活·读书·新知三联书店1989年版，第286页。

及审美趋向，内蕴而不彰，似有清风徐来之妙。可见，臧新宏在回望及总结自己三十年写作的生涯时，领悟到了"观物以类情，观我以通德"之要旨。按照诗人臧新宏的观点，"硬表现"或者说"硬表现主义"在诗歌美学上具有"多维度的快意和强烈的感情色彩"的显著特征，在题材上主要表现"残酷的现实、诗意的丰富、日常的悲喜及隐忍的面对"。但在进入"硬表现"写作有一个很重要的基础，或者说前提条件，就是作为写作主体的人的自我物化，通过物化实现面对真实世界的最佳选择位置的聚焦，让表现之对象有了物的本质，能够真实地反映他们的当下生活状态及精神气象。

六 生存变迁的故乡情结

游离大地的生存状态造成回望乡土风物的复杂情感。诗人现实生存身份的丢失与日常静默里不无先锋的精神迷茫，造成心灵的空寂，需要诗意想象的故乡和故乡的人事来填充。2020年，马永珍诗集《种了一坡又一坡》研讨会先后在固原和北京召开。8月23日北京研讨之时，便有佳讯传来，马占祥的诗集《西北谣》获得骏马文学奖。不久，9月8日，第28届柔刚诗歌奖揭晓，宁夏青年诗人马骥文获得校园诗歌奖。回望故乡的各种抒情皆是现代性冲突的情感与精神的双重反抗。对于马永珍来说，乡土不仅仅是情感的家园，更是文化与精神的寄托，离开了西海固，心却并没有走远。还有参加《诗刊》社第三十五届"青春诗会"的马泽平，虽长期生活在同心，但其追求先锋的阅读却已超越前辈和现实所在，有了开放的心灵视野，神魂已远离乡村和乡村传统。因此，在现代性生活变迁中中国人的故乡情结是极为深挚的艺术创作动力。

高鹏程（1974—），宁夏固原人。漂泊他乡，生活环境的变迁带给高鹏程诗歌境域巨大的变化，同时，也让诗人完成了精神上"异乡人"[①]的身份认领。正如其在诗集《退潮》的序诗中所言："真正的艰

---

① 马晓雁：《到灯塔去：高鹏程"海洋系列"诗歌阅读笔记》，《星星·诗歌理论》2018年第5期。

难,在于如何辨认丢失的身份",这艰难的辨认过程也是这位于异乡的洋面上漂泊的诗人尝试寻找和建构其诗歌语言家园的过程。这种不断回望乡土的背反,与流寓京都的马永珍一样,在思乡的日常记忆中舒缓着现代性的压力。

马泽平(1985—),回族,宁夏同心人。马泽平的渴望不仅仅是一个乡土诗人的天真梦想,他渴望着精神的飞翔,试图以诗歌想象的方式游离于故乡之外。以他自己的话说:"诗歌是一面镜子。它能使我更清晰地照见自己内心深处的惶恐、疑惑以及罪恶。于我而言,诗歌也是救赎,经历种种之后,它总能给我力量,指引我抵达新的远方。"[1] 古马在《贺兰诗话》里肯定地说:"马泽平是宁夏80后的诗人,他的诗语调沉稳,言语从心灵和生活经验中化出,血色充盈,持重耐读。"[2] 他与挚爱故乡兄弟姐妹的马占祥不一样,总是在张望远方,故乡或者说故土是他青春叛逆的反叛对象。如《午后想起在即墨看海》:

> 有些经历,我不想再提及
> 我更愿意以血喂养它
> 等它在身体里结石
> 与自己和解
> 做自己永不出世的孩子
> 但有一些可以讲出来
> 比如在即墨的冬天看海
> 看从来没有见到过的巨轮和海鸥
> 海水里有盐,多么温暖的颗粒
> 火一样燃烧着
> 友人说:听,这就是大海
> 永不结冰的原因

---

[1] 马泽平:《诗歌写作是我自证存在的需要》,张富宝主持微信平台"心的岁月"推送《啄木之声·宁夏诗歌评论选(7)》。
[2] 古马:《贺兰诗话》,《六盘山》2019年第6期。

> 我信任这样的说辞
> 也信任盐对伤口的一再提醒
> 唯有如此，广阔的海平面
> 才能常读常新
> 我愿意余生
> 也享有暴风雨之后
> 大海一般，突然的安静

这首诗据实写来，却显现了强烈的个性，不是我们习惯了的乡土温情，也不是有意的打乱语序的故作先锋，其内涵正是从诗人自己的出离和反思中审视自然，还有这个时代司空见惯的麻木和冷漠。诗人不满于宁夏诗人的温热乡土抒情，也不满于当下一些为诗而诗的没有盐分的抒情和人格精神。以想象和写诗的方式逃离故土和缓解现代性焦虑，成为马泽平与乡土诗人们划清界限的内心秘密。

马骥文（1990—），本名马海波，回族，宁夏同心人。一册《仙雀寺——马骥文近作选》，由杜弗书店2016年印行。2017年《唯一与感知者》，是"第三十三届青春诗会诗丛"中的一本。语言与实有结合的对象化，最终在抒情的过程中完成思考，体现的是一位青年人求学的精神远游，并将之和读书沉思结合起来，形成了劲巧沉郁的诗风。在现代社会开放发展的文化背景下，马占祥、马泽平和马骥文三位诗人的同心情结融入了新的家国情怀，多了后乡土时代的游弋感。正反之间，如马骥文自己所言："诗歌朝向未来，而未来的无限性也正朝我们徐徐涌来。"在阅读中成长的心灵在拱卫诗人更大的野心，其诗具有了无须张扬的先锋力量。

马永珍（1970—），其及物的感性意识在疏离故乡和京都客居的双重内省中沉静，进而在主体体验的审美想象中自然呈现。从中华民族人文渊薮而言，君子人"诗以言志"的精神活动传承千年，形成中国人诗学审美的深厚传统。从人类有史以来，每一个个体的自觉需要一种精神性的生活，艺术也好，宗教也罢，让内心踏实和丰富的东西，使我们居于世俗而又超越世俗。诗意栖居大地,追求审美情感的内在自足,"马永珍的写作有根可寻,有魂支撑,黄土高原西北边缘的那片热土,成为他写作的'血地'和精神的源头"①。其诗歌独具的个性化特色,再次印证了后乡土时代西部作家的精神坚守,亦包含独一无二的生命体验。乡土与现代性是背反的统一关系,从鲁迅回望"鲁镇"的乡土小说叙事到马永珍宋家洼乡村风物的诗意描绘,见证的就是古老中国走向现代民主国家的心灵图景。乡村与都市、传统与文明的二元对立,不是单纯的历史进化观念决定意识,而是决定于生产力、生产方式变革的经济基础。从五四迩来的平民文学、国民文学、乡土文学,其根本是现代性力量发展的背反显现。从久远的历史来说,中国人天然地承传了风雅颂的诗意精神,从生活的现实意义来说,乡土怀旧抵御着现代文明或者说工具理性的伤害。当然,现代性遭遇无法言说的深层悲伤,亦寄存于浪漫诗意的铺张或沉静,譬如废名的《桥》和海子的《面朝大海,春暖花开》,就是依赖诗性文字的逃逸和超脱。从乡土文学启蒙批判的更大语境来说,马永珍以抱朴守真的精神,文字的艺术想象,深化了现代人思乡的情感。

改革开放后,中国经济的快速发展超出了人们的想象。相对东南沿海地区的急速繁荣,西部的经济发展可能有些缓慢,但触及的精神情感的震动却极为强烈。经济发展带来的这种现代性震动的冲击波,让每一个离乡的人不同程度地遭受精神的打击和心灵的撕裂。这种良心无法掩埋的伤痛,催生了跨世纪文学乡村书写的显扬与反思。特别是城镇化建设鼓荡裹挟的千千万万离乡人群里,自然产生了不少诗人和作家。刚刚热播的《文学的故乡》,其实就是改革开放以来现代性发展与乡土性伤悼共振的文学显证。当然,具体到每一个诗人和作家的文本呈现样态却是不一样的。不要说先锋性作家的现代性批判,即如写实主义小说作家方方的《奔跑的火光》,文化寻根作家贾平凹的《秦腔》,新时期煤矿文学代表作家刘庆邦的《红煤》,嘉绒藏区乡土作家阿来的《空山》,

---

① 马启代:《为精神寻找源头和具象》,序马永珍《种了一坡又一坡》,北岳文艺出版社2020年版。

西北回族作家李进祥清水河系列小说《换水》等，从不同角度极为细致地揭示了现代性之殇和乡土伦理之衰。诗是心灵沉淀情感的文学显现，马永珍从宁夏南部山区的师范院校毕业来到北京郊区县昌平，生活工作二十五年，来往于父母之乡和繁华京都，一次次心灵孤独的回望，凝结成诗人无法自拔的乡土情结。在诗人故乡固原举办的《种了一坡又一坡》研讨会上，杨风军以"善念"、"举念"和"思念"概括了诗集的内容特色，同样也揭示了马永珍诗歌创作的精神性根由和动力。在乡土抒情的审美共振中，另一位乡土诗人王怀凌认为"故乡就像诗人的一个精神容器，诗人把天地、山川、物语、人道、宗教等有机地结合起来，有效地抵达了一个精神核心，使西海固这样一个地理坐标进入精神坐标高度"。充分肯定了其作品的艺术特色、精神品质和文化内涵。从《种了一坡又一坡》主要作品来说，乡土回望的文字琢磨让马永珍有了情感的内省，乡土风物、农事、亲人，甚至草木和牛羊的想象描绘中，诗人的情感日益丰富并升华澄净。

当然，诗人笔下真实、生动而精细的风物人情和农事草木的描绘，不是物象情景的直接临摹，而是无数次想象的结果。这种想象经过了多重过滤和凝练。细读其作品，马永珍疏离家乡的情景想象，尤其是注重修辞的文学呈现，如此真切而深挚，具有了生动与简朴的双重力度。

气之动物，物之感人，优秀抒情诗人具有回归大地的天然禀赋。马永珍不是简单地"给每一条河每一座山取一个温暖的名字"（海子《面朝大海，春暖花开》），而是极为细致地呈现了"宋家洼的风"，还有"一粒麦子的念想"。可以说，诗人在用自己独特的语言为以"西海固"记名的大地、万物和生命加冕。

这也是自然主义抒情诗人的责任。在万物葱茏而悲郁的日常生活的想象渲染中，诗人用55首具象的抒情短诗塑造了"马老六的形象"。这可能是当代文学极为难得的创造和收获。黄土地上劳作的马老六，诚实，自尊，乐观，隐忍，勤劳，坚定，极具生活的包容性。这个辛劳坦然的人，难得宁静的酣睡：

三伏天的阳光开成金花万朵
小花猫叼一朵到炕上，大黑狗咬一朵在檐下

牛尾巴一甩一甩的，把几朵白云
当作玩具，赶走，又赶回来

院子刚洗完脸，羊羔子眼里的天空
寂静，老牛的反刍拴在槽上

霹雳声响，马老六仿佛睡在云彩上
呼噜声撒了一地，老婆子捡起，弹净灰尘，一一挂在墙上
（《呼噜声挂满墙了》）

马老六不多的快乐与雨水有关，与庄稼有关，与收获有关。师力斌议论说："描写马老六们的'难怅'，实际上更多的是劳动者的自得其乐、乐在其中以及独特的生命体验。牛羊与鹰驴、收割与播种、太阳与星星，这些古老而恒久的事物，其负载抒写的独特历史，在诗中焕发出新鲜的光辉"。[1] 马永珍和许多来自贫困乡村的文人作家一样，非常矜持，不可能大声叫喊自己的疼痛，还有生活的困厄。

劳动在劳动者是快乐的事。马老六们的难怅来自收获的不足和人事的牵绊。生活于宁夏南部山区的人们，大多有虔敬的信念，悲悯自我，感恩心很重。但因自然环境的影响，乡村劳苦的繁重超出了想象。

麦子、胡麻早已经成家了
糜子、荞麦也已经过门了

羊羔羔下了一圈圈

---

[1] 马永珍：《种了一坡又一坡》，北岳文艺出版社2020年版，第232页。

黑狗狗胖了一圈圈

小花猫的呼噜声挂在墙上了
红牛犊小跑进年画里去了

整整忙了一夜，马老六两口子
还没有把一绺秋风拴到牛槽上

（《想把秋风拴到牛槽上》）

此诗虽然以轻快甚至俏皮的笔调描绘了收获的庄稼和农家的小动物，给我们喜悦欢快的画面感。但"整整忙了一夜"，"还没有把一绺秋风拴到牛槽上"——不分昼夜的劳作辛苦很有力度地凸显于田园景致之上。

其实，生死超常，但人世穷困，忍辱负重，让大老爷们儿孤独悲伤：

寒冬腊月，一场北风一夜大雪
是上天赐给土地的最好礼物

田埂边、犁沟里、草垛上挤满了雪花
像兄弟紧紧依偎，像做错事的孩子

一声紧似一声，一声高过一声
马老六剧烈的咳嗽震得寒冷胸口子疼

雪花惊恐、害怕，但都很懂事，互相
捂住口鼻，却放任眼泪淌了一夜

（《雪花哭了一夜》）

什么样的"难怅"让一个男人风雪夜哭了一宿呢？这种隐忍的流

泪比放声大哭更令人揪心。"没办法啊　家如黑海/炕上的老人　上学的娃娃/槽上的乳牛　地里的指望/哪个都需要钱/天不下雨　十年九旱/十亩薄地能长出几分钱?"(《两座山说了一夜》)还有,《铲草》里不堪重负的怨恨让马老六几度欲哭,梦里想《吃西瓜》的马老六竟羞愧得泪水泗流……马老六啊马老六,重情重义,关心墒情和温饱的马老六,"他的孤寂在麦芒上旋转"。孝顺父母,拉扯儿女,"想起年轻时起早贪黑,准时准点/马老六会使劲捶打自己的愧疚/直到泪水麻木"(《老座钟》)。

旱塬缺雨水,既是"找根冰草/把一滴泪锯成两半",也改变不了生存的贫困。每当遭遇必须用钱的时候,乡野马老六们哭天无泪。生活的难怅几近残忍:

> 晚上接了一个电话
> 马老六心比夜还黑还冷
>
> 省城上大学的儿子又要钱了
> 家里实在没有拆变的了
>
> 梦里听鬼说人骨头里能打出铁来
> 而且价格非常贵,地狱里大量收购
>
> 马老六就把自己的骨头一块块取出
> 淬火,冶炼,一锤一锤地打……
>
> 　　　　　　　　(《用骨头打铁》)

家常的絮叨,没有粉饰,却有一种叙述穿透心脏的强力打击。"骨头里能打出铁来"。这不是马永珍的想象,也不是马老六的神话创造,但他亲耳听到过这种令人绝望的诅咒。"马老六就把自己的骨头一块块取出,淬火,冶炼,一锤一锤地打"。严酷生活的淬炼,犹如浴火重生。

绝望，坚韧，不屈，还有对自己的狠。这就是马老六！马老六的形象是诗人坚实的艺术创造，通过他写出了西北大地上父辈乡党们生活的全部惆怅，也写出了他们的精诚和高贵。一个生于黄土，归于黄土的马老六，与一切生命自然轮回，"重复着庄稼和自己的命运"。"轻轻地呼唤马老六的乳名"——马永珍的诗最终让超越一切苦难的灵魂回归生命的原初，只留下岁月的风骨。

"马永珍以诗为一位乡亲立传。是个人史也是乡村史，从生活各个侧面展开描述，也快速进入内心表达，外出打工谋生的，在家留守的，这些当前农村真实现状，像热爱和不舍故土的人。"① 比照马老六直面苦难的立体塑造，有关母亲言行和身体的细节写真，更令人震惊。男儿有泪不轻弹，诗人体贴、敬畏和疼爱母亲的悲伤，与几经斟酌的文字一起凝固，如无数无形的刀剑，字字句句刺疼所有天下儿女的心肠。描绘马老六，以轻快散漫的《呼噜声挂满墙了》开始，50多首诗构成其隐忍悲怆的生存交响曲，结尾是低音迂回的《轻声唤》，舒缓而悲郁。描写母亲，以疼痛开始，以疼痛结束。《一粒麦子的念想》由21首乡村抒情诗组成，清新悠扬，既是最优美的乡村牧歌，也是为母亲的出场做了些铺垫。不然，生命的承受过重，我们无法在正常的呼吸里去理解诗人对母亲悲伤的疼痛入骨的敬畏和爱。诗人礼赞"唯一女神"，直面母亲的疼痛，儿子在医院病房的手术台上看见母亲哺育"十二只羔羊"的乳房：

......

十二只羔羊　十二头牛犊

十二颗夭折或长大的心

一起缀满母爱的皱纹和艰辛

万能的主　能否告诉我

母亲的乳房总共流出了多少奶水

---

① 周所同：《从〈诗经〉到〈清平乐〉再到原州诗群》，《朔方》2020年第10期。

> 多少私密多少
> 爱
> 母亲的心里隐忍着多大的海多高的山
>
> 又一种仪器发出了狰狞的欢叫
> 让我来不及羞愧和忧伤

人间既是天堂，也是地狱。苦难让爱充满疼痛。母亲的坚韧、良善，还有无私的爱，给子女，给一个家带来福祉。诗人挚爱母亲的情感里满是刺心的疼痛，"我确实分担不了/母亲一颗豆、一粒麦子/的疼痛"。一次次目睹，一次次思念，情不自禁地发出誓愿："苍天，再借我五百年吧/我只想让母亲健康快乐地活着。"想象是过程，是疼痛的沉静，是情感的内化和发酵。在想象的反复里歌咏或者说呈现宋家洼的风物人事，多了诗人天地悲悯的沉思和回味。风吹大地，万物枯荣，而具体到"宋家洼的风"，包含诸多人事悲伤。"一粒麦子的念想"，让母亲唠叨，让父亲更加静默。"一场雪全落在父亲的头上"，"抖落满地叹息"，"于是理解了风，学会了顺从/不再和时光作对"。在马老六这个典型形象的超现实创造和母亲直面悲苦的感恩书写之间，因为敬畏，父亲的形象则相对温和平实，大而化之，与宋家洼的风一样，回荡天地间而超然自守。

当然，在马老六喜怒哀乐的想象透视中，在母亲病痛劳苦的体贴思念里，以及父亲内心情感的细致揣摩里，"既深刻体味着生活挣扎的痛楚，又时刻保持着信仰与希望"。[①] 这种抱朴守真的忍耐精神与宗教的悲悯紧密关联。哪怕是"宿命"：

> 谁也不能阻止
> 一棵草的哀愁，一棵草的铁心

[①] 马启代：《为精神寻找源头和具象》，序马永珍《种了一坡又一坡》，北岳文艺出版社2020年版。

无论怎样，我都是一粒种子
　　愿和她做伴，和她一起
　　等待从天而降的羊
　　……

万物归一，祈祷大地和星月、父母的宋家洼，是所有乡亲的宋家洼。生活于这片土地的人们具有宽恕世界的精神信念，形成直面一切苦难困厄的心灵力量。《种洋芋》讲述了一个悲剧，宣示了生死无法泯灭的爱。大地深厚，生生不息。黄土可以埋人，也长庄稼。掩埋了亲人的地里，种下洋芋，掩埋伤痛，抚慰亡灵。活着的人的念想，在于"干净的炊烟"：

　　墒情较好，十亩歇地
　　温顺又有些张扬地铺开
　　软软的，像她的小腹
　　对牛拉着犁铧，整个上午都在做
　　剖腹产手术；犁沟歪歪斜斜
　　宛如一条被风吹动的金丝线
　　把牛蹄印、喘息、胖胖的花香
　　串成项链，戴在南山顶上

　　大山空旷，寂寥无人
　　种洋芋的女人，试着
　　从胸中取出无数个声音，让所有人知道
　　洋芋种子像一条条小船，会载着她的指望
　　穿越黑暗的河水，钻出目光，生根、发芽
　　会长出墨绿色的茎叶，开满蓝色的花朵
　　还会孵化出一窝窝金蛋蛋、银蛋蛋

　　这时，她又看了看眼前的新坟

白花花的，仿佛她的乳房
　　饱满，还富有弹性
　　半个月前，她和众人一起
　　把她四十五岁的男人种在了那里
　　也像个洋芋，但不会发芽、开花

　　又想到儿子，也出去打工去了
　　去的地方她也很熟悉
　　——就是男人从脚手架上掉下来的那家
　　建筑工地

　　阳光丝绸一般，从坡上流到
　　坡底，家家户户的水窖都灌满了
　　炊烟都很干净

（《种洋芋》）

　　以乐景写哀情，至为悲痛的宽恕里深藏着生命的感恩信念。记主赞圣，归于真一的祈祷，带给人情感的节制和心灵自觉，还有宽恕世界的教义，"虔诚得像一枚钉子／永远钉在光影的／背面"。《种洋芋》具有生活质感的悲郁书写，没有泪水，却感人至深。这种哀乐不形于色的矜持和内敛，显示了恪守信仰的精神力量。犹如石舒清的小说："乡土描写的细致中能够最为真挚地关怀回族人的内心生活，尤其是有着纯洁信仰的回族女子，在节制的精神品行中写出人性的善良、亲切和美好。"[1]

　　悲欣交集，马永珍诗意想象的故乡无法回避生存的苦难，但生命的本真与信仰的高贵同在。因此，"回家偶书"，疼痛里渴望阳光的抚慰，"如果愿意　放飞无比辽阔的忧伤"。以清新、简洁、生动的短诗描绘宋家洼的庄稼、风物和独特生活，应该得到肯定，而《种了一坡又一

---

[1] 李生滨：《雕虫问学集》，宁夏人民出版社2007年版，第362页。

坡》的深挚情思在马老六，在母亲，在"放羊的女人"。毋庸讳言，综合诸般优美情感而"旧瓶装新酒"的得意之作，是上引这首《回乡（家）偶书》。与古典诗人的感伤不一样，这是一个现代人往返于故乡和寄居地的情景想象，渲染了诗意。快乐的乡村诗人眼里一切事物皆可微笑，既是忧伤的也是辽阔的。质实的箴言和抒情的比兴之间，生动的画面和人物自我在想象的荧屏上魔幻显现。比兴手法是中国从诗经就已经发扬光大的艺术手法，更是中国民间歌谣和西北民歌的惯用手法，这也是马永珍诗歌诗意盎然和具有艺术感染力的法宝之一。现代诗与语言实验的艺术探索，在马永珍既是自觉的认同，也不失语文教师注重规范的矜持。极为重要的，马永珍在诗歌语言锤炼中，尤其注重形象与生动、错落与整齐、简洁与繁复之美的多元把握。

语言即风格。一个作家或诗人的风格，主要是语言的个性化。马永珍之所以获得评论者和读者的亲切认可，关键是其独特的语言及语言的排列组合。当然，比兴、拟人和想象的艺术手法，与其语言的紧密关系，进一步强化了其语言表意抒情的个性化风格。如《萧关》：

> 多年的愿望得以实现。今天我终于扼住了
> 北中国的喉咙。陕甘宁除了不停地咳嗽
> 还是咳嗽，许多帝王将相纷纷浮出水面
>
> 虽然卑微，凡夫俗子自有做人的法则：
> 美人、五谷庄稼不论多少都可以通过
> 唯刀枪的族谱、列队的蚂蚁一律不能放行

梦境与魂魄，怀古与恋乡，"行走的衣裳"具有了隐喻象征的意味。这首诗总体的形式整饬。且匠心独造，以语言排列成门户的通道和关隘的具象。与整饬的形式营造相反，具体叙述的语言却干净利落，从容自由。"许多帝王将相纷纷浮出水面"，借助语言的想象别开生面。"扼住了/北中国的喉咙""唯刀枪的族谱""列队的蚂蚁"等拟人与比

喻，准确而形象。语不惊人死不休，马永珍现代乡土诗的语言琢磨，与古典诗词一样，追求汉语的暗示性、形象性及内涵的意义张力。

生活中的诗人比较内敛低调，但怀古的豪气却也偶露峥嵘。《萧关》怀古，"我"与萧关重合，"虽然卑微"，"我"自有做人的法则："美人、五谷庄稼不论多少都可以通过／唯刀枪的族谱、列队的蚂蚁一律不能放行。"《秦长城》里，诗人对着世界放言："冰草的善良扎破了谎言，狼毒花开满天宇／如果你真重情重义，看我羊膻味的诗句能否下酒。"同时，从《萧关》还有《秦长城》等作品可以看出，诗人还具有深厚的历史情怀和平民思想，包括人类向往和平与安宁的美好思想。

审美的艺术创作需要悲悯的心胸和自我的反思。诗人看似"忠实、平静地记录"，没有抱朴守真的精神情志追求，没有背井离乡的漂泊体验，乡村风物和地方经验不可能如此生动、鲜活、温暖地呈现，包括辛苦而快乐的劳作。直面乡村的过往和日常生活，诗人真诚情意的朴素描写，也不仅仅是注重语言而打磨出诗的光芒。从我个人的阅读体会而言，日常与生活情境的想象描绘里，极为深刻地蕴含了民族信仰最宝贵的精神理念，因而亲戚乡党的生活、苦乐、病痛自然深深触及诗人内心的情感之腺，这使疏离与回望之间的大地想象和故乡景象自然氤氲苦涩而深挚的诗意。但诗人承受生活的隐忍，还有对亲人的爱，变成乐观的精神力量。宋家洼给了诗人精神和情感的教养，诗人才能无畏地游走于他乡。诗人在《后记》里坦言："那一年，我长大了！才懂得割麦子是快乐的，愉悦的，与痛苦没有一点儿血缘关系。描写劳动不是文人墨客的专利，而是一个农民的儿子发自肺腑的赞歌，也是一个游子对故乡深深眷恋的倾诉。"因此，在苦涩艰难的乡村生活劳作中，诗人却能捕捉西海固人们精神的喜悦，包括精神的清洁。典型如《麦场上》：

> 弟弟开着拖拉机一圈一圈地碾着
> 麦子，好像一次又一次地试穿
> 这黄金剪裁的衣服，很合身

父亲笑眯眯的，拄着木锨

手心里攥出了蜜

母亲拿着扫帚，劝阻有些麦粒

不要乘机跑远，或者把淘气的孩子

哄回家中

阳光大片大片地落下来

厚厚的一层

仿佛新麦一样醇香

  一种勤劳的清洁精神照亮了诗人作品内里的情感，包括外在的语言。《麦场上》至为简洁，生动如画，劳作和收获的喜悦，犹如汗水洗过，不存污垢，尽显乡村生活的淳朴喜乐。这正如阿奎那在《神学大全》所言："只有人才能从可感知的事物中欣赏美的本身。""人被赋予感觉，不仅如其他动物可以获取生活所需，而且也可以有助于知识本身。其他动物对于感觉对象，除了有关食物或性欲之外，便无所谓爱好，唯有人能够欣赏事物本身所具的美。"① 宋家洼之所以能够成为马永珍的文学故乡，既有诗人善念认同的自然主义感知，也有情感体验的超现实主义想象。

  自然主义的感知与超现实主义的想象之间，必然是诗人主体情感的过滤、凝练和升华。虚与实，是辩证的统一。远处的宋家洼更多是诗人想象中的宋家洼，是虚的。但这"虚"的想象中的一切却如此真切。我们忍不住说，马永珍的诗是自然主义的书写。身居城市是诗人更为现实的生活，是实的。但这"实"的感官中的一切却是"寡淡"，反而缺乏一种生命力灌注的朴实感受。我试图进入诗人的视角或者说内宇宙去体会，马永珍在京都生活的时时刻刻，怎样刻骨铭心地回望怀想家乡和亲人。如此真切、清晰和生动，这种刻骨铭心的回望想象甚而会灼伤自己。精神的喜悦来自诗人超越伤痛的审美升华，不是遮蔽和掩饰。马永

---

① 转引自王文生《中国文学思想体系》（上），上海古籍出版社2017年版，第26页。

珍的诗，语言清亮、朴实，情感深挚、悲郁，敬畏土地和故乡，作品深层蕴含虔敬和隐忍的精神力量。

当代乡土文学的美学积累离不开坚守者的耕耘，更需要背井离乡者的深情回眸。本真的精神信念让诗人在西部乡村和京城寄居地之间的情感具有了善良虔敬的内涵。空间疏离的审美距离，与不断回望的沉淀，逐步深化了诗人的日常情感，也通达了人情物理的悲辛荣辱。二十多年积累完成的《种了一坡又一坡》，在诗意想象中过滤岁月的沧桑，沉淀非理性的迷茫，超越地域和宿命。从而抵达大地生存的本真。从具体的文本细读的艺术特色而言，马永珍的诗形成了质朴与蕴藉统一，简洁与深挚并美，悲郁与喜悦交融的艺术特色。"诗的语言是一种建构性的语言，它通过发音、词汇、结构等方面的特殊的技巧使对象'陌生化'，故意以复杂的形式来增加感知的难度，将读者的注意力引向诗歌自身，而将艺术所涉及的现实置于次要地位。"① 出入于民间和古典，借鉴中西，马永珍体会到诗歌的真味，在疏离故乡的精神回望中锤炼词语，琢磨艺术技巧，打磨每一首诗自然而别具一格的形式。看似天然去雕饰，清水出芙蓉，其实匠心独运，情思澄净，本真的精神信念呈现为诗意的乡土观照和艺术创造。

乡土怀想与先锋性，与日常纪事，是打破了一切地理空间的现代性共谋，已不再是居住地的理想放飞，而是当下生活焦虑的诗意反抗。当然，这些年轻诗人虽然向往恬淡美好的艺术心境，但也并非不食人间烟火，仍不乏大爱之情，他们通过乡村乡野人情世故之抒写，相当开阔豁达地表达了跨世纪后乡土时代的乡村伦理和宗族亲情，"以及华夏民族文化的精神面貌"。② 家园的日常纪事和民族的精神书写，不仅是审美的文化认同，更是诗人情志深层的家国认同，沟通了华夏几千年文化书写的历史传统，丰富了当代诗歌地域风情的多样呈现。

---

① 张卫东：《论汉语的诗性》，商务印书馆2013年版，第33—34页。
② 荆竹：《宁夏诗人人格摭论——〈宁夏诗歌史〉序》，《荆竹文艺论评选》，宁夏人民出版社2017年版，第167页。

附录　诗歌作品（集）目录长编

毛泽东：

《七律·长征》作于1935年9月下旬，10月定稿。1957年1月《诗刊》创刊号发表。1963年12月人民文学出版社出版《毛主席诗词》，共37首，包括《七律·长征》。

《清平乐·六盘山》作于1935年10月，1942年8月1日以《长征谣》之名在《淮海报》副刊上全文刊登。毛泽东先后8次修改，定稿为《清平乐·六盘山》，1949年8月1日，上海《解放日报》公开发表。1957年1月《诗刊》创刊号发表。人民文学出版社1963年12月版《毛主席诗词》，包括《清平乐·六盘山》。

《沁园春·雪》作于1936年2月。1945年10月，毛泽东在重庆把这首词书赠柳亚子先生，11月14日重庆《新民报晚刊》传抄发表。1957年1月《诗刊》创刊号发表。人民文学出版社1963年12月版《毛主席诗词》，包括《沁园春·雪》。

董必武：

《董必武副主席朔方行诗稿》，旧体诗集，宁夏回族自治区文学艺术工作者联合会编印，1964年，5（区图）。

1957年

《大风歌》，张贤亮著，1957年7月号《延河》；收入《张贤亮选集（一）》，高嵩编选，百花文艺出版社1984年版，12（区图）。

《银川曲》，李季、姚以壮、朱红兵著，通俗文艺出版社1957年版，8（区图）。

1968年

《飘香的沙枣花》，本社编，宁夏人民出版社1968年版（区图）。

1973年

《塞上新歌》，诗歌合集，本社编，宁夏人民出版社1973年版，4（区图）。

1974年

《彩霞万朵》，诗集，宁夏人民出版社1974年版，8（区图）。

1978年

《光辉永照宁夏川——宁夏回族自治区成立二十周年诗歌选》，诗集，宁夏人民出版社1978年版，7（区图）。

《山丹又红了》，诗集，刘国尧著，宁夏人民出版社1978年版（区图）。

《塞上战歌》，诗集，宁夏军区政治部编，宁夏人民出版社1978年版，9（区图）。

《塞上山水》，诗集，吴淮生著，宁夏人民出版社1979年版，9（郑）。

《塞上春潮》，诗集，肖川著，宁夏人民出版社1978年版，10（区图）。

1981年

《路漫漫》，诗集，高深著，宁夏人民出版社1981年版，9（藏）。

1983年

《沙原牧歌》，长篇叙事诗，朱红兵著，宁夏人民出版社1983年版，（区图）。

1984 年

《阿依舍》，诗集，杨少青著，宁夏人民出版社 1984 年版，7（区图）。

《万弦琴》，诗集，郑成义著，宁夏人民出版社 1984 年版，9（区图）。

1985 年

《银杏树》，诗集，罗飞著，宁夏人民出版社 1985 年版，4（藏）。

1986 年

《中国当代西部新诗选》，孙克恒编选，甘肃人民出版社 1986 年版，2（藏）。

1988 年

《塞上龙吟》，旧体诗集，秦克温、杨克兴主编，宁夏人民出版社 1988 年版，8（区图）。

《回族民间叙述诗集》，李树江主编，宁夏人民出版社 1988 年版，9（区图）。

《爱与人生》，诗集，屈文焜著，宁夏人民出版社 1988 年版，9（区图）。

1989 年

《诗歌集》，银川文学丛书编委会编，宁夏人民出版社 1989 年版，1（区图）。

《爱河？恨河？》，诗集，马钰著，宁夏人民出版社 1989 年版，5（高）。

《爱的旋律》，诗集，刘国尧著，宁夏人民出版社 1989 年版，8（藏）。

《飘香的黄土》，诗集，秦中吟著，宁夏人民出版社 1989 年版，9（郑）。

1990 年

《何新南歌词集》，诗集，何新南著，中国音乐家协会宁夏分会

《民族之歌》编辑部1990年版，10（高）。

《黑火炬》，诗集，肖川著，宁夏人民出版社1990年版，11（郑）。

1991年

《喷泉》，诗集，万里鹏著，宁夏人民出版社1991年版，6（区图）。

《丝路清韵》，旧体诗集，孙鸿书主编，宁夏人民出版社1991年版，8（区图）。

《夏风》，旧体诗集，宁夏诗词学会编，宁夏人民出版社1991年版，9（区图）。

《漂泊的云》，诗集，吴淮生著，宁夏人民出版社1991年版，10（郑）。

《海恋》，诗集，贾长厚著，宁夏人民出版社1991年版，12（高）。

《红月亮》，诗集，王庆著，宁夏人民出版社1991年版，12（藏）。

1992年

《国尧诗选》，诗集，刘国尧著，中华文化出版社1992年版，（高）。

《西部和她正年轻》，诗集，杨云才著，四川民族出版社1992年版，4（高）。

《新月·朝霞》，诗集，马乐群著，宁夏人民出版社1992年版，8（高）。

《北国草》，诗集，贾羽著，宁夏人民出版社1992年版，8（藏）。

《春花秋叶》，诗集，陈幼京著，宁夏人民出版社1992年版，11（区图）。

1993年

《年轻的太阳谷》，诗集，葛林著，宁夏人民出版社1993年版，1（高）。

《新月恋》，诗集，何克俭著，宁夏人民出版社1993年版，2（区图）。

《维纳斯星座》，散文诗集，刘岳华著，宁夏人民出版社1993年版，2（区图）。

《野风》，诗集，邱新荣著，天马图书有限公司1993年版，4（藏）。

《野烟》，诗集，虎西山著，天马图书有限公司1993年版，4（藏）。

《春的履历》，散文诗集，张铎著，天马图书有限公司1993年版，5（高）。

《远草》，诗集，戴凌云著，天马图书有限公司1993年版，5（区图）。

《旅程》，诗集，白军胜著，天马图书有限公司1993年版，5（藏）。

《遥远的岸》，诗集，张嵩著，天马图书有限公司1993年版，5（藏）。

《横笛》，诗集，毛菁文著，宁夏人民出版社1993年版，6（区图）。

《梦是唯一的行李》，诗集，杨森君著，天马图书有限公司1993年版，7（藏）。

《古峡涛声》，散文诗集，戴文烈著，宁夏人民出版社1993年版，8（区图）。

《朔方吟草》，旧体诗集，秦中吟著，宁夏人民出版社1993年版，9（区图）。

《九曲黄河梦》，诗集，马钰著，宁夏人民出版社1993年版，9（区图）。

《寂旅》，诗集，王景韩著，宁夏人民出版社1993年版，11（藏）。

1994 年

《感情世界》，散文诗集，屈文焜著，宁夏人民出版社1994年版，1（高）。

《边地乐舞》，诗集，屈文焜著，宁夏人民出版社1994年版，8（高）。

《大西北放歌》，诗集，杨少青著，宁夏人民出版社1994年版，8（区图）。

《人生谁不老》，诗集，张涧著，宁夏作家协会1994年版，8（高）。

《新声旧调集》，诗集，吴淮生著，内蒙古少年儿童出版社1994年版，8（藏）。

《当代诗人咏宁夏》，旧体诗集，秦中吟主编，宁夏人民出版社1994年版，9（区图）。

《冰船》，诗集，马钰著，内蒙古少年儿童出版社1994年版，10（高）。

1995 年

《期待你的风景》，诗集，白军胜著，陕西旅游出版社 1995 年版，（藏）。

1996 年

《秦中吟抒情诗选》，诗集，秦中吟著，中国华侨出版社 1996 年版，5（藏）。

1997 年

《沙坡头今古诗词选》，旧体诗集，秦克温、杨兆兴主编，中国华侨出版社 1997 年版，6（区图）。

1998 年

《心灵的独白》，诗集，陆占洪著，宁夏人民出版社 1998 年版，4（区图）。

《中华当代边塞诗词精选》，秦中吟主编，宁夏人民出版社 1998 年版，5（区图）。

《夕霞散歌》，散文诗集，杨克兴著，宁夏人民出版社 1998 年版，8（区图）。

《绿地》，诗集，姚欣则著，宁夏人民出版社 1998 年版，9（区图）。

《乡情·友谊》，诗集，民冰著，宁夏人民出版社 1998 年版，10（藏）。

1999 年

《红石竹花》，诗集，罗飞著，宁夏人民出版社 1999 年版，3（区图）。

《宁夏文学作品精选》，诗歌卷，王邦秀主编，宁夏人民出版社 1999 年版，11（藏）。

《西海固文学丛书》，诗歌卷，李克强主编，宁夏人民出版社 1999 年版，11（藏）。

《红牡丹》，诗集，高琨著，宁夏人民出版社 1999 年版，11（藏）。

《叶子的低落》，散文诗集，禹红霞著，宁夏人民出版社 1999 年版，12（藏）。

《石嘴山文学作品选·诗歌卷》，张进海主编，中国文联出版社1999年版，12（藏）。

《叶子低语》，散文诗集，禹红霞著，宁夏人民出版社1999年版，12（区图）。

《风起之源》，诗集，贾羽著，天马图书有限公司1999年版，12（高）。

2000年

《绿野春秋》，诗集，崔永庆著，宁夏人民出版社2000年版，6（区图）。

《鱼尾纹》，诗集，伊农著，作家出版社2000年版，7（藏）。

《立体的船舶》，诗集，贾羽著，宁夏人民出版社2000年版，9（高）。

2001年

《山风诗梦》，诗集（含古体诗），刘华著，宁夏人民出版社2001年版，1（区图）。

《腾格里之南的幻想》，诗集，唐荣尧著，春风文艺出版社2001年版，4（区图）。

《丁毅民诗词选集》，诗词集，丁毅民著，宁夏人民出版社2001年版，8（区图）。

《沙湖之歌》，旧体诗集，王文华著，宁夏人民出版社2001年版，9（区图）。

《秋叶篇》，旧体诗集，苑仲淑著，世界知识出版社2001年版，11（区图）。

《伴你走河湾》，诗集，梁锋著，宁夏人民出版社2001年版，12（区图）。

2002年

《岚溪吟草》，旧体诗集，王文华著，宁夏人民出版社2002年版，6

（区图）。

《大柳树恋歌》，旧体诗集，董家林著，宁夏人民出版社2002年版，12（区图）。

2003年

《韵语编年》，旧体诗集，杨森翔著，吴忠日报社2003年版，1（高）。

《紫寒驼铃》，旧体诗集，王其桢著，天马图书有限公司2003年版，7（区图）。

《晚清室吟草》，旧体诗集，张程九著，宁夏人民出版社2003年版，7（区图）。

《岁月河》，旧体诗集，李劲松著，宁夏人民出版社2003年版，7（高）。

《原州历代诗文选》，刘长青主编，宁夏人民出版社2003年版，9（区图）。

《风筝鸟》，诗集，范一风著，宁夏人民出版社2003年版，10（区图）。

《中国西部开发诗词大典》，旧体诗集，宁夏诗词学会秦中吟主编，中国文联化出版社2003年版，12（区图）。

2004年

《心声集二集》，旧体诗集，贾朴堂著，天马图书有限公司2004年版，5（区图）。

《骨箫》，诗文集，左侧统著，宁夏人民出版社2004年版，6（区图）。

《祖历河谷的风》，诗集，梦也著，宁夏人民出版社2004年版，8（藏）。

《平罗古今诗词选》，旧体诗集，任登全主编，宁夏人民出版社2004年版，8（藏）。

《爱心集》，诗集，赵乾著，宁夏人民出版社2004年版，9（区图）。

《雕龙吟》，旧体诗集，赵稳和著，中国文化出版社2004年版，12（区图）。

《窗外有雨》，旧体诗集，田间著，宁夏人民出版社2004年版，12

（区图）。

2005 年

《西夏诗话》，旧体诗集，徐建荣著，作家出版社 2005 年版，1（区图）。

《大地行吟》，旧体诗集，马启智著，宁夏人民出版社 2005 年版，1（区图）。

《上色的草图》，诗集，杨森君著，重庆出版社 2005 年版，1（藏）。

《薛刚的诗》，诗集，薛刚著，宁夏人民出版社 2005 年版，5（区图）。

《秋风》，旧体诗集，杜桂林著，宁夏人民出版社 2005 年版，8（区图）。

《绿旗》，诗集，泾河著，贵州人民出版社 2005 年版，9（藏）。

《秋韵》，旧体诗集，杨石英著，贵州人民出版社 2005 年版，9（区图）。

《忘忧草》，诗集，任然著，宁夏人民出版社 2005 年版，9（区图）。

《若水诗选》，诗集，许乐江著，诗联文化出版社有限公司 2005 年版，9（高）。

《卉放心声》，旧体诗集，王福昌著，银河出版社 2005 年版，10（区图）。

《文笔天怀：韩东诗文选》，诗文集，韩东著，宁夏人民出版社 2005 年版，11（区图）。

2006 年

《回眸》，诗文集，刘和芳著，宁夏人民出版社 2006 年版，1（藏）。

《绿牡丹》诗集，高琨著，宁夏人民出版社 2006 年版，3（藏）。

《绿岛拾翠》，旧体诗集，王风著，中国文化出版社 2006 年版，5（区图）。

《宁夏青年作家作品精选》，诗歌卷，杨继国主编，宁夏人民出版社 2006 年版，6（藏）。

《湖海诗情录》，旧体诗集，彭锡瑞、胡清荷著，中国文化出版社2006年版，7（区图）。

《秋悦平畴》，旧体诗集，崔永庆著，中国文化出版社2006年版，7（区图）。

《平仄人生》，旧体诗集，崔正陵著，中国文化出版社2006年版，8（区图）。

《冰白诗词选集》，旧体诗集，张苏黎著，作家出版社2006年版，9（区图）。

《背后的村庄》，散文诗集，周鸣著，宁夏人民出版社2006年版，9（郑）。

《大西北放歌——杨少青新花儿作品集》，诗集，杨少青著，宁夏人民出版社2006年版，10（区图）。

《西夏史诗》，长诗，杨梓著，文化艺术出版社2006年版，10（藏）。

《李震杰诗文选》，李震杰著，宁夏人民出版社2006年版，10（高）。

《与花对语》，诗集，姚海燕著，时代文艺出版社2006年版，11（藏）。

2007 年

《剑如虹》，旧体诗集，刘剑虹著，中国文化出版社2007年版，3（区图）。

《对面是一把空椅子》，诗集，李壮萍著，南方日报出版社2007年版，4（藏）。

《世上》，诗集，刘岳著，南方日报出版社2007年版，4（藏）。

《塞上清风》，旧体与新诗诗集，首届"塞上清风"廉政诗词大赛获奖作品集，秦中吟主编，中国文化出版社2007年版，4（区图）。

《晓农诗选》，旧体诗集，王晓农著，宁夏人民出版社2007年版，5（区图）。

《我被我的眼睛带坏》，诗集，郭文斌著，宁夏人民出版社2007年版，5（藏）。

《不是风，是我》，诗集，马万俊著，海风出版社2007年版，7（藏）。

《夕阳讴歌》，诗集，严宗正著，宁夏人民出版社2007年版，9（区图）。

《桃花一笑》，散文诗集，岳昌鸿著，宁夏人民出版社2007年版，9（藏）。

《雪晴塞上》，诗集，韩长征著，宁夏人民出版社2007年版，10（区图）。

《岁月的划痕》，诗集，民冰著，宁夏人民出版社2007年版，10（藏）。

2008年

《流苏集》，旧体诗集，崔永庆著，华夏出版社2008年版，1（区图）。

《嘿！我还活着》，诗歌集，唐晴著，宁夏人民出版社2008年版，1（藏）。

《零度梦想》，诗文集，王作红著，宁夏人民出版社2008年版，1（藏）。

《不止于孤独》，诗集，林一木著，宁夏人民出版社2008年版，2（区图）。

《白军胜诗集》，诗集，白军胜著，宁夏人民出版社2008年版，2（藏）。

《喊疼的风》，诗集，米雍衷著，宁夏人民出版社2008年版，2（区图）。

《海燕之声》，诗文集，刘海燕著，宁夏人民出版社2008年版，5（区图）。

《警察之歌》，诗集，钱守桐著，宁夏人民出版社2008年版，5（藏）。

《蓝梦集》，旧体诗集，何敬才著，宁夏人民出版社2008年版，6（区图）。

《文学泾源·散文诗歌卷》（泾水文化丛书），中共泾源县委宣传部编，宁夏人民出版社2008年版，8（区图）。

《五颂宁夏》，旧体诗集，李东东著，宁夏人民出版社、江苏文艺出版社2008年版，9（区图）。

《里尔克的公园》，诗集，阿尔著，宁夏人民出版社2008年版，8（区图）。

《在路上》，诗集，谢瑞著，宁夏人民出版社2008年版，8（区图）。

《宁夏文学精品丛书·诗歌卷》，诗歌集，杨春光主编，宁夏人民出版社2008年版，9（藏）。

《大地深处的回响》，诗集，张记著，宁夏人民出版社2008年版，9（区图）。

《岁月的情结》，诗集，薛建民著，宁夏人民出版社2008年版，9（区图）。

《灵州吟韵》，旧体诗集，马威虎主编，宁夏人民出版社2008年版，10（区图）。

《穿行的树根》，诗集，权锦虎著，中国文史出版社2008年版，10（藏）。

《途中的花园》，诗集，张立著，太白文艺出版社2008年版，10（区图）。

《履痕吟草》，旧体诗集，海军著，宁夏人民出版社2008年版，11（区图）。

《临风的泥香》，诗文集，段怀颖主编，宁夏人民出版社2008年版，12（藏）。

2009 年

《攀登兰山》，旧体诗集，秦中吟著，作家出版社2009年版，1（藏）。

《寂寞的守望》，诗集，秦发生著，宁夏人民出版2009年版，3（区图）。

《云霞韵语》，旧体诗集，闫云霞著，作家出版社2009年版，5（区图）。

《中华诗词文库·宁夏诗词卷》，旧体诗集，秦中吟主编（中华诗词学会图书编著中心总编），中国文联出版社2009年版，5（区图）。

《黄河浪花》，诗集，秦中吟著，作家出版社2009年版，6（区图）。

《雕琢时光》，诗集，徐忠杰著，吉林文史出版社2009年版，8（藏）。

《花雨：唱给共和国的抒情诗》，诗集，雷抒雁著，宁夏人民出版社2009年版，9（区图）。

《半个城》，诗集，马占祥著，宁夏人民出版社2009年版，9（藏）。

《形体》，诗集，刘岳著，中国戏剧出版社2009年版，9（藏）。

《闪电中的花园》，诗集，杨建虎著，宁夏人民出版社2009年版，10（藏）。

《平罗新咏》，旧体诗集，任登全主编，中国文学出版社2009年版，11（藏）。

《风吹西海固》，诗集，王怀凌著，太白文艺出版社2009年版，12（藏）。

《诗话爱伊河》，旧体诗集，王正良著，宁夏人民出版社2009年版，12（区图）。

《六盘山花儿集锦》，花儿歌词集，马国财编著，宁夏人民出版社2009年版，12（藏）。

2010年

《屈文焜诗选》，诗集，屈文焜著，宁夏人民出版社2010年版，3（区图）。

《这山那水》，旧体诗集，田间著，阳光出版社2010年版，4（区图）。

《履痕韵语》，旧体诗集，邓万著，宁夏人民出版社2010年版，5（区图）。

《野山竹》，诗集，马晓麟著，宁夏人民出版社2010年版，5（藏）。

《沁石雨》，诗集，冯海泉著，宁夏人民出版社2010年版，6（区图）。

《黄河风辞》，旧体诗集，杨玉经主编，宁夏人民出版社2010年版，7（区图）。

《诗意大地》，诗集，冯雄著，宁夏人民出版社2010年版，7（藏）。

《塞上放歌》，诗集，薛刚著，宁夏人民出版社2010年版，8（区图）。

《大地歌吟》，旧体诗集，马启智著，作家出版社2010年版，8（区图）。

《风老青铜》，诗集，邱新荣著，宁夏人民出版社2010年版，8

（区图）。

《风之狩历》，诗集，邱新荣著，宁夏人民出版社2010年版，8（区图）。

《风漾摇篮》，诗集，邱新荣著，宁夏人民出版社2010年版，8（区图）。

《石嘴山市文学作品集·诗文卷》，陈勇主编，阳光出版社2010年版，9（区图）。

《寂寞深处的风景》，诗集，张虎强著，宁夏人民出版社2010年版，11（区图）。

《银川的歌——杨波诗集》，诗集，杨波著，宁夏人民出版社2010年版，12（区图）。

《清晨集》，诗集，张联著，南方出版社2010年版，12（藏）。

2011年

《风的泪》，诗集，咸国平著，沈阳出版社2011年版，1（藏）。

《杨柳依依》，旧体诗集，杜晓明著，宁夏人民出版社2011年版，3（藏）。

《大风歌》，旧体诗集，申宝峰著，宁夏人民出版社2011年版，3（区图）。

《足迹的追忆》，旧体诗集，王克忠著，宁夏人民出版社2011年版，3（区图）。

《春色秋光》，旧体诗集，项宗西著，宁夏人民出版社2011年版，4（区图）。

《地面》，诗集，红旗著，宁夏人民出版社2011年版，4（区图）。

《风弄云烟》，诗集，邱新荣著，宁夏人民出版社2011年版，8（藏）。

《风之舞》，诗集，邱新荣著，宁夏人民出版社2011年版，8（藏）。

《风之野》，诗集，邱新荣著，宁夏人民出版社2011年版，8（藏）。

《风之鼓》，诗集，邱新荣著，宁夏人民出版社2011年版，8（藏）。

《一壶夕阳》，诗集，周彦虎著，宁夏人民出版社2011年版，9（藏）。

《河是水的衣裳》，诗集，李耀斌著，宁夏人民出版社2011年版，9（藏）。

《背负闲云》，诗集，王佐红著，宁夏阳光出版社2001年版，10（藏）。

《王言君诗词选》，旧体诗集，王言君著，白山出版社2011年版，10（藏）。

《安放倒影的湖泊——灵武现代诗选》，杨森君编选，中国文联出版社2011年版，10（高）。

《时光里的寂静》，诗集，段怀颖著，宁夏人民教育出版社2011年版，11（藏）。

《雪之魂》，诗集，雪儿（聂秀霞）、愚聪著，团结出版社2011年版，11（藏）。

《大地行走》，诗集，单永珍著，宁夏人民出版社2011年版，12（藏）。

《山泉诗文集》，文必武著，陕西旅游出版社2011年版，12（藏）。

2012年

《牛文杰诗选》，旧体诗集，牛文杰著，宁夏人民教育出版社2012年版，（区图）。

《雪泥集》，旧体诗集，崔永庆著，阳光出版社2012年版，3（区图）。

《六盘星雨：郭生有诗文集》，郭生有著，宁夏人民出版社2012年版，3（区图）。

《银川史记》，诗集，阿尔著，阳光出版社2012年版，4（藏）。

《午后的镜子》，诗集，杨森君著，宁夏人民出版社2012年版，4（藏）。

《骊歌十二行》，诗集，杨梓著，宁夏人民出版社2012年版，4（藏）。

《大豆开花》，诗集，梦也著，宁夏人民出版社2012年版，4（藏）。

《开花的手指》，诗集，胡琴著，宁夏人民出版社2012年版，4（藏）。

《虚拟的九十九个夜晚》，诗集，刘学军著，阳光出版2012年版，4（藏）。

《放在能看见的地方》，诗集，李壮萍著，青海人民出版社2012年版，5（藏）。

《凤舞长空》，诗集，邱新荣著，宁夏人民出版社2012年版，5（藏）。

《风之烈》，诗集，邱新荣著，宁夏人民出版社2012年版，5（藏）。

《风之旗》，诗集，邱新荣著，宁夏人民出版社2012年版，5（藏）。

《风之情》，诗集，邱新荣著，宁夏人民出版社2012年版，5（藏）。

《史·诗》，诗集，邱新荣著，宁夏人民出版社2012年版，6（藏）。

《当我再次比喻月亮》，诗集，刘乐牛著，中国戏剧出版社2012年版，7（藏）。

《知青日记及后记 水·魅》，诗集，骆英著，人民文学出版社2012年版，8（藏）。

《杨波咏银川》，诗集，杨波著，宁夏人民出版社2012年版，8（区图）。

《凤城飞歌——杨波诗词选》，旧体诗集，杨波著，宁夏人民出版社2012年版，8（区图）。

《马兰花儿开：2011年宁夏童谣诗歌作品选》，儿歌集，李克强主编，宁夏人民教育出版社2012年版，9（区图）。

《灵之鸽》，诗集，雪儿（聂秀霞）著，中国文联出版社2012年版，11（藏）。

《纯棉》，诗集，查文瑾著，长江文艺出版社2012年版，12（藏）。

《冰夜》，诗集，王博著，南方出版社2012年版，12（藏）。

《平罗新景观诗词选》，旧体诗集，任登全主编，中国文化出版社2012年版，12（藏）。

《山河集》，旧体诗集，刘天荣著，中国文化出版社2012年版，12（藏）。

2013年

《香山情恋》，诗集，俞学军著，宁夏人民教育出版社2013年版，1（区图）。

《尘封的岁月》，诗集，余仁著，中国文化出版社2013年版，1（区图）。

《沙坡头咏怀》，诗集，闫云霞著，宁夏人民出版社2013年版，1

（区图）。

《得一斋吟草》，旧体诗集，张武著，阳光出版社2013年版，1（区图）。

《霁月清风集》，旧体诗集，项宗西著，宁夏人民出版社、中华书局2013年版，2（区图）。

《远夜遥唱》，诗集，刘敬东著，中国国际文化出版社2013年版，3（藏）。

《激情岁月》，诗文集，杨中其著，宁夏人民出版社2013年版，5（区图）。

《守望五千年的魂》，诗歌卷，王海荣主编，宁夏人民出版社2013年版，7（区图）。

《守望五千年的魂》，旧体诗词卷，王海荣主编，宁夏人民出版社2013年版，7（区图）。

《塞苑流韵》，旧体诗集，刘剑虹著，阳光出版社2013年版，8（区图）。

《树的呓语》，诗集，杨春礼著，阳光出版社2013年版，8（藏）。

《时光的侧面》，诗集，钱守桐著，宁夏人民出版社2013年版，10（藏）。

《青山集续》，旧体诗集，沙俊清著，团结出版社2013年版，10（藏）。

2014年

《春泥集》，旧体诗集，张进海著，宁夏人民出版社2014年版，1（区图）。

《幸福生活》，诗集，林混著，重庆大学出版社2014年版，1（藏）。

《三地书》，诗集，张铎著，阳光出版社2014年版，2（藏）。

《经年的时光》，诗集，王武军著，阳光出版社2014年版，2（藏）。

《中国梦　黄河情　宁夏美：中国·宁夏黄河金岸诗词赋联大赛暨第二届黄河金岸诗歌节作品集》，诗词集，蔡国英主编，阳光出版社2014年版，3（区图）。

《北坡堂存稿》，诗文集，李成福著，中国方志出版社2014年版，

4（藏）。

《肖川诗选》，诗集，肖川著，阳光出版社2014年版，5（藏）。

《爱情是故乡》，诗集，张记著，中国文联出版社2014年版，5（藏）。

《十八岁的诗瑶》，诗集，徐学文著，阳光出版社2014年版，7（区图）。

《旷野集》，诗集，顾荣著，阳光出版社2014年版，7（区图）。

《特立迎风》，诗集，刘京著，阳光出版社2014年版，7（藏）。

《名不虚传》，诗集，杨森君著，宁夏人民出版社2014年版，7（藏）。

《零件——杨森君日记体博客随笔》（现代诗话），杨森君著，阳光出版社2014年版，7（藏）。

《未了情》，诗集，董家林著，宁夏人民教育出版社2014年版，8（版博）。

《两山集》，诗集，丁文庆著，民族出版社2014年版，8（藏）。

《萤火星光》，诗集，张怀玉著，宁夏人民出版社2014年版，9（藏）。

《侧面》，诗集，郭静著，宁夏人民出版社2014年版，10（藏）。

《远处的山》，诗集，虎西山著，宁夏人民出版社2014年版，10（藏）。

《蛮触斋诗选》，旧体诗集，袁伯诚著，生活·读书·新知三联书店2014年版，11（藏）。

《守望飞翔》，诗集，羽萱著，阳光出版社2014年版，12（区图）。

《草木春秋》，诗集，王怀凌著，宁夏人民出版社2014年版，12（藏）。

《词语的碎片》，诗集，瓦楞草著，宁夏人民出版社2014年版，12（藏）。

《光阴之穗》，诗集，孙志强著，宁夏人民出版社2014年版，12（藏）。

《露珠上的太阳》，诗集，洪立著，宁夏人民出版社2014年版，12（藏）。

《雪舟诗选》，诗集，雪舟著，宁夏人民出版社2014年版，12（藏）。

《野园集》，诗集，安奇著，宁夏人民出版社2014年版，12（藏）。

2015年

《归零》，诗集，郭静著，类型出版社2015年版，（藏）。

《弗罗斯特的鲍镇》，诗集，王西平著，阳光出版社2015年版，1（藏）。

《在时光之前》,诗集,林一木著,阳光出版社2015年版,1(藏)。

《史·诗·史》,诗集,邱新荣著,宁夏人民出版社2015年版,2(区图)。

《塞上情韵》,旧体诗集,邓万著,宁夏人民出版社2015年版,2(区图)。

《宁夏诗歌选》(上下册),杨梓主编,阳光出版社2015年版,2(藏)。

《生命诗集》,诗集,齐宝库著,宁夏人民出版社2015年版,2(区图)。

《青马》,诗集,泾河著,宁夏人民出版社2015年版,4(藏)。

《渐行渐远集》,诗词集,张嵩著,宁夏人民出版社2015年版,5(藏)。

《散落的羽片》,诗集,张嵩著,宁夏人民出版社2015年版,5(藏)。

《煤炭树》,诗集,张记著,团结出版社2015年版,6(藏)。

《似水流年》,诗集,邹缠著,中国电影出版社2015年版,7(藏)。

《吴淮生诗文选》,诗文集,吴淮生著,宁夏人民出版社2015年版,9(藏)。

《张贤亮诗词选》,诗词集,张贤亮著,宁夏人民出版社2015年版,9(藏)。

《疏影清浅集》,诗文集,项宗西著,浙江文艺出版社2015年版,10(藏)。

《春草集》,诗集,何敬才著,宁夏人民出版社2015年版,11(区图)。

《去山阿者歌》,诗集,马占祥著,宁夏人民出版社2015年版,11(藏)。

《我瞻四方》(上下),诗集,刘怀峰著,阳光出版社2015年版,12(区图)。

《在阳光里飞翔》,诗集,王凤国著,宁夏人民出版社2015年版,12(藏)。

《香山行吟》,诗集,俞学军著,阳光出版社2015年版,12(区图)。

《植物也会安慰自己》,诗集,王永娥著,宁夏人民出版社2015年版,12(区图)。

《梦园集》，诗集，徐瑞林著，宁夏人民出版社2015年版，12（藏）。

《静地集》，诗集，张联著，宁夏人民出版社2015年版，12（藏）。

《就在这村野》，诗集，石生泽著，宁夏人民出版社2015年版，12（藏）。

2016 年

蔡国英主编《宁夏新十景诗词集》，宁夏人民出版社2016年版，1（藏）。

《石头，在如水的时光里》，诗集，伊农著，中国文联出版社2016年版，1（藏）。

《诗韵春秋》，旧体诗集，任登全著，宁夏人民出版社2016年版，3（藏）。

《仙雀寺》（杜弗·诗歌手册系列047），马骥文近作选，杜弗书店印行2016年版，3（藏）。

《心旅四十载》，旧体诗集，李玉民著，宁夏人民出版社2016年版，3（藏）。

《蝉鸣集》，旧体诗集，崔永庆著，宁夏人民出版社2016年版，6（藏）。

《七彩年轮》，旧体诗集，黄正元著，宁夏人民出版社2016年版，7（藏）。

《时光颂》，旧体诗集，钟元悦、钟宏伟著，宁夏人民出版社2016年版，7（区图）。

《半山云木半山虹》，旧体诗集，杨森翔、刘剑虹著，宁夏人民出版社2016年版，7（藏）。

《在水一方》，旧体诗集，闫云霞著，宁夏人民出版社2016年版，7（藏）。

《雪海梅河诗文集》，旧体诗文集，闫立岭著，宁夏人民出版社2016年版，7（藏）。

《诗词吟赏集》，旧体诗集，邓成龙著，宁夏人民出版社2016年版，7（藏）。

《风缘》，诗集，常越著，宁夏人民出版社2016年版，9（藏）。

《贺兰山的草帽》，诗集，刘中著，宁夏人民出版社2016年版，9（藏）。

《青鱼点灯》，诗集，西野著，宁夏人民出版社2016年版，9（藏）。

《山河之侧》，诗集，导夫著，宁夏人民出版社2016年版，9（藏）。

《风吹雨打的天堂》，诗集，刘乐牛著，中国文联出版社2016年版，9（藏）。

《青铜铸造》，诗集，朱敏著，宁夏人民出版社2016年版，10（藏）。

《十日或七愁》，散文诗集，王西平著，北京燕山出版社2016年版，11（藏）。

《飘香的梦影》，散文诗集，梦南飞著，四川文艺出版社2016年版，11（藏）。

《带露的草芥》，诗集，马晓麟著，宁夏人民出版社2016年版，11（藏）。

2017年

《天大的事春天再说》，诗集，查文瑾著，长江文艺出版社2017年版，1（藏）。

《杏坛春秋》，诗集，周彦虎著，宁夏人民教育出版社2017年版，5（藏）。

《青铜谣》，诗集，单永珍著，宁夏人民教育出版社2017年版，5（藏）。

《中年生活》，诗集，王怀凌著，宁夏人民教育出版社2017年版，5（藏）。

《念珠集》，旧体诗集，段庆林著，宁夏人民出版社2017年版，5（藏）。

《星辰的光芒》，散文诗集，禹红霞著，宁夏人民出版社2017年版，6（藏）。

《憩园》，诗集，马晓燕著，阳光出版社2017年版，7（藏）。

《唯一与感知者》，诗集，马骥文著，中国青年出版社2017年版，8（藏）。

《金声玉振》，诗集，闻钟、郎业成编著，宁夏人民出版社2017年版，12（藏）。

2018年

《晚晴集》，诗集，沙俊清著，团结出版社2018年版，1（藏）。

《宁夏散文诗选》，散文诗集，郎业成、王跃英主编，团结出版社2018年版，2（藏）。

《无言之心》，诗集，导夫著，上海文艺出版社2018年版，5（藏）。

《西夏史诗》（修订本），杨梓著，阳光出版社2018年版，10（藏）。

《塔海之望》，诗集，杨梓著，作家出版社2018年版，10（藏）。

《西域诗篇》，诗集，杨森君著，作家出版社2018年版，10（藏）。

《山歌行》，诗集，马占祥著，作家出版社2018年版，10（藏）。

《篝火人间》，诗集，单永珍著，作家出版社2018年版，10（藏）。

《起舞弄清影》，诗集，武碧君著，北京日报出版社2018年版，11（藏）。

《宁夏诗歌选（2013—2018）》，诗集，杨梓主编，阳光出版社2018年版，12（藏）。

2019 年

《〈夏风〉诗词选》，旧体诗集，宁夏诗词学会编，宁夏人民教育出版社2019年版，1（藏）。

《虎兴昌短诗选》，诗集，虎兴昌著，银河出版社2020年版，7（藏）。

《欢歌》，诗集，马泽平著，南方出版社2019年版，8（藏）。

《诗歌中国（精选本）》共六卷，诗集，邱新荣著，宁夏人民出版社2019年版，10（藏）。

《沙漠玫瑰》，诗集，杨森君著，阳光出版社2019年版，11（藏）。

《榆钱儿》，诗集，张铎著，阳光出版社2019年版，11（藏）。

《咩咩哞哞》，诗集，单永珍著，阳光出版社2019年版，11（藏）。

《某些时刻》，诗集，王武军著，阳光出版社2019年版，11（藏）。

《第五种语言》，诗集，马生智著，阳光出版社2019年版，11（藏）。

《静谧》，诗集，王怀凌著，阳光出版社2019年版，12（藏）。

《秋日来信》，诗集，雪舟著，阳光出版社2019年版，12（藏）。

《城市之鸟》，诗集，屈子信著，阳光出版社2019年版，12（藏）。

《轻抚丝弦唱素秋：邹慧萍古典诗词集》，诗词集，邹慧萍著，阳光出版社2019年版，12（藏）。

2020年

《山河谣》，散文诗集，李耀斌著，阳光出版社2020年版，7（藏）。

《风过贺兰》，诗集，虎兴昌著，团结出版社2020年版，2（藏）。

《想乡集》，诗集，何强著，宁夏人民出版社2020年版，11（藏）。

参考文献

一 理论文献

［美］T. S. 艾略特：《艾略特诗学文集》，王恩衷编译，樊心民校，国际文化出版公司1989年版。

艾青：《诗论》，人民文学出版社1980年版。

［法］柏格森：《时间与自由意志》，吴士栋译，商务印书馆2009年版。

［俄］车尔尼雪夫斯基：《车尔尼雪夫斯基论文学》，辛未艾译，上海译文出版社1982年版。

耿占春：《观察者的幻象》，东方出版社1995年版。

［德］荷尔德林：《荷尔德林文集》，戴晖译，商务印书馆1999年版。

［德］黑格尔：《美学》，朱光潜译，商务印书馆1981年版。

李怡：《中国现代新诗与古典诗歌传统》（增订版），北京大学出版社2008年版。

林庚：《唐诗综论》，人民文学出版社1987年版。

流沙河：《流沙河诗话》，新星出版社2012年版。

毛泽东：《在延安文艺座谈会上的讲话（一九四二年五月）》，《毛泽东选集》第三卷，人民出版社1991年版。

孟繁华：《中国当代文学通论》，辽宁人民出版社2009年版。

［美］苏珊·朗格：《艺术问题》，滕守尧、朱疆源译，中国社会科学出版社1983年版。

王国维:《人间词话》,中华书局2014年版。
王文生:《中国文学思想体系》(上下),上海古籍出版社2017年版。
[俄]维谢洛夫斯基:《历史诗学》,刘宁译,百花文艺出版社2003年版。
吴思敬:《中国当代诗人论》,社会科学文献出版社2015年版。
吴忠诚:《现代派诗歌精神与方法》,东方出版社1999年版。
肖云儒:《中国西部文学论——多维文化中的西部美》,青海人民出版社1989年版。
谢冕:《诗人的创造》,生活·读书·新知三联书店1989年版。
谢冕主编:《中国新诗总论》(十卷本),宁夏人民教育出版社2019年版。
熊辉:《中国当代新诗批评的维度》,北京大学出版社2017年版。
杨匡汉:《诗学心裁》,陕西人民教育出版社1995年版。
袁行霈:《中国诗歌艺术研究》第3版,北京大学出版社2015年版。
臧克家著,吴嘉编:《克家论诗》,文化艺术出版社1985年版。
张松建:《抒情主义与中国现代诗学》,北京大学出版社2012年版。
张卫东:《论汉语的诗性》,商务印书馆2013年版。
(梁)钟嵘著,周振甫译注:《诗品译注》,中华书局1998年版。
朱光潜:《谈美·文艺心理学》,中华书局2012年版。
朱光潜:《文艺心理学》,安徽教育出版社1996年版。
朱文华:《风骚余韵论——中国现代文学背景下的旧体诗》,复旦大学出版社1998年版。
朱自清:《新诗杂话》,生活·读书·新知三联书店1984年版。
宗白华:《美学散步》,上海人民出版社1981年版。

二 史料与研究文献

白草:《张贤亮的文学世界》,作家出版社2018年版。
白军胜:《现代诗美论》,宁夏人民出版社2008年版。
崔宝国:《看山集》,宁夏人民出版社1999年版。

丁朝君：《爱我所爱》，宁夏人民出版社1994年版。

丁朝君：《当代宁夏作家论》，宁夏人民出版社2007年版。

丁帆主编：《中国西部现代文学史》，人民文学出版社2004年版。

董必武：《董必武诗选》（新编本），中央文献出版社2011年版。

高嵩：《高嵩文艺评论选》，宁夏人民出版社2016年版。

高嵩：《张贤亮小说论》，四川文艺出版社1986年版。

哈若蕙：《一片冰心》，中央编译出版社2010年版。

荆竹：《荆竹文艺论评选》，宁夏人民出版社2017年版。

荆竹：《智慧与觉醒》，宁夏人民出版社1994年版。

郎伟：《负重的文学》，宁夏人民出版社2002年版。

郎伟：《写作是为时代作证》，宁夏人民出版社2007年版。

郎伟：《欲望年代的文学守护》，宁夏人民出版社2012年版。

郎业成：《石嘴山诗论》，白山出版社2016年版。

李建军主编：《郭文斌论》，宁夏人民出版社2008年版。

李生滨、田燕：《审美批评与个案研究：当代宁夏文学论稿》，阳光出版社2016年版。

李树江主编：《回族文学纵与横》，宁夏人民出版社1998年版。

刘贻清：《金戈集》，宁夏人民出版社1993年版。

毛泽东：《毛泽东书信选集》，人民出版社1983年版。

倪万军：《叙述的困境：宁夏文学观察》，宁夏人民教育出版社2017年版。

宁夏诗词学会编：《宁夏诗词学会二十年》，香港：中国文化出版社2008年版。

宁夏诗词学会编：《宁夏诗词学会三十年〈夏风〉评论选》，宁夏人民教育出版社2019年版。

宁夏诗词学会编：《重振边塞诗风》（全国第八届中华诗词探讨会文集），宁夏人民出版社1996年版。

宁夏文联《文艺通讯》编辑室、中国作家协会宁夏分会编印：《文艺通讯》（增刊："塞上诗会"专辑）1982年8月。

牛学智：《当代社会分层与流行文学价值批判》，作家出版社2017年版。

牛学智：《世纪之交的文学思考》，作家出版社2008年版。
牛学智：《文化现代性批评视野》，阳光出版社2015年版。
牛学智：《寻找批评的灵魂》，青海人民出版社2008年版。
秦克温：《秦克温文学评论集》，宁夏人民出版社1993年版。
秦中吟：《诗的理论与批评》，中国华侨出版社1996年版。
屈文焜：《花儿美论》，甘肃人民出版社1989年版。
田美琳：《张贤亮小说创作》，宁夏人民出版社1998年版。
田燕：《归去来集》，宁夏人民教育出版社2017年版。
王邦秀主编：《宁夏文学作品精选》（评论卷），宁夏人民出版社1999年版。
王锋：《当代回族文学现象研究》，作家出版社2001年版。
赵学勇、王贵禄：《守望·追寻·创生：中国西部小说的历史形态与精神重构》，北京大学出版社2012年版。
王武军：《疼痛与呼唤》，阳光出版社2014年版。
王晓静：《梦断乡心又一程》，阳光出版社2013年版。
王枝忠、吴淮生主编：《宁夏文学十年》，宁夏人民出版社1989年版。
王佐红：《精神诗意的唯美表达——王佐红文学评论集》，阳光出版社2017年版。
吴海发：《二十世纪中国诗词史稿》（上下册），中国文史出版社2004年版。
吴淮生：《思濂庐文学论稿选》，宁夏人民出版社2015年版。
吴淮生、王枝忠主编：《宁夏当代作家论》，宁夏人民出版社1988年版。
吴忠礼主编：《宁夏通志》，宁夏通志编纂委员会编，宁夏人民出版社2013年版。
武淑莲：《心灵探寻与乡土诗意》，宁夏人民出版社2010年版。
武淑莲：《雁岭集》，宁夏人民出版社2019年版。
延娟芹主编：《西北地域文学与文化》，宁夏人民出版社2012年版。
杨继国：《回族文学创作论》，宁夏人民出版社1995年版。
杨继国：《杨继国评论集》，宁夏人民出版社1996年版。

杨继国主编：《中国回族文学通史》，阳光出版社2014年版。

杨云才：《灵州诗韵》，宁夏人民出版社2015年版。

杨云才：《逃避与反叛》，宁夏人民出版社2001年版。

杨梓主编：《宁夏诗歌史》，阳光出版社2015年版。

杨梓主编：《宁夏文艺评论》（2017年卷），宁夏人民出版社2018年版。

张铎：《塞上潮音》，宁夏人民出版社2007年版。

张铎：《塞上涛声》，宁夏人民出版社2016年版。

张嵩：《诗化留痕》，宁夏人民出版社2016年版。

赵炳鑫：《批评的现代性维度》，中国文史出版社2016年版。

赵慧：《回族文化透视》，宁夏人民出版社2001年版。

赵敏俐、吴思敬主编：《中国诗歌通史》（当代卷），人民文学出版社2012年版。

钟正平：《知秋集》，作家出版社2018年版。

周振甫：《毛泽东诗词欣赏》，中华书局2013年版。

朱向前主编：《诗史合一：毛泽东诗词的另一种解读》，人民出版社2008年版。

三 论文

程国君、李继凯：《延安革命家的诗词创作实践及诗史价值》，《中国社会科学》2020年第3期。

古马：《贺兰诗话》，《六盘山》2019年第6期。

霍俊明：《地方性知识或空间诗学——关于地域性诗歌的可能、悖论及反思》，《朔方》2020年第10期。

李生滨：《丝路文学新观察：后乡土时代与作家的情志——"宁夏文学六十年（1958—2018）"文学史散论》，《大西北文学与文化》创刊号（2020年）。

杨梓：《宁夏青年诗歌创作简论》，《宁夏大学学报》（人文社会科学版）2007年第6期。

曾珺：《毛泽东〈清平乐·六盘山〉手迹的由来》，《党史博览》2015年第11期。

张铎：《渐次隆起，亟待突破》，《朔方》2020年第10期。

张立群、王永：《在"神秘大门"的启合之间——论杨梓〈西夏史诗〉的艺术性》，《宁夏大学学报》（人文社会科学版）2010年第1期。

后　记

　　诗歌是探寻心灵的文字修行，文学是人类回归自我的精神救赎。大道至简，作为批评者，唯有欣赏和同情地理解每一位写作者的追求，才能揭示其不足或偏执。这是为了让一些优秀的诗人和作家不过分骄傲，或能谦抑自信地继续努力。这样的工作是难的。更多时候，文学研究者要与作家共勉。当代文学研究近距离观照历史现实，又无法脱离时代浮泛的语境，这双重的困难也许少有人理解。尤其是把握作家作品的规范和尺度，尤须斟酌。重温奥尔罕·帕慕克获诺贝尔文学奖的演讲词《父亲的手提箱》，从而进一步明白了作家内心的自尊和自卑。

　　具体而言，当代文学研究的难度在于怎样搜集资料，怎样梳理海量的文献。新时期以来当代作家的创作当量级爆炸。地域文学研究的资料建设颇为犯难：其一，许多文献没有特别的收藏；其二，一些作品选多数缺少学术规范；其三，文学评奖似乎替代了文学评论和文学研究。迎难而上，学术研究应该有所担当，应邀参与郎伟教授 2004 年获批主持的国家社科基金项目《宁夏青年作家群研究》，从此将教学之余的精力大部分投入了宁夏作家作品的阅读。经过十多年积累，个人收藏日渐丰富，并得到宁夏回族自治区图书馆地方文献库的支持，再加 2017 年暑期 22 市县区全域调研搜集，初步建构了"宁夏文学六十年（1958—2018）"文献基础。在这样成年累月的爬梳、行走和研讨中，我产生了对所有市县作家的敬重之情，也对地域文学，特别是对当代文学研究，有了比较深刻的认识。1949 年以来的新中国文学历经曲折和磨难，文人知识分子的心志饱受沧桑，爱好文学的人们却依然砥砺前行、孜孜以求。这样的前行和追求深蕴文化的力量，也体现了时代精神。当代宁夏文学非常典型而又极为具体地印证了中华人民共和国七十年奋进的曲折和磨难。考察总体与区域之间的关系意义，发现了文化生态区域建设者的可贵精神。宁夏地区的当代文学研究，不仅得到了慕岳、高耀山、哈若蕙、杨森翔、蔡永贵、马春宝、鲁晋、胡玉冰等本土文人和学者的襄助支持，同样也得到了丁帆、白烨、黄建、贺绍俊、李继凯、刘晓林、郭国昌、张晓琴、孙强等中国现当代文学研究专家的肯定和褒扬。2018年完成宁夏政协文史委委托重大献礼工程项目《自治区文学六十年》，不仅得到西北师范大学文学院学科建设经费和学校人才引进科研资金的支持，还获得了银川市市委宣传部贺兰山文艺奖成就奖。十多年研究宁夏地域文学的成果出版，于2018年、2020年先后获得中国当代文学研究会第十六届、十七届中国当代文学研究优秀成果奖。

古典诗词和现代新诗皆是中华文明发展的历史产物，没必要厚此薄彼，诗以言志，生命的自我肯定构成了诗歌的核心价值。虚妄与现实并存，孔子注重诗的人文修养，唐宋文人看重诗的酬唱功能，五四新诗指向思想启蒙和情感自由，共同建构了中国诗学情志审美的意义世界。2020年12月30日，《文艺报》上《在云端与大地之间：新媒体时代的诗歌生态》署名文章说："诗歌的敌人不是新媒体，而是诗人自己，面对技术化语境中建立一种人文主义的诗语氛围，完成新媒体时代诗歌精神的进阶之路，是终结还是蝶化，这是时代留给诗人的命题。"借用贺绍俊先生的话说，宁夏文学精神上的神圣感，还有纯净的心灵，让这些地域作家和诗人怀着一种善意去面对世界。以此，我们是否可以抵抗物欲时代的虚妄和生活的喧嚣呢？

追求史与诗的真，专注于一个地区文学的当代呈现，留下一个时代诗歌起伏流变的历史印痕，这是我不揣谫陋而梳理"当代宁夏诗歌七十年"的初衷。十多年阅读爬梳，多方参照，之所以完成如此琐细的总体评述，也是为了表达对宁夏诗人和诗歌评论家们的敬意，更重要的意义在于纠正当代文学批评与研究过分注重小说文体的严重偏执。在此要致谢的，一是高嵩、吴淮生、屈文焜、李树江、李镜如、杨继国、余光慧、丁朝君、崔宝国、田美琳、孟悦朴、郎伟、钟正平、吕颖、白草、牛学智等用心当代宁夏文学研究的学者们，二是张铎、张嵩、杨梓、白军胜、武淑莲、王武军、王晓静、瓦楞草、慢骑士等热心宁夏诗歌批评的师友们，三是田燕、青萍、佐红、田鑫、孙丽娜、姬志海、王磊、宋喆、周蕾、王丹等曾与笔者一起研讨诗歌文本的俊才们。综观宁夏诗人的创作，少有人文历史和精神层面的批判，在紧跟时代的雅颂抒情之外，大多是农家或寒门子弟读书情怀的延续，或是回望乡土的感恩情怀，自然会接续山水风物的言志传统而深化为励志的精神反思。这部分体现了新文化建设的精神指向，也是五四平民文学要求的自然流变。

耿占春先生始终在当代文艺批评和诗学理论探讨的第一线，深受当代诗人，特别是西部诗人的爱戴。2006年秋至2009年春在河南大学（中国现代文学馆）博士后工作站，"师从关爱和先生读书问学，河南大学是1912年建校的民国时期的重点大学，而中国近现代文学学科几代学者薪火相传形成了良好的学术氛围。在我敬佩的刘增杰、吴福辉、刘思谦、耿占春等师长各有千秋的研究之外，还有十几位活跃的年轻教授和博士，形成了一个非常出色的学术团队，给了我许多鼓励和帮助"。不说耿先生诗艺的精湛，其云态度，月精神，高山仰止。虽不能至，然心向往之。从西部文学考察和地域文化观照路径上完成《当代宁夏诗歌散论》，也是当代文学地域板块研究最新显现，得先生提携、嘉勉，不胜感激。

特别致谢中国社会科学出版社文学艺术与新闻传播出版中心主任郭晓鸿女士，基于学术敏锐和专业批判力给予书稿编辑出版的宝贵支持。

这部书稿的资料搜集和部分作品分析，由李澄芳承担。旧体诗词评述，大多是在张嵩撰写初稿基础上修订完成的。此外，马伟也参与了资料整理工作，靳喜红、焦玉琴、安骞等年轻学子帮忙校对了书稿。旧体诗词终校和全部书稿的审阅，也特别邀请了张嵩先生辛劳担纲。

文学不是历史，却以心灵怀旧的方式记录过往。2019年第5期，《朔方》创刊六十周年专号，刊发了杨小林《花落花开自有时，总赖东君主——深切怀念哈宽贵先生和他的同仁们》。这篇回忆散文让人们了解了哈宽贵等前辈作家和编辑的文学情怀，新中国人民文艺拓荒者们生活的清苦与精神的执着，令人唏嘘。语言构筑了人类的精神家园，诗是生命力显扬的艺术形式。人文学科研究须尊重每一个个体的精神劳作，从中国现代文学研究转而介入当代西部文学研究，在贴近文学创作主体情感的过程中让我深刻体会了时代悲辛和存在之真。不忘初心，不负期望，搜求史料和文献，审美批评与个案研究相结合，触摸新中国宁夏地区七十年诗歌创作的时代变迁，虽尽力追求客观和规范，但依然存在误读和遗漏。

时光在前，人总是在路上。鲁迅说，让他的文字速朽。

此时，窗外星月当空，辛劳之余却也释然。

我爱所在，期待后学。

湟水　李生滨

2021 年元月 16 日深夜于长河居